T0243822

CEMENTERIO DE SECRETOS

JOSÉ ANTONIO PÉREZ LEDO

CEMENTERIO DE SECRETOS

PLAZA JANÉS

Papel certificado por el Forest Stewardship Council®

Primera edición: marzo de 2023

© 2023, José Antonio Pérez Ledo
© 2023, Penguin Random House Grupo Editorial, S. A. U.
Travessera de Gràcia, 47-49. 08021 Barcelona

Printed in Spain – Impreso en España

ISBN: 978-84-01-02978-3
Depósito legal: B-724-2023

Compuesto en Comptex & Ass., S. L.

Impreso en Black Print CPI Ibérica
Sant Andreu de la Barca (Barcelona)

L029783

A Esti y Luca, mi refugio nuclear

Ley 9/1968, de 5 de abril, sobre secretos oficiales

Artículo primero.

Uno. Los Órganos del Estado estarán sometidos en su actividad al principio de publicidad, de acuerdo con las normas que rijan su actuación, salvo los casos en que por la naturaleza de la materia sea esta declarada expresamente «clasificada», cuyo secreto o limitado conocimiento queda amparado por la presente Ley.

Dos. Tendrán carácter secreto, sin necesidad de previa clasificación, las materias así declaradas por Ley.

Artículo segundo.

A los efectos de esta Ley podrán ser declaradas «materias clasificadas» los asuntos, actos, documentos, informaciones, datos y objetos cuyo conocimiento por personas no autorizadas pueda dañar o poner en riesgo la seguridad y defensa del Estado.

Bajo cierta calle de Madrid existe un lugar donde yace nuestro pasado oculto. Kilómetros de galerías subterráneas cuyo acceso es custodiado todos los minutos del día, todos los días del año.

Unos metros más arriba, la ciudad despliega su bullicio cotidiano. Hay un largo paseo ajardinado, una oficina de Correos, una sucursal bancaria, un ministerio.

Quienes pasan por ahí desconocen lo que se oculta bajo tierra. No se menciona en los medios de comunicación, no se graban reportajes sobre este lugar ni se organizan visitas guiadas.

En esos misteriosos corredores se amontonan cajas de cartón repletas de legajos. Toneladas de informes, memorias y dosieres. Papeles amarilleados por el tiempo y tinta enmudecida por la ley. Décadas de documentos confidenciales a los que muy pocos ojos tienen acceso.

Es el cementerio de secretos oficiales de nuestro país.

Esta es la historia de uno de esos secretos.

1

Llevaban cuarenta minutos sin cruzarse con nadie. Los últimos que vieron fueron un par de tipos montados en camello que se volvieron al paso del coche y observaron las tablas de surf con genuina extrañeza. Ahora entendían por qué. Se preguntaban sin duda adónde irían unos turistas por aquella carretera.

Desde entonces, nada. Ni un alma por ninguna parte. Ni una casa, ni un poste eléctrico, ni una mísera señal. Solo desierto en todas direcciones. A izquierda y derecha, delante y detrás, no se divisaba otra cosa que una interminable extensión de arena cegadora.

Nadie quería admitirlo, pero era ya una obviedad: se habían perdido en mitad del Sáhara.

—*Porra!* —bramó el portugués al volante.

El copiloto, un parisino flaco y desmañado, no lo miró. Hacía tiempo que se limitaba a refunfuñar en su idioma dando vueltas al mapa, como si así, a base de marearlo, fuese a rendirse y confesar su ubicación.

En el asiento trasero, dos mujeres, una española y otra portuguesa, trataban infructuosamente de revivir sus teléfonos buscando cobertura a la manera zahorí. Ni siquiera el 112 funcionaba. Era desesperante.

—Nada. *No signal.*

Leyeron en un blog que en Dajla estaban las mejores olas del continente y también que no tenía pérdida desde Esmara, la ciudad donde habían pasado la noche. Pero vaya si la tenía.

Culpa suya, porque el tipo de Avis se lo dejó bien claro: «Necesitaréis un GPS». Costaba dos dírhams la jornada; nada, una minucia, ni medio euro por cabeza. Pero, tras un breve debate, decidieron rechazarlo. Llegaron a la conclusión de que, por útil que fuese, el GPS iba en contra del espíritu de su viaje. Lo que ellos andaban buscando era la comunión con la naturaleza, la sensación de libertad, el romanticismo del aislamiento. Ahora ya no les parecía tan romántico.

El portugués se mordisqueaba los labios y miraba de reojo al francés a la espera de alguna indicación. Aguantó todo lo que pudo, pero a la enésima vuelta del mapa, al enésimo «merde» entre dientes, pisó el freno hasta el fondo e hizo que todos se viesen violentamente impulsados hacia delante. De no ser por los cinturones de seguridad, habrían acabado con las narices aplastadas.

—*Que fais tu?!*

—¡Tío, joder! ¿Qué coño haces?

El portugués salió del coche dando un portazo de pura frustración. Su compatriota, que era también su novia, dejó escapar un suspiro hastiado y fue a tranquilizarlo. Eran las nueve menos veinte de la mañana y el termómetro acababa de pasar de siete a ocho grados.

El francés se giró en el asiento y le preguntó a la española si se lo podía creer, qué le pasaba a ese tío, ni que fuese culpa suya. Eso o algo parecido, porque era el que hablaba peor inglés de los cuatro y solo captó la mitad. Ella no tenía nada que decir al respecto, así que se encogió de hombros y salió del coche para estirar las piernas.

Fuera, la portuguesa repetía que no se cabrease, que no merecía la pena. El chico no atendía a razones y, cuanto más le hablaba ella, más se enconaba él.

—*Quando chegarmos lá, não haverá mais uma porra de onda!*

La española se mantuvo al margen. Se enfundó la chaqueta, se apoyó en el todoterreno y se dispuso a hacer unos estiramientos. Tanta tensión le había agarrotado la espalda entera. Estaba en pleno ejercicio, con el cuerpo flexionado formando un ángulo recto, cuando le pareció ver algo por el rabillo del ojo. Se irguió y lo siguió con la mirada, con los ojos achinados, deslumbrados por el sol, hasta que estuvo segura de que no era producto de su imaginación.

—¡Ey! —gritó a los portugueses, que seguían enzarzados en su bronca y no le hicieron caso—. *Eh! There! Look!*

En la distancia, una solitaria silueta, apenas una línea del tamaño de una hormiga, zigzagueaba sobre la arena.

El francés salió del coche y miró en la misma dirección que el resto haciéndose una improvisada visera con el mapa inútil.

—*Is he alone?* —preguntó, pero nadie se molestó en responderle.

De pronto, la figura se redujo a un punto, casi inapreciable de tan lejos que estaba.

—*What is he doing?*

—*I think he fell.*

Fue la portuguesa quien propuso ir a su encuentro. El francés no lo veía tan claro. Aunque el todoterreno estaba teóricamente preparado para circular por la arena, no dejaba de ser una maniobra arriesgada.

—*We'll get stuck!*

Pero la portuguesa fue tajante: aquella persona necesitaba ayuda y estaba demasiado lejos para ir caminando. Si no quería acompañarlos, podía quedarse en la carretera y esperarlos ahí. El francés, herido en su orgullo, tuvo el impulso de hacerlo, pero lo pensó mejor y acabó ocupando su sitio con los brazos cruzados.

El portugués regresó al volante y condujo despacio, en segunda, aterido por el miedo a que el francés tuviese razón y alguna rueda quedase enterrada y ya no fuesen capaces de sacarla de allí.

Ninguno de los cuatro le quitaba ojo a la misteriosa figura. Al aproximarse vieron que yacía boca abajo y también que:

—*Is a woman!*

El conductor detuvo el coche a treinta metros de ella, no quería arriesgarse más. Todos salieron en tropel y la rodearon como una bandada de buitres. Una melfa verde, la indumentaria saharaui tradicional, la cubría de la cabeza a las pantorrillas. Tan solo quedaban a la vista unos tobillos flacos y unas desgastadas babuchas de cuero marrón. Tenía sangre en los talones encallecidos, como si llevase caminando horas o más bien días.

El francés preguntó:

—*Where did she come from?*

No había modo de responder a eso. Aquella mujer estaba a kilómetros de ninguna parte, sin vehículo, montura o equipaje. Peor aún: tampoco llevaba cantimplora.

—*Água!* —ordenó la portuguesa a su novio, quien tras un breve momento de obcecación corrió de vuelta al todoterreno.

Entre las dos chicas la giraron con cuidado, descubriendo unos rasgos hermosos y delicados. Debía de tener cuarenta años y poseía un rostro atezado y una larga melena rubia parcialmente encanecida.

—*She is a tourist* —decidió el francés sin más indicios que el color de su pelo y, tal vez, aquella belleza más del norte que del sur.

La mujer entreabrió los ojos. Eran de un azul casi transparente. Dejó vagar la mirada por el cielo, aturdida y desorientada.

—*Relax. Everything is OK.*

Miró a las mujeres, que la incorporaron con cuidado hasta sentarla sobre la arena. Tiritaba. Bajo la melfa solo llevaba ropa interior. Si, como parecía, había pasado la noche a la intemperie, era un milagro que siguiese con vida.

La española se quitó la chaqueta y le cubrió con ella los hombros. El portugués regresó con la botella.

—*Pegue* —dijo ofreciéndosela—. *Drink.*

La mujer alzó la mirada al hombre y después a la botella. No tenía fuerzas para extender el brazo, o quizá no se fiaba. La portuguesa lo hizo por ella.

—*You have to drink.*

Los labios malvas, cuarteados, permanecieron cerrados.

—*Don't be afraid. Please. It's water.*

Acabó cediendo. Se llevó el agua a la boca, la paladeó un momento y dio dos tragos más.

—*What happened to you?*

—*Are you lost?*

—*Are you alone?*

No respondió, ni siquiera los miró. Tenía la vista enterrada en la arena y ahí la mantuvo.

—*She looks German* —se le ocurrió a uno de ellos—. *Does anyone speak German?*

Nadie lo hablaba. Probaron en francés y en portugués con nulo resultado. La española lo intentó luego en su lengua:

—¿De dónde vienes?

La mujer alzó sus ojos azules y los clavó en ella, pero tampoco esta vez dijo nada.

—¿Me entiendes? ¿Hablas castellano?

La mujer abrió la boca, pero no emitió ningún sonido.

—¿Qué? ¿Qué te ha pasado? ¿Te has perdido?

Agitó la cabeza con gesto desesperado, como si tratase de ordenar sus pensamientos o de luchar contra ellos y apartarlos. Después, con un esfuerzo titánico, lenta y angustiosamente, logró decir:

—Ve... Veláááá...

—¿Velá? ¿Qué es velá?

—*What does she say?*

—*I don't know.*

—Velááááz...

—¿Velaz? No te entiendo.

—Quez.

—¿Velázquez? ¿Es tu apellido? ¿Te apellidas Velázquez?

No respondió. En su lugar, tragó saliva, se humedeció los labios y prosiguió:

—Nooo… Noveeen… ta.

—Noventa, vale.

—Inue… Inueeee… ve.

—¿Y nueve? ¿Noventa y nueve? ¿Noventa y nueve qué?

—Se… Segunnn… Segunnn… do.

Era obviamente una dirección.

Un día después, mil novecientos kilómetros al norte, un teléfono empezó a sonar con insistencia. Estaba en una mesa de roble, antigua, pesada y desprovista de todo adorno; tan solo la ocupaban el aparato y una lamparita con tulipa verde apagada en esos momentos.

Aunque aquel despacho había pertenecido a un puñado de personas a lo largo del tiempo, su actual inquilino ostentaba el récord de permanencia. Lo ocupaba de manera ininterrumpida desde los años setenta. Más de medio siglo.

Era un hombre mayor, algunos dirían que anciano por más que él rechazase categóricamente semejante adscripción. No se sentía anciano ni viejo. Debería haberse jubilado hacía un par de décadas, cierto, pero en algunos trabajos uno no puede simplemente recoger sus cosas y marcharse. Había asuntos que estaban solo en su cabeza, que solo él recordaba y comprendía por completo: sus ramificaciones, sus implicaciones, su riesgo. Cuestiones que no se pueden dejar así como así en manos de los jóvenes. Eso se decía él y eso repetía cuando alguien, por los pasillos, le preguntaba cuál era su plan de vida.

El inquilino era un hombre ordenado y receloso. La primera cualidad la aprendió en casa; la segunda, en aquel mismo despacho. De ahí que si se daba la circunstancia de que él no estuviera sentado a la mesa, bien porque se había marchado a dormir

—dormía poco pero dormía— o porque había salido a comer, nunca había nada sobre el tablero aparte del teléfono y la lamparita.

A pesar de la seguridad del edificio, que por descontado era de lo más fiable, nunca se sabía quién podía ver algo, incluso aunque no fuese esa su pretensión. Una hoja abandonada por descuido en cualquier parte podía contener un nombre, un verbo. Y la suma de esas dos palabras, inocuas por separado, podía resultar sumamente comprometida, peligrosa incluso, en las manos equivocadas.

Corría un chiste por el edificio.

Una mujer de la limpieza encuentra un informe en una mesa. Suelta la fregona y se pone a leerlo minuciosamente. Cuando va por el último párrafo, un general la ve y le pregunta: «¿Con qué derecho lee usted eso?». La mujer se encoge de hombros, señala la portada y dice: «Pone "solo para sus ojos"».

En el edificio todo el mundo se reía mucho con ese chiste. Salvo el inquilino de este despacho. A él no le hacían gracia los chistes, y ese menos que ningún otro.

El teléfono seguía sonando, pero nadie lo cogía porque nadie podía oírlo. Eran las seis y media de la mañana. En las plantas inferiores se oía ya alguna presencia —siempre había alguien; un sitio como ese jamás está vacío del todo—, pero nada comparable a la energía que se desataría unas horas después. A partir de las ocho, ocho y media, todo eran llamadas y más llamadas, ruido de teclas, alguna carrera —prohibida pero inevitable—, algún grito.

No fue hasta el quinto toque que se abrió la puerta y el inquilino puso un pie en el interior. Dejó la cartera sobre la mesa —era de los pocos que seguían llevando una; hoy en día casi todos se inclinaban por esas mochilas de tela que les hacían parecer estudiantes bisoños— y, sin molestarse en encender la lámpara, descolgó el auricular.

—Sí —dijo, no necesitaba decir nada más.

La voz al otro lado no se presentó —tampoco eso hacía falta— y, aunque las palabras que siguieron podrían tomarse por frívolas, lo cierto es que las pronunció con extraordinaria gravedad:

—No te vas a creer quién ha aparecido.

Cuando la voz le dijo el nombre, el hombre mayor, ordenado y receloso, tuvo que abrir diversos compartimentos de su memoria, archivos dentro de archivos que se encontraban, a su vez, dentro de otros archivos. Estaba profundamente enterrado, en esa zona de la mente donde se depositan los recuerdos que se creen ya inútiles, justo un paso antes del olvido.

En cuanto ubicó el nombre y comprendió sus implicaciones, se dejó caer pesadamente sobre la silla. La misma que llevaba ocupando casi medio siglo.

Por algún motivo, aquel maldito chiste le vino a la cabeza.

2

Acababa de salir del agua. Había pasado veinte minutos flotando panza arriba en el mar, completamente solo. En aquella época del año no era raro encontrar la cala vacía al atardecer. Los pocos valientes que se animaban a desafiar el clima se concentraban por la mañana. Un par de meses más tarde, a mediados de mayo, el arenal se infestaría de familias, un lienzo abarrotado de toallas, sombrillas y colchonetas que convertirían aquel edén en una vulgaridad plastificada.

Tirso de la Fuente se secó el cuerpo sin mucho ahínco, se puso la camiseta y se calzó las sandalias. El piso quedaba a ocho minutos de la orilla, de ahí que bajase en bañador a pesar de que a algunos vecinos no les hiciese ninguna gracia encontrárselo en el portal de semejante guisa. En cierta ocasión hasta pegaron un cartel anónimo en el portal en el que exigían decoro en las zonas comunes. Eran solo tres frases, pero en una de ellas el autor usaba una construcción inacusativa en la que se producía una extraña suspensión de la concordancia entre el sujeto y el verbo intransitivo típica del patués, un dialecto de la zona oriental de Aragón. Así supo Tirso que la nota era obra de Catalina, del 1.º B, nacida en el este de Huesca.

No sirvió para que Tirso cambiase de hábitos, pero ahora se daba más prisa en las escaleras. Fue precisamente mientras las subía cuando advirtió la trifulca. Procedía, cómo no, de su casa. De lejos le llegó la voz de su hermana, una frase perdida:

—¡¿Para qué lo quieres?!

Nada más abrir la puerta, vio la silueta de Pilar apresurándose hacia el pasillo, un borrón a la carrera.

—¿Qué pasa?

Ni lo miró.

—¡Nada!

Pilar llegó a la habitación de Adrián justo cuando este daba un portazo. Por milímetros no le aplastó la nariz. Ella soltó un graznido iracundo y abrió la puerta hecha una furia.

—¡¿Eres idiota?! ¡Casi me das!

Tirso se quitó las sandalias y se aproximó de mala gana a la zona del conflicto. El cuarto era una auténtica leonera, con trastos, ropa y cables tirados por todas partes. El muchacho estaba encorvado y fingía que buscaba algo entre la revuelta ropa de cama.

Su madre le reprochaba:

—Si no me dices para qué, ya te puedes ir olvidando.

Adrián ni se inmutó. A sus dieciocho años era alto, medía casi dos metros, y muy corpulento. Un tipo duro. Una versión macarra del desgraciado de su padre, Dios lo mantenga lejos de esta casa.

—¿Me cuentas qué pasa?

Pilar se volvió hacia su hermano, prudentemente asomado tras la jamba. Miró su bañador, que goteaba sobre el parqué.

—Estás mojando el suelo.

—Ahora me cambio. ¿Qué pasa?

—Dice que necesita seiscientos euros. ¿Te lo puedes creer?

—¿Para qué necesitas ese dinero?

El chico miró a su madre con el ceño fruncido. No le gustaba que hiciese partícipe a su tío. Aunque Tirso llevaba cinco años viviendo con ellos, seguía considerándolo un forastero de paso.

—Te estoy hablando yo, mírame a mí. ¿Para qué los quieres?

Adrián se encogió de hombros.

—Se los debo a uno.

—¿A quién?

Abandonó la simulación y se dejó caer en la silla de gamer, su último capricho.

—A uno.

—¿Has vuelto a la casa de apuestas? ¿En qué quedamos? ¿Qué dijimos de ese sitio?

Adrián volvió a levantar los hombros. Era su ejercicio favorito. Pilar cogió a Tirso de un brazo y lo arrastró al pasillo.

—Déjame a mí.

—A ti no te hace ni caso.

—Ni a ti tampoco. Soy su madre, yo me encargo. Otra cosa. Te pido por favor que silencies el móvil cuando bajes a la cala.

—Creí que lo había silenciado.

—Ya, pues no. Te han estado llamando un buen…

Pilar se interrumpió abruptamente al ver que su hijo se encasquetaba unos enormes auriculares de diadema.

—¡Eh! ¡Ni se te ocurra! ¡Quítate eso ahora mismo, venga!

Tirso arrastró los pies hasta su despacho, en la otra punta de la casa. Sobre el escritorio el diccionario seguía abierto por la «e» de «epífito»: «Dicho de un vegetal que vive sobre otra planta, sin alimentarse a expensas de esta». El móvil estaba a su lado.

Tenía, en efecto, dos llamadas perdidas, ambas del mismo número. La pantalla únicamente decía: «Fidel». Contempló aquel nombre con una combinación de extrañeza y desasosiego.

—¡Eso no! ¡No te voy a permitir que te pongas chulo conmigo!, ¿me oyes?

Tirso cerró la puerta, se acomodó frente a la ventana y contempló el paisaje al otro lado. En la distancia se apreciaba el contorno del peñasco que, brotando en mitad de las aguas, daba a la ensenada su característico perfil; más allá, los yates y los catamaranes; y más lejos todavía, diminuto y apenas perfilado, un ferry que iba o venía.

Miró de nuevo la pantalla, como si se resistiese a creer lo que acababa de ver en ella. ¿Era posible que se tratase de otro Fidel? Lo comprobó en su agenda. Solo tenía un contacto con ese nombre. Era él.

Fidel Manrique, subinspector de la Brigada Central de Investigación de Delitos contra las Personas. Un viejo amigo. No tanto. Un viejo conocido. Un eco de su vida pasada. Una reverberación distante e inesperada de unos tiempos no tan lejanos como a veces se empeñaba en pensar.

Fidel no estaba en Facebook, así que le había perdido la pista por completo. ¿Qué demonios querría? Dos llamadas en apenas diez minutos. No era por cortesía, no era un qué tal todo, de eso estaba convencido.

Lo conocía bien. Si le había llamado era porque tenía algo que contarle. Una historia real, casi con seguridad truculenta, que estaría ya en los diarios del todo el país o poco le quedaría.

Habría una víctima, una huella o varias, un cabello, semen, marcas de mordiscos o moretones. Y una nota. Una carta, un mensaje, unas pocas frases en alguna parte. Una llamada telefónica, una conversación grabada en vídeo, un interrogatorio. Palabras, en cualquier caso. Ese era el único elemento que Tirso daba por seguro.

El móvil rompió en un estruendoso soniquete, una versión digital de los antiguos timbrazos. Él de nuevo. Tirso vaciló un momento. Luego suspiró con resignación y deslizó el botón verde.

—Fidel.

—¡Hombre, por fin! —Estaba en el coche, con el manos libres; el tráfico rugía de fondo como una interferencia—. Te he llamado un par de veces.

—Sí, lo he visto. Cuánto tiempo.

—Un montón. ¿Qué tal andas, tío?

Tirso percibió las sibilantes dentales propias del oeste de Galicia, así como las fricativas posteriores, pronunciadas como con sordina, a la manera característica de la zona costera. La lengua de Fidel era un libro abierto a sus orígenes.

—Bien, bien. ¿Y tú? ¿Cómo va todo?

—Estupendo. Como siempre, en el tajo, de aquí para allá.

—Ya —respondió Tirso, esforzándose por resultar deliberadamente cortante.

—Oye, quería comentarte un tema. ¿Cómo andas en... hora y media? ¿Podemos vernos un rato? Yo estaré por el centro, te invito a una caña.

—No estoy en Madrid.

—Vaya por Dios. ¿Y cuándo vuelves?

—No vuelvo. Vivo fuera. Me mudé a Menorca hace cinco años.

—¿Menorca? —preguntó el otro como si acabase de oír la más ridícula de las extravagancias—. ¿Qué hay en Menorca?

—Calidad de vida.

—¡Ja! —Hizo una breve pausa, a la espera de la resolución del chiste—. ¿Lo dices en serio?

—Muy en serio.

—Pero ¿te has casado con alguien de ahí o...?

—No me he casado con nadie. Vivo con mi hermana y mi sobrino.

—Vale, mira, es igual. Te lo cuento ahora, que tengo un minuto.

Más allá del acento coruñés, relativamente suavizado tras tantos años en la capital, el habla de Fidel seguía desplegando una estructura de intervenciones reactivo-iniciativas, un aluvión de palabras disparadas a un ritmo explosivo que delataba una cierta aversión al silencio y escasa disposición a la escucha.

—Me ha caído un asunto y necesito un cable.

En este preciso instante, Tirso comprendió la dimensión de su error. No debió coger el teléfono.

—Te acabo de decir...

—Que sí, pero espera. Tenemos a una tía salida de la nada.

Tirso cerró los ojos y apretó los párpados.

—Fidel…

—Se ha pasado treinta y tres años en paradero desconocido.

Tirso abrió los ojos. Miraba la cala, pero ya no la veía.

—¿Treinta y tres años?

—Como oyes. Y eso no es lo mejor. Desapareció en 1986, a los cinco años. En Madrid. Y apareció el lunes en mitad del Sáhara.

—¿En el desierto?

—¿Hay otro Sáhara? Sí, en el desierto. Unos chavales que andaban de vacaciones se la encontraron medio deshidratada. No palmó de milagro, cuestión de horas.

Adrián levantó la voz, Pilar trató de imponerse. La razón supeditada a los decibelios. Tirso se tapó la oreja libre y entornó los ojos.

—¿Qué hacía allí?

—No tenemos ni idea, no suelta prenda. No sabemos si oculta algo o es que tiene miedo o las dos cosas.

—Miedo, ¿de qué?

—¿No me escuchas?

—No lo sabéis.

—No lo sabemos.

—Ya. Bueno, pues… No sé qué decirte. Espero que tengas suerte en las indagaciones.

—¡Venga, no me jodas!

—Ahora me dedico a otras cosas, Fidel.

—¿A qué cosas?

—Hago… correcciones, libros de estilo… Estoy muy ocupado. Además, ¿qué quieres que haga con eso? —No quiso preguntarlo, pero su boca fue por libre—: ¿Hay alguna nota?

—No hay nota, ni grabación, ni nada.

—¿Entonces?

—Quiero que hables con ella.

—¿Quieres que la interrogue?

—Ya sabes lo que te digo. Tú puedes sacarle algo sin que se dé cuenta. Necesito que hagas… eso que tú haces.

—Fidel, vivo en Menorca.

—¡Ni que fuese una cárcel, joder! Seguro que te viene bien cambiar de aires unos días. ¡Tómatelo como unas vacaciones! ¿Cuánto hace que no pasas por Madrid?

—Cinco años.

—¿Llevas cinco años ahí metido? —Una risotada—. ¡Te van a salir hongos! Mira, escucha, aparco y te mando una cosa por correo electrónico. Te lo miras con tranquilidad y hablamos, ¿eh?

—Te estoy diciendo que…

—¡Que sí, ya te he oído, coño! Pero no te habría llamado si no creyese que puedes echarnos un cable. No se me ocurre nadie me…

¿-jor? Seguramente. «No se me ocurre nadie mejor», eso es lo que Fidel debió de decir, pero la comunicación se interrumpió de golpe y Tirso se quedó escuchando un monótono chisporroteo eléctrico.

Miró la pantalla cabreado, no tanto con el policía como consigo mismo. ¿Por qué lo había cogido? ¿Acaso no sabía lo que iba a pasar? ¿En qué demonios estaba pensando?

Se percató entonces de que, en algún momento de la conversación, había abierto un cajón del escritorio. No era consciente de haberlo hecho. Al fondo, sepultada entre el material de escritura seguía la placa. Estaba protegida por una caja de metacrilato, la misma que le entregaron, ahora con algún rayón en los laterales. La abrió y tomó la medalla. Era dorada y azul, con la corona real minuciosamente tallada en la parte de arriba y unas palabras grabadas sobre un cinto ovalado: «Al Mérito Civil». Debajo, una lámina metálica con su nombre y una fecha: 2013.

En la mente de Tirso se conformó la imagen de una mujer sin rostro vagando sola por el desierto, agotada y moribunda. ¿De dónde venía? ¿Adónde iba? ¿Qué había ocurrido entre su desaparición en Madrid y aquel momento? En treinta y tres años pueden pasar muchas cosas. Es toda una vi…

Unos nudillos golpearon la puerta.

—Sí. Pasa.

Pilar tenía los ojos irritados, congestionada toda ella por ese mohín de tristeza inconsolable que se le ponía cada vez que Adrián se le enfrentaba. Avanzó solo un paso, se apoyó en la jamba y le señaló con el mentón.

—Estás mojando la silla.

—Es igual.

—Porque tú no la limpias.

—¿Qué tal ha ido?

Suspiró.

—No puedo con él. Ya no sé qué más hacer.

Apoyó una sien en el quicio de la puerta, pero algo le llamó la atención y volvió a enderezarse. La medalla en manos de su hermano. La contempló un momento y luego desvió la mirada hasta el móvil. Había cambiado de expresión y siguió haciéndolo sobre la marcha, como si dentro de su cabeza se desarrollase una conversación entre ellos en la que Tirso fuera, de hecho, superfluo. Solo lo necesitó para la última parte, una incógnita final que no supo o no quiso responder por su cuenta.

—¿Te vas?

Antes de que Tirso contestara, el móvil vibró sobre la mesa. Había recibido un correo electrónico. Asunto: «Te espero».

3

El correo solo contenía un archivo adjunto, un PDF de tres páginas en un cuerpo de letra microscópico. Tirso lo leyó en su despacho, todavía en bañador, en cuanto su hermana lo dejó a solas. Al terminar, volvió a leerlo y luego lo leyó otra vez. El caso, en efecto, era desconcertante y fascinante a partes iguales.

Buscó información adicional en internet, pero no encontró ni una palabra. O aún no se había hecho público o, más probablemente, la familia había decidido llevarlo con la máxima discreción.

Tirso le dio vueltas durante la cena, siguió dándoselas en el sofá y, al filo de la media noche, cuando se disponía a tumbarse, envió un mensaje a Fidel con la hora de su llegada. El policía le devolvió un emoji con el pulgar levantado, como si no hubiese albergado la menor duda de que acabaría cediendo.

«Tómatelo como unas vacaciones». Así lo hizo y así se lo planteó a su hermana. Un viaje de placer para visitar a viejos amigos, para reencontrarse y recordar los viejos tiempos. Ella le dedicó una mirada escéptica, pero fuera lo que fuese lo que pasaba por su mente no lo verbalizó.

Tirso evitaba los aviones por incómoda que fuese la alternativa. Y esta lo era. Para llegar a Madrid, a tan solo una hora y cuarenta minutos de vuelo desde la isla, tenía que invertir casi un día entero de viaje. Primero, autobús hasta el puerto de Son

Blanc; luego, ferry a Barcelona; taxi a la estación de Sants, y AVE a la capital.

En cuanto el tren se puso en marcha, decidió leer de nuevo el informe. Se había dejado el portátil en casa —uno no se lleva el ordenador de vacaciones—, de modo que abrió el PDF en el móvil.

«CASO ALBA ORBE».

Así se llamaba la mujer de misterioso pasado. Se desvaneció el 10 de marzo de 1986. Tenía exactamente cinco años y once meses.

En el momento de la desaparición la niña estaba con su padre. Nombre: Óscar Orbe. El documento no aclaraba cómo había ocurrido, pero sí dónde, incluso adjuntaba un pequeño plano: un cruce de calles en Ciudad Universitaria, al noroeste de la ciudad, no muy lejos del parque del Oeste.

Al parecer, no se encontró ninguna pista, ningún indicio de lo que había sucedido, ningún sospechoso. El padre no pudo soportarlo. Semana y media después de la desaparición, Óscar Orbe condujo hasta la Sierra Norte y se lanzó en coche por un terraplén. Encontraron el cuerpo a la mañana siguiente. Según el atestado, había bebido «en abundancia».

De todos los detalles contenidos en el dosier, ese fue el que más llamó la atención de Tirso. No podía decirse que el tipo tuviese mucha paciencia. Ni mucha confianza en la labor policial. Es cierto que, en una desaparición, las primeras horas son cruciales, especialmente cuando se trata de menores, pero ¿darlo todo por perdido a los diez días? ¿Tirar la toalla cuando ni siquiera habían pasado dos semanas?

«Tal vez el tal Óscar Orbe arrastraba problemas. Alcoholismo, quizá. Eso podría explicarlo, pero el sucinto informe no decía nada al respecto», pensó Tirso.

Lo que sí ponía era que Óscar Orbe era científico. Físico teórico. Uno «altamente valorado por colegas y superiores». Trabajaba en un organismo público, algo llamado Junta de Energía Nuclear.

El PDF concluía con una fotografía en la que aparecía un hombre en la treintena acomodado en la terraza de un bar. Era verano, o por lo menos lo parecía. Repantingada sobre sus rodillas, una niña muy guapa de unos cuatro años. Aunque el tiempo había hecho mella en la intensidad de los colores, se apreciaba con claridad el rubio cabello de los dos y sus clarísimos ojos azules. Alba sacaba la lengua al objetivo mientras Óscar, sonriente, la contemplaba con el amor incondicional que se le presupone a un padre afectuoso.

—¡Pero si estás hecho un hippy! —gritó Fidel a pleno pulmón en cuanto lo vio asomar por el andén.

Una docena de viajeros se giraron a su espalda en busca del objetivo del comentario. También Tirso lo hizo, por disimular, mientras tiraba de su desvencijada Samsonite. Vestía una camisa blanca y unos chinos caquis. Si algo en su aspecto recordaba a un hippy, debían de ser las alpargatas ibicencas de serraje que en la isla no se quitaba en todo el año. Llevarlas había sido un error, eso seguro. No contaba con que en Madrid hiciese tanto frío a estas alturas del año.

—¿Me vas a detener?

—Ya no detenemos a nadie por las pintas, desgraciadamente. Estás negro, cabrón.

Fidel abrió los brazos de par en par, pero los cerró antes de que Tirso llegase a su altura y este tuvo que conformarse con un viril golpetazo en un hombro.

Tenía cincuenta y tres años, la cabeza rapada para disimular la alopecia y un físico curtido a pie de calle. Seguía igual de fuerte que cinco años atrás, aunque, bien mirado, tal vez hubiese adelgazado un poco, porque a Tirso le pareció más nervudo, más correoso.

—¿Qué haces aquí?

—¿Tú qué crees? He venido a buscarte. Y llegas con retraso, así que tira, venga.

—¿Adónde?

—Hemos quedado en media hora. Menos ya. Vamos tarde, venga.

—¿Con quién hemos quedado?

—¿Cómo que con quién? ¿A qué has venido?

—¿Con… Alba Orbe? ¿Ahora?

—Te lo cuento de camino, va, que tengo el zeta en doble fila.

No era cierto, o no del todo. Fidel lo estacionó en doble fila, sí, pero en el ínterin los demás vehículos se habían marchado dejando el Prius plantado en mitad de la carretera. Los taxis lo esquivaban con una mezcla de asombro y furia, y un agente de movilidad lo contemplaba desde una cierta distancia sin decidirse a actuar. Fidel le hizo un gesto de OK y el agente asintió por hacer algo.

—Cuánto echaba esto de menos —dijo Tirso mientras metía su equipaje en el asiento trasero. Pretendía ser irónico, pero le falló el tono y sonó extrañamente sincero.

Ya dentro del coche, Fidel se despidió del agente llevándose dos dedos a la sien, una versión relajada del saludo castrense. El otro imitó el gesto con torpeza, sin tener claro si se estaba burlando de él.

—Me encantan. Se creen polis, los cabrones.

Rotonda, frenazo, acelerón, pitada. A Tirso no le habría venido mal un poco de adaptación.

—Podrías haberme avisado de que íbamos a quedar ahora.

—¿Para qué? ¿Para ponerte traje?

—Me habría preparado algo, hace cinco años que no hago esto. Y sí, me habría puesto otra cosa.

—Estás guapo igual.

Una sonrisa, un guiño, una curva cerrada a ochenta kilómetros por hora en una zona de cincuenta. Tirso, aferrado al asidero, soltó:

—No sabía que andabas otra vez con desapariciones. Te hacía persiguiendo rusos.

—Los rusos no corren, no hace falta perseguirlos. Se tiran al suelo y luego compran al juez. Los albanokosovares, esos sí, esos son otra historia. Qué hijos de puta. El día que compitan en las olimpiadas se llevan todas las medallas.

Golpeó el claxon, amonestando a un coche que se le había cruzado de mala manera. A punto estuvo el conductor de gritar, pero, al ver las luces sobre el techo, se limitó a maldecir en ventriloquia.

—¿Dónde hemos quedado?

—En su casa. La de su madre, vaya.

—¿Cómo está?

—Pues imagínate. Hecha mierda. Tiene como una especie de agorafobia. La vio nuestra psicóloga y dice que seguramente será pasajero, consecuencia de haberse pasado mucho tiempo encerrada.

—Mucho, ¿cuánto?

—Dice que años, solo que eso no encaja con otros indicios.

—¿Qué indicios?

—Está morena. Más que tú.

Tirso asintió pensativo. Se esforzaba por procesar la información sin establecer causalidades. Las hipótesis apresuradas, casi siempre incorrectas, generan sesgos y apriorismos que solo sirven para enfangar el proceso deductivo. Tirso lo sabía de sobra.

—A ver, hay varias cosas que tienes que saber antes de que lleguemos.

—¿No podemos dejarlo para otro día? Para mañana. Me gustaría preparármelo bien.

—Mañana tengo otras cosas. Escucha. Has leído que su padre se suicidó, ¿no?

—Diez días después de la desaparición. Raro.

—Sí, y no es lo más raro. Lo que no dice el dosier es que la madre volvió a casarse y tuvo otra hija. Ahora tiene unos treinta años. Vive por su cuenta, pero anda estos días por casa de su madre para echarle una mano y eso. Te lo digo porque la vas a conocer ahora y no quiero confusiones.

—Confusiones, ¿por qué?

—Se llama Alba. —Tirso lo miró fijamente y Fidel asintió con la vista en el tráfico—. Correcto.

Tirso parpadeó dos veces, se volvió hacia la ventanilla y miró abstraído el paisaje.

—Desaparece tu hija, tienes otra y... ¿la llamas igual?

—Te he dicho que era raro.

—Es más que raro. Es enfermizo. ¿Has estado con los padres?

—El padre está muerto. Con la madre estuve el lunes. Se llama Claudia... Tiene un apellido catalán, espérate. —Se esforzó por hacer memoria con el labio inferior entre los dientes—. Subirós. Claudia Subirós. Burguesa, un poco estirada. Me da que es de familia de pasta.

—¿Por qué no nos recibe ella?

—La hija ha preferido mantenerla al margen, aunque igual anda por ahí, no lo sé.

—¿Por qué? ¿Por qué prefiere mantenerla al margen?

—Depresión. No por esto, se ve que le viene de largo. ¡Aparta, coño!

El resto del trayecto Tirso se lo pasó luchando contra el impulso de sacar conclusiones. No resultó sencillo. Aquel batiburrillo de datos contenía demasiados detalles perturbadores, algunos de los cuales rozaban lo novelesco. Muchos cabos sueltos que le tentaban a atarlos entre sí en una sucesión improvisada de causa-efecto.

El caso se volvía cada vez más fascinante y Tirso no pudo evitar sentir una nerviosa excitación, un estimulante cosquilleo que ya apenas recordaba. De pronto, deseaba llegar a esa casa y sentarse ante Alba Orbe. La misteriosa Alba Orbe.

—Ya estamos.

Fidel estacionó el Prius en doble fila, bloqueando sin contemplaciones la salida de un BMW. Quitó la llave del contacto y sacó un cigarrillo electrónico del bolsillo de la camisa.

—No te molesta, ¿no?

—¿Ahora fumas eso?

Arqueó las cejas como diciendo «qué remedio». Tirso miró el reloj del salpicadero.

—¿A qué hora hemos quedado?

Fidel señaló un portal próximo.

—Es ahí mismo, pero antes tengo que contarte otra cosa.

Bajó la ventanilla unos centímetros, lo justo para lanzar por la abertura las bocanadas de vapor que aspiraba del aparato. Con la primera, el coche se impregnó de un olor dulzón.

—Alba Orbe.

Hizo una pausa extraña, desconcertante.

—¿Qué pasa con ella?

—Desde que la encontraron en el Sáhara no ha dicho ni una palabra.

Tirso escuchó la frase y la repitió para sí. No estaba seguro de haberla comprendido del todo. No quería haberla entendido.

—¿Cómo que no ha dicho ni una palabra?

—No habla. No ha hablado. Nada, en ningún idioma.

—¿Es… muda?

—No. Habló con los chavales que la encontraron. En castellano. Les dio la dirección de su casa, por eso supimos quién es. Pero luego ya no ha vuelto a decir nada.

Tirso se revolvió en su asiento.

—Me dijiste que… ¿Qué me dijiste? Que no soltaba prenda.

—Eso es.

—No me dijiste que no hablaba.

—Bueno, es lo mismo, ¿no?

—No, no es lo mismo. Sabes que no es lo mismo. ¿Me has hecho venir desde Menorca…

—Escucha.

—… para que entreviste a una tía que no habla?

—Te he hecho venir porque…, no, escucha, te he hecho venir porque si alguien puede comunicarse con ella, eres tú.

—¿Cómo? ¿Qué esperas que haga? Tío, ¡acabo de cruzar medio país!

En los labios de Fidel se dibujó una sonrisa mientras lanzaba otra bocanada dulzona por la ventanilla.

—Ya sabía yo que ibas a reaccionar así. Por eso no te lo dije por teléfono.

—No me jodas, hombre. ¿Me has engañado?

—No te he engañado, no te pongas… No te he engañado.

—¡No puedo hacer nada con una persona que no habla! ¡Soy lingüista! ¡Trabajo con el lenguaje!

—Algo se te ocurrirá.

—¿Escribe por lo menos?

—No. Lo hemos intentado y nada.

Tirso se volvió hacia el portal, una robusta puerta de madera maciza con la aldaba dorada. Permaneció así unos segundos, con el ceño fruncido. Luego asintió una vez, como si mostrase su acuerdo con algún pensamiento privado, y sacó el móvil del bolsillo.

—¿Cuánto tiempo nos queda? —preguntó mientras tecleaba en el navegador.

—Ya vamos tarde, pero no creo que se marchen a ninguna parte. ¿Qué haces?

—Déjame —dijo, y sacó los auriculares del bolsillo y los conectó al teléfono—. A lo mejor…

No dijo nada más, pero bastó para que Fidel ensanchase la sonrisa.

4

—Perdón por el retraso.

Lo primero que Tirso pensó era que aquel piso debía de costar una fortuna. En una zona como aquella y completamente exterior, no bajaría del medio millón de euros. Tal vez más. Seguro que más.

En segundo lugar, le pareció que la mujer que les abrió la puerta no encajaba en aquel ambiente lacio y aburguesado. Rondaba los treinta años, vestía una camiseta de tirantes vieja, unos pantalones flojos y amorfos y unas zapatillas descuartizadas por el uso. Pero no era eso lo que más desentonaba. Lo que la hacía parecer una intrusa en aquel mundo de lámparas de araña y molduras de escayola eran los tatuajes, algunos todavía en proceso, que le cubrían desde las muñecas hasta los hombros y, al parecer, más allá incluso.

—No importa —dijo muy seria en respuesta a las disculpas del policía. Pero lo dijo mirando a Tirso.

—Este es el perito del que le hablé. Tirso de la Fuente, Alba Alegría —los presentó.

—Hola —dijo simplemente, y le estrechó la mano—. Mi hermanastra está en la sala. Es por aquí.

La estructura entonativa era propia de Madrid, con una curva melódica descendente, al igual que la inflexión final. No había duda de dónde se había criado aquella mujer. Al mismo tiempo, era evidente que pretendía minimizar el intercambio discursivo. Se limitaba a enunciar, puro acto locutivo. Quería quitarse aquello de encima cuanto antes, bien porque no esperaba gran cosa, bien porque no se sentía cómoda en su presencia.

Los guio a través del largo pasillo alfombrado. En la casa flotaba un tenue aroma a comida que despertó el apetito de Tirso. Aparte del café de la mañana, solo había comido un sándwich en la cafetería del tren. Esperaba poder picar algo a su llegada a la estación.

—¿No está su madre? —preguntó Fidel.

—Ha bajado a la iglesia. Volverá en una hora o así. No tiene el día muy bueno.

—Me ha dicho el subinspector que anda con depresión.

Fidel se volvió hacia Tirso con el ceño fruncido. Alba lo imitó con una expresión parecida.

¿Desconcertada? ¿Molesta? Lo sabría si hablara. Pero no lo hizo.

—Sé lo que es eso —dijo Tirso para romper el incómodo silencio. Lo hizo en tono afectuoso—. No es fácil. Tampoco para los que te rodean.

La expresión de Alba se relajó y, en consecuencia, también lo hizo la de Fidel.

—Se nos ha juntado todo en muy poco tiempo. Mi padre murió hace unos meses. Cáncer.

—Lo siento mucho.

—Sí. Gracias. —Se detuvo frente a una puerta corredera de doble hoja—. Una cosa antes de entrar. No… la presione.

—Descuide —dijo Tirso.

—Está muy débil. Y es muy… frágil.

—Lo entiendo perfectamente, de verdad. Solo quiero hablar con ella.

—Ya. Eso queremos todos.

Deslizó las puertas y descubrió un salón grande con vistas a la calle. La luz del exterior, blanca y fría, lo bañaba todo. Tres de las cuatro paredes estaban forradas con estanterías que se alzaban casi hasta el techo repletas de libros. «Habría miles de ejemplares; más de los que una persona podría leer en toda su vida salvo que se dedicase exclusivamente a la lectura», pensó Tirso. En una esquina, un viejo piano vertical sin atril ni partituras a la vista languidecía con la tapa cerrada. Hacía mucho que nadie tocaba música en esa casa.

Lo único vivo en la estancia era la mujer. Estaba sentada en una silla, delante de la ventana. Les daba la espalda. Se cubría con una manta y no se movió cuando entraron. Bien podía ser un maniquí o un cadáver.

Alba Alegría se apoyó en el brazo de un sofá, cerca de la puerta. Fidel optó por quedarse a su lado con las manos a la espalda, como si fuese su escolta.

Tirso avanzó solo hasta la mujer, entró en su campo visual y se puso de cuclillas. Ahí seguían, bajo los surcos de la edad, los mismos rasgos que había visto en la fotografía del informe. Era cierto que estaba morena.

—Alba —dijo en voz baja.

Los ojos azules estaban fijos en la ventana y ahí permanecieron. Tenía la mirada neblinosa, velada por una capa de bruma que ocultaba toda expresividad, todo pensamiento. Si los ojos son el espejo del alma, Alba Orbe parecía desprovista de ella.

—Me llamo Tirso de la Fuente. Estoy ayudando a la policía. ¿Te importa que me siente un momento contigo?

La mujer no respondió ni lo miró. La manta le tapaba desde los hombros hasta las pantorrillas, aunque allí dentro no hacía frío, sino más bien al contrario.

Tirso esperó un minuto sin moverse de donde estaba antes de ir a por una silla. La colocó delante de la mujer, cuidándose de no obstaculizar su línea de mirada y la observó con una sonrisa cordial. Después, también él se volvió hacia la ventana. Se divisaba un pequeño parque al otro lado de la calle.

—¿Te gustaría salir?

Ninguna respuesta, ninguna reacción. Tirso le concedió otro minuto.

—Si quieres, podemos hablar fuera, en un banco. ¿Te gustaría eso?

Otro minuto más. Tirso notó la incomodidad que aquellos prolongados silencios producían en Fidel y en la hermanastra. Se revolvían, tragaban saliva, se tocaban la cara. Un minuto puede durar una eternidad.

—Vale, entonces nos quedamos aquí. ¿Te parece bien que hablemos aquí?

Otro minuto. Nada. Tirso sacó del bolsillo una libreta de anillas que siempre llevaba consigo. Se la ofreció a Alba junto con un bolígrafo.

—A ver qué te parece esto. Yo te hago preguntas y tú escribes lo que quieras. O no escribes nada, si no quieres. ¿Te parece bien? ¿Prefieres que lo hagamos así?

La mujer no lo miró ni tampoco la libreta. Tirso decidió cambiar de estrategia. Se inclino hacia delante, moduló el tono y bajó el volumen.

—No puedo ni imaginarme lo difícil que debe de ser todo esto para ti después de tanto tiempo. ¿Cuánto ha sido? Más de treinta años. Treinta y tres, ¿verdad? Es mucho tiempo. Y llegas aquí, y la gente no para de hacerte preguntas. Uno detrás de otro, policías, psicólogos… más policías… y ahora yo. No nos conoces, no sabes quiénes somos. Solo quieres estar tranquila, que te dejen en paz. Es normal. Pero tienes que entender que lo hacemos por ti. Solo queremos saber qué te ha pasado, por qué mataste a ese bebé.

La hermanastra, desconcertada, contrajo la cara y se volvió hacia Fidel. Este le dirigió un gesto apaciguador que decía «Sabe lo que hace».

Y así era. Era un ardid burdo pero eficaz basado en los test de asociación de palabras de Carl Gustav Jung. Tirso lo había empleado en el pasado con testigos o sospechosos que, como

Alba, levantaban una barrera comunicacional por algún motivo.

La técnica era sencilla: el interrogador genera un discurso monótono y coherente y, de pronto, sin alterar la cadencia, sin cambiar de tono, introduce un elemento discordante, mejor cuanto más extemporáneo, incómodo, repulsivo. Si el sujeto entiende el idioma, es muy difícil que no se produzca una respuesta fisiológica involuntaria: un sutil movimiento de cejas, de la nuez, de los labios. Algo.

Alba, sin embargo, no movió un solo músculo. Ni siquiera le temblaron los párpados.

Por el rabillo del ojo, Tirso advirtió que Fidel se cruzaba de brazos. El policía lo había visto hacer aquello en otras ocasiones, y era la primera vez que no daba resultado. Su decepción era manifiesta.

Quizá Tirso estaba desentrenado. Después de todo, cinco años al sol oxidan a cualquiera.

—Olvida lo que te he dicho, ha sido de mal gusto. Solo quería ver cómo reaccionabas. Pero es que necesitamos que reacciones. Que te comuniques. Tu madre está muy preocupada por ti. Todo el mundo está preocupado. —Señaló al sofá sin mirarlo—. También tu hermanastra. No entendemos por qué no quieres hablar con ellas. ¿Hay algo que te asuste? ¿Tienes miedo de contar lo que te ha pasado?

Nada.

—¿Alguien te amenazó si hablabas? Aquí no pueden hacerte daño. No vamos a dejar que te hagan nada, te lo prometo. Tienes mi palabra. Y la del subinspector también.

Fidel, aludido, respondió:

—Desde luego. No vamos a dejar que nadie te haga daño. Ni a ti ni a tu familia.

—Alba, ¿dónde has estado todo este tiempo?

Nada.

—¿De dónde venías cuando te encontraron?

Nada.

Tirso apoyó la espalda en el respaldo y miró a Fidel, que exhaló una vaharada de aire por la nariz; y eso fue todo cuanto hizo. A su lado, Alba Alegría no apartaba la vista de la nuca de su hermanastra mientras se hurgaba en las uñas con nerviosismo.

Tirso decidió pasar a la última estrategia, improvisada un rato antes en el asiento del coche. Era una idea quizá disparatada, probablemente fútil, pero no se le ocurría ninguna otra.

Sacó el móvil del bolsillo y consultó la nota que acababa de redactar. Era una lista de vocablos, transcripciones fonéticas de palabras árabes. Las ojeó todas antes de decidirse por una.

—Táamom.

Según Google, así debía pronunciarse la palabra árabe: طعام, «comida». La dijo con la mirada puesta en la mujer, escrutándola en busca de alguna reacción. No advirtió ninguna.

—Amm —dijo luego intentando que sonase como أم, «madre». Nada.

Probó con las demás, dejando unos diez segundos entre una y otra:

—Báriya — برية «desierto».

—Zénzana — زنزانة «celda».

—Yénson — جنس «sexo».

—Járifon — خائف «miedo».

Fidel empezaba a impacientarse. Descruzó los brazos y, sin saber qué hacer con ellos, los cruzó de nuevo.

Alba Alegría se levantó solo para acomodarse en el asiento. No parecía decepcionada porque, con seguridad, no esperaba gran cosa de aquella visita. ¿Por qué iba a hacerlo? La policía no había conseguido sacarle nada a su hermanastra, tampoco la psicóloga, ni siquiera su propia familia. ¿Por qué habría de ceder ahora ante un tipo que simplemente se sentaba a su lado y le soltaba un montón de palabras inconexas?

A Tirso ya solo le quedaba una bala en la recámara.

—Amal.

Nada más oírla, Alba Orbe parpadeó. Esta vez fue Tirso quien se quedó petrificado. Hasta contuvo la respiración por miedo a arruinar el momento.

La mujer se volvió hacia él como a cámara lenta con la mirada inerme. Sus manos se movieron bajo la manta. A Tirso le pareció que no era un movimiento azaroso, sino que pretendía comunicar algo. Cogió la manta, la deslizó con suavidad y dejó el torso de la mujer al descubierto. En efecto, Alba se señalaba a sí misma con la mano derecha, la palma en el centro del pecho.

—أمل —dijo. «Amal».

Tenía la voz grave, algo quebrada, y un fuerte acento árabe.

Su hermanastra, que se había puesto en pie y los observaba con los ojos como platos, preguntó:

—¿Qué significa?

Tirso no tuvo que consultar la lista.

—Esperanza.

No dijo nada más. Aunque Tirso siguió probando suerte durante quince minutos y repitió las palabras que había anotado y otras nuevas que buscó en el momento, Alba Orbe ya no reaccionó a ninguna otra. Devolvió la vista al parque y ahí la dejó hasta que Tirso se dio por vencido y se levantó de la silla.

—No creo que vayamos a conseguir nada más.

Su hermanastra los acompañó hasta la puerta. Parecía satisfecha, lo estaba sin duda, pero también desconcertada.

—Entonces ¿qué? ¿Cómo se supone que hay que interpretar eso?

—Deje que lo pongamos en común antes de sacar ninguna conclusión —dijo Fidel en su más afectado tono de agente de la ley—. No se preocupe, la mantendré informada.

Se despidieron deprisa sin grandes ceremonias.

Bajaron en silencio, a pie, y entraron en el coche patrulla. La temperatura había caído un par de grados y Tirso lo acusó.

—¿Y bien?

—A ver. —Tirso se frotó las manos—. Para empezar... Podemos dar por hecho que entiende árabe. Un poco por lo menos. Lo suficiente para entender «esperanza», que no es una palabra precisamente común. Y, si conoce «esperanza», lo lógico es que conozca «comida» o «desierto». Las sabe seguro, pero no ha reaccionado a ellas, lo cual puede significar... muchas cosas.

—¿Y lo de señalarse?

—No soy psicólogo, pero supongo que podría tomarse como un signo de... anhelo.

—Anhelo.

—La esperanza de volver a casa, a su país. Con su familia. Pero no lo sé. También puede... —dejó la frase momentáneamente en el aire, pero no tuvo tiempo de concluirla.

—¿No significar nada?

—Todo significa algo. Lo difícil es saber qué.

—¿Crees que habla castellano?

—Mmm. No me atrevería a responder a eso. Pero si me pusieras una pistola en la cabeza...

—Supón que te la pongo.

—Entonces mi apuesta sería que no, pero sería una apuesta arriesgada.

—¿Por qué?

—Si la sacaron de España a los cinco años y no ha vuelto a tener contacto con el idioma, lo normal es que ya no sea capaz de expresarse en español. Las lenguas tienen fecha de caducidad en el cerebro.

—¿Las maternas también?

—Sí. Y más si hay traumas de por medio. Por otra parte... —Se quedó pensativo. Fidel trazó círculos con la mano exigiéndole que continuase—. Por otra parte, no deberíamos dar nada por sentado. Quiero decir que es posible que sí entienda español. Por lo menos a un nivel relativamente básico.

—El nivel de una niña de cinco años.

—Eso es. Si queréis interrogarla otra vez, mi consejo es que uséis estructuras sencillas y un léxico limitado. Hablad despacio, como he hecho yo al final. Nada de subordinadas ni de tecnicismos. Mejor si lo apoyáis con dibujos.

—Como hacemos con los niños.

—Sí. Pero ten en cuenta que, incluso aunque el español siga dentro de su cabeza, estará bloqueado, como si se encontrara detrás de una puerta.

—Vale, ¿y cómo la abrimos?

—Por la fuerza, no, eso seguro. Me temo que depende de ella. Tiene que querer que se abra.

—Pero cuando la encontraron habló. Habló en castellano, dijo su dirección. ¿Por qué justo eso sí que pudo atravesar la puerta?

Tirso pegó el rostro a la ventanilla y miró el edificio. Alba Orbe estaba detrás de alguna de aquellas ventanas.

—Yo diría que… Esto es una especulación, tómatela como tal.

—OK.

—Ponte que esa mujer lleva toda la vida repitiéndose esas palabras.

—¿La dirección?

—Sí. Tres palabras, cuatro. Se las grabó a fuego cuando desapareció.

—¿Por qué?

—Piensa en su situación. Cinco años y te apartan de tus padres y de tu casa. Te llevan a un sitio extraño que no conoces. Con gente que habla otro idioma. ¿Qué puedes decir? ¿Qué dirías tú?

—Mi dirección.

—Seguramente se la dijo a todos con los que se cruzaba, a todo el mundo. Nadie le hizo caso, o le pidieron que se callara, que dejase de decir eso. Pero ella siguió repitiéndoselo para sí, como un mantra, durante semanas, luego meses, luego años. Para ella es más que una dirección, es casi… una oración. Para ella esas palabras significan…

—Esperanza —se adelantó Fidel.

Tirso asintió. Fidel sonrió y le golpeó fraternalmente en la rodilla.

—Para no ser psicólogo te das maña, cabrón.

—Todo esto son conjeturas. No le he sacado nada.

—Ya es más de lo que conseguimos nosotros.

—¿Qué le vas a decir a la hermana?

—Hermanastra. No sé. Le diré que tiene una puerta y que debemos esperar a ver si le da por abrirla en algún momento.

—¿Y si no se abre?

—Si no se abre, fin de la historia. Milagros, a Lourdes.

Las luces del BMW aparcado junto al zeta parpadearon con un pitido. El dueño, un tipo engominado y con gafas de sol, se aproximaba mirando la matrícula del coche patrulla que le impedía salir. Fidel giró la llave en el contacto y se reincorporó al tráfico.

—¿Te importa acercarme al hotel? —preguntó Tirso.

—No te lo crees ni tú.

—¿El qué?

—No te vas a quedar en un hotel. Solo faltaba.

—Tengo una reserva en…

—Me importa un huevo. Mi chica tiene un piso en Moncloa. —Fidel se refería a su mujer como «mi chica» aunque llevaban más de veinte años juntos—. Lo tenía alquilado a unos chinos, pero tuvimos que echarlos el año pasado. Eran unos putos cerdos, no te haces una idea. Los vecinos se quejaban constantemente, nos llamaban todas las semanas. Igual lo ponemos como piso turístico, pero ahora mismo no estamos para meternos en obras. Cuando saque tiempo y ganas le haré unas chapuzas y lo pintaré. Pero, vaya, que para unos días te sirve perfectamente.

El ofrecimiento lo sorprendió. El Fidel que él conocía siempre había establecido una celosa separación entre su vida privada y el uniforme. A su mujer la había visto una vez, hacía años, y conservaba un vago recuerdo de ella —rubia, bajita, ceñuda—. Sabía que tenían una hija en común que, por entonces, rondaría los veinte años. Santo Dios. Veinte años ya.

—Te he engañado para venir, por lo menos que no pierdas dinero.

—No hace falta, de verdad.

—Creí que ibas a decir que no te había engañado.

—Es que sí me has engañado. Pero no hace falta que me pagues la manutención para sentirte bien.

—No te pago nada, solo te dejo el piso. ¿Puedes anular el hotel?

—Supongo.

Eran las siete y cuarto de la tarde y el centro de Madrid estaba colapsado. La Gran Vía parecía más un concesionario que una calle, con cuatro hileras de coches parados. Fidel no dudó en encender la sirena. Como resultado, la caravana se abrió aparatosamente, lo que provocó que algunos vehículos quedasen cruzados y se complicaran aún más las cosas para los que seguían atascados allí.

—¿Cuánto piensas quedarte?

—Una semana. Pero si es mucho puedo buscarme otro sitio.

—Para ya, no seas coñazo. ¿Y tienes planes para estos días?

—Sobre la marcha.

Contempló la ciudad al otro lado de la ventanilla. Había anochecido y el alumbrado público irradiaba las calles con la potencia cegadora de las led blancas.

—¿Por qué no te vienes mañana a cenar a casa?

Tirso titubeó ante aquel ofrecimiento tan impropio de Fidel, el segundo del día. Jamás había estado en su casa.

—¿Sí?

—Claro. Vente.

—Vale. Bien.

—Cojonudo. Le digo a Tere que haga unas chuletillas.

—«Tere», se dijo Tirso para sí con ánimo de fijarlo—. Su familia es de Aranda. Cada vez que vamos, nos traemos un cordero en el maletero.

—Vaya.

—¿Qué?

—Ahora soy vegetariano.

—No es verdad —soltó Fidel con sincera incredulidad, luego apartó momentáneamente la mirada de la carretera y se volvió hacia su amigo—. Pero ¿qué te han hecho en esa isla?

El piso estaba en el distrito de Moncloa, a un par de calles de la sede del Ejército del Aire. Era un semisótano al que se accedía directamente desde el portal tras descender ocho peldaños ruinosos.

Tendría cuarenta metros cuadrados como mucho. Salvo el baño, todo estaba concentrado en un solo habitáculo: una minúscula cocina con dos fogones, un sofá, una televisión barata, una mesa con cuatro sillas, una cama grande y un único armario. Todo de IKEA y todo maltratado.

—Cinco chinos vivían aquí, no me preguntes cómo. Se apilarían unos encima de otros.

Las paredes tenían manchas de humedad y apestaban a algo que Tirso no supo identificar. Había cuatro ventanucos alineados unos junto a otros. Tirso los abrió todos. Quedaban a ras de la acera, de manera que ofrecían una extravagante vista de las pantorrillas de los transeúntes.

—Ya sé que no es el Palace, pero…

—Es perfecto —mintió Tirso—. Para una semana, me sobra.

—Menos prenderle fuego, puedes hacer lo que quieras. El colchón cruje un poco, pero aguanta el peso de dos personas.

Fidel le guiñó un ojo y Tirso sonrió por compromiso.

—Las llaves. Esta grande es del portal. Luego te mando mi dirección por WhatsApp. Tienes una parada de metro a cinco minutos, Prosperidad, línea marrón. ¿Sobre las nueve?

—Cuando digas. ¿Seguro que a... Tere le parecerá bien?

—Va a estar encantada.

Volvió a golpearlo en el hombro, tal y como había hecho en la estación, y arrastró los pies hacia la puerta.

—Fidel, oye, una cosa, ¿sabe alguien que me has llamado?

—¿Alguien, quién? ¿De comisaría, dices? —Tirso asintió—. No es un secreto, ¿no?

—Ya sabes por qué lo digo.

Fidel se pasó una mano por la cabeza rapada y se frotó la coronilla.

—No te preocupes por eso. Han pasado cinco años. Ya está olvidado.

—Yo no lo he olvidado.

—Ya...

Fidel, visiblemente incómodo, golpeó con los nudillos la puerta abierta, toc, toc, y alzó la mano en gesto de despedida.

—Bueno, tronco. Nos vemos mañana.

Cerró la puerta con cuidado y Tirso vio sus piernas alejándose hacia el zeta a través de los ventanucos.

Eran las nueve menos veinte de la noche y no había probado bocado desde el mediodía. Se sentó en la cama, miró a su alrededor y se preguntó qué demonios hacía ahí.

5

A las ocho ya estaba duchado, vestido y en la calle. ¿Antes hacía tanto frío en Madrid? Abril estaba a la vuelta de la esquina, la primavera había entrado hacía cuatro días. En cuanto abriesen las tiendas se compraría un plumífero o algo parecido, pensó.

Callejeó un rato hasta dar con una cafetería a su gusto. Devoró un par de tostadas mientras se entretenía con la agenda del teléfono. Tenía muchos conocidos en Madrid y unos pocos a los que en su día se permitió llamar amigos. De la mayor parte no tenía noticias desde hacía años, ni ellos de él.

Vagó arriba y abajo por la lista, desestimando a unos y a otros por toda clase de razones hasta que se dio por vencido. Lo estaba haciendo a la fuerza, y no es así como deben hacerse ciertas cosas. Tal vez más tarde tuviese una mejor disposición de ánimo.

Guardó el móvil decidido a pasar la mañana caminando sin rumbo, un placer del que hacía mucho que no disfrutaba. Trataría de reconciliarse con esa ciudad que le seguía pareciendo demasiado agresiva, demasiado ruidosa. ¿Qué era lo que le gustaba tanto de ella cuando vivía ahí? ¿Había cambiado Madrid o había cambiado él?

Al salir de la cafetería, giró hacia la derecha, dirección plaza de España; una vez allí, ya vería qué rumbo tomaba.

Mientras paseaba encorvado por el frío, le vino a la mente Alba Orbe, responsable última, involuntaria, de que él estuviese pululando de nuevo por aquellas calles tras tantos años de ausencia.

El pensamiento lo incomodó. Se sintió inútil y torpe durante el interrogatorio, y sabía (estaba convencido) que Fidel quedó decepcionado. Razones tenía, pero, desde su punto de vista, la culpa de su fracaso no fue enteramente suya. El policía había depositado demasiada confianza en él. ¿Qué puede hacer un perito lingüista, por bueno que sea, con una mujer que se niega a comunicarse? Era como si sus dotes se hubiesen mitificado en la memoria de Fidel. Aquel, en todo caso, era trabajo para un psicólogo. Y un trabajo a largo plazo, además. Esa mujer necesitaría meses o años de terapia, y ni siquiera eso garantizaba la curación.

Rumiaba todo aquello, navegando entre la culpabilidad y la autoindulgencia, cuando, al pasar junto a la estación de Moncloa, cayó en la cuenta de que no estaba lejos del lugar donde Alba Orbe desapareció. Quedaba en dirección opuesta a la plaza de España, pero no tenía ninguna prisa y, para qué negarlo, le picaba la curiosidad.

Abrió el mapa que adjuntaba el informe y lo usó para guiarse. Tardó veinte minutos en llegar al punto exacto, que resultó ser diametralmente opuesto a como él lo imaginaba.

Se trataba de una amplia avenida arbolada, un lugar camino a ninguna parte por donde nadie pasaría salvo que fuese allí por algún motivo concreto. Estaba prohibido aparcar, aunque, en rigor, tampoco había forma de hacerlo. Carecía de comercios y de gente, solo contaba con unas pocas farolas, muy distantes unas de otras, algunas de ellas rotas. En el ayuntamiento, estaba claro, no perdían el sueño por aquel distrito.

Entre los descuidados jardines había unos pocos edificios desperdigados. Según Google, eran instalaciones de la Universidad Complutense y, por su arquitectura, todos le parecieron de construcción muy reciente. Posteriores, eso seguro, a 1986. Pero entonces ¿qué había allí en esa época?

Se volvió hacia la única respuesta posible: un complejo de edificios rodeado por una verja herrumbrosa de unos tres metros de alto. Eran todos de cemento, secos y brutales, abandonados a su suerte hacía mucho.

Tirso se acercó a la garita de seguridad. Algún adolescente cabreado había pintado «A.C.A.B.» con espray negro en una de las paredes. Aunque la puerta seguía en su sitio, faltaban todos los cristales. El interior estaba lleno de hojas secas y porquería que se había colado por los huecos de las ventanas.

Por lo que Tirso alcanzaba a ver, el complejo agrupaba cinco edificios. Los más próximos a él presentaban un aspecto muy deteriorado. La vegetación asomaba aquí y allá, amenazando con invadir lentamente las grietas hasta que las vigas y los muros de contención no lo soportasen y todo se viniese abajo. No parecía quedar mucho para eso.

Tirso imaginó ese paisaje en un lejano 1986. Aquellos edificios, todavía abiertos, todavía incólumes, erigidos en mitad de la nada. Un vigilante que controlaba el acceso revisaba las credenciales y abría una barrera de entrada que ahí seguía, ahora mugrienta y oxidada.

¿Cómo podía una niña perderse en un lugar semejante? ¿Y qué hacía allí?

Dos ancianos vestidos con chándal paseaban por la acera opuesta hablando de sus cosas. Tirso fue hacia ellos.

—¡Perdonen! ¡Caballeros!

Lo miraron de arriba abajo evaluando su indumentaria. El veredicto debió de ser positivo porque ambos se detuvieron.

—¿Viven por aquí? —Uno de ellos asintió todavía con algo de desconfianza—. ¿No sabrán qué había ahí?

Los dos ancianos se volvieron hacia el complejo abandonado. El más viejo se ajustó las gafas y aun así tuvo que entornar los ojos hasta casi cerrarlos por completo.

—¿Eso?

—¿Qué había ahí?

—Ah, sí, calla.

—¿Qué? ¿Tú te acuerdas?

—¿No era algo del gobierno?

—¿El qué? ¿Ahí?

—Una cosa del gobierno.

—Ah, espérate. ¿Era ahí donde estaba aquello...? Lo diré. Aquello nuclear.

Algo dentro de Tirso palpitó con fuerza. Trató de recordar el nombre del organismo donde trabajaba Óscar Orbe, pero no le vino a la cabeza. Abrió el documento en el móvil y lo leyó.

—¿La Junta de Energía Nuclear?

—Puede ser —dijo el menos viejo de los dos y se volvió hacia su acompañante—. ¿No te acuerdas de que la gente daba toooda la vuelta por el parque para no pasar por aquí?

—¿Que decían que había cosas radiactivas?

—¡Eso mismo! Era del gobierno, ¿no te acuerdas? Cuando Franco.

Tirso les dio las gracias y los ancianos se alejaron debatiendo aún sobre los perjuicios de la radiactividad.

El informe que Fidel le envió no decía ni una palabra sobre la investigación policial que necesariamente debió llevarse a cabo tras la desaparición de la niña. En su encuentro del día anterior, Fidel tampoco mencionó nada al respecto. ¿En qué circunstancias concretas desapareció Alba Orbe? ¿Había alguien más con su padre y con ella? ¿Qué sospechó la policía si es que sospechó algo?

Lo único que Tirso sabía con certeza era que aquel día, el 10 de marzo de 1986, Alba Orbe acudió con su padre hasta ese lugar y allí se perdió su pista. Pero ¿cómo pudo desvanecerse en un páramo casi deshabitado? La respuesta estaba, tenía que estarlo, en aquel complejo de edificios.

Miró a su alrededor y, tras asegurarse de que se encontraba solo, traspasó la barrera de entrada. No había cámaras ni ningún otro sistema de seguridad, solo suciedad y vegetación invasora. Un vertedero. Un espacio basura.

Vio restos de botellones, alguna aguja hipodérmica, condones usados, clínex. Todas las puertas habían sido tapiadas con muros de ladrillos en un vano esfuerzo por disuadir a los okupas. Vano porque las ventanas estaban rotas, también las de los bajos, aunque Tirso no percibió el menor movimiento.

Divisó un banco roñoso y se acomodó en él con cuidado de no mancharse. Contempló los edificios y las calles que los separaban, tratando de imaginarlas llenas de vida, tal y como debieron de estar en los años ochenta. ¿Cuánta gente trabajaría allí? Seguramente mucha.

Sacó el móvil y descubrió que la Junta de Energía Nuclear tenía su propia entrada en Wikipedia.

En 1948, Francisco Franco crea la Junta de Investigaciones Atómicas (JIA). Lo hace a través de un decreto de carácter reservado, y no es hasta 1951 que la institución pasa a ser de carácter público. Esto coincide con un cambio de nombre por el cual pasa a denominarse Junta de Energía Nuclear (JEN).

Este centro llevaría a cabo proyectos de investigación y desarrollo en lo relativo a la teoría y cálculo de reactores y fusión nuclear. Entre sus funciones estaba también la de asesorar a las diversas administraciones públicas en las materias de su competencia.

La JEN fue un organismo muy similar al que crearon todos los países europeos tras la Segunda Guerra Mundial con el fin de unificar toda su investigación y acción nuclear en una sola entidad.

En 1986, superada ya la era atómica, la JEN fue oficialmente clausurada, cediendo el testigo al Centro de Investigaciones Energéticas, Medioambientales y Tecnológicas (CIEMAT). Esta nueva institución se centra en labores de investigación y desarrollo acordes con las necesidades del país.

De modo que la Junta de Energía Nuclear fue clausurada el mismo año que Alba Orbe desapareció. Una casualidad interesante. ¿Era posible que la JEN ya no ocupase aquel solar cuando se produjo la desaparición? Pero, de ser así, ¿qué hacía allí Óscar Orbe? ¿Y qué hacía la niña con él?

Buscó en Google información sobre aquel organismo y le sorprendió ver que el número de resultados era extraordinariamente escaso. Algún artículo académico, un antiguo reportaje sobre la energía atómica en España, alguna noticia de los años sesenta y setenta almacenada en los archivos del *ABC*.

Siguió el único enlace que le llamó la atención. «Dentro de la JEN». Se trataba de un blog con un diseño estridente, la clase de webs que proliferaron a principios de siglo: textos blancos sobre fondo negro y una dolorosa elección tipográfica. Había fotografías sobre todo, pero, antes de entretenerse en ellas, pulsó en la pestaña «Sobre este blog».

El autor, un tal José Marcos Maldonado, había sido trabajador de la JEN entre los años 1972 y 1986. Luego, según él mismo detallaba, pasó al CIEMAT, donde siguió desarrollando sus labores hasta su jubilación en 2002. Fue un año después cuando creó ese blog como «recuerdo y homenaje» a los hombres —no parecía haber mujeres— con quienes trabajó en la Junta de Energía Nuclear.

Según declaraba en el breve texto, algunas de las fotografías pertenecían a su archivo personal y otras muchas se las habían cedido para la ocasión antiguos compañeros a quienes agradecía el tiempo de búsqueda y selección y a los que mandaba, «desde esta humilde bitácora, un afectuoso abrazo digital».

Tirso se dispuso a navegar por el blog. Estaba dividido en pestañas que, según consiguió entender, correspondían a los distintos grupos de trabajo existentes en la JEN. Los textos estaban repletos de alusiones privadas, bromas y motes.

Fue en la pestaña dedicada al grupo de teoría y cálculo de reactores donde encontró una fotografía de Óscar Orbe. Posaba junto a la consola de un ordenador, entonces nuevo y sofisticado, hoy pieza de museo. Llevaba una camisa blanca remangada hasta los codos y una corbata oscura. Lucía un poblado bigote rubio bajo el cual sus labios sonreían al objetivo. En el pie de foto se leía: «Óscar, compañero del grupo 1, 1984».

Tirso bajó por la página en busca de más instantáneas suyas. Solo encontró otra. En ella, Óscar Orbe aparecía de cuerpo entero, apoyado en el mismo banco en el que Tirso estaba ahora. Por entonces, aún no había grietas en la fachada ni la vegetación trepaba por ella. Junto a Óscar Orbe había otro hombre unos veinte años mayor que él. Vestía uniforme militar y tenía en brazos a una niña rubia. Era Alba Orbe. Los dos hombres reían alguna ocurrencia de la pequeña, que señalaba con un dedo más allá del fotógrafo. Tirso leyó el pie de foto: «Francisco Romera, «el capataz», con la hija de Óscar». No ponía la fecha, pero, atendiendo a la edad de la niña, debió de ser tomada entre 1985 y 1986.

Aquel hombre, el capataz, aparecía en varias fotografías más, a veces con uniforme y otras, la mayoría, vestido de civil. Aunque su autoridad era evidente más allá de su mote, las fotografías testimoniaban familiaridad en el trato con sus subordinados.

Tecleó el nombre en Google. El primer resultado fue, de nuevo, una entrada en Wikipedia.

Francisco Romera (1932) es un militar y científico español. General de brigada del Ejército de Tierra y autor del libro *El sueño nuclear en la España de Franco*.

Estudió en España y Estados Unidos antes de ingresar en la Junta de Energía Nuclear (JEN), sección de teoría y cálculo de reactores, que pasaría a dirigir dos años después.

En 1964 se convierte en el director general de la JEN, cargo que mantuvo hasta su desmantelamiento en 1986. Ese mismo año asumió la presidencia honorífica del Centro de Investigaciones Energéticas, Medioambientales y Tecnológicas (CIEMAT).

Tirso hizo un rápido cálculo mental. Si aquel hombre seguía vivo —Wikipedia no decía que hubiese muerto—, tendría ahora ochenta y siete años. Se preguntó si habría estado presente cuando Alba Orbe desapareció, si sabría algo al respecto, si recordaría algo. Si se habría enterado de que Alba Orbe, ahora una mujer de casi cuarenta años, había reaparecido tan misteriosamente como se desvaneció. Solo había una forma de descubrirlo.

Tardó menos de un minuto en encontrar su número fijo. Lo copió en su libreta de anillas. Luego lo tecleó en la pantalla, pero, cuando se disponía a llamar, se quedó congelado, con el pulgar a solo unos centímetros del botón verde.

¿Qué estaba haciendo? Aquello excedía las atribuciones de un perito, lingüista o de cualquier otra clase. Estaba mucho más allá de lo que Fidel le había pedido, entraba en otra órbita completamente distinta. ¿De verdad quería hacerlo?

Miró el número. Vaciló.

Tenía la sensación de que Fidel le había ocultado información, lo que no podía saber es si lo había hecho a propósito ni por qué motivo. Al fin y al cabo, un perito no tiene por qué saberlo todo. En según qué circunstancias, es, de hecho, mejor que sepa poco. Lo justo para hacer su trabajo sin intoxicaciones que puedan condicionarle.

Por otra parte, Fidel no parecía especialmente concentrado. Él mismo le había dicho que estaba a mil cosas, todas más importantes que esta. ¿Era posible que hubiese pasado por alto la coincidencia de fechas entre el cierre de la Junta de Energía Nuclear y la desaparición de la niña? ¿Era posible que la hubiese considerado nada más que una curiosa serendipia, una de esas casualidades que se dan a veces en las investigaciones y que solo sirven para obsesionar a los policías y llevarlos en la dirección equivocada?

Medio cerebro le gritaba que borrase el número y siguiese con su paseo, y era sin duda la mitad sensata. En vez de eso, pulsó el botón verde. Hablaría con ese hombre. Si sacaba algo en claro, se lo contaría a Fidel. Si no, fin de la historia.

El teléfono sonó varias veces. Cuando ya estaba a punto de darse por vencido, alguien descolgó. La voz, sin embargo, todavía se hizo esperar un buen rato. Estuvo precedida por un carraspeo seco, como si alguien luchase por desprenderse de una flema enredada en las cuerdas vocales desde hacía una eternidad.

—Dígame.

La orden sonó polvorienta y marcial.

—¿Hablo con el general Francisco Romera?

—¿Con quién hablo yo?

—General, buenos días. Me llamo Tirso de la Fuente.

—¿Lo conozco?

Hablaba a aguijonazos, imponiendo el ritmo de la conversación.

—Me temo que no.

—No voy a comprarle nada.

—No quiero venderle nada.

—Entonces ¿qué quiere?

—Verá, estoy investigando el caso de Alba Orbe. —Tirso hizo una pausa a la espera de alguna intervención reactiva, un «ajá», un «ya», un «¿por qué?». No hubo nada de eso—. Es la hija de Óscar Orbe, que trabajó con usted en la Junta de Energía Nuclear allá por los años ochenta. No sé si se acuerda de él. Alba, su hija, desapareció en 1986.

Siguió otra pausa que Tirso respetó pacientemente.

—¿De dónde ha sacado este número?

—Está en internet.

—¿Mi número está en internet?

—Casi todos los fijos lo están. ¿Qué me dice de Óscar Orbe? ¿Se acuerda de él?

—Claro que me acuerdo —aseguró en un tono que Tirso no fue capaz de interpretar. ¿Estaba a la defensiva? ¿Sorprendido? ¿Preocupado?

—En ese caso, me gustaría hacerle unas preguntas.

—¿Cuándo?

—Ahora mismo, si es posible.

—No. No es posible.

—¿Y más tarde? Puedo llamarle cuando me diga.

—No vuelva a llamarme. No voy a hablar de estos asuntos por teléfono.

Tirso titubeó antes de preguntar:

—¿Y en persona? ¿Podríamos vernos en algún sitio?

Oía su respiración nasal, dificultosa. Se volvió más profunda.

—¿General?

—Tome nota de mi dirección.

6

El general Romera vivía en un vetusto edificio del barrio de Arguelles. Tirso subió en ascensor hasta el último piso, preparándose mentalmente para el encuentro. Había decidido exponer las cosas como eran, sin adornarlas y, por supuesto, sin mentir. El piso del general estaba en la séptima planta, tras una puerta adornada con un relieve dorado del Sagrado Corazón de Jesús justo debajo de la mirilla.

Llamó al timbre. Unas notas musicales resonaron dentro de la casa. Las últimas se entrelazaron con unos pasos cada vez más próximos. Le abrió un hombre en la treintena. Tenía rasgos andinos y la frente perlada de sudor. No era difícil saber por qué. Del interior emanaba un hálito bochornoso más propio de una piscina que de una vivienda.

—Hola. Vengo a…

—Señor Fuentes.

—De la Fuente. Sí.

El muchacho lo invitó a entrar.

No era solo el calor. El ambiente allí dentro estaba viciado. Olía a ancianidad y a sopa. Aunque en la calle el sol brillaba en todo su esplendor, en el piso reinaba el tenebrismo, una atmósfera turbia y sofocante que parecía reblandecerlo todo.

En cuanto puso un pie en el recibidor, Tirso se vio enfrentado a un busto de Francisco Franco. El artista debió de tomar como modelo el rostro del dictador al poco de vencer la guerra, porque todavía se apreciaba una cierta bisoñez en sus rasgos. Estaba justo frente a la puerta, sobre un taquillón rodeado de bagatelas. Una declaración de intenciones, supuso Tirso, de cara a las visitas.

El muchacho guio a Tirso a través del lóbrego pasillo. Las paredes estaban forradas con un papel del color de la sangre reseca adornado con grecas verdes que lo empeoraban. Por todas partes había fotografías enmarcadas, muchas de ellas en blanco y negro. En el suelo, orillados contra el rodapié, se amontonaban libros, revistas, periódicos y vinilos en torres que a duras penas mantenían el equilibrio. El general podía ser tanto un entregado amante de la cultura como un trastornado con síndrome de Diógenes.

Llegaron a un amplio salón, tan oscuro y abarrotado como el resto de la casa. Sonaba ópera, una voz de mujer.

—El general lo recibirá enseguida.

El chico se dio la vuelta y desapareció en la negrura.

Tirso empezó a sudar, se desprendió de la chaqueta y la lanzó sobre el sofá junto con su mochila.

El habitáculo tenía una chimenea, apagada en ese momento, y dos balcones, ambos cerrados. Por entre las lamas de las persianas a duras penas se filtraban unos tímidos rayos de luz. El tocadiscos, de donde brotaba la música, descansaba sobre una cómoda, junto a uno de los balcones. *The Callas Legacy, Volume One*.

También allí las paredes estaban cubiertas de fotografías. Tirso se paseó sobre la mullida alfombra para ojearlas. En muchas de ellas aparecía el general retratado a lo largo de las décadas. Con uniforme y sin él, pero siempre trabajando. Buscó alguna de carácter personal, el general con una mujer, con niños, una boda, una celebración de alguna clase, pero no encontró nada parecido. Se le ocurrió que aquel hombre no se había tomado un solo día libre en sus ochenta y siete años de vida.

Reparó entonces en una imagen que conocía bien. El país entero la conocía. Fue tomada en una playa de la provincia de Almería. La playa de Palomares. A finales de los sesenta, unos aviones militares americanos que sobrevolaban la zona sufrieron un accidente y dejaron caer varias bombas atómicas. En aquel momento España empezaba a despuntar como un destino turístico mundial. El gobierno pensó que aquello podía suponer un varapalo para el sector, así que mandó al entonces ministro de Información y Turismo Manuel Fraga para que se encargarse del asunto. Y vaya si lo hizo.

La fotografía lo mostraba saliendo del agua. Iba ataviado con un bañador de pata larga que, en la escala de grises, daba la impresión de ser negro. Avanzaba hacia la cámara escoltado por otros cuatro hombres, todos en bañador. Tirso creía recordar que uno de ellos era el embajador estadounidense, aunque no podía identificarlo con exactitud. Se inclinó por el más apuesto.

Era una reproducción mediana, del tamaño de un folio y a muy buena resolución, que revelaba detalles en los que nunca hasta entonces se había fijado. Como el ceño fruncido de Fraga matizando una sonrisa que, bien mirada, parecía más bien un reproche.

Tampoco se había percatado nunca del grupo de hombres que ocupaban el extremo izquierdo del encuadre. Eran tres y esperaban sobre la arena, no muy lejos de la orilla. Vestían de calle. Todos miraban al ministro con gesto divertido. Todos, salvo uno. Había un hombre que no parecía divertirse en absoluto. El general Francisco Romera.

—Usted no había nacido.

De la oscuridad emergió un hombre cuyo semblante contrastaba con aquel tono de voz regio y autoritario. Era flaco, casi un esqueleto, nada que ver con el joven de la fotografía. Tenía el rostro ceniciento, y de la abundante mata de pelo solo quedaba un ralo testigo blanco y translúcido. A pesar del asfixiante calor que hacía allí dentro, Romera vestía un grueso jersey de punto y un pantalón de pana. Caminaba encorvado, con la dificultad propia de la artritis y sin hacer el menor ruido.

—General. Gracias por recibirme.

El anciano lo miró de hito en hito, irguiéndose tanto como pudo.

—Ahora que lo veo mejor, igual sí que había nacido. ¿De qué año es usted?

Tirso sonrió, no tanto por simpatía como por alivio. Aquel anciano no parecía tener nada que ver con la imagen que se había hecho de él. Nada que ver, tampoco, con lo que aquella casa transmitía.

—Del 69.

—Por los pelos, entonces. —Señaló la fotografía de Palomares—. Eso pasó en el 66. En enero. Hacía un frío espantoso. El agua era hielo puro. Tuvo mucho mérito el gesto de don Manuel. No solo se expuso a la radiación, también se expuso a la gripe.

Tirso supo que el anciano llevaba décadas repitiendo aquella broma. Sonrió por cortesía.

—Tenía entendido que no escapó radiación en Palomares.

—Eso se dijo, sí.

—¿Y no es verdad?

—Aquellas bombas, las que cayeron allí, tenían plutonio-239. Ese isótopo aguanta más de veinticuatro mil años haciendo de las suyas. Yo, en su lugar, no tomaría el sol en esa playa.

—Pero usted estuvo allí. —Señaló el rostro del joven Romera en la fotografía—. Es este de aquí, ¿no?

El general observó la imagen en silencio. Estuvo a punto de decir algo, pero se contuvo y arrastró sus maltrechos huesos hasta un sillón orejero en el que, tras una dramática pausa, se dejó caer de espaldas como un peso muerto.

—¡Mire cómo está todo! ¡Hay polvo por todas partes! Pago un dineral a ese indígena y no hay forma de tener la casa limpia. —Señaló el sofá situado frente al sillón y ordenó—: Siéntese.

Tirso obedeció a pesar de los malos modos.

—Usted no es policía.

—No. Soy lingüista.

Romera paladeó aquellas palabras sin perderlo de vista. Luego expuso su conclusión:

—La lingüística no es una ciencia.

—No puedo estar de acuerdo con eso.

—Ya me imagino. —Trató de inclinarse hacia delante, pero no fue capaz y desistió—. Y, dígame, ¿qué hace un lingüista investigando… eso que me ha dicho por teléfono?

—Suelo colaborar con la policía en calidad de perito. Hace unos días me pidieron ayuda en el caso.

—Le pidieron ayuda en el caso —repitió el general enigmáticamente y se pasó el reverso de la mano por los labios en ademán pensativo—. Hay un caso entonces.

—Eso parece. Sí.

—Oiga, y ¿desde cuándo necesita lingüistas la policía?

—Desde siempre —sonrió—. Pero hace poco que cuentan con nosotros.

—¿Para qué?

—Bueno, podemos aportar… de muchas maneras. En el establecimiento de perfiles, sobre todo.

—Perfiles.

—La lingüística forense puede determinar la autoría de un texto, escrito o verbal. O, por lo menos, acotarla. Podemos detectar características sociolingüísticas: la edad, el sexo, la formación, el origen de esa persona… Incluso aspectos de su pasado: dónde ha vivido, qué círculos frecuenta. A veces con mucha precisión.

Romera inclinó la cabeza, mitad perplejo, mitad receloso.

—Suena a brujería.

—Le aseguro que no lo es.

—¿Usted es capaz de hacer eso? —Tirso asintió con prudencia, convencido de saber lo que vendría a continuación. Acertó de pleno—: Hágalo. Ahora, conmigo.

Era la razón por la que procuraba no hablar de aquellos asuntos fuera del ámbito profesional. Siempre había alguien que le hacía esa petición y él se sentía como un mentalista forzado a demostrar sus poderes ante una audiencia escéptica que está, al mismo tiempo, deseosa de ser convencida.

—Verá, es que... —Trató de sonar cortés—. No es tan fácil.

—Pues usted lo ha pintado facilísimo. Se lo ruego, complazca a un viejo. ¿Qué pierde usted con ello? No pierde nada.

No era del todo cierto. La mayoría de las personas no quieren oír la verdad sobre sí mismas. No si esa verdad entra en conflicto con la percepción que tienen de su personalidad. Y, Tirso lo sabía por experiencia, casi siempre lo hace.

Afortunadamente tenía una escapatoria.

En los años cuarenta, el psicólogo estadounidense Bertram Forer llevó a cabo un experimento. Redactó una descripción de personalidad tan genérica, tan imprecisa que quienes la leían daban por hecho que se había escrito pensando en ellos.

Tirso se sabía de memoria el texto de Forer y, como había hecho en tantas ocasiones, echó mano de él, adaptándolo sutilmente a las circunstancias.

—Bueno, he hablado poco con usted, así que no tengo mucho material con el que trabajar, pero yo diría que... —Apoyó los codos en las rodillas y dedicó unos segundos a fingir que reflexionaba—. Creo que se siente usted orgulloso de ser un pensador independiente. Nunca acepta afirmaciones que no vayan acompañadas de pruebas. Es franco, pero sabe que la franqueza no siempre es la mejor estrategia para conseguir lo que busca.

Esas pocas frases fueron suficientes para que Romera le interrumpiese con gesto airado.

—¡Por favor!

Tirso sonrió con irritación.

—¿Qué?

—¡Yo también conozco ese experimento! No me falte al respeto, ¿quiere?

—No pretendía hacerlo. Discúlpeme. Ya le he dicho que no es tan sencillo.

—Póngase en mi lugar. Viene usted aquí y me suelta ese rollo macabeo. ¿Cómo sé que dice la verdad? ¿Cómo sé que no tengo delante a un vulgar vendemotos o…, qué sé yo, algo peor?

Tirso borró la sonrisa, apretó los labios y trató de contenerse.

—Bueno, señor De la Fuente… Me temo que esta conversación ha terminado. Váyale a otro con ese cuento.

Al diablo con todo.

—Se crio en un pueblo de Castilla-La Mancha. Al norte, no muy lejos de Madrid.

—Soy de Guadalajara, pero eso ha podido leerlo en cualquier parte.

—Su familia era muy humilde. Obreros. Campesinos a lo mejor, no lo sé. Seguramente usted fue el primero de su familia en ir a la universidad, algo frecuente en aquella época. Era una gran responsabilidad y se la tomó muy en serio, pero enseguida se dio cuenta de que… no bastaba con eso. Con acumular conocimientos. Eso no era suficiente, por lo menos para usted. También era fundamental la forma de expresarlos. No quería parecer un…

Tirso se detuvo al borde mismo de la palabra, pero Romera la adivinó.

—¿Paleto?

Sobrevino un violento silencio quebrado solo por las proezas vocales de Maria Callas.

—Siga —ordenó Romera.

—Lo que le traía de cabeza era aquel deje, aquella vocalización defectuosa que delataba sus orígenes. El fonema «s» en posición implosiva se volvía aspirado, «máh» en vez de «más». Las líquidas neutralizadas, «dormil», «arbañil»… Y esa «d» intervocálica de los participios que en su familia, en su entorno, nadie pronunciaba. «Cansao», «ocupao». Supongo que eso le hacía sentirse incómodo en su nuevo ambiente, o le parecía un obstáculo en sus aspiraciones, o las dos cosas. Se esforzó por corregirlo, por dejar de estar *hentao* y empezar a estar sen-ta-do, pronunciando cuidadosamente cada una de las sílabas como lo hace ahora. Lo consiguió, y ya casi no queda rastro de aquella habla. *Casi.* Aunque sospecho que... —Se interrumpió de forma teatral—. No sé si debo decirlo.

—Diga lo que sea.

—Sospecho que, a veces, esa habla defectuosa le asalta de nuevo. No con frecuencia. Solo cuando vuelve al pueblo. —Romera lo atravesó con la mirada—. Sí, es un fenómeno común. Y cuanto más tiempo pasa allí, menos le obedece la boca, ¿verdad? A pesar de los años fuera y de todos sus estudios, sus progresos se revierten como si tal cosa en cuestión de horas. Y, de pronto, vuelve a hablar como lo hacía de joven, antes de estudiar, antes de marcharse. Como si, en el fondo, todos sus esfuerzos no fuesen más que... una careta.

Romera lo observaba con el ceño fruncido y la boca entreabierta. No tenía el aspecto de un hombre indignado. Parecía más bien perplejo.

—La lingüística —remató Tirso— sí es una ciencia.

Romera asintió lentamente, aunque no había manera de saber si era una muestra de acuerdo hacia Tirso o hacia algún pensamiento privado.

—Tengo el alma encallecida, señor De la Fuente. No es fácil impresionarme.

Tirso aceptó el halago con un gesto de cortesía.

—Si ya se ha convencido de que no intento engañarle, me gustaría abordar el tema que me ha traído hasta aquí. Alba Orbe.

Romera se revolvió en el sillón en busca de una posición más cómoda. Cuando lo consiguió, entrelazó las manos sobre el regazo, pero no dijo nada. Tirso volvió a la carga:

—No sé si se ha enterado de que ha vuelto. Ha aparecido.

—No lo sabía. No leo mucho los periódicos y, como ve, no tengo televisión.

—Apareció hace unos días. En el Sáhara.

Romera frunció sutilmente los labios. Tirso tuvo la extraña sensación de estar jugando una partida de póquer.

—Me alegro por ella y por su familia. Bien está lo que bien acaba.

—Sé que se conocían. He visto una fotografía en internet. Sale con Óscar Orbe y con la niña. Usted la tiene en brazos.

Romera sonrió, rememorando quizá esa fotografía o el momento en que se tomó. Fue una sonrisa cálida, sincera, que multiplicó los surcos de su flaca y pellejuda calavera.

—Era una niña preciosa. Muy cariñosa. —La sonrisa se transfiguró sin previo aviso en una mueca displicente—. Los niños hoy ya no son así.

—¿Recuerda lo que pasó en 1986?

—Claro que lo recuerdo. Desde luego. Fue terrible. El suicidio de Óscar y todo lo demás. Terrible.

Algo parecido a la emoción brotó en el rostro del general Romera. La mirada se le nubló de nostalgia, como si tuviese ante sí aquellos hechos. Como si el año 1986 y lo que trajo consigo se proyectase en esos momentos ante sus ojos.

—Verá, hay ciertas cosas que no consigo entender del todo. A lo mejor usted puede aclarármelas.

El general salió de su ensimismamiento y lo miró con dureza. Tirso debía andarse con pies de plomo. Por mucho que le hubiese conmovido con su análisis lingüístico, Romera no podía tener la sensación de que estaba siendo interrogado. No lo toleraría.

—Sé que Alba Orbe desapareció en lo que hoy es Ciudad Universitaria, donde estaba la Junta de Energía Nuclear, pero... me resulta extraño. Por entonces aquello sería un erial. No veo cómo pudo desaparecer allí. ¿Recuerda cómo fue? ¿Puede contarme algo al respecto?

—¿Eso qué tiene que ver con la lingüística?

—Nada.

El general lo miró con perturbadora intensidad, estudiándolo sin disimulo. En el otro extremo de la casa algo retumbó contra el suelo de madera. Romera se volvió hacia el pasillo con fiereza.

—Ese indígena me va a... —empezó a decir, pero un pensamiento se le atravesó y mudó el semblante a media frase—. ¿Le gusta la ópera?

—No sé gran cosa de música.

—No hace falta saber. Basta con sentirla. Suba el volumen, haga el favor.

Tirso se incorporó de mala gana y fue hasta el tocadiscos. Era un modelo muy antiguo y tardó unos segundos en dar con la ruleta.

—Más. Suba más.

Lo dijo moviendo una mano con la palma hacia arriba, como un severo director de orquesta.

Tirso giró la ruleta hasta que el general asintió complacido. El volumen rozaba lo insoportable.

—Qué voz tenía esta mujer... Un ángel.

Tirso regresó al sofá y se sentó lo más cerca que pudo del anciano para oírle con claridad.

—¿Y bien? —preguntó con impaciencia.

—¿Qué sabe de la Junta de Energía Nuclear?

—Lo que he leído en internet.

—Entonces no sabe nada. —Se humedeció los labios—. La JEN era la máxima autoridad en todo lo concerniente a energía nuclear. Eso lo habrá leído. Lo que seguramente no ha leído es que también éramos los encargados de desarrollar la bomba atómica.

Tirso supuso que se trataba de una broma y sonrió, pero el general le clavó la mirada con el rostro imperturbable.

—España nunca ha tenido una bomba atómica —dijo Tirso aplacando la sonrisa.

—Pero lo intentamos. Durante décadas. En el verano de 1963, Franco ordenó explorar las posibilidades nucleares de España. En pocas palabras, quería saber si era factible diseñar y construir bombas atómicas. Si el país tenía lo necesario en términos materiales y, sobre todo, humanos. Por entonces, muy pocos tenían conocimientos en aquella materia. Muy pocos. La mayoría, incluso las personas ilustradas, pensaban que la energía nuclear era poco menos que magia, o magia directamente. —Una sonrisa afloró en su rostro, pero el gesto no restó funebridad al conjunto—. En aquella época se daba por hecho que, en nada, cuestión de años, los coches funcionarían con energía atómica. Se pensaba que todas las ciudades tendrían su propia central nuclear y que eso sería suficiente para cubrir sus necesidades energéticas. El futuro estaba en la fisión y en la fusión. Ningún país con unas mínimas aspiraciones podía quedarse al margen.

»No sé qué le presentaron a Franco, nunca vi esos informes, pero el caso es que un año después, en 1964, dio luz verde al proyecto. España desarrollaría la bomba atómica. La papeleta le cayó al ministro de Industria, que acudió a la única entidad capaz de afrontar un reto como ese.

—La Junta de Energía Nuclear —terció Tirso. Romera asintió.

—Yo dirigía la sección de teoría y cálculo de reactores. Había estudiado física nuclear en Estados Unidos, con los mejores del mundo. No había nadie con mis conocimientos en toda España, así que el proyecto acabó encima de mi mesa. Coincidió además con mi ascenso a director general del centro.

Romera hizo una pausa para tragar saliva. Hablaba con los ojos puestos en las fotografías de las paredes y saltaba con la mirada de una a otra.

—Me ordenaron hacerlo en el más absoluto de los secretos. Franco era muy consciente de lo que pasaría si aquello llegaba a oídos de los americanos. El caudillo era un hombre inteligente, ¿sabe? Un buen estratega. Reflexivo, templado. Ahora se dicen barbaridades de él. Se lo menosprecia y solo se recuerda una parte, la parte mala, que también la tuvo, pero hizo un gran trabajo por este país.

Romera examinó la reacción de Tirso, que hizo lo posible por no dejar translucir sus pensamientos. Quizá lo lograse o tal vez al general le importase un comino lo que Tirso pensara de Franco, porque retornó la mirada a las fotografías y continuó.

—Si Estados Unidos se enteraba de lo que nos traíamos entre manos, habría sanciones. Franco no podía permitírselo. Por aquellos años el país empezaba a sacar cabeza. Eisenhower acababa de pasar por Madrid, y se le había recibido como si fuese el papa de Roma. ¡Mejor que al papa! Los españoles éramos amigos de los americanos y los americanos eran amigos nuestros. Era la postura oficial y lo iba a seguir siendo. No podíamos hacer nada que traicionase su confianza, de ahí la necesaria discreción.

»No fue complicado durante la primera fase, la teórica. Monté un equipo pequeño, físicos, químicos, ingenieros. Los mejores que había en la JEN, que, por supuesto, eran los mejores de España. El trabajo no resultaba muy distinto al que hacíamos en la sección de reactores, así que nadie sospechó nada. Cálculos y más cálculos. Pero luego tuvimos que pasar a la segunda fase. Había que llevar aquellos números a la realidad, teníamos que construir una primera bomba. ¿Cómo hacer algo así en secreto?

Romera se quedó mirando a Tirso, a la espera de una respuesta. Este buscó algo que decir, pero no se le ocurrió nada inteligente. El volumen de la música no ayudaba a pensar.

—Una bomba atómica está formada por muchos componentes. —Fue extendiendo los dedos a medida que los mencionaba—. El iniciador, la carcasa, el contenedor del uranio… En fin, muchos. Pero todas esas piezas están también en los reactores. Se colocan de otra manera, tienen otras funciones, pero son básicamente las mismas. Así que se me ocurrió repartir su fabricación por los distintos grupos de la JEN, que estaban distribuidos por todo el país. Había uno en Cataluña, otro muy bueno en Vascongadas, en Valencia, el de Sevilla, muy bueno también... Ninguno sabía lo que estaba haciendo en realidad. Pensaban que era lo de siempre, otra pieza para un nuevo reactor. —Una sonrisa orgullosa—. No tenían ni idea de que fabricaban partes de una bomba atómica. ¿Qué le parece?

—Muy ingenioso.

—Sí. Lo fue.

—Pero alguien tendría que ensamblar todas las piezas —aventuró Tirso.

Romera lo miró con los ojos entornados, una mirada que lo mismo podía ser aviesa que admirativa.

—Desde luego. Aquel era el trabajo de mi equipo, los hombres que le he mencionado. Los únicos que, conmigo, estaban al corriente del proyecto.

—Pero no llegaron a hacerlo. ¿Por qué? ¿Qué pasó?

Romera levantó las manos, las mantuvo un momento en el aire y luego las dejó caer sobre los reposabrazos acompañando el movimiento de un suspiro.

—Que fuimos unos ingenuos, eso pasó. No se podía engañar a los americanos. Tenían espías por todas partes. Piense que estábamos en plena Guerra Fría.

—¿Se enteraron?

—En mi opinión, y no creo andar muy lejos de la verdad..., creo que siempre lo supieron. Desde el principio. Desde el momento en que Franco encargó aquellos informes, ellos ya lo sabían todo. Nos dejaron avanzar solo por ver hasta dónde podíamos llegar. Seguramente pensaban que no seríamos capaces. ¿Cómo van a poder los españoles hacer una bomba atómica? ¡Es un país subdesarrollado! ¡Son analfabetos! ¡Van en burro a los sitios! —Soltó una amarga carcajada—. Hasta que se dieron cuenta de que sí podíamos.

—¿Y qué...? —Tirso se esforzó por enfocar la pregunta de la manera correcta. Le costó, titubeó un momento—. ¿Qué hicieron para pararlo?

El general asintió despacio, como si le indicara que le parecía una pregunta pertinente.

—Era una cuestión política y se hizo a través de la política. El gobierno necesitaba que España siguiese en la OTAN. Era muy importante para nosotros desde un punto de vista geoestratégico y hasta económico, le diría. Los americanos estaban de acuerdo, a ellos también les convenía, pero pusieron una condición. El proyecto de la bomba debía ser enterrado. Y, para asegurarse de que así era, la Junta de Energía Nuclear tendría que ser desmantelada y yo mismo apartado de cualquier función ejecutiva.

Tirso se sorprendió al oírlo. Si las fechas que había consultado eran correctas…

—Pero, entonces, estamos hablando de la democracia ya.

—1986.

El año retumbó en sus oídos como lo haría una bomba atómica detonando en la distancia.

Romera se percató de la expresión aturdida de Tirso, y, de nuevo, retrajo el labio superior en una parodia de sonrisa.

—Si no recuerdo mal —dijo—, fue el mismo año que desapareció la niña, ¿no es cierto?

No se equivocaba: era una partida de póquer. Y el muy cabrón estaba jugando con él.

—¿Por qué me ha contado todo esto? ¿Qué tiene que ver con Alba Orbe?

—Oh, discúlpeme. No soy más que un paleto y me temo que ando ya un poco senil. Se me ha *pasao* decirle que Óscar Orbe era parte del selecto grupo de hombres que trabajaban a mis órdenes. Él colaboró en el diseño de la bomba atómica.

En ese preciso momento Tirso tuvo la certeza de que el secuestro de Alba Orbe era solo una hebra, un filamento, un cabo suelto enredado en algo mucho más grande y confuso.

—No me ha respondido. ¿Qué relación hay entre esa bomba atómica y la desaparición de Alba Orbe?

Romera, que aún conservaba la sonrisa en su rostro, se encogió de hombros.

—¡Qué preguntas hace usted! ¿Cómo voy a saberlo? Ninguna, seguramente. ¡Ninguna! Le he contado estas cosas para que tenga un poco de contexto, nada más.

—¿Le cuenta secretos al primero que le visita?

—¿Secretos? —Romera soltó una inesperada y ronca carcajada—. Qué cosas dice usted... Todo lo que le he dicho es de dominio público desde hace años. Búsquelo por ahí, usted que se maneja en internet.

Tirso fue a decir algo, pero Romera alzó una mano. Fue un gesto marcial, autoritario.

—Tenga piedad de un anciano achacoso, ¿quiere? —Se aferró a los reposabrazos y, apoyándose en ellos, se puso en pie con palpable esfuerzo—. ¡Alexander!

También Tirso se levantó.

—General...

—¡Alexander!

El ecuatoriano entró en el salón mirando el tocadiscos.

—¡Baja eso! —exhortó Romera—. Nos va a dejar sordos a todos, ¿no lo ves?

El sirviente obedeció con hastío sin decir una sola palabra. Era evidente que estaba acostumbrado a aquellas vejaciones.

—Y acompaña al caballero a la puerta, vamos.

Tirso, resignado, cogió su mochila y su chaqueta.

—Gracias por recibirme, general.

Le tendió la mano, pero Romera fingió que no la veía y encaró la chimenea. Tirso miró al ecuatoriano en busca de algún gesto de complicidad, pero este se limitó a desviar la mirada y echó a andar por el pasillo. Tirso ya le seguía cuando la voz del general sonó a su espalda.

—Fue un error.

Tirso se volvió. Romera seguía sin mirarlo.

—¿El qué?

—Parar la bomba. Se acobardaron. Si nos hubiesen dejado seguir, hoy España estaría en el club de los grandes, con Reino Unido, con Francia. De Gaulle sí lo entendió. Aquí nadie supo verlo.

—Salvo usted, por lo visto.

No pretendió sonar impertinente, pero así fue como sonó y así fue como lo recibió Romera. Lo miró por encima del hombro con expresión desafiante y, por primera vez, Tirso reconoció en aquel rostro el de las fotografías que cercaban aquella siniestra casa.

—Cuídese, señor De la Fuente.

7

A las nueve en punto de la noche, Tirso pulsó el timbre de Fidel, se limpió las suelas de las alpargatas en el felpudo de Fidel y fue recibido por una mujer que, definitivamente, no era la esposa de Fidel. Él la recordaba rubia, bajita, poca cosa. Aquella mujer era todo lo contrario: morena, alta y corpulenta. Por edad, tampoco podía ser su hija.

—¡Hola!

Comprobó que había llamado a la puerta correcta.

—Perdona, no sé si… ¿Vive aquí Fidel Manrique?

—Eres Tirso. Pasa. Soy Tere.

El muy imbécil no le había puesto sobre aviso. ¿En qué momento había roto con su mujer? ¿Se supone que él debía saberlo?

Tere tenía la cara lavada, el pelo recogido en una coleta y una sonrisa limpia y sincera. Era la clase de rostro que hace difícil inferir su edad. A Tirso le pareció que rondaría los cuarenta, pero podían ser más.

—¿Todo bien en el piso? ¿Estás a gusto?

—Todo estupendo. Gracias por dejar que me quede estos días.

Tras las piernas de la mujer asomó un *cocker spaniel* pelirrojo, manso como un bostezo, que examinó a Tirso con indiferencia. No debió de interesarle gran cosa, porque dio media vuelta y se fue por donde había venido.

Nada más entrar, Tirso se desprendió del plumífero. Lo había adquirido solo unas horas antes en un gran almacén. Aunque cumplía su objetivo de mantenerlo caliente, le fastidiaba sobremanera el continuo frufrú del roce al menor movimiento. Tere se hizo cargo de la prenda y señaló el final del pasillo.

—Tienes al amo de casa en la cocina.

Era el hogar humilde de un policía honrado, sin más lujos que una televisión ridículamente grande. De camino a la cocina, Tirso se fijó en dos fotografías apoyadas en un aparador. Una mostraba a Fidel con un bebé en brazos. En la otra, una adolescente sonreía con descaro subida a la chepa de su padre. Tirso se preguntó qué habría pasado en la vida de aquel hombre en los últimos cinco años.

Encontró a Fidel entregado a su rol de pinche, cortando tomates sobre una tabla de madera. El *cocker spaniel* escrutaba a su amo desde el suelo mientras meneaba el rabo vigorosamente por si sonaba la flauta y caía algo.

—¡Tere! —gritó el policía al ver a Tirso—. ¡Llama a la poli, se nos ha colado un hippy en casa!

Soltó el cuchillo, se limpió las manos con un trapo y, por primera vez desde que se conocían, Fidel abrazó a Tirso.

Resultó que Tere era una estupenda cocinera. Por deferencia a Tirso, había optado por un menú vegetariano: ensalada griega de yogur, pepino y ajo y una lasaña de berenjenas al parmesano.

Fidel y Tere lo acompañaron con vino blanco. Tirso, con agua. Todo estaba delicioso, aunque Fidel miraba su plato con melancolía, añorando sin duda el cordero que, supuso, seguiría en el congelador.

Tere era una mujer franca, espontánea y risueña. A Tirso no le costó rastrear los orígenes castellanos en su habla. Profesaba un leísmo y un laísmo pertinaz y desacomplejado, usaba el femenino para referirse al vinagre —«la» vinagre— y, en un momento dado, empleó el verbo «caer» en sustitución de «tirar» —«Has caído la servilleta», le dijo a su pareja—.

Trabajaba como maquilladora en televisión, y de vez en cuando colaboraba con el Teatro Real, «en óperas, sobre todo». Aunque Tirso no se imaginaba a su amigo en la ópera, preguntó si fue ahí donde se conocieron.

—¡Qué va! A este no *le* metes en un teatro. Nos conocimos en terapia.

La ahora exmujer de Fidel —a quien nadie mencionó por su nombre— se largó de la noche a la mañana llevándose consigo a la niña que, por entonces, tenía dieciséis años. No se explicitó el motivo, y Tirso, como es lógico, tampoco lo preguntó.

—Yo acababa de cortar con mi pareja —siguió Tere—. Llevaba con él desde el instituto, calcula. Lo pasé fatal una temporada. Muy mal. Una compi de la ópera vio cómo estaba y me habló de un grupo de terapia. No de pareja, sino... en general. Vas y cuentas tus problemas, ¿sabes? Al principio me dio cosa porque a mí me han sacado un motón de dinero con hipnosis y reiki y eso. Me juró que era gente seria, psicólogas de verdad, nada *happy flower*. Fui un poco por probar, por ver de qué iba la cosa, y allí que me encontré con el agente Manrique.

—¿Tú en terapia? —preguntó Tirso con perplejidad.

Fidel se encogió de hombros.

—La vida.

Tras la cena, Fidel quiso dar unas caladas a su cigarrillo electrónico. Tere lo mandó a la terraza. Él le suplicó hacer una excepción como homenaje al invitado, pero ella argumentó que el invitado no fumaba y que, además, los cigarrillos electrónicos eran tan dañinos como los auténticos. Era innegociable. Tirso se ofreció a recoger la mesa mientras tanto, pero Tere le soltó un «Ni se te ocurra».

Tampoco eso era negociable, de modo que los dos hombres acabaron en el balcón, Fidel con su artefacto electrónico y Tirso con su taza de café. Hacía un frío de mil demonios.

—Es una chica estupenda.

—No me puedo quejar. Pasé una mala racha hace unos años, pero ya ves. La suerte te cambia de un día para otro. —Aquello pareció traerle algo a la memoria—. Oye, por cierto, ¿qué es eso de la depresión que dijiste ayer? ¿Iba en serio o era un rollo de esos tuyos para ganártela?

—Iba en serio —respondió Tirso, aunque supuso que en el fondo Fidel ya lo sabía.

Este asintió sin añadir una palabra. Los dos se quedaron en silencio mientras contemplaban la calle a sus pies. Era evidente que ambos estaban pensando en lo mismo. La debacle de 2014. El último caso en el que colaboraron. Tirso agitó la cabeza. No quería recordar eso, no ahora. Miró al policía y dijo:

—Tengo que contarte una cosa. —Fidel se giró hacia él exhalando una nube blanca y densa—. He seguido con lo de Alba Orbe.

—¿Cómo es eso?

—He estado investigando. Por mi cuenta. Lo de ayer me dejó un poco… Me desanimó un poco, la verdad. Quería ver si podía sacar algo más.

Fidel le observó muy serio con una ceja enarcada.

—¿Has ido a verla otra vez?

—No, no. No se me ocurriría sin decírtelo antes.

—Entonces ¿qué has hecho?

Tirso le contó que había visitado el lugar de la desaparición, le dijo que la niña se esfumó ante la sede de la JEN, le explicó qué era la JEN y a qué se dedicaba, y le detalló su visita al general Francisco Romera explayándose en su relato sobre el diseño y construcción de la bomba atómica en cuyo proceso tomó parte Óscar Orbe. Fidel lo escuchó todo sin interrumpir, algo impropio en él.

—Bueno, ¿qué te parece?

—¿El qué?

—¿Cómo que «el qué»? Todo. Lo de la bomba, lo de la Junta esta… Todo.

Fidel dio una calada con aire pensativo.

—No sé. No veo qué relación puede tener con la desaparición ni con la reaparición.

—Yo tampoco. Pero me da que la hay.

—Y a mí me da que tú quieres que la haya.

Tirso acusó el golpe. Tenía razón. Era una conjetura basada en sus expectativas, no en los datos que había recabado. Un error de novato, un vicio de principiante. Y, sin embargo, sí había algo objetivo en lo que sustentar sus lucubraciones.

—Alba Orbe desapareció un mes antes del cierre de la Junta de Energía Nuclear.

—¿Y?

—No me digas que no es mucha casualidad.

—Mi madre tenía seis dedos en el pie izquierdo.

—¿Qué?

—Es una anomalía genética, raro de cojones. Bueno, pues Tere, ahí donde la ves, tiene seis dedos en el pie izquierdo. ¿Mucha casualidad o… una simple casualidad?

Tirso asintió; también en eso tenía razón. Apuró su café de un trago. Ya estaba frío.

—Además —añadió Fidel con los ojos puestos de nuevo en la calle—, si hubiese alguna relación, la policía lo habría descubierto en el 86. O por lo menos lo habría investigado. Estaría en los informes. Y no está. No hay nada de eso.

—Ya, pero…

—Mira, no te rayes con lo de ayer. No hagas que me sienta mal por haberte liado para esto. Hiciste lo que pudiste. Esa mujer no es capaz de hablar y no se la puede obligar. Bueno, pues ya está. Si en el futuro la cosa cambia, estupendo. Que nos llamen y ya vemos. Y si no…

Se encogió de hombros. Acto seguido se guardó el cigarro en el bolsillo y, dando la conversación por terminada, empujó la puerta del balcón.

—Venga, que me quiero acabar esa botella.

Los tres siguieron charlando un rato más. Fidel contó viejos chascarrillos policiales, y aunque Tere se los sabía con pelos y señales se rio a mandíbula batiente con todos ellos.

A las once, Tirso decidió batirse en retirada. Volvió a darle las gracias a la mujer y quedó en hablar con Fidel antes de marcharse de la ciudad. Ninguno de los dos mencionó el caso.

Apenas diez minutos después atravesaba la boca del metro. Había sido un día largo y extraño. Entre una cosa y otra, ni había tenido tiempo para escribir a sus viejos amigos.

El relato de aquel viejo general había disparado su imaginación y, por más que lo intentaba, no conseguía sacárselo de la cabeza. Seguía preguntándose qué relación había entre la construcción de la bomba atómica y el secuestro de la hija de uno de sus responsables. ¿Qué significaba, si es que significaba algo, que Alba Orbe se hubiese desvanecido el mismo año que la Junta de Energía Nuclear era desmantelada? ¿Ninguna, como apuntaba Fidel? ¿Se trataba de una mera casualidad, una sucesión azarosa a la que no debía dar importancia?

Tirso se esforzaba por creer tal cosa, pero entonces ¿por qué le había contado Romera todo aquello? No. Había algo.

Tal vez pudiese estirar el chicle un poco más, hacer un último esfuerzo, pero ¿cómo? ¿Qué le quedaba por explorar? ¿Con quién más podía hablar?

Dejando a un lado las conjeturas, la única senda posible, la única razonable, era la que marcaban los hechos. Alba Orbe había aparecido en el Sáhara, eso lo sabía con certeza. Quizá lograse hablar con las personas que la encontraron.

Fidel podía facilitarle su contacto, pero había dejado claro que daba el asunto por cerrado. Si Tirso quería seguir investigando, tendría que ser al margen de él, sin inmiscuirle de ninguna manera.

¿A quién acudir entonces? Lo meditó un momento, y solo se le ocurrió una alternativa. La hermanastra. La otra Alba. Era probable que ella hubiese hablado con esas personas. Al menos no era descabellado. Y, si fuese el caso, podría facilitarle un móvil o un correo electrónico. Solo tenía que acercarse a su casa, hacer un poco de paripé y dejárselo caer, pero visualizó la escena y le pareció una estrategia demasiado intrusiva.

Llegó su metro y ocupó el asiento más próximo a la puerta. Nada más sentarse, tuvo otra idea que le pareció más apropiada. Más sutil. Sacó el móvil, entró en Facebook y tecleó el nombre de la mujer. Alba Alegría. Obtuvo siete resultados, pero no había duda de cuál era el correcto porque solo uno de ellos tenía un tatuaje como foto de perfil. Y no uno cualquiera. Era un sol antropomórfico y sonriente. El símbolo de los colectivos antinucleares. Otra inquietante casualidad.

Le envió una solicitud de amistad con la esperanza, probablemente ingenua, de que ella la aceptase. La imagen de perfil de Tirso lo mostraba mirando al horizonte con aire abstraído, una fotografía que su hermana le tomó a traición en una terraza de Cala'n Bosch. Se le reconocía sin lugar a dudas. Ella sabría quién era nada más verlo, el tipo de ayer, el lingüista en alpargatas. Otra cosa es lo que pensara al respecto.

Dio por hecho que Alba no vería la notificación hasta el día siguiente, pero el móvil vibró dos paradas después. Solicitud aceptada. Pulsó sobre el nombre y fue directamente a las fotografías. Le sorprendió ver que Alba no aparecía ni una vez. Lo único que compartía eran pasquines, casi todos de factura muy *amateur*, que abarcaban una surtida variedad de eventos ecologistas: concentraciones, manifestaciones, tertulias, charlas, presentaciones de libros y boicots diversos.

Mientras los ojeaba apareció una burbuja roja en el extremo superior de la pantalla. Un mensaje.

Hola, Tirso.
Encantada de tenerte por aquí. Cuando puedas, me gustaría que me dieras tu diagnóstico sobre mi hermanastra.

¿Diagnóstico? Él no tenía ningún diagnóstico. ¿Acaso le había tomado por un médico?

> Hola, Alba.
> Por supuesto. Dime si quieres que te llame
> o prefieres que me acerque a tu casa.

Sobrevoló con el dedo la tecla de enviar, pero reflexionó un momento y añadió:

> Me gustaría hablar con las personas que
> encontraron a tu hermanastra. Por si
> pueden aportar algo más. ¿No tendrás
> sus contactos?

Era un mensaje extraño, pero no se le ocurrió otra manera de plantearlo. Mejor no darle importancia. Pulsó la flecha azul y el mensaje salió volando. Siguió un silencio de una parada, dos, tres.

El metro llegó a su destino y él salió al arcén deshabitado. Cuando estaba cerca de las escaleras mecánicas el móvil le vibró en el bolsillo.

> Perdona, no lo encontraba. Aquí te va.

Adjuntaba un número de teléfono. Tirso fue a grabarlo en la libreta de direcciones, pero una nueva burbuja le interrumpió.

> Preferiría que pasaras por mi tienda si no es
> mucha molestia. Estoy de 10 a 2 y de 5 a 9.
> Te paso un enlace con la dirección y mi
> móvil por si acaso.

Tirso pulsó en el enlace, lo que abrió otra página de Facebook. Nombre: «Primavera silenciosa». Razón social: «negocio/tienda de productos ecológicos y de comercio justo».

Volvió a la conversación y respondió:

Muchas gracias. Mañana mismo me acerco.

Luego le envió su número.

8

Samuel Belmonte no andaba lejos de los setenta, aunque nadie lo habría dicho al verlo. Todos le echaban sesenta como mucho, y él no se molestaba en corregirlos, ¿para qué?

Tenía el aspecto de un boxeador veterano en horas bajas. Parte de la culpa la tenía esa nariz aplastada, fruto de un accidente en la infancia, y aquella cabeza que le brotaba del tronco dotándolo de un perfil tosco y brutal. El deslustrado pelo, teñido de un negro aberrante, parecía devorar toda la luz sin rebotar un solo fotón en el proceso. Siempre llevaba la camisa abierta hasta el tercer botón y una cruz de oro oscilando entre la hirsuta pelambrera cana.

Aunque su rasgo más característico, el que nadie olvidaba, era la severa rigidez de su pierna derecha, consecuencia de un encontronazo con un par de etarras cuarenta años atrás. La bala que le atravesó el menisco salió de una MAT-49. Una buena arma. Francesa. En su opinión, el mejor invento de los franceses desde la guillotina. Tuvo suerte después de todo. Ese cacharro disparaba seiscientas Parabellum por minuto, y a él solo le dio una. Como recuerdo, además de la cojera, se llevó el subfusil. Todavía lo conservaba.

Bajo las gafas tintadas de verde botella, sus ojillos de topo exploraban discretamente a su alrededor. Llevaban décadas haciéndolo, y ya se había convertido en un acto reflejo, tan natural e inconsciente como la respiración. Así fue como identificó un elemento sospechoso entre la multitud. Sentado en un banco, un treintañero hojeaba un libro. ¿Quién va a leer a un centro comercial en horario de máxima afluencia?

Belmonte le dio la espalda y se acercó a un escaparate donde dos maniquíes femeninos se exhibían en ropa interior. Siempre le llamaba la atención lo mucho que habían evolucionado los maniquíes desde sus años mozos. Antes eran peleles desarticulados sin el menor encanto. Los de ahora, sin embargo, no tenían nada que envidiar a las auténticas mujeres. No le importaría tener uno de esos en casa.

En el reflejo del cristal vio cómo el treintañero levantaba la vista del libro y la clavaba en su cogote. Un *cecilio*. Un agente del CNI. Calculó que habría cuatro como mínimo, uno por cada salida.

—Hola.

A través de las lentes verdes, Belmonte vio un rostro blando y lampiño con las mejillas cubiertas de marcas de viruela. El dueño de tan lánguida jeta llevaba una mochila negra colgada al hombro y un traje gris de *sport* que parecía hecho a medida. Belmonte sabía que no lo era. No pagan tanto en el ministerio.

—Subsecretario…

El treintañero volvía a fingir que leía. Belmonte lo señaló con el mentón.

—Deberíais echarle. Se le ve a la legua.

El subsecretario clavó sus ojos en el tipo, pero luego se percató de su error: el gesto de Belmonte no había sido tan preciso. Rectificó de inmediato y se apresuró a dejar vagar la mirada por el gentío.

—¿Qué dices? ¿Echar a quién?

Era un pésimo actor. Todos lo eran.

Belmonte se miró la palma de la mano izquierda, rechoncha y llena de líneas, según las cuales ya debería haber muerto varias veces, como le dijo una gitana. Acertó, en parte.

—Va, demos un paseo.

El subsecretario dudó un momento, pero el otro echó a andar y no le quedó más remedio que seguirle entre la muchedumbre. Estaban en la planta baja. Moda. Sobre sus cabezas, un piso para la electrónica, dos destinados a la más deplorable inmundicia grasienta concebida por la industria alimentaria, y uno más, el último, ocupado por un multicine.

Belmonte siempre elegía sitios extravagantes para los encuentros de aquella naturaleza. Extravagantes y atestados. Cuanta más gente, mejor. La multitud le garantizaba una protección que nunca conseguiría en plena calle o en algún polígono desolado. Desde su punto de vista, eso compensaba el improbable riesgo de que alguien los reconociera. Las cámaras de videovigilancia no eran un problema. Belmonte sabía que esas imágenes se borraban al cabo de unos días y que nadie, jamás, se molestaba en revisarlas.

Caminaron en silencio. El subsecretario contuvo el impulso de volverse para comprobar si su discreta escolta los seguía, pero algún gesto debió de hacer porque Belmonte le dijo:

—Tranquilo. No te van a dejar solo.

En efecto, el treintañero se había puesto en pie, el libro bajo el brazo, y caminaba tras ellos simulando ahora que tecleaba en el móvil.

—El ministerio debería pagaros clases de interpretación.

El subsecretario obvió el comentario. Empezaba a impacientarse. Se ajustó la correa de la mochila y habló mirando al frente.

—Tenemos un problema con…

—Aquí no —interrumpió Belmonte.

—¿Entonces dónde?

—Aquí no.

—Tengo cosas que hacer.

—Y yo necesito calcetines.

El subsecretario boqueó como un imbécil.

—¿Qué?

Belmonte giró hacia una tienda, una franquicia de ropa barata que fingía ser cara. El subsecretario fue tras él a regañadientes y dejó patente su fastidio con un bufido. Con Belmonte siempre era así. Uno nunca sabía dónde terminaba la cautela y dónde empezaba la burla.

—Los casados no os preocupáis de estas cosas. Necesitáis cualquier cosa y vuestra mujercita va y os la agencia. ¿Cuánto hace que no te compras unos calzoncillos? ¿Te has comprado unos calzoncillos alguna vez en tu vida?

El subsecretario no contestó.

Dentro sonaba a todo volumen una machacona melodía electrónica, que despojaba a los posibles compradores de la mínima posibilidad de concentración. Atravesaron la tienda hasta la zona dedicada a caballero, apenas una décima parte de la superficie total.

Encontraron los calcetines, un expositor entero. Los había de toda índole, lisos y estampados, negros y de colores, tobilleros y de ejecutivo. Belmonte cogió unos azules y probó su tacto con los dedos.

—¿Puedo ayudarlos? —preguntó una sonriente dependienta. Vestía íntegramente de negro y llevaba un auricular conectado a un walkie-talkie.

Belmonte deslizó las gafas por su nariz machacada para recorrer su cuerpo sin filtros de por medio. Al hacerlo, se pasó la punta de la lengua por los incisivos. A la muchacha, de unos veinte años, se le congeló la sonrisa.

—Seguramente —les habló Belmonte a sus pechos, apretados contra la blusa.

—Solo estamos mirando —se apresuró a intervenir el subsecretario—. Gracias.

La chica se alejó con una mueca de asco a la que Belmonte estaba sobradamente acostumbrado. Sonrió sin perder de vista las caderas de la dependienta y se encajó las gafas de nuevo.

—¿Qué coño haces? ¿Quieres que llame a seguridad?

—Tenéis un problema —retomó Belmonte como si tal cosa.

—Sí. Un tío —dijo el subsecretario mirando a su alrededor—. Anda husmeando donde no debería, y algunos han empezado a ponerse nerviosos. Está metiendo el morro en asuntos que se cerraron hace tiempo por una buena razón.

—Siempre hay una buena razón. ¿Periodista?

—Lingüista.

—¿Lingüista? —preguntó Belmonte con extrañeza, los ojos puestos en el precio de los calcetines. Un observador externo habría deducido, por su expresión, que le parecían anormalmente caros.

—Antes colaboraba con los de la UDEV, de perito. Llevó varios casos, era bueno.

—¿Era?

—La cagó con uno y lo dejó. Pero se ve que se aburre.

Lo dijo mientras sacaba de la mochila una carpeta azul de gomas blancas que depositó en la estantería. Belmonte la miró sin tocarla. Parecía la carpeta de un estudiante sin imaginación.

El *cecilio* del libro había entrado en la tienda y miraba ahora, con fingida concentración, un jersey de lana que colgaba de una percha. No muy lejos de él, una mujer de unos cuarenta años, con espalda de nadadora olímpica, comparaba dos blusas idénticas. Era mejor actriz que su compañero, pero no lo suficiente.

—¿Cómo de urgente es la cosa?

—Bastante. Se está acercando a una información delicada. Hay que pararlo antes.

—¿Queréis que se le pare del todo?

—No. Solo un susto. No conviene llamar la atención sobre esto, nos daría más problemas.

Belmonte dejó los calcetines azules y cogió unos grises. Palpó la tela. Era fina, agradable al tacto.

—Los sustos son complicados. Más que los accidentes.

—Ya, bueno… Por eso cobras lo que cobras.

—No es cuestión de dinero —replicó Belmonte bajando el tono—. No estoy regateando. Los sustos no siempre funcionan. Con alguna gente tienen el efecto contrario. Se vienen arriba y los animan a meter las narices todavía más. Acuérdate de la médica.

—Gracias por tu opinión —cortó el subsecretario—, pero limítate a hacer lo que se te pide, ¿eh?

Belmonte apretó la mandíbula. Algún día tendría que darle un escarmiento a ese imbécil. Dejarle claro que a él se le hablaba con respeto, aunque solo fuese porque le doblaba en edad, no digamos ya en experiencia. Si ese chupatintas supiese una mínima parte de lo que él sabía, se cagaría en los pantalones y no habría calzoncillos suficientes en toda la tienda para impedir que la mierda llegase al suelo.

—La tarifa habitual —murmuró el subsecretario—. Lo hacemos a través de la fundación. En cuanto me marche, se te ingresa el veinte por ciento. ¿Estamos de acuerdo?

Belmonte cogió la carpeta y se la colocó debajo del brazo. Era un sí.

El subsecretario se dio la vuelta y, sin mediar palabra, enfiló la salida. El aficionado a la lectura y la nadadora fueron tras él, despreocupándose ya por mantener el incógnito. Junto a la puerta, otros dos hombres se unieron a ellos. Cuatro en total. Malos y previsibles.

Belmonte bajó en ascensor hasta el aparcamiento. Entró en su coche, un reluciente SUV de Volvo con solo mil kilómetros a sus espaldas, y encendió la luz interior. Desde el salpicadero le contemplaron las estampitas de cuatro santos.

Abrió la carpeta. Contenía tres folios redactados a la manera habitual. Todo muy claro, muy directo. Como siempre, algunas palabras estaban subrayadas. Belmonte lo ojeó deprisa en busca de nombres. El primero era un tal Tirso de la Fuente. El objetivo. Más adelante había otro. Francisco Romera, general en la reserva.

Volvió al principio y empezó a leer el informe. Cinco minutos después le prendería fuego y esparciría las cenizas por el suelo del aparcamiento.

9

Cayó en la cuenta de que no sabía el nombre de su interlocutora en cuanto el teléfono empezó a dar señal. Eran las nueve de la mañana y estaba sentado en una terraza de la calle Princesa con un café ante sí.

—¿Mm…, sí?

Una voz femenina, joven y sonámbula.

—Hola, emmm… Buenos días.

—¿Quién es?

Tirso se presentó y, a renglón seguido, dijo estar investigando «el asunto de Alba Orbe». Fue deliberadamente ambiguo para que la chica diese por sentado que hablaba con un policía sin necesidad de decir ni sugerir tal cosa. Los viejos trucos.

—Jo, ya lo he contado como cinco veces.

—Me gustaría que me lo contases a mí también. —Y, sin darle opción a más protestas, añadió—: Sé que tus amigos y tú os la encontrasteis en el desierto.

Un suspiró de resignación.

—Sí.

—¿Cómo dirías que se encontraba?

—¿Ella? Pues no sé. Mal. Fatal. Tenía pinta como de haber pasado toda la noche dando vueltas. Estaba congelada. Y le sangraban los pies.

Tirso le preguntó cómo iba vestida. La chica se lo describió con pereza.

—¿De dónde venía?

—De ningún sitio. O sea, bueno, de alguna parte vendría, pero allí no hay ni casas ni nada. Y tampoco es que fuese en línea recta, ¿no sabes? Iba haciendo así como…

No encontró la palabra y Tirso salió en su ayuda.

—¿Zigzags?

—Sí.

—¿Qué hicisteis vosotros?

Una voz de hombre sonó de fondo. Tirso no pudo entender lo que decía.

—Espera un momento, perdona —dijo la chica apartándose el móvil de la boca—. ¡¿No ves que estoy hablando?! —Un ruido en el auricular y la voz de la joven otra vez pegada al teléfono—. A ver, la movida es que allí no hay cobertura. No funciona ni el 112, nada. Entonces la montamos en el coche y nos volvimos a la ciudad donde habíamos estado por la noche. Esmara se llama.

—Y fuisteis a la policía.

—No, bueno, sí. Fuimos a la poli, pero nadie hablaba inglés, y nos llevaron al hotel, porque en el hotel sí que lo hablaba alguno. Les contamos toda la movida, y ellos, los polis, nos dijeron que se encargaban. Que iban a llamar a la embajada de España y no sé qué y que les diésemos algún móvil por si acaso tenían que contactar con nosotros más tarde. Como yo era la única española, les di el mío.

La chica hizo una pausa. No veía el momento de colgar.

—¿Qué pasó luego?

—Ni idea, nosotros ya nos piramos.

—¿Recuerdas si Alba dijo algo más aparte de su dirección?

—Qué va, no. Estaba como ida todo el rato.

—¿Y te llamaron de la embajada?

—Pues no lo sé, la verdad.

—¿No lo sabes?

—Al día siguiente me llamó alguien desde un número de estos que no te salen en la pantalla. Era una tía, o sea, una mujer, pero no me dijo quién era. Poli no parecía.

—¿Por qué dices eso?

—Por cómo hablaba. No sé, no me pareció que hablase como una poli.

—¿Pudo ser la hermanastra de Alba Orbe?

—No, ella me llamó más tarde. Y sí que se presentó. Me acuerdo porque me sonó superraro que se llamase Alba también.

Tirso tenía la libreta de anillas ante sí. La noche anterior había anotado algunos datos relacionados con el caso, nombres y fechas. Bajo el epígrafe «TESTIGO» apuntó ahora: «LLAMADA DE MUJER → ¿IDENTIDAD?».

—Esa mujer que te llamó, ¿dirías que era joven o mayor?

—Joven no me sonó. Vieja tampoco.

Tirso escribió: «¿CLAUDIA SUBIRÓS?».

—¿Qué quería?

—Lo mismo que tú. Me pidió que le contase lo que había pasado. Y luego me dijo que me olvidase de todo.

Tirso frunció el ceño, dejó el bolígrafo sobre la libreta.

—¿Qué quieres decir? ¿Te amenazó?

—No, no. Para nada. ¿Por qué iba a amenazarme?

—Es lo que te he entendido.

—Pues no. Solo me dijo eso, que me olvidase del asunto. Y yo encantada. Pero, claro, para eso tenéis que dejar de llamarme.

Primavera Silenciosa ocupaba el cantón de un edificio antiguo y mugriento de Lavapiés, una de las pocas zonas del barrio que la ola de gentrificación no había arrasado todavía. En el escaparate se exhibía una selección de productos ecológicos de toda índole, de pañales a levadura. Tirso empujó la puerta y unas campanas tubulares, como las del disco de Mike Oldfield pero pequeñas y de colores, tintinearon sobre su cabeza.

—Buenos días.

Alba estaba tras el mostrador, ocupada con una clienta. Le respondió con la misma fórmula y le hizo un gesto con un dedo, un minuto antes de regresar a su conversación. Explicaba los beneficios de un pintalabios con certificación *Cruelty free international*.

—Lo que te asegura esto es que no se ha experimentado con animales en el desarrollo ni en el *testeo* y que...

El comercio era pequeño y abigarrado, con estanterías por todas partes que hacían difícil moverse por allí. Tirso se entretuvo examinando el género con falso interés hasta que la clienta decidió que, si bien alababa la irreprochable ética del pintalabios, para lo poco que se maquillaba no le compensaba el gasto. Pagó unas manzanas de kilómetro cero y se marchó haciendo sonar de nuevo las campanillas. Alba contuvo un resoplido hasta que se quedaron solos.

—No sé para qué traigo maquillaje, no vendo nada.

Bordeó el mostrador y dejó el pintalabios en su sitio. Vestía una sudadera gris con capucha demasiado grande para su torso y unas mallas negras con agujeros de serie. A Tirso se le antojó que parecía una guerrillera urbana salida de uno de aquellos pastiches que difundía a través de Facebook.

—¿Cómo está tu hermanastra?

—Algo mejor.

—¿Sí? Me alegro.

—Sí, bueno, tampoco te creas. Ayer conseguí que bajase al parque conmigo y hoy ya ha bajado sola. Parece que le gusta. Se pasa la mañana allí.

—Es un avance. ¿Ha dicho algo?

—No. Nada.

—Bueno. Poco a poco.

—Sí…

Fue hasta la puerta, giró un cartelito a la posición de cerrado y deslizó el pestillo.

—Por mí no hace falta.

—Tranqui, es mi cuarto de hora de descanso.

Lo guio hasta una puerta cochambrosa ubicada tras el mostrador por la que se accedía a un patio interior que hacía las veces de almacén.

Tirso, incómodo por la estrechez del espacio, se arrinconó en una esquina. Alba se quedó en el extremo opuesto, junto a una banqueta de madera con salpicones de pintura. Sacó de un bolsillo un paquete de Marlboro, un librillo de papel y una piedrita de hachís envuelta en celofán, y colocó todo sobre la banqueta.

—No te molesta, ¿no?

—Es tu tienda.

—Cuéntame.

Tirso compartió con ella algunas de sus conclusiones sobre la entrevista y, en particular, sobre la reacción de su hermanastra a la palabra «amal».

Alba escuchó con ademán reconcentrado, sin despistarse de su faena.

—Vale —dijo cuando Tirso hubo concluido. En ese momento calentaba la piedrita con un mechero BIC traslúcido—. Entonces, si no lo he entendido mal… crees que habla árabe.

—Es posible. Es probable.

—Pero intentaron interrogarla en árabe y tampoco reaccionó.

—Tu hermana ha levantado una barrera comunicativa. En todos los idiomas. En todas las formas de comunicación, en realidad.

—¿Por qué?

—No lo sé. No tengo respuesta a eso.

Alba quedó en un silencio reflexivo. Pasó la lengua por la cola del papel y selló el porro.

—¿Cómo lo haces? —Tirso negó con la cabeza en señal de incomprensión—. ¿Cómo puedes descubrir cosas a través de... eso, de lo que dice la gente? Es lo que haces, ¿no?

—Sí.

—¿Cómo?

—De distintas maneras. Analizo los localismos, la fonología, las estructuras, los giros... La suma de todo eso se llama idiolecto, y es algo tan único, tan personal como las huellas dactilares.

Alba asintió varias veces para asimilar lo que acababa de escuchar.

—No tenía ni idea.

—La gente dice mucho de sí misma cuando habla.

—¿Por eso querías hablar con la chica que la encontró?

—En realidad, no. Solo quería oír de primera mano lo que pasó. Por cierto, ¿sabes si tu madre la llamó?

—¿Mi madre? No. La llamé yo. ¿Por?

—Me ha dicho que la llamó una mujer. Además de ti. Pero no sabe quién era, o no se acuerda.

Si Alba le concedió alguna importancia a ese dato, no dio la menor muestra de ello. Encendió el porro y dio una calada. El pequeño patio se llenó de un olor acre. Con el humo todavía dentro, Alba tendió el porro a Tirso.

—No. Gracias.

Alba exhaló una densa nube blanca y se despegó una hebra de tabaco que se le había adherido a la lengua.

—¿Cobras por esto?

Tirso no pudo evitar sonreír. Era la primera vez que se lo preguntaban tan abiertamente.

—No.

—Entonces ¿por qué lo haces?

—Me gusta ayudar a la gente.

Ella inclinó la cabeza en un gesto ambiguo, descreído.

—¿Y has hablado con alguien más?

—No. Bueno, sí, con... No sé si lo conoces. Francisco Romera.

Ella arqueó las cejas.

—¿El que fue jefe de mi padre?

—¿Cómo? Tenía entendido que fue el jefe de Óscar Orbe.

—Sí, bueno, de los dos. Mi padre y Óscar Orbe eran compañeros de trabajo.

Ahora fue Tirso quien arqueó las cejas. Alba respondió al desconcierto de su acompañante ensanchando la sonrisa.

—¿Tu padre...? —empezó a decir Tirso todavía perplejo—. ¿Tu padre y Óscar Orbe fueron compañeros?

—Curraron juntos en la bomba atómica.

—¿Lo sabes?

Ella adquirió un gesto de divertida perplejidad.

—¡Era mi padre!, ¿cómo no lo voy a saber? Cuando lo cuento por ahí la gente flipa.

—Pero entonces... Tu madre...

Dejó la frase en el aire. Ella asintió con una sonrisa desprovista de toda alegría.

—La historia de mi familia es digna de un culebrón.

—Me gustaría oírla.

—¿Eso va a ayudar en algo a mi hermanastra?

—Puede. No lo sé, la verdad. Pero cuanta más información tenga, mejor.

Alba vaciló un momento. Los ojos le brillaban con reflejos tornasolados por efecto del hachís. Un efecto que probablemente contribuyó a su decisión.

—A ver... No sé ni por dónde empezar. —Retiró las cosas que había dejado en el taburete y se acomodó en él—. Mi padre también era físico. Óscar Orbe y él se conocieron en la facultad. Eran dos cerebritos y se hicieron colegas. Siguieron siéndolo después de que Óscar se casara con mi madre y tuviesen a Alba. Hasta se iban juntos de vacaciones, los tres. Luego, cuando Alba desapareció y Óscar se suicidó... Sabes que se suicidó, ¿no? —Tirso asintió—. Pues imagínate. Se quedaron hechos polvo. La familia de mi madre es catalana, pero ella nunca se ha llevado muy bien con ellos, así que estaba sola en Madrid y mi padre se hizo cargo de ella. Se encargó del entierro, del papeleo… Por lo visto, le hacía hasta la comida, cosa que me flipa porque en la vida lo vi cocinar, pero bueno. Mi madre siempre dice que le salvó la vida, y me da que no es una forma de hablar. Por resumir, que se acabaron liando. No sé cómo fue y no quiero saberlo, pero imagino que era inevitable dadas las circunstancias. Luego pasó el tiempo y… llegué yo. —Sonrió con tristeza y compuso con dos dedos la «v» de la victoria—. La sustituta.

—No digas eso.

—Me llamaron igual, no me jodas.

Lo dijo con una serenidad que traslucía frustración, dolor, rabia. Todo eso cupo en su voz, y sirvió para demostrarle a Tirso que también a ella le parecía enfermizo.

—¿Qué sabes de la desaparición de tu hermanastra? En el informe que me han pasado no dice casi nada.

Alba dio una calada lenta que aprovechó, o eso le pareció a Tirso, para ponderar una respuesta.

—Yo no había nacido. Te puedo decir lo que me contó mi madre. —Tirso asintió conforme—. Sé que ese día Óscar Orbe fue a buscarla al colegio. En coche. Antes de volver a casa, él tenía que pasarse por el curro.

—¿La Junta de Energía Nuclear?

—Has hecho los deberes. —Sonrió—. Se supone que la dejó en el coche y él se fue a coger algo, no sé, no tengo ni idea. Sé que fue cuestión de unos minutos, o eso me contó mi madre. Cuando volvió, Alba ya no estaba.

Tirso apoyó la espalda contra la pared y cruzó los brazos. Le hubiese gustado tomar notas de todo aquello, llevaba la libreta en la mochila, pero sospechaba que a ella le habría resultado incómodo y no quiso comprobarlo.

—Entonces ¿desapareció dentro del complejo? ¿En la JEN, en el recinto?

—Eso me dijo, sí.

—¿No había seguridad?

—Ni idea.

Hablaba desprovista de toda implicación emocional, como quien rememora la trama de una película que vio hace tiempo y no le interesó gran cosa. La misma monotonía entonativa que Tirso detectó el día que se conocieron. Quizá fuese achacable al efecto del porro. O quizá todo aquello la aburría soberanamente.

—Estuvieron buscándola por el parque del Oeste y por ahí. Por el Manzanares también. Lo dragaron y todo, pero no encontraron nada.

Un puño golpeó varias veces contra el cristal de la entrada. Alba saltó de su asiento excesivamente sobresaltada y se asomó a la tienda.

—Mierda. ¡Voy!

Apagó el porro con las yemas de los dedos y lo apoyó con cuidado en el borde de la banqueta.

—Perdona, tengo que abrir.

—Sí, ya te he robado mucho tiempo. Gracias por todo.

En la acera esperaba un repartidor cargado con una caja de verduras. Alba deslizó el pestillo y el repartidor se coló al interior dejando tras de sí el tintineo de las campanas.

—¡Menos mal, pensé que no estabas! —Dejó la caja en el mostrador y extrajo un albarán del bolsillo—. ¿Me echas aquí un autógrafo?

Tirso aprovechó para salir de la tienda, pero, acto seguido, dio media vuelta y se asomó de nuevo.

—Alba, perdona, una última cosa. —Ella lo miró desde el mostrador con el bolígrafo en la mano—. ¿Sería posible que me enviases una foto antigua de tu padre?

10

Acababan de encenderse las farolas cuando Belmonte empujó la puerta negra e insonorizada del local. Fue como atravesar la madriguera de Alicia, solo que él no emergió en el País de las Maravillas, sino en alguna esquina húmeda y ruidosa de Centroamérica.

Tras localizar a su objetivo en una de las mesas, apoyó los codos en la barra. Hizo un gesto al camarero, un chulo que vestía una camisa blanca y brillante adherida a un tronco musculoso y casi seguro depilado. Belmonte señaló un cartel que decía ESPESIALIDAD DE LA CASA: ✧MOJITO✧.

Aunque no era un experto en la cultura de las Antillas Mayores, le pareció que el mojito sabía a lejía. Lo apartó de sí pero se quedó con la pajita, que se colocó entre los labios a modo de cigarrillo.

Belmonte estudió discretamente su objetivo mientras meneaba la pajita con la lengua. Estaba acompañado de otro hombre y dos mujeres, una negra y otra de piel más clara. Había dado con él por los procedimientos habituales: billetes y amenazas. Sabía su nombre y su edad, estaba al corriente de cuándo y cómo llegó a España y también se había enterado de un par de problemas que tuvo en su momento con la justicia, uno menor, otro no tanto.

Le habría gustado abordarle a solas, pero no se veía capaz de soportar aquella música mucho tiempo más. Dejó la pajita en la copa y enfiló hacia la mesa con pasos lentos que disimulaban su cojera.

La negra fue la primera en verlo y se lo comentó al objetivo, que lo buscó con la mirada y lo encontró. La sonrisa idiota se le borró de golpe.

—Alexander Vera —dijo Belmonte con la vista fija en su objetivo y obviando a los demás. Tuvo que alzar la voz para hacerse oír sobre la salsa.

—¿Quién es usted? —preguntó. Hacía esfuerzos por disimular su creciente angustia.

Belmonte metió la mano en un bolsillo de la chaqueta y sacó su placa de policía. Los cuatro la miraron con los ojos como platos, pero ninguno se percató de que tenía más de treinta años.

—Vamos a hablar un rato tú y yo, ¿eh?

Alexander se volvió hacia sus amigos y les hizo un gesto simbólico con la barbilla. Tras una vacilación, todos se largaron hacia la barra sin dejar de mirar a su espalda con desasosiego.

—No hice nada —dijo Alexander.

Belmonte devolvió la placa al bolsillo y se sentó. Al hacerlo, se aseguró de que el muchacho viese con claridad la culata de su Colt M1911 enfundada en la pistolera del cinturón. Cuando Belmonte sacó el folio y lo depositó doblado sobre la mesa, el chico seguía con la vista fija en el arma. Estaba acojonado. Bien.

Belmonte se abrochó la chaqueta y tamborileó los dedos para recuperar su atención.

—Alexander, Alexander... ¿Cómo te llaman? ¿Álex? —El chico asintió una vez—. Mira, Álex, me ha dicho un pajarito que trabajas para el general Francisco Romera. Sé que le limpias la casa, le planchas la ropa y le cocinas. ¿Qué más? ¿Le haces pajas? ¿Le limpias el culo cuando te lo pide, Alexito?

—Tengo mis derechos.

—Ya. Entiendo que estés frustrado. Es un trabajo de mierda. Claro que siempre es mejor que volver a pasar mercancía para El Villavicense, ¿no? A ese seguro que sí le hacías pajas. Es un vicioso, lo conozco. ¿Cuánto te paga el viejo al mes? ¿Seiscientos pavos? ¿Setecientos? Y qué puedes hacer en Madrid con eso, ¿eh? ¿Adónde vas a llevar a esa morenita tuya con esa miseria?

El chico estaba empapado en sudor. Se humedeció los labios y parpadeó varias veces con fuerza, como si así le fuese más sencillo concentrarse. Como si al hacerlo tuviese alguna posibilidad de entender quién era aquel hombre que tanto sabía sobre él.

—¿Qué quiere?

Belmonte desdobló el folio. Una fotografía en blanco y negro, ligeramente pixelada, mostraba a Tirso de la Fuente mirando al mar con gesto abstraído.

—Quiero que me digas si has visto a este hombre, cuándo, dónde y por qué. Si lo haces bien, a lo mejor no amaneces en tu país de mierda.

El padre de Alba Alegría se llamaba Pablo y, al igual que su amigo Óscar Orbe, fue un físico destacado. Así lo confirmaba el obituario que *El País* publicó un día después de su fallecimiento: «Pablo Alegría, una vida entregada a los átomos». El texto, carente de fotografía, mencionaba su implicación en el proyecto de la bomba atómica, pero más como una florida curiosidad biográfica que como algo realmente significativo. Sus principales aportaciones científicas fueron al parecer teóricas y llegaron tras el cierre de la JEN.

En 2003 publicó un libro divulgativo titulado *Fundamentos de la física nuclear*. Tirso decidió echarle un ojo, aunque pronto descubrió que no sería fácil. No existía una edición digital y en las grandes superficies ni les sonaba.

Descubrió, gracias a Google, que en Madrid había una librería especializada en literatura científica. Llamó por teléfono, y un tipo con voz lánguida le informó de que les quedaba un ejemplar «algo deteriorado».

En cuanto lo tuvo en sus manos, supo que no le sería de ninguna utilidad. Era un tratado técnico repleto de fórmulas y diagramas incomprensibles para él. En un primer vistazo no le pareció que mencionase la Junta de Energía Nuclear. Ni una palabra sobre Óscar Orbe o Francisco Romera. Solo números y gráficos.

Más útil le resultó el wasap que Alba le envió por la noche. Atendiendo a su petición, había fotografiado dos de las instantáneas que su madre tenía enmarcadas por la casa. La primera debió de ser tomada en 1984. En carnaval probablemente. La instantánea mostraba a una pequeña Alba Orbe, de no más de tres años, disfrazada de David el Gnomo, saco azul y gorro rojo puntiagudo. Arrodillado junto a ella posaba Óscar Orbe y, a su lado, un hombre moreno y fuerte, de barba cerrada y mirada intensa. Pablo Alegría. En segundo término, de pie, había una mujer que, no había duda, era Claudia Subirós. En su rostro todavía joven, Tirso adivinó los rasgos de su hija pequeña. La diferencia radicaba en que Subirós tenía el gesto tenso y crispado. Intentaba sonreír, pero era una sonrisa tenue, triste, fracasada.

Al pasar a la otra imagen, sintió un estremecimiento. En ella solo aparecían los dos hombres y, a juzgar por su aspecto, debió de ser tomada en la misma época que la anterior. Óscar tenía un brazo sobre los hombros de su amigo en gesto de franca camaradería. Vestían ambos traje y abrigo y lucían arrogantes sonrisas de juventud, de las de comerse el mundo a bocados. Pero no fue eso lo que provocó la palpitación de Tirso, sino el lugar donde se encontraban.

Estaban en el desierto.

Te valen?

Tirso recibió el mensaje mientras ampliaba la fotografía con el índice y el pulgar.

Respondió:

Me valen. Muchas gracias.

Luego lo pensó mejor y añadió:

¿Podrías mirar en la parte de atrás de la
segunda foto? Me gustaría saber si pone
dónde se tomó.

Siguió un silencio durante el cual Tirso examinó con mayor
detenimiento el paisaje que rodeaba a los hombres. Buscaba algún detalle que lo ayudase a deducir su ubicación, pero no se
veía nada más que arena. Kilómetros y kilómetros de arena.
Alba respondió:

Segundos después del emoji, llegó una nueva imagen. Alba
había extraído la foto de su marco y la sujetaba ahora con una
mano, de tal manera que mostraba el reverso a la cámara. Allí,
escrito con bolígrafo azul, figuraba tan solo: «1985».
Un año antes de la desaparición de Alba Orbe.

11

—¡No me lo puedo creer! ¡¿Cuánto ha pasado?!

Mercedes Labastida. La enérgica, dicharachera y un poco desquiciada Merche Labastida, con quien Tirso mantuvo algo vagamente parecido a una relación sentimental.

—Cinco años —respondió Tirso al teléfono—. Vi en Facebook que habías sido madre.

No es que le interesase lo más mínimo, pero le pareció que la situación requería un cierto precalentamiento. Ella le contó lo feliz que le hacía la maternidad, aunque un par de veces al día saltaría por la ventana. Lo ilustró con varios ejemplos que Tirso escuchó disimulando la impaciencia, riendo cuando sentía que debía hacerlo y guardando silencio el resto del tiempo.

—Merche, oye, te llamaba por si puedes ayudarme con un asunto.

—Claro, cuéntame.

—¿Sigues en la radio?

—Soy funcionaria, me moriré aquí.

—¿Y sigues haciendo el programa de ciencia?

—Eso es que no me oyes.

—No escucho la radio, perdona.

—Tranqui, nadie oye los programas de ciencia. Además, nos ponen a las dos de la madrugada. Cultura para todos, ya sabes. ¿Por qué lo preguntas?

Dado que el caso de Alba Orbe se estaba llevando con absoluta discreción —la prensa seguía sin publicar una palabra—, Tirso decidió ser discreto; lo último que quería era que aquella historia acabase en los medios por su culpa.

Le contó que colaboraba en la edición de un libro sobre energía nuclear —«¿Un libro? ¿Tú?»— y, para darle mayor credibilidad, lo adornó diciendo que no debió aceptar el encargo, pero que la editorial era de un buen amigo y que esto y lo otro, ya sabes cómo son las cosas.

—¿Conoces a alguien que controle de esos temas? Energía nuclear, reactores, bombas atómicas... Necesito ayuda desesperadamente.

No dudó. Su hombre era un tal Antonio Osorio.

—Trabaja en el Instituto de Estructura de la Materia. Suelo traerlo al estudio, es un crack en movidas atómicas y se explica de maravilla. Con lo de Fukushima lo tuve aquí todos los días. Llegaron un montón de mails dándonos la enhorabuena.

Tirso le pidió su contacto y, después de que ambos se comprometieran a quedar en un futuro próximo para ponerse al día —cosa que ninguno de los dos tenía la menor intención de hacer—, se despidieron deseándose lo mejor y subrayando la alegría que les había dado saber del otro.

Acto seguido, Tirso marcó el número del científico.

—¿Sí?

La voz, apenas un susurro, sonó más juvenil de lo que esperaba. Por algún motivo se había imaginado a un tipo entrado en años, canoso y barbudo, parapetado tras una montaña de libros. No sonaba a eso en absoluto.

—¿Antonio Osorio?

—Sí, soy yo. ¿Con quién hablo?

Pico inicial en la postónica del primer acento tonal, verbo desacentuado, melodía descendente. Nacido en Murcia, casi seguro en el interior.

Tirso le explicó de dónde había sacado su teléfono, con lo que le dio a entender que también él era periodista, y le dijo que le gustaría consultarle un par de dudas atómicas.

—Es que justo ahora me pillas en el laboratorio. Y tengo curro para rato.

—Si me dices dónde está, puedo acercarme. Prefiero que nos veamos cara a cara si no es mucha molestia.

Osorio suspiro estentóreamente.

—Como quieras. Serrano, 113.

Quedaba a media hora a pie de donde estaba y decidió ir dando un paseo. Había recorrido medio trayecto cuando notó un pálpito, una intuición difícil de describir. Sintió que, en la distancia, una sombra lo seguía, que doblaba las esquinas con él y se detenía al mismo tiempo. ¿Era posible?

Lo cierto es que, al volverse, no advirtió nada sospechoso. Solo transeúntes, gente que iba y venía enfrascada en sus pensamientos y en sus móviles. Permaneció un buen rato clavado en mitad de la acera, acechando al horizonte, hasta que empezó a sentirse ridículo y paranoico. Estaba claro que lo había imaginado. Después de todo, ¿por qué habrían de seguirle? ¿Quién? Prosiguió su camino sin darle mayor importancia y no volvió a pensar en ello.

El Instituto de Estructura de la Materia se encontraba en una zona libre de comercios de la calle Serrano, tres carriles escoltados por grandes plátanos de sombra que hacían honor a su nombre resguardando a oficinistas que apuraban sus pitillos.

En la entrada, una placa dorada mostraba el logotipo del Consejo Superior de Investigaciones Científicas junto al del Ministerio de Ciencia. Una recepcionista aburrida de sí misma y del resto de la humanidad miró a Tirso por encima de sus gafas y lo hizo esperar sentado en unas sillas verdes cuya ergonomía dejaba clara la escasa apuesta pública por la I+D.

Al cabo de diez minutos apareció Antonio Osorio, un tipo altísimo y torpón. Vestía una camiseta en la que el increíble Hulk reventaba un muro sin esfuerzo y unos pantalones vaqueros con muchos lavados a sus espaldas. Se acercó a Tirso con una mano tendida y un desgarbo nervioso en todos y cada uno de sus movimientos.

—No me acuerdo de tu nombre, tío, perdona.

Aquella familiaridad lo sorprendió gratamente. Resultaría más fácil de lo que esperaba.

—Tirso. Tirso de la Fuente.

Tendría treinta y pocos años, pero aparentaba diez más. Su semblante recordaba a un don Quijote con todavía menos horas de sueño: pómulos hundidos, ojos opacos enmarcados en unas bolsas violáceas y una barba de chivo que señalaba el lugar hacia el que parecía a punto de desplomarse.

—¿Un café? ¿Café y entrevista?

—Claro. Pero no es una entrevista.

—Sí, lo que sea.

Tirso lo siguió por un pasillo estrecho y feo. Pasaron junto a un extraño aparato, similar a una fuente, provisto de dos bocas de color amarillo. Supo, por un folio que había pegado a su lado, que era un «lavador de ojos». No había visto nada parecido en toda su vida.

—¿Eres colega de Merche? —preguntó el físico. Hablaba a tal velocidad que parecía que las palabras se le amontonaban en la boca.

—Sí. Somos viejos amigos.

—Una crack de tía. Ojalá en los medios hicieseis más caso a la ciencia. Nos iría mucho mejor a todos.

A Tirso no se le escapó ese «hicieseis». Tampoco se molestó en corregirle.

Osorio caminaba tan rápido como hablaba y en cuestión de segundos habían cruzado el edificio. La marcha se detuvo en una esquina mal iluminada donde había un par de mesas altas con sus banquetas a juego y una máquina de café. Osorio se acercó a ella sacando del bolsillo un puñado de monedas.

—¿Qué tomas?

—No, por favor. Invito yo.

Sacó dos cortados, uno a tope de azúcar para el científico y otro amargo para él.

—¿Para qué es esto? —le preguntó Osorio mientras acomodaba su metro noventa en una de las banquetas—. ¿Un periódico?

Tirso carraspeó. Contaba con soslayar esa pregunta para evitar así tener que mentirle. No le quedó más remedio que hacerlo.

—Un libro.

—Ah. Guay. ¿Sobre?

—La... —Otro carraspeo—. La historia atómica de España.

—Acho, tú, un temazo —se limitó a valorar el físico y dio un trago a su café. Contrajo el gesto con asco, pero luego dio otro trago, más largo—. ¿Y qué necesitas?

—Orientación, sobre todo. Saber si voy bien encaminado. Yo no soy divulgador científico, y esto es un poco un marrón para mí. Por ahora, solo he empezado a familiarizarme con el tema y a recopilar información. —Sacó de la mochila su libreta de anillas, donde había anotado algunas preguntas en letra minúscula e indescifrable—. He entrevistado a un general que estuvo trabajando en la Junta de Energía Nuclear.

—¡La JEN! —exclamó el físico con entusiasmo, como un fanático del baloncesto habría reaccionado ante la mención de Los Ángeles Lakers—. ¡Un clásico!

—Sí. Francisco Romera, no sé si te suena. —El científico negó con la cabeza—. Era jefe de uno de los grupos, teoría y cálculo de reactores. Estuvo implicado en el proyecto de la bomba atómica. —Tirso analizó la reacción del don Quijote. Se limitó a asentir—. ¿Qué sabes de eso?

—¿De lo de la bomba? A ver, no soy un experto. Sé que fue un empeño personal de Franco. Veía que los países que desarrollaban la bomba pasaban a la primera línea, que se convertían en actores internacionales de peso. Lo cual es... más o menos cierto.

—¿Más o menos?

—Tener un arsenal atómico ayuda a que te tomen en serio, es evidente, claro. Pero con eso no basta. Esos países, Francia por ejemplo, ya estaban en primera línea desde el final de la Segunda Guerra Mundial, antes de tener la bomba. ¿Los ayudó tener un arsenal nuclear? Hombre, pues seguro que sí.

—Entiendo. ¿Y sabes por qué se abortó el proyecto?

—Bua, qué va. Y no sé si encontrarás a alguien que lo sepa. No hay gran cosa publicada sobre el tema, ya te lo adelanto. En su día leí que cuando llegaron los tecnócratas, intentaron convencer a Franco de que lo parase. Que si lo piensas, es normal. Esa gente quería hacer de España la playa del mundo, y a nadie le apetece ir de vacaciones a una dictadura atómica.

Tirso dio un trago a su café. Fue como paladear petróleo. Depositó el vaso de papel en el centro de la mesa con la firme intención de no volver a tocarlo.

—Si vas a meterte ahí, hay una cosa que sí estaría bien que reflejases.

—Dime.

—El trabajo que hizo esta gente de la JEN fue buenísimo. Muy muy bueno. Nunca se les ha reconocido el mérito, imagino que por razones políticas. Pero, más allá de eso, lo que hicieron fue muy importante. Y muy ingenioso. ¿Sabes cómo resolvieron el problema del combustible?

—¿Qué combustible?

—El de la bomba. Para hacer bombas atómicas, necesitas o bien plutonio o bien uranio. El plutonio no tenían forma de conseguirlo, así que optaron por el uranio. Eso sí que teníamos, España tenía un montón de minas de uranio, las sigue teniendo. Lo que pasa es que no es tan sencillo, no vale con sacarlo de la mina y meterlo en una bomba.

—Hay que enriquecerlo —terció Tirso, orgulloso de poder aportar algo a la conversación.

—Exacto. Y no sé si has visto alguna, pero las plantas que enriquecen uranio son unos *peazo* mamotretos. Enormes. No puedes construir una y esperar que el mundo no se dé cuenta, ni siquiera en aquella época. Así que a estos tíos de la JEN se les ocurrió una idea. Se dieron cuenta de que podían hacerlo en la planta nuclear de Vandellós. Podían enriquecer uranio usando los residuos de la propia planta, sin que nadie se enterase. ¡Reciclaje atómico! Muy bueno.

Tirso sonrió en respuesta al entusiasmo de su interlocutor. Miró la libreta y deslizó un dedo por sus notas, como si buscase otra pregunta. Un paripé. Sabía de sobra lo que quería preguntarle.

—¿No sabrás si Marruecos desempeñó algún papel en el desarrollo de la bomba?

El científico frunció el ceño mientras apuraba su café.

—¿Papel, cómo? ¿Qué clase de papel?

—No estoy seguro, pero he encontrado algún... indicio.

—¿Marruecos?

—¿Es posible que la bomba fuese un proyecto conjunto de los dos gobiernos?

Osorio negó con la cabeza enérgicamente.

—No —dijo con rotundidad—. Eso fijo que no.

—¿Por qué?

—¿Otro café? —Tirso le indicó que aún lo tenía entero. El físico introdujo una moneda en la ranura y habló mientras el líquido negruzco caía en el vaso—. Si un país se metía en una movida como esta de construir bombas atómicas, era por razones geoestratégicas. De integridad territorial, sobre todo. Las bombas atómicas no se construyen para lanzarlas. Ningún político en su sano juicio se plantea lanzar una bomba atómica. No se lo planteaba De Gaulle, y fijo que Franco tampoco. Una guerra nuclear supone la destrucción mutua asegurada de los rivales. Y, bueno, no solo de los rivales. Si dos países se declarasen la guerra atómica, la humanidad sería aniquilada en días, habría un invierno nuclear, sería como Mad Max, peor. Se calcula que la temperatura global bajaría entre diez y quince grados. Poca broma. No se puede ganar una guerra nuclear, ni Estados Unidos puede, es imposible. De ahí la teoría de la disuasión, esa es la clave de toda esta movida. Los países desarrollan armas atómicas para que el resto del mundo sepa que las tienen. Y ya. Es como poner un cartel gigante encima de tu país: «Tenemos bombas atómicas, no nos toques los huevos».

La máquina soltó un pitido agónico y Osorio recogió su café.

—Pero eso no detendría a ningún país —aventuró Tirso agitando el bolígrafo—. Si todo el mundo sabe que nadie va a usar sus bombas…

—Ya, hasta que un día alguien esté tan loco como para usarlas. —Lo dijo sonriendo, como si le resultase una idea de lo más estimulante—. En la Guerra Fría nos faltó un pelo. Y ahora, ahora mismo tenemos a Corea del Norte con no sé cuántas cabezas nucleares. No pueden usarlas, sería el apocalipsis, pero ahí está Kim Jong-un con el dedo encima del botón. ¿Está tan pirado como para lanzar un pepinazo a Japón o a Washington o a donde sea? A lo mejor no, vete a saber, pero nadie se va a arriesgar a descubrirlo, ¿entiendes? Es un juego trucado, pero la cosa es que funciona. Por eso te digo que es imposible que dos países se unan para un proyecto así, especialmente España y Marruecos.

—¿Por qué especialmente ellos?

—Una de las razones por las que Franco quería un arsenal atómico, dicen que la principal, era disuadir a Marruecos de ocupar Ceuta y Melilla.

—Integridad territorial —dijo Tirso citando al físico, que asintió con los labios apretados.

—Pero bueno, no sé, has dicho que has encontrado algo. ¿Se puede saber qué es o…?

Tirso meditó un momento la respuesta, lo justo para que el otro se percatase de ello. No quería dar más información de la estrictamente necesaria, pero tampoco podía marcharse sin aclarar aquel aspecto en particular. Había ido allí precisamente para eso.

—Algunos de los hombres que estaban desarrollando la bomba viajaron a Marruecos. Creo.

Osorio ladeó la cabeza con los ojos entornados.

—¿Crees?

—He visto una fotografía, sé que estuvieron en el desierto. Creo que era Marruecos, pero no estoy seguro. Sospecho que el Sáhara.

El otro asintió teatralmente, como si acabara de desentrañar un misterio demasiado sencillo.

—Vale, eso tiene sentido —dijo satisfecho—. Pero no como tú lo has interpretado.

—¿Y cómo debo interpretarlo?

—Antes, las pruebas nucleares se hacían en el desierto, lo más lejos posible de cualquier núcleo de población. Luego, a principios de los sesenta, no me acuerdo del año exacto, se firmó el Tratado de Prohibición Parcial de ensayos nucleares. Lo de «Parcial» es la clave, como te puedes imaginar. Se supone que los países que quisieran probar una bomba tenían que hacerlo bajo tierra. Pero eso era muy caro porque suponía una auténtica movida técnica, así que no todos lo cumplieron. Francia, por ejemplo, pasó de todo y probó las suyas en el Sáhara. No me parece descabellado que España se lo plantease también. Desde luego, sería un buen sitio para... —Ahuecó las manos, simulando una gran explosión—. Bummm.

Tirso sintió un cosquilleo mientras contemplaba aquel hongo nuclear imaginario. Si el don Quijote estaba en lo cierto, si Óscar Orbe y Pablo Alegría buscaban un campo de pruebas nucleares en 1985, solo podía significar una cosa.

12

—¡La construyeron! ¡Construyeron la bomba!

Tirso estaba de pie en mitad del oscuro salón, rodeado de pilas de papeles y observado por los rostros de las fotografías que se abigarraban en las paredes. Romera lo contemplaba desde el sillón orejero con un atizador de hierro en la mano. En la chimenea ardía un fuego ya casi extinto, elevando la temperatura de la estancia muy por encima de lo saludable. A Tirso el sudor le corría por el rostro y la espalda.

—Cálmese.

—Estoy calmado.

—No, no lo está.

Era cierto, no lo estaba. Había acudido allí nada más salir del Instituto de Estructura de la Materia. Fue casi a la carrera, excitadísimo por lo que, de momento, ignoraba si era un descubrimiento o una fantasía.

Tampoco ahora tuvo manera de salir de dudas. La reacción de Romera no le permitió discernir si el general se sentía divertido o contrariado. Ni su rostro ni su voz dieron la menor muestra de ninguna de las dos cosas. Se limitó a observarlo de hito en hito durante unos segundos y luego señaló con el atizador la puerta que comunicaba el salón con el resto de la casa.

—Cierre ahí.

El ecuatoriano, que le había recibido en la entrada, limpiaba el polvo en el pasillo provisto de un plumero. Cuando Tirso fue a obedecer la orden del general, ambos se cruzaron una fugaz mirada.

—Dígame, ¿de dónde ha sacado esa idea?

—Me mintió. Cuando les obligaron a parar el proyecto, la bomba ya estaba terminada.

Romera se mantuvo en silencio, la mirada puesta en sus rodillas.

—¿No va a decir nada?

El militar dirigió ahora la punta del atizador hacia el tocadiscos.

—¡Oh, por el amor de Dios! —exclamó Tirso exasperado.

Le aguantó la mirada con intención desafiante, pero aquel hombre llevaba toda la vida dando órdenes sin ceder un milímetro; era evidente que no iba a empezar a hacerlo ahora.

Tirso claudicó y apoyó la aguja en el disco, que empezó a girar sobre el plato. RENATA TEBALDI, decía la pegatina. *La Bohème*, de Puccini.

—Suba el volumen.

Tirso se giró hacia él bruscamente, harto de las exigencias de aquel viejo despótico y paranoico.

—¿Por qué? ¿Cree que nos escuchan?

Romera lo fulminó con la mirada.

—Yo no le he pedido que venga. Haga lo que le digo o márchese.

Tirso giró la rueda del volumen hasta que los tímpanos le protestaron. Se trataba de una grabación antigua y la música estaba manchada por el crepitar del imperfecto sistema de registro. Era como escuchar ópera en mitad de un incendio.

—Ahora siéntese.

—Estoy bien de pie.

—No voy a aceptar un interrogatorio, señor De la Fuente.

Tirso lo observó con los puños cerrados. Luego se quitó el plumífero y, empapado en sudor, se sentó en el borde del sofá.

—¿Con quién ha estado hablando?

—Eso da igual.

—No, no da igual. Quien le haya dicho eso ha cometido un delito grave.

—¿Qué delito? —se esforzaba por disimular la excitación, pero la voz lo traicionaba.

Romera clavó en él la mirada. Tirso se sintió atravesado por aquellos ojos apenas visibles bajo unas cejas densamente pobladas de pelo blanco. Supo, por su expresión, que acababa de cometer un error, aunque fue incapaz de precisar cuál. No tardó en averiguarlo.

—No sabe nada. No ha hablado con nadie. Lo ha deducido usted mismo.

Tirso no movió un solo músculo.

—Cuéntemelo todo.

La petición provocó en Romera una cuarteada risilla que pronto se quebró en tos. Sacó del bolsillo un pañuelo de tela y se lo pasó por la boca.

—Discúlpeme.

Tirso negó con la cabeza, restando importancia a la interrupción, y esperó pacientemente a que el anciano se repusiera.

—No tengo costumbre de reír —dijo por fin—. Ya ve por qué. Me sienta mal. —Examinó el pañuelo y se lo guardó en el bolsillo—. De modo que quiere que le cuente todo.

—Sí.

—¿Y qué es todo, si puede saberse?

Sonrió con una astucia bregada en años de rodeos y evasivas.

—Puede empezar por explicarme cómo es posible que nadie lo sepa.

—¿El qué?

—Ya sabe qué. Que España tuvo un arsenal atómico.

—¡Vamos, no exagere! ¡Nunca tuvimos un arsenal! Ni nos acercamos a eso. Solo llegamos a construir una bomba. No nos dio tiempo a más. Y no es cierto que nadie lo sepa. Lo sabe poca gente, sí, pero... En fin. Como tantas otras cosas.

—¿Como tantas otras cosas?

—Usted es joven. Y tengo la sensación de que bastante ingenuo también.

—Yo no diría tanto.

—Yo sí. Mire, este país... —Se interrumpió, y dejó vagar la mirada por la oscuridad como si tratara de alcanzar un pensamiento que le resultaba esquivo—. ¿Conoce esas muñecas rusas, esas que se meten unas dentro de otras?

—Las matrioskas.

—Tengo unas en alguna parte. Me las regaló un físico del Instituto Kurchátov, un ruso que trabajó para los comunistas. No sé dónde andarán.

—General...

—Escuche. —Se inclinó hacia delante y bajó el tono de voz hasta hacerlo casi inaudible bajo la música—. En este país, cuando algo se declara secreto de Estado, ni siquiera puede admitirse que lo sea. No se puede hablar de ello. No puede mencionarse. El hecho mismo desaparece, como si no existiera. Como si nunca hubiese existido.

Tirso intentó protestar por lo que le parecía una digresión, pero Romera lo detuvo con un golpe de mano.

—Y no solo eso. —Ante su rostro fue extendiendo, uno a uno, tres dedos artríticos—. Tampoco puede revelarse la razón que llevó a declararlo secreto de Estado. Ni el proceso que siguió. Ni la persona que tomó esa decisión. —Agitó los tres dedos—. Es el laberinto burocrático perfecto, ¿lo ve? Secretos dentro de secretos... dentro de secretos.

—¿Qué sentido tiene eso?

—En política las cosas no tienen por qué tener sentido. Basta con que sean útiles. Y esta lo es. Así es como se borra la historia que no conviene que pase a los libros.

A Tirso las preguntas se le amontonaban en la cabeza. ¿Cuándo se completó la fabricación de esa bomba? ¿Se llegó a probar?

¿Qué fue de ella? ¿Cómo ha podido mantenerse algo así fuera del escrutinio público durante tantos años?

De ninguna manera, esa era la respuesta, la única posible. No se ha divulgado porque no es más que una patraña. Romera lo estaba engañando. Intentaba confundirlo, apartarlo de la verdad con ese cuento, esa fábula ridícula e inverosímil. Él mismo se lo había puesto en bandeja al entrar allí como una locomotora fuera de control, y ahora Romera improvisaba una melodía en torno al estribillo que Tirso le había ofrecido.

El general pareció leer sus pensamientos.

—No me cree —dijo apoyando el atizador contra uno de los laterales del sillón. Parecía un monarca decrépito, moribundo en su trono—. Mejor para todos.

—Si es verdad, tiene que haber alguna documentación. No se puede borrar algo así. No del todo.

—Hay documentación. Incluso puedo decirle dónde, aunque no le servirá de nada. Está en el sótano del Ministerio del Interior. En las catacumbas. Ahí se guardan las vergüenzas de este país. O lo que alguien, en su día, consideró que era una vergüenza.

—En algún momento se desclasificarán.

Romera le dedicó una mirada condescendiente, burlona.

—Ha visto usted muchas películas. En España no hay ninguna ley que obligue a desclasificar secretos. Pueden quedarse ahí hasta el fin de los...

Contrajo el rostro en un súbito gesto de dolor y se llevó una mano a la pellejuda nuez.

—¿Está bien?

Asintió, incapaz de hablar. Carraspeó varias veces y tragó saliva costosamente.

—Esta garganta mía... Es la sequedad del ambiente. Me gusta el calor, pero tiene un precio. Como todo, ¿eh? —Señaló una cómoda sobre la que reposaba una botella de J&B—. ¿Sería tan amable? Me cuesta moverme hoy.

Tirso se puso en pie.

—Tiene vasos en ese armario. Saque un par, acompáñeme.

—No bebo —respondió Tirso secamente.

Rellenó un vaso hasta la mitad siguiendo las indicaciones del viejo. Se lo acercó y se sentó de nuevo.

Romera contempló el líquido ambarino mientras trazaba lentos círculos con la mano. El whisky parecía mecerse al ritmo de sus pensamientos. Cuando se decidió por fin a dar un trago, exhaló un vaporoso carraspeo y se relamió el labio inferior.

—Lo que voy a contarle no se lo he dicho a nadie. A nadie.

Tirso lo miraba con los codos apoyados en las rodillas y las manos entrelazadas. Tenía que esforzarse para no perder ninguna palabra. Romera dio otro trago, este más largo. Estaba claro que necesitaba el impulso del alcohol y Tirso no quiso azuzarlo.

—Al principio andábamos perdidos. En los sesenta, pocos países habían conseguido desarrollar armas nucleares, y todos se cuidaban muy mucho de guardar la receta bajo cien llaves. Era, con diferencia, el secreto militar más preciado de todos.

»Una bomba atómica es algo muy complejo desde el punto de vista técnico. Mucho. Cuando me pusieron al mando del proyecto, fiché a los mejores, ya se lo dije. Físicos, químicos, ingenieros, la *crème de la crème*. Seis hombres en total sin contarme a mí, aunque, con el tiempo, el grupo aumentó hasta los diez. Trabajábamos día y noche, las horas que hiciera falta, pero no avanzábamos. Era… frustrante. El tiempo pasaba y mis superiores, el ministro concretamente, empezaron a impacientarse. Me decía: «Pero ¿no puede enseñarme nada?». Se creía que aquello era como hacer una granada muy grande. Me temo que así habría acabado la cosa, con un fracaso rotundo, de no ser por… —Se interrumpió y miró a Tirso con una enigmática sonrisa—. ¿Cree usted en la buenaventura, señor De la Fuente?

—Depende de lo que quiera decir con buenaventura.

—Olvidaba que es usted lingüista —sonrió—. Me refiero a… No a la suerte. Es más que eso. Me refiero a una cadena de sucesos tan improbables y, al mismo tiempo, tan beneficiosos que cueste creer que no hayan sido provocados por una fuerza superior.

—Eso se llama providencia. Y no, no creo en la providencia.

Romera ensanchó la sonrisa. El alcohol había dotado a sus ojos de un centelleo, haciendo que todo él pareciese más vivo.

—No se equivoque conmigo. No soy un hombre supersticioso. Nada más lejos. Pero, como científico, sé que no todo puede explicarse. No digo que fuese un milagro. No creo que Dios, si es que existe, ande ocupándose de asuntos tan banales. Aunque el gobierno de entonces no lo veía de la misma manera.

—¿Qué pasó?

—Eso.

Alzó una mano trémula y señaló la pared. Allí estaba la fotografía donde Manuel Fraga, acompañado de cuatro hombres, emergía del agua en la playa de Palomares. La misma fotografía desde cuyo margen un joven Romera observaba la escena con expresión reconcentrada.

—A los americanos se les cayeron cuatro bombas atómicas en Almería. En cuanto se supo me llamaron del ministerio. Yo sería la cuarta o la quinta persona en enterarse. Recuerdo que eran las nueve y poco de la mañana. Yo ya estaba en la JEN, con el equipo. Era lunes. Se lo conté al resto, nos metimos los siete en un par de coches y salimos disparados para allá. Dos de las bombas habían caído a tierra sin paracaídas. Esas quedaron destrozadas, no nos servían de nada. Pero las otras dos sí que sobrevivieron al impacto. Una cayó en el mar, y la otra, muy cerca de la desembocadura de un río que hay allí, el Almanzora. Esa fue la que nos llevamos.

Lo dijo con una sonrisa pícara, acercándose el vaso a la boca y sin apenas mojar los labios.

—¿Qué está diciendo? ¿Robaron una bomba atómica?

—Vamos a decir que la tomamos prestada con propósito científico. Cuando llegamos a Palomares no sabíamos lo que nos íbamos a encontrar. La radio no decía nada del asunto, por supuesto. No era descabellado pensar que se hubiese liberado material radiactivo. De ser así, nos estaríamos lanzando de cabeza a una muerte segura, lo sabíamos mejor que nadie, era nuestro campo. Pero ninguno de aquellos hombres se quejó. Nadie me pidió que parase ni que diese la vuelta. Al contrario. Estaban incluso más excitados que yo. ¡Éramos jóvenes!, ¡éramos científicos! No sé si eso significa algo hoy en día, pero entonces significaba mucho.

»Por aquella época, Palomares era una pedanía con cuatro burros y dos burreros. Exagero, pero ya me entiende. Le preguntamos a uno si había visto algo cayendo del cielo. Estaba lívido el hombre, creía que había vuelto la guerra. —Soltó una carcajada corta y seca, el alcohol empezaba a hacer efecto—. Nos llevó hasta el Almanzora y allí estaba. La carcasa se había abollado un poco, pero la bomba nos servía igualmente. La levantamos entre todos y la metimos en el asiento de atrás de uno de los coches. Imagínese qué escena. Nos fuimos con ella a Vera, un pueblo que hay allí al lado. Alquilamos tres habitaciones en un hotelucho. Solo necesitábamos una, pero no queríamos llamar la atención. Subimos la bomba por las escaleras, a pulso, tapada con mi gabardina, y la pusimos encima de la cama.

»Habíamos tenido la precaución de coger unos cuantos aparatos antes de salir de la Junta. Incluso llevábamos el contador Geiger por si acaso. Solo teníamos uno y lo cuidábamos como si fuese un tesoro.

»No disponíamos de mucho tiempo, así que abrimos la bomba y nos asomamos a sus entrañas. Fue una temeridad, desde luego. Pudimos volar el pueblo entero. Qué carajo, ¡Almería entera pudimos volar! Pero era una oportunidad única, ¿cómo íbamos a dejarla pasar?

Tirso lo observaba con los ojos como platos tratando de discernir si aquella historia era cierta o la manifestación de los delirios seniles de un anciano. Tenía la sensación de que la música sonaba cada vez más alta. El sudor le bañaba el rostro y le goteaba de la barbilla.

—Uno de mis hombres, Maldonado se llamaba, era muy aficionado a la fotografía. Siempre andaba con su Leica colgada al cuello. Murió hace unos años. —Sonrió—. Me llamaba capataz. Usted que se maneja en internet... Hizo una página de esas, ahí salimos todos.

Tirso asintió.

—La he visto.

—Le pedí que fotografiase la bomba desde todos los ángulos. Cada componente, cada pieza. Todo. Gastó cuatro o cinco carretes, no me acuerdo ya. Resulta que no se parecía en nada a lo que nosotros teníamos en mente. ¡En nada! Más tarde supimos por qué. Aquella no era una bomba atómica normal, sino una bomba termonuclear, mucho más compleja. Mucho más devastadora también. Era... Usted no lo entenderá, pero era preciosa. Una auténtica belleza.

La mirada de Romera se volvió vidriosa. Tirso le concedió unos segundos antes de preguntar:

—¿Qué hicieron con ella?

—¿Qué?

—¿Qué hicieron con la bomba? ¿Se la llevaron?

—Oh, no. No, claro que no. La estudiamos durante casi una hora. Luego, la ensamblamos, la metimos otra vez en el coche y nos la llevamos de vuelta al Almanzora. Para entonces ya había tropas americanas por todas partes. Todo el mundo estaba muy nervioso. No nos descubrieron por los pelos. Pero el caso es que... no nos descubrieron.

Lo dijo alzando la copa en gesto de brindis, como si celebrase aquella travesura suya que pudo cambiar la historia de todo un país y quizá la cambió.

—Nos pasamos los años siguientes analizando las fotografías de Maldonado e intentando replicar los mecanismos. No fue tarea fácil, créame, pero al final lo conseguimos. La primera y única bomba termonuclear española estuvo lista en septiembre de 1975, dos meses antes de la muerte de Franco. Lo cual, dicho sea de paso, fue un grave inconveniente. Yo había diseñado un plan. Según mis estimaciones, seríamos capaces de producir cinco bombas como aquella al año. Era un cálculo conservador, pero también económicamente realista. En un lustro nos convertiríamos en una potencia nuclear con todas las de la ley. Pero, muerto el caudillo, las prioridades cambiaron. El gobierno dejó el proyecto en una especie de… letargo. Y nos quedamos con una bomba termonuclear terminada y funcional, sin que nadie tuviese la menor idea de qué hacer con ella.

—¿En Madrid? —preguntó Tirso estupefacto—. ¿Esa bomba la tenían en Madrid?

—Eran otros tiempos —respondió el general restándole toda importancia.

Dio otro trago a la copa y esta vez acusó la aspereza del líquido al pasar por su tráquea.

—Después de eso llegó la zozobra. Una larga, larguísima zozobra. El país era un polvorín, y nadie tenía la menor idea de lo que pasaría al día siguiente. Podía pasar cualquier cosa. En el gobierno algunos querían retomar el proyecto, otros ya lo daban por enterrado. Me consta que hubo una guerra de despachos de la que, por suerte o por desgracia, se me quiso mantener al margen. En ese tiempo, mi grupo y yo mismo volvimos a nuestra actividad oficial: los reactores nucleares. Hasta que, en el 86, como sabe, la Junta de Energía Nuclear fue desmantelada y la sustituyeron por el CIEMAT, el Centro de Investigaciones Energéticas, Medioambientales y Tecnológicas, que suena más… democrático, supongo.

—A usted lo destinaron ahí.

—A todos. A mí me pusieron a hacer papeleo. Se supone que era un ascenso, pero a mí me pareció más bien lo contrario. Luego me hicieron subdirector del centro, y más tarde, presidente honorífico. Un florero. Lo sigo siendo, me parece. Hace una eternidad que no voy por allí y no tengo intención de volver. Supongo que lo celebran.

Se quedó en silencio y los dos se miraron. Renata Tebaldi atronaba en la estancia, que parecía ahora más oscura, más sofocante, más fuera del mundo.

—¿Cómo es posible? —preguntó Tirso.

—¿El qué?

—Que nada de esto haya salido a la luz pública. Por lo que ha dicho, lo sabían... ¿Cuántos? Usted, su grupo, medio gobierno... Las familias de todas esas personas... No se puede silenciar a tanta gente.

Romera entrecerró los ojos, como si divisara a Tirso desde la lejanía.

—¿Usted cree? Entonces dígame, ¿quién organizó el asesinato de Carrero Blanco? ¿Con qué fin? ¿Podría responder sin la menor duda? ¿Quién organizó el golpe de Estado del 81? ¿Quién diseñó el plan? ¿Quién seleccionó a los hombres que lo llevaron a cabo? ¿Y qué me dice del GAL? Hablamos de una estructura parapolicial, no es poca cosa. ¿Quién lo creó? ¿Cuál era la escala jerárquica? ¿Acaso no lo sabían cientos de personas? ¿No lo sabían los familiares de la gente que tomó parte en ello? ¿No lo siguen sabiendo todavía hoy los que quedan con vida? —Romera quedó con la mirada clavada en Tirso, que permanecía inmóvil, desbordado por todas aquellas preguntas—. No subestime el poder del miedo, señor De la Fuente.

De pronto, Tirso sintió que los hombres enmarcados en las paredes lo escrutaban con la mirada.

—¿Qué pasó con la bomba?

El general apuró el whisky y se inclinó para dejar la copa vacía en el suelo. El fuego de la chimenea ya se había apagado del todo.

—Esa es la pregunta, ¿no es cierto? Qué pasó con la bomba.

Desvió la mirada hasta uno de los balcones. El sol de aquella fría primavera se filtraba por las rendijas de la persiana como heridas de luz. Los ojos de Romera brillaron húmedos de derrota.

—Qué más da ya… —dijo entre dientes, y Tirso, más que oírlo, lo intuyó.

—A mí me importa.

—No —se limitó a replicar—. No.

—De acuerdo. Pero dígame, por lo menos, qué tiene que ver todo esto con la desaparición de Alba Orbe.

Romera lo miró con intensidad.

—Se adentra usted en terreno pantanoso, señor De la Fuente. Y en esa clase de terrenos la gente suele hundirse.

—Si no quiere que lo descubra, ¿para qué me ha contado todo esto?

—Yo no le he contado nada. ¿Está claro?

Tirso asintió. Romera se levantó del sillón con visible esfuerzo y arrastró los pies hasta el tocadiscos con el atizador en las manos.

—En este país tenemos la mala costumbre de infravalorarnos. Nos gusta burlarnos de nosotros mismos, considerarnos un fracaso, un hazmerreír. No lo somos. —Contemplaba abstraído el vinilo mientras este daba vueltas sobre sí mismo—. Los españoles hemos hecho cosas importantes. Nosotros las hicimos, mis hombres y yo. Merecimos reconocimiento y se nos negó. Nos borraron. Sepultaron nuestro trabajo y nuestros logros. —Apartó la mirada del disco y la clavó en Tirso—. No creo en muchas cosas, señor De la Fuente, pero sí creo en la justicia. Aunque llegue tarde.

Tirso se pinzó el puente de la nariz con los párpados apretados.

—General… —empezó a decir—. Ayúdeme. Sé que quiere ayudarme. Si no, me habría echado de aquí, ni me habría recibido. Dígame qué tiene que ver todo esto con el secuestro de…

—¡Basta! —le interrumpió Romera con un inesperado vozarrón. Levantó la aguja del disco y se volvió hacia la puerta—. ¡Alexander!

Tirso se puso en pie mientras los pasos del ecuatoriano se apresuraban por el pasillo. No estaba lejos, porque entró casi de inmediato y con un gesto que a Tirso le pareció sobresaltado.

—El señor De la Fuente se marcha ya.

Tirso, resignado, cogió su plumífero y su mochila.

—Gracias por su tiempo —dijo tan solo.

Romera, de espaldas a él, se limitó a agitar una mano como quien espanta una mosca.

Tirso atravesó el pasillo precedido por el ecuatoriano, ambos en completo silencio. En el vestíbulo seguía el busto del joven Franco apoyado en el taquillón. Entre las bagatelas que lo rodeaban, Tirso distinguió una pequeña matrioska. Desde su posición, Franco parecía acecharla.

13

El cuadro ocupaba toda la pared. Mostraba un mar tempestuoso, azul y verde, cuya virulencia el pintor había captado con
pulso vibrante. A cierta distancia, la espuma blanca de las olas
era de un realismo casi fotográfico, si bien el conjunto no pretendía serlo. En el centro mismo de aquel mar furioso se perfila-
ba una concavidad de forma perfectamente rectangular, un agujero irreal, imposible, por donde el agua se derramaba para perderse
en la oscuridad.

Justo delante del ciclópeo lienzo había una larga mesa
blanca con dos puestos de trabajo, de los cuales solo uno estaba ocupado. El recepcionista de guardia, un tipo sumido
en una tristísima cuarentena, de piel cetrina y alopecia mal
disimulada, debatía con un vigilante jurado si la liga era del
Barça o del Madrid. No se ponían de acuerdo ni lo preten-
dían en realidad porque tenían muchas horas que matar por
delante.

—Verá, estoy preparando un libro y ando en busca de documentación —le soltó Tirso al recepcionista tras los saludos
de rigor—. Me gustaría, si es posible, hablar con algún responsable.

—¿Responsable de qué?

—Avisa a Elena —terció el guarda de seguridad, que parecía
conocer la empresa mucho mejor que el alopécico.

Eso había pasado trece minutos antes, y Tirso seguía esperando en una silla de plástico, entre la colosal pintura y una cristalera que ofrecía una panorámica del complejo.

El Centro de Investigaciones Energéticas, Medioambientales y Tecnológicas estaba formado por una docena de edificios separados entre sí por zonas de aparcamiento arboladas. Debía de trabajar mucha gente en ese sitio, pero lo cierto es que Tirso apenas había visto un puñado de personas deambulando de un sitio a otro.

Aunque la idea de que el gobierno construyó una bomba atómica en secreto seguía resonando en su cabeza con un hálito de irrealidad, y aunque no tenía más indicios de ello que la palabra del viejo general franquista, lo cierto era que ya no albergaba ninguna duda sobre su veracidad. ¿Por qué, si no, le habría contado todo aquello con semejante grado de detalle? ¿Y por qué habría negado luego habérselo contado? El relato encajaba con lo que el don Quijote le había explicado, y encajaba, sobre todo, con la fotografía que Óscar Orbe y Pablo Alegría se tomaron en el desierto en algún momento de 1985.

Estaba convencido de que, fuese por vanidad, por senilidad o por venganza, lo que Romera le había dicho era, a grandes rasgos, la verdad. Y estaba igualmente convencido de que si descubriese la vinculación entre esos sucesos y la desaparición de Alba Orbe, podría explicar no solo el secuestro sino también su larga ausencia.

Pero ¿cómo hacerlo? ¿Era siquiera posible? El general le había dejado claro que nadie le hablaría de ello. Eran «secretos dentro de secretos dentro de secretos». Pero incluso aunque alguien estuviese dispuesto a hacerlo, aunque hubiese una persona en alguna parte deseando contarlo todo, ¿cómo podría Tirso dar con ella?

El único camino, o el único que se le ocurrió, pasaba por seguir las migas de pan a través de las más de tres décadas que lo separaban de 1986. Y le pareció que si había algún sitio donde hallar esas migas, era en el organismo que heredó las labores y el personal de la JEN.

—Perdón por la espera.

Una mujer de unos cincuenta años, peinada al estilo bob y que vestía un mono de palmeras verdes, se acercó a él con paso decidido. Los tacones de sus botines reverberaron en el vestíbulo desangelado, silenciando por un momento el debate futbolístico. En ese momento ganaba el Barcelona.

—Elena Márquez —dijo la mujer ofreciéndole su mano—. Directora de comunicación.

—Tirso de la Fuente. Gracias por recibirme.

La mujer asintió con una sonrisa profesional. Se escondía detrás de unos pequeños quevedos que a Tirso le recordaron al cliché de intelectual nórdico.

—Si me acompañas —lo tuteó—, vamos a un sitio un poco más cómodo.

El guarda de seguridad y el recepcionista los siguieron con la mirada mientras ellos dejaban atrás el atrio y accedían a un pasillo. Elena Márquez abrió una puerta y le cedió el paso a lo que parecía una sala de reuniones. Era tan aséptica que Tirso sintió el impulso de descalzarse y dejar los zapatos fuera. Todo era blanco —la mesa, las sillas, las paredes y los estores—, salvo la moqueta, de un gris claro pero también impoluto.

Ella lo invitó a sentarse y escogió luego una silla próxima, no enfrentada, en un deliberado gesto de informalidad. Cruzó las piernas y entrelazó las manos sobre una rodilla.

—Bueno, tú dirás qué podemos hacer por ti.

Tirso repitió una mentira con la que ya empezaba a familiarizarse: que estaba escribiendo un libro sobre la historia de la energía nuclear en España —«¡Qué interesante!»— y que buscaba documentación que le permitiera encontrar una estructura, un hilo, una manera de contar aquello tan, sí, interesante. Ya había hablado con un par de personas, dijo, entre ellas el general Francisco Romera.

Nada más oír el nombre, la mujer arqueó las cejas por encima de las monturas.

—¿Has hablado con Romera? —Parecía incrédula.

—Un par de veces, sí.

—Eso igual es un Récord Guinness.

—¿Sí? ¿Por qué?

—Tiene fama de... A ver, te hablo en confianza.

—Claro. No te preocupes.

—Tiene fama de huraño. A nosotros no nos responde jamás. Lo hemos invitado a algún evento, porque se supone que sigue siendo nuestro presidente honorífico, y todavía estamos esperando.

—No ganaría un premio de simpatía, desde luego.

—Ni un accésit. —Sonrió y se alisó el mono, como si ese gesto pudiese enderezar también la conversación—. Bueno, el libro, cuéntame. ¿Qué podemos hacer desde el CIEMAT?

Se esforzaba por suavizar su acento de barrio obrero de Madrid, con sus raspadas aproximantes palatales sonoras, y disfrazar su léxico natural por uno más correcto y formal. Tirso lo descubrió por la manera en que a veces se detenía al borde mismo de una palabra, descartándola *in extremis* y buscando un reemplazo que le parecía más apropiado para el contexto.

—Me gustaría verificar algunas de las cosas que me ha dicho el general.

—¿Por qué? ¿Crees que te ha mentido? —Una sonrisa maliciosa.

—No. Espero que no, vaya. Pero es un hombre mayor y su memoria tiene lagunas. Él mismo lo sabe.

—Ya. Claro.

—En concreto, me gustaría echar un vistazo a la documentación que tengáis, si tenéis, de los últimos años de la Junta de Energía Nuclear.

La mujer soltó un silbido y, tras descruzar las piernas, se reclinó en la silla.

—No sabes lo que estás pidiendo.

—Por tu reacción, me da que mucho.

—A ver… Tener, lo tenemos. Al ser un organismo público, aquí no se tira nada, lo que pasa es que… —Se interrumpió, como si una idea se le hubiese atravesado en mitad de la frase, y se volvió hacia la puerta—. ¿Cómo andas ahora? ¿Tienes tiempo?

—Claro. Sí, lo que haga falta.

Elena Márquez se puso en pie y lo guio de vuelta al pasillo. No había nadie en ninguna parte y tampoco se oía un alma. Aquel debía de ser el edificio administrativo, pero parecía completamente deshabitado.

—Te cuento. El problema de ese material es que no está digitalizado.

—Vaya.

—Sí. Se supone que tendría que estarlo ya. Llevan años prometiéndonos una partida para eso, pero cada ejercicio nos recortan el presupuesto un poco, y te puedes imaginar. Antes que recortar en investigación, se recorta en administración, en comunicación, en infraestructuras… Donde sea.

Llegaron a un ascensor, abierto en ese momento. Elena aproximó al panel de mandos una tarjeta blanca que llevaba colgada al cuello. Los botones se iluminaron. Pulsó el −2.

—Tenemos un montón de cajas a reventar de documentación previa a la constitución del centro, cuando todavía era la JEN. Supongo que algo se perdería en el traslado, porque esas cajas han dado bastantes vueltas, pero hay mucho. Y quiero decir, o sea, mucho. ¿Qué buscas exactamente?

—Todo lo que se pueda encontrar desde… pongamos 1980 hasta el final, 1986.

—¡Ja!

El ascensor deceleró y las puertas se abrieron con un fuerte estruendo.

Ante ellos se iluminaron doscientos metros cuadrados repletos de estanterías metálicas. Llegaban hasta el techo y dividían la estancia en pasillos de una estrechez agobiante. Los filamentos de tungsteno zumbaban como un enjambre de moscas sobre sus cabezas, tiñéndolo todo de un verde malsano.

Tirso contempló aquel lugar que con tanta fuerza invitaba a la claustrofobia. Le vinieron a la cabeza las catacumbas del Ministerio del Interior que Romera había mencionado en su última conversación.

—Madre de Dios…

—Exacto. Ven, vamos a ver si encontramos algo por aquí.

Tirso la siguió por uno de los angostos pasillos. Las estanterías estaban abarrotadas de cajas de cartón, algunas blancas, otras verdes, grises, marrones. Todas estaban etiquetadas, y en las etiquetas figuraban departamentos, proyectos, fechas y acrónimos. Tirso se percató de que, en las baldas inferiores, las cajas parecían enmohecidas.

—¿Y eso?

—Sí, esa es otra. Hace unos años tuvimos inundaciones. Todo lo que está en los estantes de abajo es pulpa pura. ¿No lo hueles? Es como un engrudo, lo tocas y se te queda en las manos. Si necesitas algo de ahí, olvídate.

Tirso observó las cajas deformadas. En efecto, nada en su interior podría rescatarse ya.

Elena se detuvo ante un armario y examinó su contenido, saltando con el dedo de una etiqueta a otra. Estuvo así varios segundos y luego pasó a otro armario.

—Vale, aquí hay algo.

Extrajo una caja del anaquel y, resoplando por el peso, la depositó en el suelo; no había otro sitio donde dejarla. Retiró la tapa con cuidado para no levantar mucho polvo. Aun así, una nube pardusca se desprendió de la superficie y ella se apartó para no aspirarla. En el interior había una veintena de encuadernaciones con el lomo negro.

—¿Qué es esto?

—Libros de visitas. En los setenta y ochenta pasó bastante gente por la JEN. Gente importante.

Lo dijo mientras sacaba uno de los volúmenes al que empezó a pasarle las páginas. Tirso se puso de cuclillas junto a la caja.

—¿Puedo?

—Claro. Sírvete.

Extrajo uno de los tomos y ojeó las rúbricas y las frases manuscritas en diversos idiomas: inglés, francés, alemán. Eran, en su mayoría, caligrafías floridas, excesivamente ornamentadas.

Elena Márquez giró su librillo, abierto por una página, y se lo mostró.

—Mira.

Tirso leyó lo que le señalaba. «Werner Heisenberg».

La caligrafía era opuesta a las otras: letras rectas, sobrias, despojadas de toda floritura. Tirso miró a la mujer con las cejas enarcadas.

—¿No sabes quién es? —preguntó ella con una parodia de la indignación.

—Me suena que fue Premio Nobel, pero… ¿Físico?

—Este señor formuló el principio de incertidumbre. El Nobel se lo dieron por eso. Dicen que evitó que Hitler construyese una bomba atómica.

—No lo había oído nunca. ¿Cómo lo hizo?

—No está claro, pero parece que lo saboteó desde dentro. Él era el responsable del proyecto nuclear nazi.

Tirso asintió, pensando en el evidente paralelismo entre aquel hombre y el general Romera. Misma responsabilidad, opuesta actitud. Apostó a que Romera lo consideraría un pusilánime.

—A ver qué más hay por aquí…

Elena se irguió y echó un nuevo vistazo al armario. Eligió otra caja y la depositó también en el suelo. Contenía una veintena de cuadernillos.

—¿Más libros de visita?

—No, creo que son… Sí. Los registros de entrada. Antes lo hacían así, los vigilantes lo apuntaban todo.

Tirso cogió un cuadernillo al azar. En la portada, una pegatina con el texto OCTUBRE-NOVIEMBRE-DICIEMBRE 1984. Lo abrió. Cada una de las páginas estaba dividida en columnas donde figuraban el nombre de la persona que había accedido al recinto, su DNI, la matrícula del coche, la hora de entrada, la hora de salida y el motivo de la visita. Tirso se percató de que ese último campo estaba casi siempre vacío.

—¿A ver? —dijo Elena cuando él llamó su atención al respecto.

Tomó el cuadernillo y examinó varias páginas a través de sus quevedos, pasando adelante y atrás y otra vez adelante. Los ojos se movían con rapidez, recorriendo las filas y las columnas, hasta que por fin dio con algo.

—Vale, sí. Mira, ven. —Tirso se colocó a su lado—. Si te fijas, siempre lo dejaban en blanco con las mismas personas. Este… Este… Este de aquí… Y todos, mira las horas, todos pasaban dentro ocho, nueve horas.

—Los trabajadores. Bien visto.

Un móvil empezó a sonar en el bolsillo de Elena. Ella miró la pantalla y chasqueó la lengua.

—Perdona, tengo que responder.

—Claro. Sin problema. ¿Puedo…?

—Sí, sí. Mira lo que quieras.

Elena caminó deprisa hasta la zona del ascensor. Tirso intuyó que allí la cobertura sería mejor, porque no descolgó hasta que hubo llegado.

—Cariño, dime.

Tirso encaró de nuevo el armario y cogió las dos cajas que flanqueaban la última que Elena había sacado. Ambas contenían registros de entrada. Encontró lo que buscaba en la segunda. ENERO-FEBRERO-MARZO 1986. Se volvió hacia la mujer, que seguía enfrascada en su conversación.

—Pues dile al profesor que ese día no puede ser. Habla con él, explícaselo, seguro que lo entiende.

Abrió el cuaderno y pasó las páginas hasta dar con el 10 de marzo. El día que desapareció Alba Orbe.

Deslizó el dedo por la lista de nombres. Allí estaba. «Óscar Orbe». Su DNI y, al lado, una matrícula de Madrid. Nada en la casilla correspondiente al «motivo de la visita». Accedió al recinto a las 17.34, pero la hora de salida estaba en blanco.

Esa anomalía lo perturbó en un primer momento, pero luego dio con una posible explicación. Durante su estancia en el complejo, su hija desapareció. Óscar Orbe avisaría al guarda de la puerta y este habría abandonado su puesto. A partir de ahí, el caos: policía, acordonamientos, interrogatorios, batidas.

Confirmó sus sospechas al ver que todas las anotaciones de ese día se interrumpían abruptamente a las 17.45, once minutos después de la entrada de Óscar Orbe. En ese momento el guarda jurado se desentendió del registro y no lo retomó hasta las 20.26.

—¿Algo interesante? —preguntó Elena Márquez, que ya había colgado y se acercaba a él con el móvil en la mano.

Tirso cerró el cuadernillo.

—No. No lo sé. Hay mucha información aquí. ¿Podría llevarme algo para mirarlo con calma?

La mujer empezó a negar con la cabeza antes incluso de que Tirso acabase de formular la pregunta.

—Lo siento. Nada de esto puede salir del edificio. Normas del centro. Pero puedes venir todas las veces que necesites.

Tirso sonrió y ella le devolvió el gesto bajo la luz verdosa.

¿Qué relación había entre la bomba atómica y la desaparición de Alba Orbe?

Se repetía esa pregunta una y otra vez, sentado a la mesa de su madriguera con la libreta de anillas ante sus ojos. Solo una de las conjeturas le parecía un punto de partida vagamente razonable.

Los hombres de Romera se propusieron llevar a cabo un ensayo nuclear en el desierto del Sáhara. Lo hicieron por orden del gobierno, en secreto, igual que habían hecho todo lo demás. Pero los estadounidenses se enteraron. Descubrieron que España no solo había construido la bomba, sino que estaba a punto de probarla. Según la teoría de la disuasión, si llegaban a hacerlo, ya no habría vuelta atrás («Es como poner un cartel gigante encima de tu país: "Tenemos bombas atómicas, no nos toques los huevos"»).

En el mismo momento en que el hongo atómico se desplegase sobre suelo africano bañando las inmediaciones de venenosa radiación, el mundo entero sabría que España había ingresado en la selecta lista de los estados nucleares. Sería irrevocable.

De modo que Estados Unidos decidió pararlo, de acuerdo, pero ¿cómo? ¿Secuestrando a la hija de uno de los científicos? ¿Por qué habrían de hacer algo así?

Aunque una cosa sí parecía encajar. Si el secuestro de Alba Orbe fue consecuencia de algo que su padre hizo —o dejó de hacer—, su posterior suicidio, solo diez días después, adquiría un cariz completamente nuevo. Ya no resultaba tan extraño ni tan precipitado como le pareció en un primer momento. Óscar Orbe no se suicidó porque su hija se hubiese desvanecido mientras estaba a su cuidado, sino porque alguien la secuestró *por su culpa*.

Eso tenía sentido. Pero ¿por qué no acudió a la policía? ¿Por qué no lo contó todo, fuera lo que fuese? Quizá porque hacerlo supondría confesar la auténtica naturaleza de su trabajo. No quiso o, tal vez, no se lo permitieron.

Si alguien estaba al corriente de lo que pasó aquellos días debieron de ser Pablo Alegría y el general Romera. Ellos lo sabrían todo, pero uno estaba muerto y el otro, se lo había dejado bien claro, no estaba dispuesto a decir una palabra más.

Tirso rellenaba su libreta a toda prisa, rasgando con ferocidad el papel, anotando cuanto le venía a la cabeza: figuraciones, hipótesis y preguntas, muchas preguntas, sobre las cuales una se impuso inevitablemente.

¿Qué fue de la bomba?

A las once y media de la noche los párpados empezaron a pesarle. Se metió en la cama con la libreta en las manos, y aún se esforzó por darle alguna vuelta a lo anotado, pero era una lucha estéril. Dejó sus apuntes sobre el colchón, a su lado, y se durmió pensando en los ojos ahumados de Alba Orbe. Aquellos ojos azules que parecían desprovistos de alma.

Lo despertó el sol en el rostro. O eso creyó en un primer momento. Se giró hacia la mesilla con intención de consultar la hora solo para descubrir que el móvil no estaba allí. A saber dónde lo había dejado.

Entonces alguien aporreó la puerta y Tirso supo que no era el sol lo que le había arrancado del sueño sino aquel ruido.

—¡Voy!

Su voz le sonó extrañamente ajena. Notaba los músculos de la mandíbula ateridos, la lengua hinchada y un sabor desagradable en la boca. Herrumbroso. Sentía un molesto hormigueo en la cara y le dolía la cabeza. Interpretó aquellos síntomas como un posible cuadro de alergia y trató de recordar qué había cenado la noche anterior. Solo una ensalada.

Al girarse sobre el colchón, algo se le clavó en un costado. Las anillas de la libreta. Se había dormido encima de ella. La apoyó en la mesilla y descubrió que le costaba enfocar.

Algo no iba bien. Se lo confirmó la voz que, desde el otro lado de la puerta, le gritó:

—¡Tirso!

Tan inesperada fue aquella voz que tardó un momento en reaccionar, dudando todavía si estaba dentro del sueño o, quizá, a mitad de camino. Se volvió hacia los ventanucos. Era de día. Era tarde. ¿Por qué no había sonado el despertador?

¿Dónde demonios estaba su móvil? ¿Qué coño estaba pasando?

—¡Tirso! —gritó de nuevo la voz, esa voz, no podía ser, era imposible.

Se precipitó hacia la puerta y la abrió a toda velocidad. Sobre el felpudo, su hermana lo observaba con los ojos enrojecidos. Lo examinó de arriba abajo, como si necesitara comprobar que todo él seguía allí.

—¿Estás bien? —balbuceó tomándole el rostro entre las manos—. ¡¿Estás bien?!

Tirso no supo qué decir. Quiso preguntar qué hacía allí, por qué lloraba, qué hora era. No tuvo tiempo. Pilar dejó escapar un sollozo y lo abrazó como no lo hacía desde el funeral de su madre, muchos años atrás.

Tirso, inerte, atrapado entre los brazos de su hermana, miró de nuevo el sol que se colaba por los ventanucos. Cuando por fin consiguió dominar los músculos de la boca, preguntó:

—¿Qué haces aquí?

14

Necesito que vengas a Madrid ya

Tengo problemas

Calle Altamirano 13 sotano

No me llames

Cuatro mensajes. El primero había sido enviado a las 02.04 de la madrugada. El segundo y el tercero, un minuto después. El último a las 02.08.

Todos salieron del móvil de Tirso, el mismo que no aparecía por ningún lado.

Su hermana los leyó sobre las cinco y media de la madrugada, cuando se levantó de la cama para ir al baño. No reparó en la ausencia de tildes, comas y puntos, algo absolutamente impropio de Tirso. De haberlo hecho, quizá lo hubiese atribuido a unas circunstancias complicadas. A la urgencia, al peligro, al disimulo al teclear.

Se dejó llevar por el pánico. Infringiendo la orden del cuarto mensaje, telefoneó inmediatamente a su hermano. El móvil estaba encendido y ella dejó que sonase, pero nadie respondió. Llamó una vez más con idéntico resultado.

Aterrada, imaginando toda clase de catástrofes, entró en internet y compró un billete para el primer vuelo de la mañana con destino a Madrid.

A las diez ya estaba en el aeropuerto de Barajas. Sacó fuerzas para llamar de nuevo. Nada. Se pasó el vuelo comiéndose las uñas. A las once y siete minutos entró en el portal de Altamirano, 13 y, diez segundos después, empezó a golpear con los nudillos en la puerta del semisótano.

Cuando oyó a su hermano decir «¡Voy!» al otro lado, rompió a llorar. Sonaba raro y ella dedujo que le habían pegado. Era la voz de un hombre que acababa de recibir una paliza terrible y hablaba con los labios machacados. Solo que no los tenía machacados, los tenía dormidos.

—Creo que me han drogado.

Su hermana lo miraba abrazada a sí misma como si tuviese frío. Seguía nerviosa, pero ya no parecía tan desencajada.

—¿Quién? ¿Qué dices?

Tirso buscó bajo el sofá, bajo la cama, en el baño, en todas partes.

—¿Qué haces? —Él no le hizo caso, ocupado como estaba en la búsqueda—. ¡Tirso!

—¡¿Qué?!

—¿Qué buscas?

—¡Mi móvil! —Se odió por gritarle, qué culpa tenía ella. Cerró los ojos, intentó calmarse—. Perdona. Es que… Anoche lo tenía aquí, estoy seguro. Alguien se lo ha llevado y te ha escrito esos mensajes.

Pilar se quedó de piedra.

—¿Quién?

—No lo sé.

—¿Y cómo…? ¿Cómo lo cogió?

Solo había una manera. Mientras dormía, alguien se había colado allí dentro. Era un profesional porque la cerradura no tenía el menor desperfecto. Eso o tenía una copia de la llave.

Había cruzado el apartamento sigilosamente, en línea recta hasta la cama. Se había detenido muy cerca de Tirso. Lo había observado. ¿Durante cuánto tiempo? Unos segundos. Unos minutos, tal vez. A Tirso se le erizó el pelo de la nuca. De algún modo, le había administrado un sedante. Al pensar esto, Tirso buscó en su piel rastros de un pinchazo. No encontró ninguno en los brazos ni en las manos. Entró al baño precipitadamente y contempló su rostro, su cuello. Tampoco ahí vio ninguna punción.

—Tirso, me estás asustando.

Probablemente lo había inhalado, lo que tal vez explicase aquella sensación en la boca. Aquel sabor. Luego, tras cerciorarse de que el sedante había hecho efecto, el intruso cogió su móvil de la mesilla. Ese era su plan: llevarse el móvil, dejarle claro lo que había ocurrido, que estuvo a su lado, que pudo matarlo pero no lo hizo.

No se llevó nada más porque no quería más que eso. Salvo, quizá, la libreta, pero no la encontró porque estaba bajo su cuerpo, clavada en sus riñones.

Al salir del sótano, en un lugar ya seguro —un piso o un coche—, había husmeado en el móvil.

No.

Lo hizo allí mismo antes de marcharse. Necesitaba la huella dactilar de Tirso para desbloquearlo. Usó su mano para ello, él ni se enteró, y luego borró el código de acceso. De esa manera podría utilizarlo más tarde, cuando le viniese en gana.

Tirso estaba drogado, el intruso sabía que tardaría horas en recuperar el conocimiento. Quizá se sentó en el sofá y echó un vistazo a sus mensajes. Vio los de su hermana, registrada en la agenda como «Pilar». Era, con diferencia, la persona a la que más llamaba, a la que más escribía. Le preguntaba a qué hora llegaría a casa, si la esperaba para comer, si había comprado pan. La tomaría por su mujer.

Y le mandó esos cuatro mensajes que eran en realidad uno solo y estaba destinado a Tirso. Lo que decía era: «Podemos hacer contigo lo que queramos».

Pilar sacó su móvil del bolso con manos temblorosas.

—Voy a llamarte.

—¡No! No quiero que… No me llames, no escribas, no hagas nada.

—¿En qué te has metido? Dime la verdad.

Tirso meneó la cabeza.

—En nada.

—Y una mierda. Si no es nada, por qué te han hecho esto, ¿eh? Si no es nada…

Tirso dio un súbito respingo y alzó una mano, ordenando a su hermana que guardase silencio.

—Dime en qué estás…

—Calla, espera.

Ella obedeció al ver el gesto demudado de su hermano. Un teléfono sonaba lejos, en alguna parte.

—Es el mío. ¿Me estás llamando?

Ella miró su móvil para cerciorarse.

—No.

Los dos permanecieron quietos y en silencio. Fuera. Estaba fuera.

Tirso cruzó la puerta apresuradamente y subió en dos zancadas los peldaños que comunicaban con el portal. El volumen de los timbrazos aumentó. Estaban teñidos de un reverberar metálico. Apartó a su hermana, que había acudido tras él, y se apresuró de nuevo al interior del apartamento.

—¿Qué haces?

Regresó acto seguido con las llaves en la mano. Para entonces, el teléfono había dejado de sonar, pero daba igual; sabía dónde estaba. Abrió el buzón y descubrió el móvil apoyado en su interior. La pantalla resplandecía, como si la hubiesen limpiado recientemente y ya nadie hubiese vuelto a tocarla.

—¿Qué hace ahí? —preguntó Pilar con un hilo de voz.

Tirso lo cogió. Tenía tres llamadas perdidas de su hermana, a las 5.31, a las 5.33 y a las 10.07, y una cuarta, ahora mismo, de Fidel.

—Tirso, ¿qué está pasando?

—No lo sé.

Abrió la puerta que daba a la calle y se asomó, aunque sabía que era del todo inútil; quien quiera que hubiese hecho aquello no estaría allí plantado. Miró a la derecha y a la izquierda, coches, repartidores, transeúntes. La vida ordinaria en un día cualquiera.

—Vámonos —le rogó su hermana.

—Sí. Entremos.

—Digo a casa. A Menorca. Vámonos.

Obvió el comentario y regresó al apartamento.

—Llamarás a la policía por lo menos.

Tirso desbloqueó su móvil y comprobó que todo estaba en su sitio. No tenía instalada ninguna aplicación bancaria; más allá del correo electrónico y las redes sociales, el intruso no pudo acceder a gran cosa. Entró en WhatsApp y vio los cuatro mensajes enviados a Pilar. También a él le temblaban las manos.

—¿Me escuchas?

—¿Qué?

—Tienes que llamar a la policía.

—Sí… Sí, voy.

Pulsó sobre el nombre de Fidel y se sentó en el sofá, delante de los ventanucos por cuyas rendijas se colaba el tibio sol de la mañana. Su hermana lo observaba expectante, los brazos cruzados y el gesto descompuesto.

—¡Qué pasa, hombre! —saludó su amigo. De fondo, el rumor de una oficina con mucho trasiego.

—Fidel.

—Te llamaba por si te apetece tomar algo esta noche.

—Escucha, tengo que contarte una cosa.

Lo hizo con pelos y señales. Le dijo que la cerradura estaba intacta y que no habían robado nada a pesar de que su cartera estaba sobre la mesa, más a la vista, imposible. Tampoco tocaron los setenta euros en metálico ni su reloj, y estaba seguro de que no se hallaría una sola huella. El intruso era un profesional.

—¿Has notado como un hormigueo en la cara? —le preguntó Fidel.

—Sí.

—¿Te cuesta enfocar la vista?

—Ya no, pero sí, me ha costado.

—Mmm.

—¿Qué?

—Escopolamina, casi seguro.

—¿Qué es eso?

—Una mierda que usaba la poli de Europa del Este en los interrogatorios. En dosis pequeñas es la máquina de la verdad, pero, si te pasas, el tío te puede confesar que el 11-S llevaba los dos aviones. Ahora la usa la mafia colombiana.

—¿Es como la burundanga?

—No es «como»; *es* burundanga. ¿Dónde cenaste anoche?

—En el piso.

—¿Te fuiste por ahí a tomar una copa?

—Ya sabes que no bebo.

—Un café, lo que sea.

—No salí del piso.

—Entonces la habrás inhalado. Es fulminante, esa mierda te puede dejar KO diez horas o más.

La frialdad con que Fidel detallaba todo aquello le provocó un estremecimiento. Tirso no pudo evitar imaginarse a alguien encorvado sobre su cama, aproximándole al rostro un bote con aquella sustancia y esperando a que obrase su efecto.

¿Cómo se habría asegurado de que la droga había funcionado? ¿Habría agitado el colchón? ¿Le habría hablado? ¿Le habría abierto un párpado? El estremecimiento se hizo más intenso, y se extendió columna arriba hasta la base del cráneo.

—¿Estás seguro de que no se han llevado nada?

—Sí.

—No tiene sentido. ¿Para qué iba alguien a…?

—Ha sido por el caso —le interrumpió Tirso—. Por lo de Alba Orbe, estoy seguro.

Una pausa. El sonido de la oficina al otro lado.

—¿Por qué dices eso?

Tirso fue a responder, pero miró a su hermana, que lo observaba con la yema del meñique entre los dientes, y se reprimió.

—Mejor quedamos y te lo cuento cara a cara. Es largo.

—Vale. Pásate por aquí.

—Hoy no creo que pueda. Ya te llamaré.

Fidel gruñó, no parecía muy de acuerdo, pero decidió que tal vez no era el momento de presionarlo.

—Como veas. ¿Quieres que haga algo mientras? ¿Doy parte de lo del piso? ¿Mando a alguien?

—No. No serviría de nada.

—Tirso, oye… —empezó a decir Fidel, y se tomó un momento antes de añadir—: Ten cuidado, ¿eh?

—Sí. Me parece que empezaré a tenerlo.

15

Cuando llamaron a Fidel para citarle en la Dirección General, el funcionario al teléfono no le ofreció la menor explicación. Se limitó a ordenarle que estuviese en el despacho doce del edificio dos a las cuatro en punto de la tarde. Fidel sabía bien quién ocupaba ese despacho: Cruz Villanueva, máxima responsable de la UDEV, a la que todos los hombres de la brigada —y también alguna mujer, aunque pocas— llamaban «la Thatcher».

Lo recibió de uniforme, parapetada tras su mesa, tecleando en el ordenador. No separó los ojos de la pantalla para decir:

—Manrique. Pase, por favor. Siéntese.

Fidel se apoyó en el borde del asiento, con la espalda muy recta, a la espera de que la Thatcher terminase su tarea. Se entretuvo recorriendo con la mirada aquel despacho que nadie quería visitar. Le pareció un buen reflejo de la personalidad de su inquilina. Pocos muebles, adustos y feos. Archivadores grises, libros legales tan viejos como la misma ley y una impresora con el plástico ya amarilleado por los muchos años de servicio a este país.

No había ni un adorno ni una sola concesión a la banalidad. A la vida. Todo allí debía ser necesariamente práctico, necesariamente lánguido y necesariamente feo.

La Thatcher golpeó el ENTER como si lo odiase con toda su alma y apartó la vista del ordenador.

—Bueno, a ver... Hábleme del caso de esa mujer —dijo mientras apoyaba la espalda en el respaldo de su silla ergonómica—. Alba Orbe.

Fidel disimuló la extrañeza. ¿Por qué se interesaba la Thatcher por un asunto tan nimio? Se aclaró la garganta y enumeró los hechos probados: la aparición de la mujer en África, su mutismo, la falta total de indicios en cualquier dirección.

—Ajá. ¿Y qué están haciendo al respecto?

Lo preguntó en voz baja sin mover apenas los labios. Tenía un mentón prominente y asimétrico, como si alguien le hubiera desencajado la mandíbula de un derechazo y se hubiese quedado así.

—No mucho, si le digo la verdad. Como sabe, andamos bastante asfixiados. El caso no se considera prioritario.

—¿Y usted?

—Yo... ¿qué? Perdón, no entiendo.

—¿Usted lo considera prioritario?

Fidel supo que la conversación estaba a punto de tomar un cariz desagradable y trató de protegerse lo mejor que pudo.

—Personalmente considero que tenemos asuntos más importantes. Y, desde luego, más urgentes.

—Ajá. —La Thatcher se inclinó hacia delante apoyando los antebrazos en la mesa. Cogió un bolígrafo con el escudo de la Policía Nacional y lo sostuvo con ambas manos sin perder de vista a su subordinado—. Entonces, dígame, ¿por qué ha llamado a ese amigo suyo? Ya sabe. El lingüista.

Fidel se preguntó cómo podía saberlo. Él no se lo había contado a nadie. No tenía por qué, y había preferido no hacerlo.

—Hablé con él... —Un carraspeo nervioso—. Hablé con él por motivos personales hace unos días y me..., me comentó que se iba a pasar por Madrid. De vacaciones.

Eso fue lo que dijo porque decir la verdad, que le hizo partícipe de datos confidenciales del caso, que organizó una suerte de interrogatorio subrepticio, podría causarle enormes problemas, quizá un expediente disciplinario y la consiguiente suspensión de empleo y sueldo durante varias semanas.

—¿Y cómo se enteró él del caso? Hasta donde yo sé, no se ha filtrado nada.

—Es posible que yo... le dejara caer algo.

—Ya. Entiendo —dijo con una ambivalencia que Fidel no supo interpretar. Esa era otra de sus habilidades—. Me han informado de que su amigo ha estado haciendo preguntas.

—No sé nada de eso —mintió de nuevo. Se esforzaba por convencerse de que no le quedaba otro remedio. Así es la vida. A veces hay que agachar la cabeza y sofocar la conciencia.

—Lleva muchos años en la Unidad, subinspector. No tantos como yo, pero sí los suficientes para saber de sobra cómo funcionan las cosas.

Fidel asintió sin decir una sola palabra. La Thatcher dejó el bolígrafo en un cubilete gris y volvió a apoyar la espalda en el respaldo.

—Resulta que su amigo está molestando a gente a la que no conviene molestar. No le conviene a él y, sobre todo, no nos conviene a nosotros. Le pido que lo pare.

Fidel observó a su superiora con gesto pétreo. Empezó a decir:

—No se me ocurre cómo...

La mujer lo interrumpió con un gesto.

—Como sabe, José Antonio se jubila el año que viene y yo ocuparé su puesto. Es un secreto a voces, no se haga el sorprendido. Cuando eso pase, mi puesto quedará libre, seguro que lo ha pensado. Y ya sabe cómo es esto. Habrá tortas por este despacho. Ya las hay. No es que vayan a servir de nada porque aquí se sentará quien yo decida. —Entornó los ojos y lo señaló con el mentón asimétrico—. Usted es un buen agente. Siempre ha sabido estar en su sitio, incluso cuando no era cómodo. Ha asumido sus errores y también los de otros cuando tocaba sin decir ni pío. No le voy a engañar, su nombre está en el bombo. ¿A usted le gustaría...? Bueno. Eso. Sentarse aquí.

—No... lo había pensado. Sí, supongo que sí.

—No se azore, hombre. Ser ambicioso no es ninguna vergüenza. Pero conlleva sacrificios, como todo en esta vida. Dígame, subinspector, ¿está dispuesto a hacer algún sacrificio?

No dudó:

—Sí, señora.

La Thatcher desplegó en sus labios lo más parecido a una sonrisa que aquel rostro era capaz de componer.

—Proceda como considere, pero que ese amigo suyo deje de molestar. Entierre este asunto tan desagradable. No quiero recibir ni una llamada más sobre esto. ¿Está claro?

—Sí, señora.

—Estupendo. Lo dejo en sus manos entonces.

Pilar reservó un vuelo a Menorca para la mañana siguiente. Lo hizo a regañadientes, porque estaba decidida a arrastrar a su hermano con ella. La negociación se prolongó durante todo el día, a lo largo del cual ella empleó todas las técnicas posibles. Tras la súplica infructuosa, echó mano de la amenaza y hasta del chantaje. Tirso se mantuvo inflexible.

—Solo voy a quedarme unos días. No me pasará nada.

—Cuéntame en qué te has metido. ¿Es por la llamada de ese policía amigo tuyo? ¿Cómo se llama?

—Fidel.

—¿Quién es Alba Orbe? La mencionaste por teléfono, ¿quién es?

—Alguien que necesita ayuda.

—¡*Yo* necesito ayuda! ¡Tu sobrino está enganchado a... esos sitios de mierda! ¿Quieres ayudar a alguien? ¡Ayúdanos a nosotros, a tu familia! ¿¡Por qué tienes que ayudar a otra gente!?

Era, sin duda, una buena pregunta. Por qué hacía aquello, por qué no se largaba de inmediato. Qué le importaba a él por qué desapareció Alba Orbe. Qué le importaba si había vuelto o si se largaba de nuevo. Qué más le daba si un grupo de científicos había construido o no una bomba atómica, si intentaron detonarla en el Sáhara, si a Estados Unidos le parecía bien, mal o regular. Por qué se la jugaba por una completa desconocida.

Tirso lo sabía de sobra. Lo hacía para redimirse. Para demostrarse que podía compensar, aunque fuese exiguamente y solo ante sí mismo, todo el dolor que en su día provocó.

Lo supo desde el principio, desde el momento en que, sentado en su despacho, respondió a la llamada de Fidel, pero no tuvo el valor de admitirlo hasta que conoció a Alba y la miró a los ojos. Nada podría resarcir lo que hizo en el pasado, pero si la salvaba a ella, a lo mejor se salvaba a sí mismo. Quizá de esa manera conseguía que la vergüenza y el espanto que todavía le sobrevenían casi a diario se mitigasen un poco. Solo un poco.

Pero no podía decirle eso a su hermana. Ella lo acogió en 2014, cuando daba tumbos destrozado por la culpabilidad. Le dijo «Ven a casa» y él aceptó. Cuidó de él, lo guareció en su vida, lo ayudó a sobreponerse con palabras que Tirso sabía falsas como «No fue culpa tuya» (sí lo fue) o «Acabarás superándolo» (nunca lo hará). No, a Pilar no podía contárselo. No podía decirle que llevaba años fingiendo. Que todavía hoy tenía ataques de pánico, que a veces se despertaba temblando en mitad de la noche y la sensación de horror tardaba horas en abandonarlo.

No podía decirle que aquel caso era su última esperanza para absolverse a sí mismo y, tal vez, con suerte, encontrar la paz.

—No te preocupes —le dijo únicamente.

Había caído la noche y estaban los dos sentados en el sofá del semisótano.

—¡¿Cómo no me voy a preocupar?! ¡Mira lo que te han hecho! ¡Lo que *nos* han hecho!

—Te pido que confíes en mí, ¿vale? Confía en mí. Sé lo que me hago. De verdad.

Lo dijo con tanta seguridad que casi sonó convincente, pero su hermana lo conocía demasiado bien.

—No quiero que vuelva a pasar.

—No va a pasar.

—No —le concedió Pilar con tristeza—… Esta vez el muerto igual eres tú.

Ni Tirso en el sofá ni Pilar en la cama consiguieron pegar ojo. Ella porque estaba convencida de que, en cualquier momento, alguien echaría la puerta abajo y él porque, rebosante de adrenalina, no podía dejar de pensar en lo que había descubierto desde su llegada.

Los únicos que estaban al corriente de su investigación eran Romera, Fidel, Alba Alegría y, hasta cierto punto, el físico del Instituto de Estructura de la Materia y esa mujer del CIEMAT, Elena Márquez. Por puro descarte, sus sospechas se inclinaron hacia el general, solo que tampoco eso tenía sentido. ¿Por qué habría de traicionarlo? Después de todo, fue él quien le confesó la existencia de la bomba, quien le dio todos aquellos detalles. ¿Acaso habría cambiado de opinión?

Le dio vueltas y más vueltas, pero no llegó a nada, y se pasó la noche entera escuchando la nerviosa lucha de su hermana contra el insomnio.

Al amanecer desayunaron sin prisa, y Pilar tomó un taxi hacia el aeropuerto. Solo le pidió una vez más que fuese con ella, cuando ya estaba sentada en el coche, a través de la puerta abierta. Tirso le respondió en un tono falsamente despreocupado.

—Vete, anda. Estaré bien, te lo prometo.

Eran las diez menos veinte de la mañana y, aunque el tráfico era denso, apenas había transeúntes y ninguno le resultó sospechoso. Miró al cielo. Amenazaba tormenta.

No sabía qué hacer, pero quedarse encerrado en aquel zulo no era una opción. Estaba demasiado inquieto. Se colgó la mochila a la espalda y decidió deambular por la ciudad. Caminar lo ayudaría a pensar.

Había otra cuestión que retumbaba con fuerza en su cabeza. ¿A quién podía comprometer lo que había descubierto? ¿A quién involucraría en caso de hacerse público?

Todo aquello —la construcción de la bomba, el incidente de Palomares, los posibles ensayos nucleares en África— tuvo lugar hacía medio siglo. Si alguno de los implicados seguía con vida, sería ya muy anciano. ¿Por qué tomarse tantas molestias en impedir que saliese a la luz? Sería un escándalo, desde luego, pero no mayor que los muchos que abrían los informativos: fraude, corrupción, clientelismo. Y este, a diferencia de otros, quedaba muy lejos, a cincuenta años nada menos. Lo suficientemente alejado de los actuales problemas del ciudadano como para que la gran mayoría lo considerase tan solo una llamativa curiosidad histórica. ¿Franco construyó una bomba atómica? ¡Vaya!, ¿quién lo hubiese dicho? Siguiente noticia.

Por supuesto, alguien no compartía su punto de vista. El intruso que se coló en el piso —o, más probablemente, sus patronos— confiaba en que Tirso se asustase, tanto como para abandonar sus pesquisas. Se equivocaban en eso, pero tampoco tenía ningún impulso suicida. Era fundamental que sus adversarios creyeran que lo habían conseguido, que había tirado la toalla, que se había acobardado. Eso implicaba, en primer lugar, dejar de hacer preguntas sin ton ni son. Desde ese momento, habría de ser extraordinariamente cuidadoso.

Sacó el teléfono del bolsillo y llamó a Fidel.

—Ey.

Estaba en la calle —cláxones, una obra— y sonaba muy agitado, como si acabase de completar una maratón.

—¿Te pillo bien?

—Regular, pero dime.

—Ya estoy libre. Podemos vernos cuando quieras.

—Ya. —Una pausa, un martillo neumático—. Hoy, complicado.

—¿Y esta noche, cuando termines?

—Es que tengo que ir a... Tengo lío también, no creo que pueda librarme. Pero, oye, escucha una cosa. He estado pensando en lo que me contaste, esto, lo del piso.

—¿Y?

—No está relacionado con lo de esa mujer. Alba Orbe. No tiene nada que ver.

—¿Por qué lo dices?

—Porque... no tiene sentido.

—Te falta información.

—Ya, no, pero escucha. No es eso, ¿vale? Te digo que no está relacionado. ¿Entiendes? ¿Lo entiendes?

Tirso se detuvo en seco. Se quedó plantado en mitad de la acera mirando al frente sin ver nada.

—¿Qué quieres decir?

—Quiero decir lo que te estoy diciendo. Que no hay ninguna relación y que... lo dejes. ¿No habías venido de vacaciones? Pues eso. Queda con gente o vete a ver un musical o lo que sea, pero ya está. Para.

Un silencio todavía más denso se asentó entre ellos.

—¿Te han dicho algo?

—Tengo que dejarte.

—Fidel...

—Hablamos en otro momento, ¿vale?

Cortó la llamada de golpe, y Tirso se vio de pronto con el teléfono en la oreja diciéndole al vacío:

—¡Espera!

Ni siquiera se percató de que la acera se había llenado de gotas. No lo hizo hasta que una le cayó en la nariz. Se orilló en la acera, para resguardarse bajo una cornisa, con un movimiento automático. Seguía con el móvil en la mano, pugnando entre la incredulidad y la indignación.

¿A qué había venido eso? Algo había pasado, estaba claro. ¿Lo habrían intimidado? ¿También él habría recibido una visita fantasma en mitad de la noche?

No podía dejarlo así. Lo llamó de nuevo, pero una voz robótica lo informó de que el teléfono estaba apagado o fuera de cobertura. Le mandó un mensaje:

Llámame.

En apenas unos segundos la fina llovizna dio paso a un auténtico chaparrón. El tráfico se ralentizó de golpe y los transeúntes se lanzaron a la carrera, algunos divertidos, otros soltando improperios.

Tirso examinó discretamente los rostros que lo rodeaban. Estaba en la parte alta de la calle Princesa y había decenas de personas con la espalda pegada a los escaparates, entrando y saliendo del metro, lanzándose a la búsqueda desesperada de un taxi, corriendo de acá para allá.

Un hombre de unos treinta años, pelo rapado y cazadora *bomber*. Un barbudo con una bolsa de deporte al hombro. Una mujer con chaqueta de cuero, la melena recogida en una coleta. Un cincuentón calvo y con barriga. Tirso podía imaginar a cualquiera de ellos entrando sigilosamente en el piso, aproximándose a él, observándolo mientras dormía.

Cuando la lluvia hubo amainado, retomó la marcha saltando entre cornisas, soportales y marquesinas. Había decidido regresar al piso hasta que escampase, pero no llegó muy lejos porque una súbita tromba de agua empezó a arreciar de nuevo. Divisó un escaparate con productos variopintos, peluches, alimentos, maletas y helados. ALMACÉN, decía el rótulo como si eso fuese una excusa. Se subió la cremallera del plumífero y corrió hasta allí.

Sí, tenían paraguas, pero solo quedaban esos. El tipo, un asiático que se manejaba en español de aquella manera, señaló una caja de cartón tirada en el suelo. Tirso se agenció uno rojo que, en comparación con el resto, resultaba incluso discreto.

Diluviaba, y la ciudad entera parecía haberse puesto de acuerdo para echarse a la calle en ese preciso momento. Tirso caminaba tenso, afectado todavía por la reacción de Fidel, por lo ocurrido con su hermana, por la injerencia nocturna. ¿A quién demonios se enfrentaba? ¿Hasta dónde podían llegar?

La inquietud se fue convirtiendo en zozobra, la zozobra en miedo y, de pronto, volvió a tener esa sensación: una mirada en el cogote, una sombra a su espalda. ¿Estaba paranoico? Probablemente, pero, a estas alturas, le pareció que tenía razones de sobra para estarlo.

La lluvia y la multitud lo emborronaban todo bloqueando la línea de visión más allá de unos pocos metros. No era sencillo en esas condiciones distinguir gran cosa. Y, sin embargo, sí se percató de algo. Vio cómo un paraguas negro, cuyo propietario quedaba oculto por la turbamulta, se paraba de golpe en mitad de la acera. Fijó la vista en él. No se movía. Tirso se armó de valor y dio un paso al frente. Como en respuesta a ese movimiento el paraguas se plegó, y desapareció entre el gentío.

No estaba paranoico. Alguien lo seguía.

Cerró su ridículo paraguas rojo, que destacaba como una bengala en mitad del océano, y lo arrojó a una papelera cercana. Jamás se había visto en una situación semejante. ¿Qué se suponía que debía hacer? ¿Pedir ayuda? ¿Llamar a la policía? ¿Esconderse?

Optó por alejarse de allí. Caminó deprisa y encorvado, driblando a los viandantes, chocando accidentalmente con alguno, un codazo, un paraguazo. Vio de pasada que un mensajero salía de un portal y se precipitó al interior sin pensárselo dos veces.

El zaguán era grande y señorial, molduras de escayola en el techo y un ascensor antiguo tras una verja de hierro forjado. Se apoyó en esa verja temblando de excitación y de frío. Sacó el teléfono y presionó sobre el nombre de Fidel.

—El teléfono está apagado o fuera de...

—¡Mierda!

Necesitaba recomponerse y pensar, pero no tuvo tiempo. Al otro lado del portón, una mano pulsó una tecla del interfono. Tirso contuvo la respiración, todos sus sentidos concentrados en aquella presencia. Fuera, el timbre sonó de nuevo. Y otra vez más. Y otra. Alguien pulsaba botones al azar.

¡Imbécil, imbécil, imbécil! ¡Se había metido él solo en una ratonera!

No tenía más escapatoria que las escaleras. Echó a correr por ellas, saltando los peldaños con grandes zancadas. Nada más llegar al primer descansillo, oyó cómo la puerta de la calle se abría con un zumbido eléctrico. Tirso se detuvo, reprimió los jadeos y aguzó el oído.

Un piso por debajo la puerta se cerró por su propia inercia. Un paraguas se plegó y oyó la tela destensándose. Alguien avanzaba lentamente. Un hombre. Sus pisadas tenían una cadencia irregular, extraña. Cojeaba.

Tirso retrocedió, apartándose del enrejado del ascensor a través del cual el otro podría verlo desde abajo. Al hacerlo, la madera del suelo soltó un restallido. Tirso contuvo la respiración y creyó adivinar que también el otro lo hacía. Siguieron cinco segundos de silencio. Luego, una risita cavernosa ascendió desde el portal. Era un hombre. Y no era joven.

Los dos permanecieron inmóviles un minuto, dos, tres. El muy cabrón le echaba un pulso. Tirso se mordió el labio inferior luchando contra la ansiedad, la ira, el orgullo y la vergüenza. Quería gritarle que lo dejara en paz, amenazarlo, apelar a sus derechos. No hizo nada de eso.

El hombre pareció desistir por fin de lo que fuese que se proponía, porque Tirso oyó cómo arrastraba su cojera hasta la puerta. Justo antes de salir, dejó escapar otra risilla idéntica a la anterior. Lo hizo en alto, para que Tirso pudiese oírla con perfecta claridad. Y Tirso comprendió. Eso era lo único que se proponía. Solo quería transmitirle un mensaje. «Te estamos observando».

Cuando el portón golpeó contra el marco, Tirso relajó los músculos. El sudor se le mezclaba con la lluvia, tenía las cervicales agarrotadas y la tensión le había provocado una leve jaqueca. Apoyó la espalda en la pared y se deslizó hasta quedar sentado en el suelo. Así permaneció durante un cuarto de hora o tal vez más. Fidel no le devolvió la llamada.

El general Romera no podría decir por qué se despertó. Estaba postrado en su sillón orejero, vestido con un grueso pijama de algodón. Una manta de franela le cubría las piernas y el estómago. Se había quedado dormido con una biografía de Napoleón abierta por las primeras cargas de Waterloo.

Bostezó, consultó la hora en su reloj de muñeca y vio que pasaba de la medianoche. Acababa de colocar el viejo tíquet de la compra que usaba a modo de marcapáginas cuando descubrió, en la penumbra, una forma humana tumbada en el sofá. El libro fue a parar al suelo.

—¡¿Quién es usted?! —balbució. Se había quitado la dentadura postiza y le costaba vocalizar.

Belmonte estaba tendido boca arriba, completamente inmóvil, como un cadáver en su propio velatorio. Solo que él respiraba y parpadeaba. Entre las manos enguantadas sostenía una matrioska que había cogido del taquillón de la entrada y que ahora observaba con gesto reconcentrado.

—¡¿Cómo ha entrado?!

Belmonte no lo miró. En la oscuridad de la estancia, quebrada únicamente por una lámpara de pie con una maltrecha tulipa ocre, sus ojos brillaban con reflejos turbios. Abrió la matrioska, y al hacerlo descubrió otra muñeca en su interior.

—¡Salga ahora mismo de mi casa! —ordenó Romera mientras se esforzaba por incorporarse.

Belmonte abrió la segunda muñeca. Ninguna sorpresa. Dentro había otra muñeca idéntica, solo que un poco más pequeña.

—Quédese sentado.

Romera hizo caso omiso y se puso en pie trabajosamente.

—¿No me ha oído? ¡Largo! ¡Fuera de mi casa!

Belmonte cerró la matrioska y se irguió con parsimonia. Fue hasta el anciano y lo empujó sin esfuerzo con una mano, postrándolo de nuevo en el sillón.

—Haga lo que le digo, ¿eh?

Romera gimió de dolor y humillación.

Belmonte fue hasta el tocadiscos, tomó la aguja y la soltó al buen tuntún. El segundo acto de *Las bodas de Fígaro* envolvió el lóbrego salón. Observó el disco un momento y depositó la matrioska sobre él, cerca del centro. La muñeca empezó a girar como el caballo de un tiovivo, pero su peso frenó las revoluciones del vinilo deformando la voz de los cantantes, volviéndolas de ultratumba.

—¿Qué quiere? —preguntó el general, aunque ya lo sabía.

Belmonte le habló sin girarse.

—Me gusta el busto de la entrada. ¿Dónde lo encontró?

—No estoy dispuesto a…

—Yo también soy aficionado a las antigüedades. Voy mucho al Rastro. Hay un par de coleccionistas que suelen tener piezas interesantes, no sé si los conoce. —Se frotó las manos. El cuero de los guantes crujió—. Consiguen cosas que no se encuentran en ningún otro sitio. Y no me refiero a bustos precisamente.

Se encaró al general, que lo observaba impotente desde el sillón. Apretaba los puños artríticos haciendo caso omiso del dolor, pero algo vio en los ojos de aquel hombre que le hizo aflojar la presión.

—¿Cómo se han enterado?

—Siempre se enteran de todo. Debería saberlo.

—¿Quién lo envía? —Belmonte dejó escapar una risa que se confundió con la voz desfigurada del tenor. Esa fue toda su respuesta—. Cuando vino aquí, ya lo sabía. Yo solo le di… detalles. Cosas sin importancia.

Belmonte se volvió hacia la pared y examinó las fotografías enmarcadas.

—Impresionante el museo que tiene aquí montado. Podría cobrar entrada. ¿Lo conoció?

Lo preguntó señalando una de las fotografías. Mostraba a un joven Romera junto a un tipo de cejas espesas, vestido de traje y corbata, con un brazo en jarra apoyado en la cintura y un cigarrillo en la otra mano. Era Luis Carrero Blanco.

—Yo también —prosiguió sin esperar respuesta—. No mucho, la verdad. Solo estuve con él un par de veces, pero me dio la impresión de que tenía cojones. Qué tragedia lo suyo, ¿eh? Ahora seríamos un país muy distinto. Uno mejor.

—Dígales que no necesito que me amenacen.

—Le voy a confesar una cosa. Una cosa íntima, digo.

Arrastró su cojera hasta el centro del salón, los dedos enlazados, el crujido del cuero.

—Me quedan tres años para los setenta. Es una cifra importante. Redonda. Pienso bastante en eso. ¿Y sabe lo que más miedo me da de hacerme viejo? No, «miedo» no es la palabra. No me da miedo. Me preocupa. Lo que más me preocupa no es la puta pierna esta, que se me acabe de averiar, o que me quede en silla de ruedas, o que me encuentren un cáncer en alguna parte. Lo que más me preocupa es… esto. —El dedo índice en la sien, dos golpecitos—. Volverme un débil mental y que me dé por largar a tontas y a locas, sin poner cuidado en lo que digo ni a quién se lo digo. Que se me reblandezcan los sesos y no me dé cuenta de que me estoy pasando de la raya. O, peor, que se me olvide que hay una raya. Me preocupa porque es peligroso. Más que el cáncer. Al cáncer algunos sobreviven.

Romera comprendió entonces que aquel hombre no estaba ahí para amenazarle. Y se maldijo. Se maldijo porque, en el fondo, era culpa suya.

Se había confiado. Pensó que había pasado el tiempo suficiente. Después de todo, los que vivieron aquello ya estaban muertos o, como él, incapacitados. Demasiado viejos para oponer resistencia. Demasiado cansados para vengarse.

Aun así no se habría planteado abrir la caja de Pandora de no ser por algo que creyó ver en ese lingüista. Un empeño, un empuje fuera de lo común. Él ni siquiera era policía. No tenía ningún vínculo con aquella historia. Lo que le movía, eso pensaba Romera, era pura voluntad de justicia y reparación. Confió en él, en sus capacidades y en su perseverancia. Supuso que tendría problemas, que se lo pondrían difícil, pero no hasta este punto.

Tirso de la Fuente, ahora lo comprendía, no tenía la menor oportunidad. Aunque acabase descubriéndolo todo, ¿qué podría hacer él con esa información? En cuanto intentase abrir la boca lo aplastarían como a un insecto. Ni siquiera lo vería venir, como tampoco Romera lo había visto.

Solo le quedaba una alternativa.

—Tengo dinero —tartamudeó con los labios secos por el miedo.

—Yo tengo más —replicó Belmonte enseñando los colmillos. Luego contrajo los hombros mientras se frotaba las manos enguantadas—. Oiga, ¿no hace un poco de frío aquí?

Y miró la chimenea.

16

No podía más. Llevaba veinticuatro horas dando paseos circulares de tres metros de diámetro como un animal enjaulado. No había barrotes, podía salir cuando se le antojara, y aunque tuvo el impulso de hacerlo un par de veces claudicó antes de cruzar la puerta. No se atrevía. Se quedó allí acobardado, pululando del sofá a la cocina, de la cocina a la cama, de la cama al baño.

Había telefoneado a Fidel cuatro veces. Ni le cogió ni le devolvió las llamadas. Estaba claro que lo había dejado tirado, de modo que solo le quedaba una persona a la que recurrir: Francisco Romera.

Dudó un momento antes de marcar su número, pero lo hizo de todos modos. No obtuvo señal, algo insólito dado que se trataba de una línea fija. Esperó quince minutos y llamó de nuevo. Lo mismo.

—¡A la mierda!

Visitaría a Romera. Necesitaba respuestas y se las sacaría como fuese.

Al salir a la calle inspeccionó las aceras con ansiedad. Buscaba a un hombre mayor y cojo. No vio a nadie que encajase con el perfil, pero eso no lo tranquilizó. Quién sabe cuántos andarían tras sus pasos.

Se pasó todo el camino acechando nerviosamente a su alrededor. Estaba bastante seguro de que nadie lo seguía, pero

¿cómo estarlo del todo? Rodeó un par de manzanas y atravesó una FNAC, entró por una puerta y salió por otra distinta solo para comprobar si alguien hacía lo mismo. Le pareció que no.

El olor a quemado le llegó antes de doblar la esquina. No le dio importancia hasta que vio los balcones del general Romera calcinados, los cristales reventados, los ladrillos ennegrecidos por el humo. En la calle, sin embargo, no había nada fuera de lo normal. Ni policía ni bomberos ni curiosos.

Un carrusel de malos augurios desfiló por su mente. Las manos le sudaban cuando llamó al timbre. Como era previsible, nadie respondió. Se disponía a llamar a un vecino cuando una veinteañera salió del portal.

—Perdona. —La chica se detuvo y se desprendió de un auricular—. ¿Sabes qué ha pasado ahí arriba?

No necesitó mirar.

—Un incendio.

—¿Cuándo?

—Esta noche. Nos han desalojado a todos.

—¿Y sabes…? ¿Sabes si le ha pasado algo al señor que vivía ahí?

—Se lo han encontrado muerto. Parece que se durmió con la chimenea encendida y…

La chica siguió hablando, pero Tirso no oyó nada más. Sus sentidos se habían bloqueado. Notó una presión en el centro del estómago, un puñetazo de realidad que lo dejaba sin aire. ¿Lo habían matado? ¿Lo habían asesinado por…? ¿Qué? ¿Por hablar con él?

Caminó con una sensación de irrealidad, como si la ciudad que lo rodeaba no estuviese en el mismo plano que él. Como si fuese un espejismo.

Cruzó a la acera de enfrente para ver de nuevo los restos del incendio. Sonaron cláxones, le dio igual. Pensó en Romera ardiendo vivo, consumiéndose entre las llamas, retorciéndose de dolor bajo la mirada indiferente de sus fotografías. Lo imaginó tratando de gritar sin poder hacerlo, las cuerdas vocales derretidas, los pulmones corrompidos por el humo en que lentamente se iban transmutando sus libros y sus periódicos. Y luego, cuando se hubo imaginado todo eso, visualizó al hombre cojo con una cerilla en la mano. Carecía de rostro y de cuerpo. Era solo una mano, una llama, una risa cavernosa.

El pánico empezó a dominarlo de nuevo. Miró a su alrededor, a todas partes, en busca de alguna actitud sospechosa. Le pareció que todas lo eran. ¿Qué habrían pensado para él? Un atropello, quizá. Un envenenamiento, un accidente, una mala caída.

Sacó el móvil y, con dedos temblorosos, marcó el número de Fidel. Sonó una vez, dos, tres, cuatro.

—¡Responde al teléfono, joder!

Echó a andar, alejándose de la fachada renegrida y el olor imaginario de la carne quemada. Sonó cinco veces, seis, siete, ocho, hasta que al final saltó el contestador. Tirso se dispuso a colgar, pero lo pensó mejor.

—Fidel, ya sé lo que me dijiste, pero necesito hablar contigo. Urgentemente. —Luego hizo una pausa, dudó un momento y añadió—: Creo que estoy en peligro.

El subsecretario se cercioró de que todos estaban en posición antes de entrar en la tienda. A la luz de los últimos acontecimientos y dadas las características del lugar elegido para el encuentro, había ordenado que se extremasen las medidas de seguridad. Paseó la mirada por los cinco agentes, tres de pie, uno al volante de un coche y otro a los mandos de una motocicleta. Luego tomó una bocanada de aire y penetró en el lúgubre comercio.

Belmonte lo esperaba charlando animadamente con el tendero, un hombre que rondaría los ochenta años, traqueotomizado y con los ojos velados por las cataratas. Tenía una barba hirsuta llena de escamas blancas y las manos enguantadas en unos mitones raídos.

Los dos reían a carcajadas cuando el subsecretario se aproximó al mostrador.

—Llegas tarde —le espetó Belmonte con un resquicio de sonrisa todavía en los labios.

Aunque, como siempre, el lugar lo había escogido Belmonte, el encuentro se celebraba a petición del subsecretario. Lo había telefoneado cuatro horas antes en un estado de evidente ansiedad. Estado que conservaba todavía.

—¿Tenemos que hablar aquí?

La tienda ocuparía cien metros cuadrados, aunque la densidad de baratijas la hacían parecer mucho más pequeña. Eran antiguallas de segunda mano, la mayoría de la Guerra Civil o los años inmediatamente posteriores. También había objetos de la Segunda Guerra Mundial, todos del mismo bando. El perdedor.

—Manuel está medio sordo y medio ciego —dijo Belmonte señalando con un pulgar al chamarilero. Este había desviado su atención a una revista vieja que analizaba ahora con las páginas pegadas al rostro—. Ven por aquí.

Belmonte guio al subsecretario por las entrañas de la tienda. Los pasillos eran tan angostos que no había manera de moverse sin riesgo de provocar un alud de bagatelas. Se detuvo al fondo, donde apenas alumbraba la luz, ante una caja de madera hasta arriba de estampitas. Tomó unas cuantas en las manos y empezó a barajarlas con destreza.

—Nadie las compra ya —dijo mientras admiraba una de las cartulinas, una Virgen descolorida con un descolorido niño Jesús en brazos—. Acabarán despareciendo.

—Así es el mercado —comentó el subsecretario con un amago de sorna.

Belmonte clavó su turbia mirada en él.

—Siempre he querido preguntártelo. ¿No eres muy joven para tener marcas de viruela?

El subsecretario hizo un mohín de fastidio, pero no le dio el placer de entrar al trapo.

—¿Qué ha pasado esta noche?

Tenía el ceño fruncido. Pretendía mostrarse indignado, pero solo parecía confuso.

—Un accidente —respondió Belmonte barajando de nuevo las desvaídas estampitas.

—Te dije que nada de accidentes.

A Belmonte se le iluminó la cara de pronto. Separó una de las estampitas y se la mostró al subsecretario.

—Llevo años detrás de esta. ¿Sabes quién es?

La cartulina, de tamaño ligeramente inferior a un naipe, mostraba a un santo envuelto en una toga roja con un remo en la mano izquierda. Al fondo, una iglesia, y a sus pies, una barcaza de madera.

—No cambies de tema. Te pedí explícitamente que...

—San Julián el Hospitalario. El único homicida santificado por la Iglesia católica. Mató a sus padres. Los encontró en su cama, retozando debajo de las sábanas, y se pensó que eran su mujer con su amante. Los cosió a puñaladas. ¡Ja! Aun así, lo santificaron. ¿Sabes por qué? —Belmonte enseñó sus colmillos verdosos en una mueca que tal vez fuese una sonrisa—. Porque en la viña del Señor tiene que haber de todo.

A pesar del frío, el sudor corría por la espalda del subsecretario. Seguía sin acostumbrarse a aquel tipo. Nada en él le gustaba, ni su físico ni su voz ni sus modales. Si aguantaba sus hostigamientos y humillaciones era porque no le quedaba otra. Sabía que hombres como él eran necesarios para que lo demás funcionase, pero sabía también que esa clase de hombres eran indómitos e impredecibles. Era su naturaleza.

—Te dije que no llamases la atención.

—En el telediario no han dicho ni pío. En el periódico sí que salía, una noticia así. —Delimitó diez centímetros con los dedos—. Ayer a uno le cayó un rayo al salir del coche y ocupaba más. No me jodas. Me pediste que lo asustara y es lo que estoy haciendo. Ya te dije que iba a ser lento y poco fiable. ¿Te lo dije o no te lo dije? Pero no pasa nada. Si queréis que acabe pronto, dilo y te lo acabo antes de comer.

El subsecretario negó con la cabeza.

—No.

—Entonces ¿para qué me has llamado? ¿Para regañarme? Estoy perdiendo el tiempo, a saber qué está haciendo ahora.

El subsecretario miró a su espalda para asegurarse de que estaban solos.

—Los de arriba empiezan a ponerse nerviosos. Quieren intervenir. Directamente.

Belmonte arqueó las cejas, que asomaron por encima de las gafas. El subsecretario habría jurado que era la primera vez que pillaba desprevenido a aquel psicópata.

—¿Cómo que directamente?

—Vamos a cambiar de estrategia.

Cuando aún vivía en Madrid, solía frecuentar una biblioteca municipal con cierta asiduidad. Su piso era pequeño, y cada vez que necesitaba un cambio de aires, bajaba con sus libros y su portátil y trabajaba allí un par de horas. Era un lugar espacioso y tranquilo, fresco en verano y cálido en invierno. Por entonces había unos ordenadores que brindaban acceso a una generosa hemeroteca digital. Desconocía si seguirían allí, porque ¿quién usa la hemeroteca hoy en día? Pero Fidel no le llamaba, no se le ocurría qué otra cosa hacer y decidió probar suerte.

Pudo acceder sin problema. Comprobó que los ordenadores habían sido sustituidos por otros más modernos, pero seguían en el mismo sitio. Ambos estaban desocupados. A su alrededor, una docena de universitarios, todos con auriculares, leían reconcentrados sus apuntes y sus pantallas, tomaban notas, subrayaban, tecleaban. Aquel sosiego lo ayudó a templar su ánimo, todavía muy exaltado.

Se sentó en el terminal más apartado de los estudiantes. Clicó en el icono «Hemeroteca». La interfaz, como recordaba, era burda pero sencilla. En un primer menú desplegable se elegía entre una serie de cabeceras. En el segundo se seleccionaba la fecha que quería consultarse: año, mes, día. Si el periódico estaba escaneado, el usuario accedía directamente al resultado en formato PDF. Si no lo estaba, el ordenador le devolvía un mensaje parecido a «Ese ejemplar no se encuentra en nuestros archivos».

Tirso deslizó la vista por la larga lista de cabeceras. Las había nacionales, autonómicas y locales, de información general, institucional y especializada. Optó por el *ABC*; en los años ochenta todavía mantenía su preeminencia.

En el segundo menú introdujo la fecha de la desaparición de Alba Orbe en el orden exigido. 1986. Marzo. 10.

Resultó ser lunes. La primera plana estaba dedicada al inminente referéndum de la OTAN y reproducía una copia de la papeleta que los españoles votarían dos días después. La papeleta desglosaba el acuerdo alcanzado por el gobierno y una pregunta: «¿Considera conveniente para España permanecer en la Alianza Atlántica, en los términos acordados por el Gobierno de la Nación?». Debajo del texto había una casilla grande donde, supuso Tirso, el votante debía escribir sí o no.

ABC invitaba a sus lectores a apostar por el sí con un extraño retruécano de doble negación: «No deben votar no».

Tirso fue pasando las páginas del PDF, noventa y seis en total, fijándose solo en los titulares. Tarea sencilla, dado que la mayoría de las páginas contenían una noticia, dos a lo sumo, excepción hecha en la sección de sucesos, donde a los redactores no les daba para tanto y apilaban homicidios, accidentes de tráfico, atracos y hurtos uno debajo de otro, uno al lado del otro, llegando a amontonarse hasta seis desastres en una sola plana.

Fue precisamente ahí donde se topó con el titular:

Roban un camión militar

Aunque no fue el titular lo que captó su atención, sino la fotografía que lo acompañaba. La entrada de un complejo de edificios, una garita de seguridad, una valla cerrada. Eran las instalaciones de la Junta de Energía Nuclear antes de que el abandono las transfigurase en una ruina de grietas y hierbajos.

Esta madrugada, en torno a las 2.30, se ha producido el robo de un camión propiedad de las Fuerzas Armadas del Estado. El asalto, perpetrado a punta de metralleta por tres hombres ataviados con pasamontañas, tuvo lugar en la CM-4010, a apenas diez kilómetros de Seseña, provincia de Toledo. El vehículo viajaba escoltado por cuatro efectivos militares, uno de los cuales resultó herido durante el altercado. Tanto el conductor del camión como el resto de los militares fueron amordazados y arrojados al arcén, donde un ciudadano que responde a las siglas de M. G. P. los encontró cuatro horas más tarde. Los asaltantes huyeron al volante del camión que, según fuentes ministeriales, transportaba material científico de la Junta de Energía Nuclear. Estas mismas fuentes han descartado que dicho material constituya un peligro para la salud pública, asegurando, además, que carece de valor comercial. Al cierre de la edición de tarde, la Guardia Civil estudia si la ETA puede estar detrás del asalto.

El artículo no guardaba relación directa con nada de lo que Tirso sabía, pero planteaba una serie de incógnitas que merecían atención. La primera y más evidente, la que le hizo agitar nerviosamente una pierna bajo la mesa, era qué transportaba aquel camión. Pero también por qué requería escolta y por qué razón viajaba de madrugada. Por qué alguien querría robarlo «a punta de metralleta» y quién lo haría.

Por supuesto, se planteó la posibilidad de que la bomba atómica viajase a bordo, pero lo descartó de inmediato. Según el texto, el camión iba custodiado por solo «cuatro efectivos militares». Un arma semejante, por mucho que no llevase combustible —y es de suponer que no lo llevaba—, jamás sería trasladada con tan exiguas medidas de seguridad. Hasta un ministro lleva más escolta.

Se le ocurrió otra posibilidad, más cabal. Tal vez aquel camión transportase uno de aquellos componentes que se fabricaban fuera de Madrid para su posterior ensamblaje en la capital. No *la* bomba, sino *un trozo* de la bomba.

Solo que eso tampoco encajaba con lo que sabía. Era 1986. Para entonces, se suponía, la bomba atómica llevaba una década finiquitada.

El artículo no aclaraba la dirección que seguía el convoy, pero Tirso dedujo que debía de ir hacia Madrid. De lo contrario, ¿qué pintaba en Seseña? También podía estar marchándose, desde luego, pero ¿a las dos y media de la madrugada? Eso implicaba que habría salido de Madrid en torno a las dos. De un domingo.

Abrió el navegador en el mismo terminal y buscó aquella carretera, la CM-4010. Trazaba un corto recorrido de Illescas a Seseña pasando por un pequeño pueblo llamado Esquivias. En su extremo este desembocaba en la A-4, la autovía del Sur, que une Madrid con Sevilla. Ese camión podía venir de cualquier parte. O ir a cualquier parte.

Recorrió el resto del periódico, no encontró nada y pasó al del día siguiente.

1986. Marzo. 11.

Lo examinó de cabo a rabo. Ninguna alusión a la JEN ni al camión.

Hizo lo mismo con el del 12 de marzo y con el del 13. En este último, de nuevo en la sección de sucesos, encontró un breve sin firma de apenas veinte líneas.

Encuentran el camión militar robado

Una patrulla de la Guardia Civil halló a media tarde de ayer el camión militar sustraído a punta de metralleta en la madrugada del domingo al lunes. El vehículo había sido abandonado en las inmediaciones de un polígono industrial próximo a la población de Villamuelas, Toledo. Se encontraba en buen estado y, según fuentes del instituto armado, los ladrones no se llevaron nada del interior. Responsables de la Junta de Energía Nuclear, propietaria del material que trasladaba el camión en el momento del asalto, han confirmado este extremo. En declaraciones telefónicas a este diario, el general Francisco Romera, director del organismo, ha conjeturado que «quizá los ladrones esperaban encontrar algo de valor, pero no había más que cachivaches científicos, algunos muy antiguos, que no le interesarían más que a un museo». Se investiga ahora si el vehículo pudo ser utilizado para algún fin delictivo.

¿«Cachivaches científicos» trasladados en plena noche con escolta militar? Y una mierda.

Fuera lo que fuese que transportaba ese camión, alguien estaba muy interesado en que pasase inadvertido. El robo frustró esos planes y Romera se vio obligado a inventarse aquel ridículo dislate.

Tirso sacó su libreta de la mochila y anotó las fechas, las horas, el código de la carretera, el nombre de los pueblos. Aquel episodio escondía algo. El robo se produjo solo unas horas antes de la desaparición de Alba Orbe. No podía ser casualidad. Ya eran demasiadas casualidades apiñadas en un escasísimo margen temporal. El desmantelamiento de la JEN, el robo del camión, el secuestro de Alba, el suicidio de su padre. ¿Cuál era la imbricación de todo eso? ¿Cuáles eran las causas y cuáles las consecuencias?

Retrocedió por el PDF hasta la portada del periódico de aquel 13 de marzo de 1986. En unos enormes caracteres que ocupaban todo el ancho de la página se leía:

España vota seguir en la OTAN

17

El funeral se ofició en la iglesia de San Manuel y San Benito, justo enfrente del parque del Retiro. Era un edificio de mármol blanco con una ostentosa cúpula repleta de evangelistas. Justo debajo, unos tragaluces daban entrada al sol de primavera que, en aquel momento, arrojaba su fría luz sobre el altar. Allí, un cura ataviado con casulla blanca y estola verde clavó una rodilla en el suelo en el mismo momento en que Tirso cruzaba la puerta. Procuró hacerlo de la manera más discreta posible, pero los goznes no estuvieron de acuerdo y varios cogotes se giraron en su dirección.

Por la mañana, mientras husmeaba en los periódicos del día en busca de alguna noticia sobre el incendio, se topó con la esquela en el *ABC*. La firmaba el Ejército de Tierra, rogaba una oración por el alma del general Francisco Romera y anunciaba la celebración de un oficio religioso en su memoria.

No podía decirse que la convocatoria hubiese sido un éxito. Habría apenas una decena de personas, todas apelotonadas en las dos primeras filas. Tirso se sentó al fondo, muy lejos del resto.

En un principio ni se le pasó por la cabeza asistir. ¿Para qué? No pintaba nada allí. Pero, a medida que se acercaba la hora, fue cambiando de opinión. Se sentía responsable de la muerte de Romera. Él, Tirso, había puesto en marcha la cadena de acontecimientos que desembocaron en su más que probable asesinato.

Parte del fuego que acabó con la vida de Romera prendió en el mismo momento en que le preguntó si recordaba a Alba Orbe.

Aunque, a decir verdad, no estaba en la iglesia por eso. O no solo por eso. Si había acudido allí, era, sobre todo, por pura desesperación, por la necesidad de sentir que hacía algo. Tras una noche de pesadillas en que las llamas lo consumían a él, a su hermana y a su sobrino, se había pasado toda la mañana encerrado en la madriguera, analizando una y otra vez lo que sabía o creía saber.

Esperaba a ser tocado por la inspiración y descubrir una perspectiva que no hubiese sido capaz de apreciar hasta ese momento. Buceó en internet, tomó apuntes en su libreta y trató de relacionarlos entre sí, pero no dio con nada. Seguía tan perdido como el primer día.

Telefoneó de nuevo a Fidel, pero no le respondió ni le devolvió la llamada, y eso lo desasosegó más que ninguna otra cosa. ¿Por qué lo evitaba? ¡Le había dicho que estaba en peligro!

Se planteó varias opciones: hablar con la prensa, filtrarlo anónimamente y hasta colgarlo en internet. Incluso se planteó mandarlo todo al infierno y regresar a Menorca, luego lo descartó y más tarde se lo volvió a plantear.

Al final decidió concederse un poco más de tiempo. Un día más. Pero tuvo la sensación de que se lo decía como quien, jugando a la ruleta rusa, se promete que el siguiente será el último disparo.

Necesitaba salir. Necesitaba moverse. De ahí que, al llegar la tarde, decidiera acercarse a la iglesia. ¿Por qué no? No perdía nada.

«… pero una palabra tuya bastará para sanarme».

Desde su posición, tenía una buena panorámica de los congregados. Le pareció que la mayoría le superaban en edad, algunos holgadamente. Casi todos vestían de traje, pero también divisó cinco uniformes militares. Solo había una mujer. Vestía de negro y, como el resto, le daba la espalda.

«… polvo somos y en polvo nos convertiremos».

Sin motivo aparente, y cuando Tirso llevaba ya varios minutos en la iglesia, uno de los hombres de traje se giró y lo miró. Tenía el pelo blanco escrupulosamente peinado hacia atrás. No pudo distinguir sus facciones con claridad, pero advirtió que rondaría los sesenta años. El vistazo no duró más que un par de segundos, tras los cuales el hombre se volvió de nuevo hacia el altar.

El cura terminó su monótona alocución con un gesto dirigido a la primera fila. Invitaba a alguien a tomar la palabra. De allí emergió un hombre con mentón prominente y cejas densamente pobladas, como dos brochazos toscos. Lucía una guerrera azul con pantalón a juego, un ceñidor blanco en torno a la cintura y una gorra que dejó apoyada en su asiento antes de aproximarse al altar. Se colocó ante el micrófono y lo miró con gesto despreciativo, como si estuviese convencido de que su voz era lo suficientemente robusta para no requerir de amplificación artificial.

Carraspeó. Tomó aire. Miró a los presentes.

—El general Francisco Romera López fue un buen hombre y un buen militar. Cumplió las órdenes sin reclamar mérito para sí. Sabía, como saben los verdaderos patriotas, que los deseos de un hombre están supeditados a las necesidades de un país. Actuó con lealtad en sus años de servicio. Hizo su trabajo con discreción, alcanzando y exigiendo en los demás un grado de excelencia que hoy cuesta encontrar. La contribución del general Francisco Romera López a España fue incalculable. Pero su nombre, a diferencia de otros que tal vez lo merezcan menos, no pasará a la historia. Eso engrandece aún más su memoria y el honor que tuvimos quienes servimos a su lado. —Barajó algún añadido a su elegía, pero desistió. Y entonces, como activado por un resorte, irguió el brazo derecho—. ¡Arriba España!

—¡Arriba! —clamaron en respuesta gran parte de los congregados con los brazos igualmente enhiestos.

—¡Viva Franco! —gritó alguien.

—¡Viva! —le respondieron a destiempo media docena de voces. Entre ellas no estuvo la del militar tras el micrófono, que se limitó a asentir en sutil muestra de acuerdo.

Las exequias se prolongaron diez minutos más, durante los cuales el cura fue repasando los consabidos lugares comunes hasta que por fin invitó a los presentes a ir en paz. Todos se apelotonaron en el presbiterio, conformando una serie de grupúsculos espontáneos cuyas conversaciones poblaron el templo de ecos susurrantes.

Tirso se disponía a abandonar la iglesia, la mochila ya en el hombro, cuando una visión lo dejó clavado donde estaba. Entre la multitud apretujada, creyó ver a Alba Alegría. Solo que aquella mujer era mucho mayor que Alba. Rondaría los setenta años y estaba muy delgada, un físico que, combinado con la rectitud de su porte y una larga melena cana escrupulosamente recogida en un moño, le confería una elegancia de vieja escuela de la que su hija pequeña carecía por completo. Claudia Subirós. La madre de las dos Albas.

¿Qué hacía ella allí?

Tirso decidió acercarse sin saber todavía para qué. Subirós permanecía en silencio, la cabeza humillada, entre dos hombres. Uno de ellos era el militar engalanado que acababa de dirigirse a la concurrencia.

Cuando Tirso había recorrido la mitad de la nave, fue consciente de que los susurros decaían. Buena parte de las miradas se centraron en él. También la del cura, que allí seguía, dando palique a un par de militares.

No se amedrentó.

—Señora Subirós —dijo a media voz al llegar a su altura.

La mujer lo miró con expresión confundida, los labios entreabiertos, los párpados plomizos. Tirso creyó ver en aquella mueca la inconfundible huella de los ansiolíticos.

—Me llamo…

No pudo acabar la frase. Sin que pudiese evitarlo, la peluda manaza del militar de indumentaria azul se apoyó violentamente en su esternón.

—¿Es que no respeta nada? —atronó sin motivo. Las pocas conversaciones que se resistían a extinguirse lo hicieron ahora de golpe.

Tirso tardó en reaccionar y esa fue su perdición. Cuando quiso decir algo, tres hombres se habían colocado entre Claudia Subirós y él. El militar dio un paso al frente sin apartar la mano de su pecho, forzándole a retroceder.

—¿No ve que está molestando?

—No me toque —dijo Tirso envalentonado, y se zafó de aquella mano.

—Es un acto privado.

—Señora Subirós, solo quiero hablar un mo…

—¡Que te largues! —prorrumpió uno de los hombres de traje.

Tirso se vio rodeado. Alguien lo cogió de la mochila y tiró de él hacia atrás. Trastabilló, pero logró mantener el equilibrio.

—¡Eh! —bramó, girándose a su atacante. Vestía uniforme verde y en el cuello tenía tatuadas cinco flechas y un yugo.

—¡¿Qué?!

Un chulo, un fanfarrón. Uno probablemente peligroso. Acercó su rostro al de Tirso hasta que sus narices casi se tocaron. El aliento le olía a tabaco negro.

—¿Me vas a tocar? Venga, tócame. Tócame si tienes cojones.

Alguien pidió mesura, alguien masculló una risilla. A la espalda de Tirso sonó un quebranto a mitad de camino entre el suspiro y el sollozo. Era Claudia Subirós.

Varios hombres, el militar de gala entre ellos, se giraron hacia ella, protegiéndola con sus cuerpos, encerrándola en su cerco.

El cura aprovechó para dirigirse a Tirso con gesto atribulado.

—Hijo… —Una mano flácida en su brazo—. Es mejor que te marches.

Y, en un gesto muy poco cristiano, señaló con la barbilla la puerta que daba a la calle. Tirso lanzó una última mirada al tumulto en torno a Subirós. No pudo verla, pero aún oía su lamento.

Dio media vuelta y salió de la iglesia con los puños apretados. Caminó sin dirección durante un buen rato. Se sentía humillado y furioso, furioso sobre todo por haberse comportado como un pelele timorato, por no haber sido capaz de hacerse valer ante aquellos matones de la tercera edad.

A decir verdad, ni siquiera comprendía qué acababa de pasar. ¿Acaso lo conocían los viejos amigos del general? ¿Sabían esos franquistas quién era él? ¿Sabían lo que estaba haciendo? ¿Cómo?

Se orilló en la acera, sacó el móvil y miró la pantalla. Seguía sin noticias de Fidel. Maldita sea, ¿a qué esperaba?

Probó de nuevo.

—Este es el contestador del número…

—Fidel, soy yo. Necesito hablar contigo, de verdad, es importante. Esto se está poniendo cada vez más raro. Llámame, por favor. Cuando sea, a la hora que sea.

Aún tenía el teléfono en la oreja cuando lo vio. El hombre de pelo cano, el mismo que estaba en la iglesia, el que se giró hacia él. Se encontraba a unos veinte metros de distancia y caminaba en su dirección. Sin cojear. Llevaba una gabardina sobre el traje y un paraguas con el mango de madera. No lo había visto durante la refriega, así que debió de mantenerse al margen.

Nada indicaba que lo estuviese siguiendo, pero se acercaba, lo miraba, y Tirso no quiso quedarse a comprobar sus intenciones.

Vio una galería comercial en la otra acera y cruzó hacia allí por mitad de la calle. Al doblar la esquina descubrió que la galería terminaba abruptamente en una cafetería de nombre poco esforzado: El Café de la Galería. Dudó un momento, pero acabó empujando la puerta.

Había solo tres clientes, todos en la barra, y ninguno se volvió hacia él. Se aproximó al camarero, un pelirrojo de aspecto afable pero no particularmente aseado y le pidió una Coca-Cola. Necesitaba subirse el azúcar.

Se sentó con el vaso en una mesa y dio un trago largo. Le sentó bien, aunque aún tenía la vista un poco borrosa.

Un clac restalló en la puerta. De algún modo, Tirso supo que era él antes de verlo. Se había colgado el paraguas en el antebrazo, que llevaba flexionado para no arrastrar la punta. Fue hasta la barra sin mirarlo, la espalda recta, la cabeza alta, y pidió un agua con gas «del tiempo».

Tirso estaba aterido, incapaz de moverse. «Cobarde de mierda —se dijo—, ¿por qué no te levantas y le partes la cara? ¡Tiene, por lo menos, veinte años más que tú! Nadas todos los días, estás en forma, ponte de pie y suéltale un derechazo. El primer derechazo de tu vida, tu primera trifulca de cantina. No tendrás otra oportunidad como esta. ¿Y qué si está armado? Si quieren matarte, lo harán igualmente, te resistas o no, y así, al menos, te llevarás a la tumba la satisfacción de haber partido alguna mandíbula, de haber dejado algún ojo a la funerala. Ese será tu legado, una gresca en un suelo cubierto de serrín y palillos. ¡Vamos, muévete! ¡Levántate y acaba con él!».

Lo hizo. Al menos, la primera parte. Se puso en pie justo cuando el hombre se plantaba ante él con el burbujeante vaso entre las manos.

—No se levante —sugirió con tono afable.

Porte distinguido, voz meliflua, dicción perfecta. No era un matón. Estaba en las antípodas de eso.

Tirso permaneció erguido mientras el otro se acomodaba a la mesa sin desprenderse de la gabardina. Cruzó el paraguas sobre sus piernas y, mirando a Tirso, señaló la silla con gesto cortés.

—Por favor.

Tirso claudicó sin quitarle el ojo de encima.

—¿Por qué me ha seguido?

—Preste atención porque solo voy a decirle esto una vez. Está en peligro. Eso ya lo sabe. Lo que no sabe es hasta qué punto.

Seseo, rehilamiento de dentales, labiales, alveolares y palatales, aspiración total de las asibiladas e interdentales. Andaluz oriental, probablemente de Jaén.

—Oiga, mire… No busco problemas.

—Un poco tarde para eso, ¿no le parece?

—¿Qué quiere?

—Digamos que me interesa su trabajo.

—¿La lingüística?

—Su *otro* trabajo. ¿Por qué ha ido al funeral?

—No sabía que era un acto privado.

—No los provoque.

—¿A quiénes? ¿Y quién es usted, a todo esto?

—Eso no importa.

—Entonces esta conversación ha terminado.

Tirso fue a ponerse en pie, pero el hombre lo retuvo sujetándolo de una mano con firmeza.

—¡Siéntese, maldita sea! —lo dijo apretando los dientes sin levantar la voz—. Me estoy arriesgando tanto como usted.

Tirso se liberó de la presa, pero permaneció sentado. El hombre tenía los ojos negros y profundos y estaban llenos de… ¿Qué? ¿Recelo? ¿Miedo? Oteó alrededor, asegurándose de que nadie les prestaba atención, y preguntó:

—¿Sabe de qué murió el general Romera?

—He oído que tuvo un accidente.

—Sí, uno de lo más improbable. No sabe a quién se enfrenta.

—Ni siquiera sabía que me enfrentase a alguien.

—Miente. No haga eso, no intente engañarme. Sea sincero y yo también lo seré.

—Empiece usted. ¿Mataron al general Romera?

—¿Qué cree usted?

—Responda.

—Después de usted. ¿Cree que lo mataron?

—Sí. Pero no sé por qué.

—Falso. Sí lo sabe. Para esos hombres que ha visto en la iglesia, para algunos de ellos no hay pecado más grave que la infidencia.

Una extraña elección léxica. Muy inusual. Procedía del latín, *fidentia*, confianza, y significaba justo lo contrario. La violación de la confianza, la traición a la palabra dada. Aquel hombre la había usado como si fuese una expresión de lo más corriente. Debía de serlo en su entorno, y solo existía uno donde esa palabra fuese corriente hoy en día.

—¿Es usted militar?

—Da igual lo que yo sea, eso no es importante.

—¿Y qué es importante?

—Usted. Lo que hace o intenta hacer. Pero si sigue actuando sin pensar, temo que el siguiente funeral sea el suyo.

—¿Me está amenazando? —Le temblaban las manos, procuró que no se notase.

—Intento salvarle la vida. Está más cerca de lo que cree.

—¿De qué? ¿Qué sabe usted?

—Mi posición me permite saber muchas cosas.

Tirso tuvo entonces la sensación de que el uso de aquella palabra, «infidencia», no había sido casual ni caprichosa. Todo lo contrario. La había escogido deliberadamente para revelarle a Tirso que era militar sin necesidad de verbalizarlo. Sabía con quién hablaba. Sabía lo que se hacía.

—Bien. Soy todo oídos.

—No funciona así.

—¿Y cómo funciona?

—Usted investiga, descubre cosas por sí mismo como ha hecho hasta ahora. Si se pierde, si duda entre dos caminos, yo le oriento.

—¡Venga ya! ¿Quiere jugar a Garganta Profunda?

—Los caminos cortos son peligrosos. Si sospechan que está recibiendo información… —Dejó la frase en el aire, frunció los labios—. Decídase. ¿Lo toma o lo deja?

Tirso se recostó en la silla y examinó al hombre. Llevaba alianza en la mano derecha, y todo en su aspecto estaba cuidado hasta el más mínimo detalle: el pulcrísimo peinado, la elección de los gemelos, el pañuelo asomando con milimétrica precisión por el bolsillo de la chaqueta. Daba la impresión de ser un viejo caballero británico que se hubiese extraviado. Un lord desubicado en aquel tugurio aceitoso.

—Supongamos que acepto —concedió Tirso ambiguamente—. ¿Cómo lo haríamos?

—¿Tiene buena memoria?

—No es mala.

El lord desubicado se inclinó sobre la mesa y esperó a que Tirso hiciese lo propio. Cuando sus rostros estuvieron a solo unos centímetros, susurró:

—Nueve. Uno. Cinco…

Nueve cifras en total. Un número de teléfono. Un fijo de Madrid.

—Memorícelo —dijo, y se lo recitó de nuevo, ahora más despacio, mientras Tirso lo repetía para sí, esforzándose por grabarlo en la memoria—. Si necesita ayuda, llame a ese número en horario de oficina. Siempre desde un teléfono público, nunca desde su móvil. Le responderá una mujer. Usted preguntará por el señor Islero.

—¿Quién es?

—Nadie. Es un criptónimo.

Otra elección léxica insólita, esta aún más reveladora. Se trataba de una voz que los servicios de inteligencia empleaban para evitar la expresión «palabra clave», hacía tiempo degradada por las películas de espías.

—Le dirán que se ha equivocado y usted se disculpará. Yo devolveré la llamada en cuanto me sea posible. Lo hará exactamente como le he dicho. Si se equivoca una sola vez, se acabó. ¿Lo ha entendido?

—¿Por qué tantas complicaciones? ¿Por qué no me cuenta lo que sea ahora mismo?

—Porque aprecio mi vida y doy por hecho que usted aprecia la suya.

—¡Déjese de enigmas! ¡Ya estoy harto de tanto secreto!

El hombre sonrió con tibieza. A Tirso le pareció que lo hacía en contra de su voluntad.

—Me temo que todavía le esperan unos cuantos.

Dio un trago de agua y se levantó de la silla con el paraguas en la mano. Estaba girándose hacia la puerta cuando Tirso le preguntó:

—¿Por qué hace esto?

El lord desubicado quedó con la mirada perdida en la mugre del suelo. Parecía buscar una respuesta. Encontrarla le llevó unos segundos.

—En cierto sentido… por lo mismo que ellos.

18

Ellos.

«Por lo mismo que ellos».

Pero ellos, ¿quiénes?

Siguió rumiando la conversación largo rato. Iba adelante y atrás por ella, tratando de encontrar un nuevo significado, algún matiz que le hubiese pasado desapercibido.

Se percató de que aquel encuentro le había dado un nuevo impulso. No había cambiado nada en realidad, pero ahora al menos ya no se sentía tan solo. Ahora tenía algo parecido a un cómplice. Y también algo parecido a certezas.

Romera fue asesinado. Lo mataron, como imaginaba, por irse de la lengua. Por su infidencia. Un hecho que, a su vez, planteaba nuevos interrogantes. ¿Por qué cargarse al viejo general y no a él? ¿No habría sido más práctico, más sencillo?

Otra certeza, ahora ya incontestable: la construcción de la bomba atómica y la desaparición de Alba Orbe convergían en algún punto, de alguna manera. Ambos sucesos pertenecían a una misma historia. No había perdido el tiempo, no estaba dando palos de ciego.

«Está más cerca de lo que cree».

¿Lo estaba? A Tirso no se lo parecía en absoluto. ¿Cerca de qué? Tendría que repasarlo todo, establecer nuevas conexiones, plantearse otras posibilidades. Era evidente que se equivocaba en algo, que algo se le escapaba, y decidió acudir al único lugar donde tal vez pudiese hallar una respuesta.

Dio un largo rodeo, tomó dos metros distintos y completó el recorrido a pie. Tuvo suerte. La encontró en el parque, tal y como su hermanastra le había dicho. Estaba sentada en un banco, ligeramente encorvada y con la mirada perdida. Tirso se acomodó a su lado, dejando un generoso hueco entre sus cuerpos.

—Alba. ¿Te acuerdas de mí? Me llamo Tirso. Nos vimos hace unos días.

No movió un solo músculo, ni lo miró siquiera.

—¿Recuerdas lo que pasó? Te estuve leyendo unas palabras en árabe. Y te señalaste, te tocaste el pecho, cuando dije una de ellas. *Amal*.

También esta vez reaccionó a la palabra, pero lo hizo de manera distinta. Miró al suelo un momento y luego dirigió la vista hacia él con expresión desvalida. Bajo una luz matizada por nubarrones de tormenta, el azul de sus iris se volvía de un gris casi translúcido. A pesar de la tristeza que la empañaba, era una mirada de una belleza subyugante.

—Me gustaría saber por qué lo hiciste. Por qué hiciste ese gesto.

Ella mantuvo sus ojos fijos en él. Tirso creyó que estaba a punto de decir algo, pero se equivocaba. Pasados unos segundos, sin alterar lo más mínimo la expresión, se perdió de nuevo en el vacío que flotaba ante ella.

—Alba, necesito que te comuniques conmigo. Sé que no es fácil, pero… creo que puedo descubrir lo que te pasó. Ya he averiguado alguna cosa, pero me falta información y creo que tú…, creo que eres la única persona que puede ayudarme.

Notó cómo la mujer movía ligeramente un pie, deslizándolo sobre las piedritas del suelo. ¿Era un mensaje? ¿Intentaba comunicarse?

—Tengo que saber quién te secuestró. Lo que recuerdes de ellos, cualquier cosa. ¿Cuántos eran? —Nada—. ¿Eran tres? ¿Puedes decirme si eran tres?

A Tirso le pareció que el pie presionaba el suelo con más firmeza.

—¿Sí? ¿Eran tres? ¿Tres hombres?

Definitivamente, la presión había aumentado. Pero ¿era un sí o un... lárgate?

—Es importante que me digas qué recuerdas de ellos. ¿Mencionaron esos hombres algo sobre una bomba?

Parpadeó una vez. Dos veces.

—¿Sí? ¿Hablaron de una bomba?

Alba se giró de nuevo hacia Tirso, encañonándolo con sus ojos profundos y turbadores.

—¿Qué? ¿Qué dijeron? ¿Qué recuerdas?

La mujer entreabrió sus labios todavía cuarteados y permaneció así una eternidad hasta que, por fin, un sonido emergió de su garganta:

—Veee... Velá... —Se detuvo, respiró agotada, tomó impulso—. Veláááz... quez.

Acento árabe, muy marcado.

—¿Velázquez? ¿Es una persona? ¿Un apellido? ¿Era uno de los secuestradores?

—No... Noveeen... ta.

—¿Noventa?

—Inueee... Nueee... ve.

—¿Noventa y nueve? ¿Mil novecientos noventa y nueve? ¿Qué pasó en el noventa y nueve? ¿Quién es Velázquez?

Alba cerró los ojos y apretó los párpados con fuerza. Pugnaba contra su boca, pero esta se resistía. Tenía las manos crispadas, la mandíbula tensa. Hablar suponía un calvario para ella.

Alzó una mano e hizo con los dedos el gesto de la victoria.

—¿Qué? ¿Uve? ¿Victoria?

La mujer cerró los ojos, se llevó una mano al cuello y así, estrangulándose a sí misma, forzando al máximo su mente y sus cuerdas vocales, dijo:

—Se... gun... do.

Tirso la miró con perplejidad. ¡Era una dirección! Pero no la de su madre. No era la calle donde se encontraban. Entonces ¿por qué...?

Cayó en la cuenta súbitamente. El error, como tantas veces, estaba en dar cosas por sentado. En hacer suposiciones y aceptarlas como hechos probados.

—Espera, ¿fue esa la dirección que diste cuando te encontraron? ¿Dijiste eso: «Velázquez, noventa y nueve, segundo»?

La mujer, exhausta por el esfuerzo, no asintió, ni siquiera pareció moverse, pero la gravilla crepitó bajo sus pies. Tirso lo tomó como un sí.

Fidel le había dicho que, cuando la encontraron en el desierto, Alba pronunció la dirección de su casa. Que esas fueron sus únicas palabras, las que usó la policía para identificarla. Tirso lo había contrastado con su hermanastra y también con la chica que la encontró. Pero a él, maldita sea, no se le ocurrió preguntar qué dijo exactamente. Dio por hecho que fue «Encarnación, 2», la dirección a la que Fidel le condujo nada más llegar a Madrid, donde la conoció y la entrevistó, justo enfrente de donde estaban ahora mismo, al otro lado de la calle.

Ni se le ocurrió pensar que Claudia Subirós podía haberse mudado en algún momento de los últimos treinta y tres años, y que Alba, lógicamente, no tenía forma de saber eso. La dirección que mencionó cuando estaba al borde de la muerte en el Sáhara, la que, según la teoría de Tirso, había repetido durante décadas como un mantra, fue la que ella conocía, la de su casa de la infancia, el hogar del que la arrebataron.

—¿Hay algo en esa casa? ¿Debería ir ahí? Alba, por favor, tienes que hacer el esfuerzo por...

—¡Eh!

El grito, potente y roto, le llegó desde la acera. Allí estaba Claudia Subirós, enteramente vestida de negro, tal y como la había visto en el funeral. Lo miraba con expresión desencajada, el rostro contraído en una arruga mitad agotamiento mitad desesperación.

Tirso se puso en pie mientras la mujer cruzaba la calle en su dirección.

—Señora Subirós, soy…

—¡Ya sé quién es!

¿Lo sabía? ¿Por qué?

—Deje que…

—¿Es que no hemos sufrido bastante?

Tirso detectó la mitigada vocal neutra así como la alofonía de los fonemas nasales, rasgos ambos del catalán. Pero también advirtió algo más, un elemento discordante en el conjunto; una ligerísima anomalía apenas apreciable en la pronunciación de las consonantes labiodentales sordas. /Suffrido/. Eso no era propio del catalán. Podía tratarse de un caso leve de disglosia, pero también podía ser otra cosa, el eco remoto de otro acento, pero ¿cuál? ¿De dónde?

—¿Es que no puede dejarnos en paz? ¿Qué más quiere de nosotras?

Tirso se disponía a defenderse. Quería explicarse y, al mismo tiempo, hacerla hablar, pero los gritos habían puesto en alerta a un par de transeúntes que se acercaban ya hacia ellos.

—¿Pasa algo?

—Señora, ¿todo bien?

Tirso retrocedió.

—Lo siento. Ya me voy.

—¡Sí! —gritó Claudia Subirós mientras él se alejaba—. ¡Váyase! ¡Y no vuelva!

Le increparon un par de veces, pero Tirso agachó la cabeza y no aflojó el paso hasta que hubo salido del parque. El 99 de Velázquez, le dijo el móvil, quedaba a cuarenta y cuatro minutos caminando, veinticinco en metro. Decidió ir a pie tomando las precauciones habituales (requiebros, paradas y vericuetos), lo que casi dobló la duración del trayecto. Cuando llegó empezaba a anochecer y caían algunas gotas.

La dirección correspondía a un estrecho y anodino edificio de cinco plantas. Tirso alzó la vista hacia las ventanas del segundo piso. Todas las persianas estaban bajadas.

Se acercó al portal. Había cinco botones, uno por planta. Llamó al segundo. Nadie respondió y llamó de nuevo. Esperó unos segundos antes de pulsar otra tecla, una al azar, el cuatro. Respondió una voz metálica y perezosa.

—¿Quién?

—Cartero comercial.

Un zumbido desatrancó la puerta.

El portal era espacioso, aunque había visto tiempos mejores. Las escaleras necesitaban una reforma y los plafones, bombillas más potentes.

Tirso fue hasta los buzones. El del segundo piso estaba colmado de publicidad de toda clase, octavillas de restaurantes, supermercados, cerrajeros, inmobiliarias. Al parecer, nadie se tomaba la molestia de vaciarlo. En la etiqueta había un «2» escrito a mano. En ninguna parte figuraba nombre alguno.

Tirso sacó el móvil del bolsillo. Sonó tres veces antes de que una voz cantarina preguntase:

—¿Sí?

—Alba. Soy Tirso de la Fuente.

—Ah, hola. ¿Qué pasa? ¿Alguna novedad?

Evidentemente, aún no había hablado con su madre. No era descabellado pensar que en cuanto lo hiciese, tendría que despedirse de ella como fuente de información. Esta era, casi con seguridad, su última oportunidad de sacarle algo.

—Tengo un par de preguntas, igual puedes ayudarme.

—Claro. Dime.

—¿Qué hay en el número 99 de la calle Velázquez?

Una ligera indecisión.

—Mi madre vivió ahí.

—¿Con Óscar Orbe?

—Sí. Y con Alba.

—¿Es lo que dijo ella cuando la encontraron en el Sáhara? ¿Velázquez 99 segundo?

—Sí. Pero ya lo sabías, ¿no?

No, maldita sea, no lo sabía.

Un portazo sobre su cabeza. Tirso miró hacia arriba instintivamente. Llaves en una cerradura, pasos bajando. Salió al exterior y se apartó unos pasos del portal. Las calles, envueltas ya en oscuridad, se mostraban inusitadamente vacías. Había empezado a llover con fuerza.

—¿Hola? ¿Me oyes?

Buscó cobijo en una cornisa cercana.

—Sí. Sí, perdona, es que se ha puesto a llover de pronto. Esa casa, la de Velázquez, ¿sigue siendo vuestra?

—Sí. Bueno, de mi madre, sí.

—¿Podrías enseñármela?

Otra indecisión, esta más larga.

—Se lo tendría que comentar a mi madre. Yo no tengo llaves. ¿Por? ¿Qué quieres ver ahí?

—Nada. Es igual, déjalo. No le digas nada.

Del portal salió un tipo de unos cuarenta años ataviado con indumentaria deportiva que, tras toquetear su reloj, echó a correr por la acera.

—Otra cosa. ¿De qué conocía tu madre al general Francisco Romera?

Un suspiro impaciente al otro lado.

—Ya te conté que Romera fue el jefe de mi padre y de Óscar Orbe. Mi madre lo conocía de toda la vida. Perdona, pero no entiendo por qué me preguntas estas cosas. ¿Qué tienen que ver con Alba?

Tirso vaciló antes de hablar. Una pregunta le vino a la mente. Supo que era un movimiento arriesgado, prácticamente suicida, pero qué más daba ya.

—¿Confías en tu madre?

Un abrupto, prolongado silencio.

—¿A qué coño viene eso?

—Sé que suena mal. Te lo pregunto porque…

Le dieron igual las razones y colgó sin esperarlas.

En ese momento fue consciente Tirso de hasta qué punto estaba excitado. Tras varios días en dique seco, aquel descubrimiento le había dado un nuevo impulso. No veía la hora de llegar al piso y ponerse a emborronar su libreta. «Está más cerca de lo que cree».

Se apartó un paso de la cornisa, pero volvió a retroceder de inmediato. Diluviaba y él estaba en la otra punta de la ciudad. Habría dado lo que fuera por un taxi, pero no se veía ninguno.

Se cargó de valor y echó a andar pegado a los edificios. No se había alejado veinte metros cuando notó la presencia de un coche en la calzada, un poco por detrás de él, avanzando a su mismo ritmo. Fueron los limpiaparabrisas los que lo alertaron. Flap. Flap. Flap.

Era un utilitario deportivo, un SUV gris de marca Volvo. Un coche caro, grande y robusto con las ventanillas y la luna tintadas. ¿Era eso legal? Miró la matrícula. No era un vehículo oficial.

Sintió una presión en el pecho, un presentimiento, uno malo. Lo descartó por irracional, pero la sensación no le abandonó.

El vehículo se puso a su altura y allí se detuvo. Tirso contuvo la respiración, contemplando su propio reflejo en una ventanilla negra que se abrió de pronto con un zumbido electrónico. En el asiento del conductor, dos ojillos brillaban en su dirección. Entre la lluvia y la oscuridad, Tirso no podía distinguir los rasgos de su propietario, pero supo enseguida que su intuición era correcta. Estaba en problemas.

—¡Señor De la Fuente! —gritó la boca invisible para imponerse sobre el aguacero.

Les separaban poco más de tres metros.

—¿Quién es usted? —preguntó Tirso con el corazón acelerado mientras buscaba por el rabillo del ojo alguna vía de escape.

No se veía un alma por ninguna parte. Le sobrevino la imagen de las películas de vaqueros, cuando los pueblos se vacían de transeúntes ante la inminencia del tiroteo.

Dentro del coche se encendió una luz cenital, fría y acerada. Fue suficiente para que Tirso vislumbrase los rasgos de Belmonte: el pelo lacio teñido de negro, la americana marrón, la camisa abierta hasta mitad del pecho y una mirada torva a la que ni siquiera la sonrisa restaba un ápice de ferocidad.

—Monte. Quiero enseñarle una cosa.

Solo la lluvia se movía. Tirso se preguntó si era así como moría la gente que hacía demasiadas preguntas.

—Enséñemela aquí.

—Ya me gustaría, pero es que yo no la tengo. Estoy de chófer solo.

Tirso negó con la cabeza y eso fue todo cuanto hizo.

—Le interesa acompañarme.

Ensanchó la sonrisa deforme, contrahecha. Parecía un hombre esforzándose en parecer amable por primera vez en su vida.

—Déjeme en paz.

—Si no entra, me pone en un compromiso.

A pesar del ruido, Tirso pudo detectar un fonema exclusivo de los hablantes asturianos, el consonántico fricativo palatal sordo, y un mayor grado de apertura de las vocales posteriores, habitual también en Asturias. Ambos rasgos, sin embargo, estaban muy diluidos, contaminados por un batiburrillo de interferencias fónicas. Aquel tipo había vivido en muchos sitios y hablado con muchas personas.

—Venga —insistió—. Se lo estoy pidiendo por favor.

—No. No.

—Entiendo que tenga sus reservas, pero... —Se volvió al frente y se encorvó un poco—. Mire. Ahí, al semáforo.

Estaba delante del coche y se combaba sobre la carretera. A unos cinco metros de altura, junto a la caja de luces, varias cámaras de tráfico apuntaban en los dos sentidos de la circulación. Una de ellas los enfocaba directamente. Aquella escena estaba quedando registrada en alguna parte.

—Si fuese a pasarle algo, no habría sido tan idiota de pararme aquí, ¿eh? No le va a pasar nada, fíese de mí. Todo el mundo está deseando acabar con esto. Todo el mundo. Monte y le prometo que, en media hora, *c'est fini*.

Tirso se habría reído de semejante promesa de haber sido dueño de sus músculos faciales, pero no lo era, y nada de aquello tenía la menor gracia. ¿Cómo lo había hecho?

Trató de adivinar desde cuándo lo seguía. ¿Lo habría visto con Alba y su madre? ¿Antes, con el lord desubicado? No, era imposible. No había nadie en la galería, de eso estaba seguro. Debió de localizarlo más tarde, cuando iba a casa de Claudia Subirós o cuando se alejaba de ella. Pero ¿cómo supo dónde estaba? ¿Lo avisó ella? ¿Lo estaba esperando allí, tal vez en el mismo parque, sentado en uno de los bancos?

El hombre lo invitó de nuevo a subir con un gesto de cabeza y cerró la ventanilla.

Tirso volvió a quedar reflejado en el cristal negro. El agua le manaba por el cabello y por el rostro. Sintió que se enfrentaba a uno de esos momentos decisivos de la vida. Ante sí se abría, con perfecta nitidez, una encrucijada de ramificaciones imprevistas. La dirección que tomase dictaría su inminente futuro y tal vez su vida entera. Quizá no solo la suya.

Una pareja dobló una esquina y atravesó la acera de enfrente. Llevaban un único paraguas. Discutían. Fue la mujer quien se fijó en el Volvo detenido en plena calle y en aquel extraño hombre hecho una sopa, plantado allí como un pasmarote. Observó la escena durante unos segundos y a Tirso le pareció que lo hacía con un mohín de extrañeza, pero luego se volvió hacia su pareja y siguió con la discusión.

En cuanto se perdieron de vista, la puerta del copiloto se abrió con un clac. Tirso miró la cámara y luego el coche. La cámara y el coche. ¿Se movían? No. Era él quien lo hacía. Caminaba como se camina en los sueños, sin notar las pisadas. Y lo hacía en dirección al vehículo.

El interior del coche olía a tabaco y a sudor. En el cenicero había una sola colilla aplastada y lo que parecía el envoltorio arrugado de un condón con un chicle dentro. Tirso dejó la mochila sobre la alfombrilla, entre los pies. Desde el salpicadero, cinco santos lo observaban en sus estampitas. Uno de ellos portaba un remo en la mano izquierda.

—¿Adónde vamos?

—Ya lo verá —respondió Belmonte, y soltó una risa cavernosa.

Eso le confirmó lo que ya sabía. Que se trataba del mismo hombre que lo había seguido durante días, el mismo que se había colado en el piso, el que escribió a su hermana y le dedicó, en aquel portal, esa misma risa amenazante. Se lo imaginó de pie junto a su cama, observándolo, él dormido, vulnerable, a su merced. Sintió náuseas.

Conducía con una sola mano en el volante; la otra reposaba en la palanca de cambios. La lluvia emborronaba el cristal transformando la ciudad en una acuarela tenebrista. Dejaron atrás la M-30, rumbo nordeste. Pasaron junto a una señal: AEROPUERTO, ALCALÁ DE HENARES, GUADALAJARA.

—¿Queda mucho?

Belmonte no respondió. Quizá no quería hablar más de la cuenta. Conocía a Tirso, sabía de lo que era capaz, y no querría exponerse más de lo estrictamente necesario. En vez de eso, sacó un paquete de Ducados del bolsillo de la camisa y extrajo con los labios el último cigarrillo. Luego, pulsó el encendedor.

Por primera vez desde que pusiera los pies en Madrid, Tirso sintió auténtico miedo. Ya no era una sensación abstracta, indefinida. No era precaución ni cautela. Era el más primitivo de los impulsos animales, un acicate capaz de alterar toda la química del cuerpo con el único objetivo de salvaguardar la propia existencia. Un automatismo biológico que acelera las pulsaciones, provoca sudoración y activa los músculos necesarios para echar a correr sin que el sistema lógico tenga la menor relevancia en todo el proceso. Puro instinto de supervivencia que Tirso se empeñaba en sofocar.

El mechero se disparó con un tac seco y Belmonte encendió el cigarrillo. Inhaló el humo con satisfacción. Contemplando aquella brasa roja, a Tirso le vino a la mente el general Romera. ¿Estaba ante su asesino? Sí, desde luego. Por supuesto que lo estaba.

—La guantera. Ábrala.

Tirso no vio motivos para oponerse. En su interior había un paquete de clínex, una quiniela arrugada, dos cedés de flamenco, una maquinilla de afeitar eléctrica y un bote blanco de pastillas.

—Meta la mano hasta el fondo. Va, no tenga miedo. —Lo hizo—. Hay una… Algo de tela. Sáquelo.

Notó, en efecto, un tacto sedoso. Era una bolsa de terciopelo negro, como esas donde guardan los diamantes en las películas de atracos, solo que más grande y también más sucia.

—¿Qué hago con esto?

—Se lo pone en la cabeza.

Tirso lo miró con la bolsa en la mano. El sudor, mezclado con la lluvia, le irritaba los ojos.

—No.

—Sí.

Tirso permaneció inmóvil, los limpiaparabrisas brincaban en su monótona coreografía. Flap. Flap. Flap.

—No voy a ponerme esto. ¿Para qué?

—Mírelo así: si le quisiera matar, ya lo habría hecho. Seguro que ya lo ha pensado, ¿eh? Pues sí. Ya estaría muerto veinte veces. Va, póngase la bolsa.

El negro del terciopelo parecía más negro que ningún otro. Más profundo y oscuro. El negro absoluto.

Tragó saliva y se llevó la bolsa a la coronilla, pero se arrepintió de inmediato y se detuvo.

—Si mañana por la mañana no llamo a una persona —dijo con voz trémula—, sabrá… sabrá que me ha pasado algo. Y empezará a buscarme.

Le sonó falso, burdo y estúpido, como sacado de una película de espías escrita por un guionista perezoso, pero no se le ocurrió nada mejor en el momento.

—No le va a pasar nada.

Aguantó diez segundos con la bolsa en las manos, observando los pliegues negros. Luego contuvo la respiración y hundió la cabeza en su interior.

No veía absolutamente nada. La tela olía a sudor rancio, antiguo. Olía al miedo de otros.

—Muy bien. Ahora la deja quietecita donde está. He dicho que no va a pasarle nada y es verdad, pero, si se la quita y ve lo que no tiene que ver, ahí ya se puede complicar la cosa, ¿entendido?

El coche trazó una curva suave. Tirso se agarró a tientas al asidero de la puerta.

—¿Entendido?

—Entendido —acertó a decir con la boca arenosa.

Le costaba respirar allí dentro. Los segundos cubrían minutos; los minutos, horas. Flap. Flap. Flap.

La ventanilla se abrió ligeramente, Belmonte lanzó el cigarrillo y la cerró de nuevo.

La mano en la palanca de cambios, la marcha se redujo, de quinta a cuarta, de cuarta a tercera. Un cambio de rasante, una curva, otra. Una desaceleración lenta, una leve pendiente y el coche se detuvo.

Fuera, el chillido áspero de unos goznes oxidados, una puerta, no, un portón pesado y grande, el acceso a alguna parte.

El Volvo arrancó de nuevo, los neumáticos sobre gravilla, muy despacio, solo unos segundos antes de pararse otra vez. El freno de mano, el clac del cinturón. A su espalda, el portón se cerró de golpe.

—Espérese aquí.

El tirador, el crujido del asiento, una exhalación de esfuerzo, un «ay» apenas audible —dolor, una pierna herida—. El matón salió del coche. La puerta se cerró. La llovizna contra el cristal, las llaves en el contacto, ¿por qué? Por las luces. Para mantenerlas encendidas.

Tirso se soltó a tientas el cinturón de seguridad. Notaba el sudor cayéndole por el rostro, por la frente, la nariz y el bigote. El vaho caliente de su respiración le quemaba los ojos, que mantenía muy abiertos. No miraba nada. No veía nada.

Algo pasaba fuera: movimiento, susurros, pisadas de varias personas, tres, cuatro, tal vez más.

Alguien se acercó, abrió la puerta a su derecha, clac.

—Venga —dijo la voz de Belmonte, una mano en su brazo.

—La mochila…

—Déjela. No la va a necesitar ahora.

Gravilla bajo sus pies, guijarros, piedras, ¿dónde lo habían traído?

Las gotas de lluvia, el repiqueteo contra el terciopelo. Los pasos lo rodearon, alguien a la izquierda, a la derecha. Belmonte caminaba tras él. Tirso se percató de la cojera.

—Quieto aquí. —Una mano en su hombro—. La bolsa ni tocarla, ¿eh?

Cada vez le resultaba más trabajoso respirar. Notaba la tela empapándose por dentro y por fuera, un barrillo de sudor y de lluvia.

La puerta de un coche se abrió delante de él, no muy lejos. Un zapato se posó en el suelo y luego otro. Zapatos de tacón, botas o botines. Una mujer. El inconfundible sonido de la tela de un paraguas tensándose.

Las pisadas se acercaron despacio, con cuidado para no resbalar, hasta detenerse a un cuerpo de distancia.

—¿Es usted Tirso de la Fuente?

Era una voz joven, más cerca de los treinta que de los cuarenta. Acento neutro, difícil de rastrear con tan poco. Lo único destacable en aquellas pocas palabras, lo único que Tirso pudo detectar, fue una ligera vacilación en la pronunciación de su nombre. La erre no llegó a ser del todo vibrante, sino más bien velar. Eso podía indicar rotacismo, pero también podía ser consecuencia de un esfuerzo por disimular el acento andaluz (y también, aunque menos probable, dominicano o venezolano).

—Sí —habló Tirso bajo la bolsa.

—Lo que ha estado haciendo acaba aquí. Esta noche. No habrá más advertencias.

Tirso descartó que la voz estuviese maquillando algún acento. Aquella mujer se había criado, casi con seguridad, en la provincia de Valladolid. Pero era evidente que tenía problemas con la erre. Luchaba contra ella, se esforzaba por encajar la lengua en el sitio correcto sin conseguirlo del todo. La causa más probable era un rotacismo en la infancia superado a medias sin la intervención de un logopeda. Un detalle que nadie sería capaz de descubrir salvo que llevase toda la vida preparándose para ello.

Pero no fue eso lo que más llamó la atención de Tirso. Lo más llamativo, lo más extraño y revelador era que aquella mujer estaba recitando. Lo detectó inmediatamente y sin la menor duda. Las palabras salían de su boca como lo harían de la de una mala actriz o de un político mediocre, con una frecuencia vocal fingida y una tonalidad tan neutra que resultaba forzosamente impostada (unos doscientos quince hercios, según estimó Tirso a pesar del ruido ambiente). Alguien le había escrito lo que tenía que decir y ella lo repetía esforzándose por darle sentido pero sin lograrlo en absoluto. Hablaba como esos sintetizadores de voz que emplean idéntica modulación para «el domingo hará sol» que para «tienes un tumor».

—Vuelva a Menorca con su familia. Olvídese de este tema y no volverá a tener problemas.

Algo se apoyó con brusquedad en su pecho. Tirso, sobresaltado, tardó unos segundos en comprender: esperaban que lo sostuviese con sus manos. Lo hizo. Era un sobre.

—Treinta mil euros. Para usted.

Palpó el sobre. Era abultado. Con eso podría pagar las deudas de su sobrino, buscar un experto en adicciones, ingresarlo en algún centro, ayudarlo. Le daría un respiro a su hermana y también a él.

Intentó humedecerse los labios, pero no tenía saliva. Era consciente de que si tardaba en decidirse, acabaría sucumbiendo al pánico, que era exactamente lo que ellos esperaban. De ahí, se dijo, la puesta en escena. De ahí la capucha y la mala actriz.

Después de todo, si solo se trataba de comprarle, ¿no habría sido más fácil, más rápido y seguro que ese matón del coche se lo propusiera directamente? Solo que eso no habría tenido el impacto que buscaban. Querían aterrorizarlo, paralizarlo de puro miedo, dejarle claro su poder. Era una pantomima aterradora, pero nada más que una pantomima.

Eso se decía, tratando de convencerse, cuando otro pensamiento se le atravesó. No. No un pensamiento. Una visión. Bajo la capucha emergieron los rasgos de una mujer joven y morena.

Conocía su nombre, aunque nunca habló con ella. No pudo hacerlo porque murió demasiado pronto. La destrozaron a cuchilladas, nueve en total. Se llamaba Marise Pineda. Era hondureña y española, de profesión limpiadora. Madre de una niña de dos años.

De no ser por Tirso, hoy Marise tendría treinta y dos años. De no ser por él, aún seguiría con vida.

Tirso agitó la cabeza tratando de librarse de aquella imagen. No lo consiguió. En la oscuridad de la bolsa, a solas con Tirso y su terror, Marise lo miraba fríamente. A la espera. Como llevaba mirándolo, en sus pesadillas, los últimos cinco años.

—No puedo aceptarlo.

El aguacero había ido perdiendo intensidad hasta verse reducido a una suave llovizna. Pronto cesaría. Un golpe de viento agitó hojas y ramas. ¿Un parque? ¿Estaba en un parque?

—Tiene… Eh… Tiene que quedárselo —insistió la mujer, pero su entonación sonó ahora muy distinta. Ya no recitaba. Nadie le había escrito eso. Aquella reacción inesperada la obligaba a improvisar. No habían previsto que rechazase el dinero, así de convencidos estaban de su poder. Así de soberbios eran.

—No —insistió, y tiró el sobre al suelo.

Al hacerlo, el rostro de Marise se desvaneció ante sus ojos.

Si el desconcierto sonase a algo, sería a aquello: un silencio nervioso, tirante y quebradizo. Tirso notaba el pulso latiéndole en las sienes, en las cervicales y en los dedos. El sudor le abrasaba en los ojos.

Luego: gravilla dubitativa. Un giro. La mujer miraba a su espalda. No sabía qué hacer. Esperaba un gesto de alguien, una señal, una orden. De pronto, y sin mediar palabra, los tacones empezaron a alejarse. Nadie más se movió, pero Tirso sabía que estaba rodeado.

A lo lejos, la tela del paraguas se destensó. Las pisadas se extinguieron y la puerta del coche se cerró secamente. El motor se puso en marcha y el vehículo empezó a desplazarse despacio, en segunda. Era un motor robusto, un coche pesado. Tirso lo imaginó negro, lo imaginó con chófer.

Otra vez el chirrido de los goznes, el portón oxidado, detrás, a su derecha. Alguien lo había abierto. ¿Cuánta gente rondaba por allí? ¿Por qué nadie hacía nada?

El sonido del motor fue perdiéndose a lo lejos al tiempo que otro ruido ganaba presencia: un rumor mezcla de pasos presurosos, susurros, las puertas de otro coche y otro más. ¿Ya estaba? ¿Lo dejaban en paz, así de sencillo?

—¿Hola? —preguntó.

Oyó un crepitar de piedras a su espalda. Rozamiento de tela, un movimiento rápido, enérgico. Cuando entendió lo que pasaba, ya era demasiado tarde.

No sintió el golpe, pero vio un estallido de luz dentro de la bolsa. Todo se volvió blanco, luego amarillo y después de un rosa muerto, apagado. Una explosión atómica ante sus párpados apretados. Un hongo nuclear.

Percibió, con perfecta claridad, el olor del mar y el tacto de la arena en sus pies descalzos. Miró hacia arriba y vio una gaviota estampada, inmóvil, colgando de un cielo azul sobrecogedor.

Luego, ya no vio nada más.

Recobrar la consciencia resultó un proceso paulatino y fragmentado. Lo primero que notó fue un dolor tremendo en la parte posterior de la cabeza. Lo segundo, el tacto pringoso de la sangre en la mejilla y en la frente. Y algo más. Una sustancia húmeda y helada, granulosa, desagradable. Tenía medio rostro apoyado en ella.

Tras el tacto, llegó la vista. Abrió los ojos y vio oscuridad, aunque su cabeza ya no estaba en la bolsa, de eso estaba seguro, porque respiraba sin dificultad el aire frío de la noche.

Tras la visión, el olfato —hierba mojada, tierra removida—; tras el olfato, el gusto —herrumbroso, repugnante—; tras el gusto, el oído —grillos, el viento entre las ramas, la fricción de las hojas.

Le castañeteaban los dientes. Tensó los brazos para separar la cara de aquella materia gélida que resultó ser légamo. Se llevó una mano a la coronilla y palpó con cuidado. La sangre se había coagulado en torno a la herida. Aunque la brecha no era muy grande, había sangrado concienzudamente.

Vio su mochila tirada a su lado y se abrazó a ella. Miró luego a su alrededor tratando de comprender dónde estaba. Le llevó un buen rato. Un agujero. Tendría metro y medio de profundidad, pero le costó Dios y ayuda salir de allí. Trepó y resbaló una y otra vez hasta que por fin logró tomar el impulso suficiente para sacar medio cuerpo. Los sesos le bailaban dentro del cráneo como si algo se hubiese desencajado en su cabeza.

Alcanzó la superficie empapado y con el cuerpo entero tiznado por el lodo. Un estremecimiento le recorrió entonces la columna vertebral.

No se hallaba en un parque, como había creído hasta ahora, sino en un cementerio. Un extraño camposanto repleto de cruces blancas, sobrias y anónimas, todas idénticas, que relucían a la luz cenicienta de la luna. Era un paisaje irreal, fantasmagórico.

Bajó la mirada hasta el agujero del que acababa de escapar. Una tumba. Lo habían arrojado a una tumba.

Se apartó de ella y, al hacerlo, divisó una gigantesca cruz, también blanca, en la ladera de un cerro próximo. La visión era sobrecogedora. Tendría las dimensiones de un campo de fútbol y estaba envuelta en la neblina. Al verla, supo dónde se encontraba. El Cementerio de los Mártires. Bajo aquellos crucifijos descansaban las víctimas de la matanza de Paracuellos. Allí yacían los restos de miles de personas asesinadas durante la Guerra Civil por el bando republicano.

Vio un murete de ladrillo y se sentó en él. Seguía aturdido y tenía el estómago revuelto. Abrió la mochila y comprobó que no se habían llevado nada, ni el cuaderno con sus notas, ni las llaves, ni tampoco su móvil. Le sorprendió ver que tenía un mensaje de voz de Fidel. Lo había dejado a medianoche, mientras él estaba inconsciente. Desentumeció los dedos agarrotados y llamó al contestador.

—Tirso, soy yo.

La voz se oía límpida, sin un solo ruido de fondo pero con un ligero eco, como si estuviese en un baño. Susurraba.

—Oye, ¿qué te iba a decir...? Me dijiste que te quedabas una semana y ya han pasado nueve días. No es que... O sea, no pasa nada, pero Tere ha pensado que igual vuelve a poner el piso en alquiler. Así nos sacamos un dinero extra, que nunca viene mal. Si no te importa… No sé si te has ido ya, pero estaría bien tenerlo libre lo antes posible. Imagino que te pillo liado. Mándame un mensaje para saber que has oído esto, ¿vale? Venga, tío, un abrazo.

—Mensaje recibido ayer a las…

Cuando las náuseas amainaron, se incorporó y caminó zigzagueante hacia la salida del cementerio. Se habían tomado la molestia de dejar el portón entreabierto. Un ligero chirrido despertó en los goznes cuando empujó la verja negra. Nadie podía oírlo allí.

Emergió a una rotonda grande y deshabitada. Matorrales asilvestrados invadían la calzada, suciedad en el suelo, colillas, clínex, latas de refrescos y restos de colisiones que nadie se molestaba en recoger.

En la distancia se atisbaban pabellones industriales teñidos por la luz naranja de las farolas de sodio, indistinguibles unos de otros. Un leve rumor de tráfico, ¿dónde? Debía elegir una dirección. Optó por la izquierda. No había caminado diez pasos cuando se detuvo en seco. Llenó de aire los pulmones, apretó los dientes y los puños, pero fue inútil. Estaba demasiado cansado, demasiado vapuleado física y mentalmente para oponerse. Y se quebró.

Las piernas le fallaron, quiso apoyarse en algo, pero no había nada. Hincó las rodillas en el suelo y la tensión acumulada durante los últimos días lo derrotó por fin. Vomitó hasta que no le quedó nada dentro. Descubrió que lloraba mientras lo hacía. Postrado en aquel paraje inhóspito, en mitad de ninguna parte, lloró por el miedo que había pasado, por el golpe, por las amenazas, por la humillación.

Lloró porque esa noche había puesto en peligro a su hermana y a su sobrino, pero ¿qué otra cosa podía hacer? ¿Qué alternativa tenía? ¿Venderse? ¿Hacerse cómplice de aquella gente?

Le prometió a Pilar que nadie más moriría por su culpa, se lo prometió a sí mismo, y, maldita sea, no había sido capaz de cumplir su palabra. Ahora tenía otro muerto con el que cargar, otro cadáver sobre su conciencia.

Ya no había vuelta atrás. Así lo había decidido. Iba a hacer lo necesario para descubrir quién se escondía tras el silencio de Alba Orbe, qué callaba esa mujer y por qué. La única incógnita, llegado este punto, era cómo lograrlo sin que nadie más muriese en el proceso.

19

Cuando Fidel abrió la puerta del despacho doce del edificio dos, la Thatcher estaba de pie, vuelta hacia la ventana con cara de pocos amigos.

—Manrique. Siéntese.

Obedeció alisándose la pechera. Carraspeó incómodo y cruzó las manos sobre el regazo. No tenía la menor idea de por qué había sido convocado; lo supo al ver sobre la mesa un informe con el ángel custodio erguido sobre el emblema de la policía. Asuntos Internos. No necesitaba leerlo para saber que estaba fechado en noviembre de 2014. Y que mencionaba a Tirso de la Fuente.

Fidel no encontró de momento motivos para preocuparse. Al fin y al cabo había hecho exactamente lo que se le ordenó: cortar toda comunicación con Tirso, invitarlo a volver a su casa, alejarlo y alejarse del caso de Alba Orbe.

La Thatcher seguía mirando por la ventana con aire desconfiado, como si el paisaje al otro lado del cristal no acabase de convencerla del todo. Fidel miró también hacia allí, pero lo único que vio fue el espantoso edificio de ladrillo que, justo enfrente, bloqueaba el horizonte como una mala metáfora.

—¿Sabe qué es eso?

Lo dijo sin mirarlo, pero Fidel bajó la vista hasta el informe.

—Creo que sí. Sí.

La Thatcher asintió con indiferencia.

—Nos sacaron los colores. Su amigo se pasó de listo y nosotros pagamos el pato.

—Fue hace cinco años. Y se depuraron responsabilidades.

La Thatcher arqueó sus finas cejas, depiladas hasta el límite de la extinción capilar.

—¿Usted cree?

Fue hasta el escritorio, abrió el documento y buscó un párrafo.

—«El informe presentado por el perito en materia lingüística Tirso de la Fuente, donde señalaba a Sebastián Montoya como autor de los mensajes amenazantes recibidos por Marise Pineda, contribuyeron de manera decisiva a desviar la investigación hacia el sospechoso equivocado. En este sentido, consideramos que existió una dejación de responsabilidades por parte del subinspector Fidel Manrique al dar naturaleza de verdad a las erróneas conclusiones del asesor que, por lo demás, contradecían la línea de investigación en curso. Una línea que, de no haber sido abandonada, habría dado con el culpable y, con alta probabilidad, impedido el asesinato de Marise Pineda».

—Fui suspendido.

—Solo un mes, gracias a mi intervención.

—Lo sé. Y se lo agradezco.

—¿Qué cree que dirían arriba si se enterasen de que el señor De la Fuente ha vuelto a colaborar con nosotros? Con usted, concretamente.

Fidel se rebulló en la silla. Era una encerrona.

—Creo que... —empezó, pero no supo cómo continuar. Carraspeó y decidió orientar la conversación en una dirección distinta—. No hemos colaborado. Le pedí un favor puntual y lo hizo, nada más.

—¿Dónde está ahora?

—No lo sé.

—¿No?

—Estaba alojado en un piso de mi pareja. Lo tenemos vacío y… —Agitó una mano, dando a entender que le ahorraba los detalles—. Le pedí que se fuera.

—¿Y cómo se lo tomó?

Fidel frunció los labios, no estaba cómodo confesando sus intimidades en aquel despacho.

—Le dejé un mensaje, pero no me respondió. Doy por hecho que le sentó mal.

—¿Hace cuánto fue eso?

—Tres días.

La Thatcher asintió, como si aquello encajase con sus cálculos cualesquiera que fuesen.

—¿De verdad no sabe dónde está?

—Habrá vuelto a casa, digo yo.

—No ha vuelto.

Fidel frunció el ceño.

—¿Cómo lo sabe?

La Thatcher escrutó el rostro del agente, ponderando la sinceridad de su extrañeza. Concluyó que era genuina y cerró el informe.

—¿Le pidió que dejase de revolver en el asunto?

—Sí.

—¿Fue claro?

—Todo lo claro que podía ser dadas las circunstancias.

—Ya. Pues tendrá que ser más claro todavía.

—No sé cómo. Prácticamente se lo ordené.

La Thatcher se puso en pie y fue hasta el armario donde amontonaba sus lánguidos archivadores. Allí había un pequeño cactus en el que Fidel nunca había reparado. Tal vez fuese una adquisición reciente. Era la única planta del despacho y no le pareció casual que hubiese escogido la más adusta de todo el reino vegetal, la más espartana y menos exuberante. La Thatcher cogió la maceta y se la colocó en la palma de la mano.

—¿Sabe por qué los cactus tienen espinas?

Fidel negó con cierta perplejidad por el súbito viraje de la conversación.

—No siempre fueron así. Antes eran como las demás plantas, con sus hojas y sus flores. Flores siguen teniendo a veces. Hojas ya no. —Giró con delicadeza la pequeña maceta para ver la planta desde otro ángulo—. Ya sabe que los cactus tienen agua dentro. Eso era un problema, porque los animales los desenterraban y los partían para bebérsela. En esas circunstancias se puede imaginar que las hojas no les servían de nada. Así que, durante miles de años, la evolución fue haciendo su trabajo. Las hojas se replegaron sobre sí mismas y se convirtieron en lo que ve aquí. —La Thatcher acarició una espina con la yema de un dedo—. Gracias a eso, hoy seguimos teniendo cactus. No fue un cambio caprichoso ni estético. Fue una cuestión de supervivencia.

Fidel escuchó la inopinada lección de botánica sin mover un solo músculo. Cuando hubo terminado, se atrevió a preguntar:

—¿Por qué molesta tanto este caso?

La Thatcher dejó la planta en su sitio.

—Sabe tan bien como yo que eso no es asunto nuestro. Ni mío, ni, desde luego, suyo. Pero tiene razón: su amigo está molestando. Y a las personas que menos conviene molestar. Mi trabajo, parte de él, es proteger la reputación de la Unidad, y eso está por encima de las personas. De todas. Si tengo que dejar caer a alguien por el bien de la institución, créame que no me temblará el pulso. ¿Entiende por dónde voy?

Fidel asintió.

—Bien.

La mujer regresó a la mesa y enterró la vista entre sus papeles, dando a entender que la conversación había terminado. Fidel se puso en pie y se despidió con un cortés:

—Señora...

Mientras cerraba la puerta, lanzó un último vistazo al cactus del armario. Bien mirado parecía a punto de secarse.

Alba apiló los cartones de los huevos ecológicos, una caja encima de otra, y se aseguró de que la pila era estable. Hacía tiempo que aquel local se le había quedado pequeño, pero no encontraba una solución satisfactoria. Tras cinco años y alguna que otra zozobra, por fin había logrado hacerse con una cartera de clientes fieles, en su mayoría vecinos de la zona. Si cambiaba de sitio ahora, tendría que empezar de nuevo. Además, las lonjas grandes, del tamaño que el negocio idealmente requería, noventa, cien metros, costaban un dineral que no podía permitirse, ni en ese barrio ni en ningún otro.

De ahí los precarios equilibrios que se traía entre manos, cartón sobre cartón, cuando las campanas tubulares de la puerta repiquetearon a su espalda.

—Buenos días.

Alba se volvió y vio a un hombre de quien lo primero que pensó es que debía de oler mal. Carecía de cuello, vestía una americana vieja y desastrada con las hombreras espolvoreadas de caspa y llevaba el pelo teñido de un negro muy oscuro. No parecía, desde luego, la clase de persona interesada en productos ecológicos. Instintivamente, Alba se puso en guardia.

—Buenos días. ¿Puedo ayudarle?

—Busco a Alba Alegría.

—Sí, soy yo.

—Inspector Samuel Belmonte —dijo quitándose las gafas de cristales verdes—. ¿Le importaría concederme diez minutos?

Aunque las palabras eran amables, algo en su tono y en su gesto acrecentó su desconfianza.

—¿Me podría enseñar su placa, por favor?

—Faltaría más.

Belmonte se desabotonó la americana y, abriendo uno de los lados, exhibió la Colt M1911 que llevaba enfundada en el cinturón.

Alba parpadeó dos veces con la mirada puesta en el arma antes de desviarla a la placa que el tipo le mostraba. No le prestó demasiada atención.

—¿Es por mi hermanastra?

—Podría decirse que sí.

Se volvió hacia la puerta y giró el cartelito a la posición de CERRADO, LO SIENTO, VUELVA MÁS TARDE. Acto seguido trabó el pestillo.

—¡Eh! ¿Qué hace?

Belmonte sacó un paquete de Ducados e hizo el gesto de colocarse uno en los labios.

—No fume aquí.

Él arqueó las cejas, como si aquello le pareciese una petición de lo más extravagante, pero obedeció y devolvió el cigarro a la cajetilla, y la cajetilla al bolsillo.

—Abra la puerta.

Belmonte estaba apoyado en ella, impidiendo que Alba lo hiciese por sí misma.

—En un rato. Y tutéame, que si no me siento viejo.

Alba retrocedió y optó por parapetarse estratégicamente detrás del mostrador, cerca del teléfono.

—¿Quién es usted? ¿Qué quiere?

Él paseó la mirada por su cuerpo. Luego se centró en la estantería que quedaba a su lado. Tomó entre sus manos un tomate verde y feo y lo examinó con curiosidad.

—¿Te crees que al vender esto ayudas a los campesinos? —Belmonte ojeó el cartoncito con el precio, tres euros con treinta el kilo. Sonrió para sí—. ¡Qué sería de los pobres sin el aburrimiento de los burgueses!

Alba no sabía qué hacer ni qué decir. Alternaba la mirada entre aquel hombre desagradable y el pequeño escaparate tras el cual apenas vislumbraba la ciudad, la gente y los coches. Se decía a sí misma que si intentaba agredirla, alguien se percataría, alguien la ayudaría, sin embargo no las tenía todas consigo.

—¿Cómo sabe mi nombre?

—Lo pone en la puerta —respondió, dejó el tomate en su sitio y cogió otro más maduro.

—No lo pone.

—¿No? Vaya por Dios.

Se llevó el fruto a la boca y lo mordió. El jugo se le derramó por el mentón. Se limpió con el dorso de la mano.

—Entonces lo habré leído en otra parte —dijo con la boca llena, pero al instante escupió lo que tenía dentro—. ¿A esto lo llamas tomate?

Lo lanzó contra una pared, muy cerca de Alba, donde reventó esparciendo la pulpa a su alrededor. Ella intentó disimular el pánico que empezaba a tomar el control de sus pensamientos. Alargó un brazo y señaló la puerta.

—Salga de mi tienda.

—Enseguida.

—¡Que salga, joder!

—Si casi ni nos conocemos todavía.

Caminó hacia ella y se detuvo al otro lado del mostrador. Alba se percató de que cojeaba ligeramente.

—Voy a llamar a la policía.

Abrió un cajón y metió la mano en su interior. Belmonte la contempló impertérrito, pero entornó un poco los ojos al ver que esta no emergía con un teléfono sino con un minúsculo botecito negro. Espray de pimienta. Alba lo empuñó y apuntó al rostro del hombre, cuya sonrisa se tiñó de impertinencia.

—Qué miedo.

—Lárguese.

—Va, guapita, no te compliques la vida, ¿eh?

Belmonte apoyó sus manos velludas en el mostrador, lo que hizo que Alba retrocediese hasta que su espalda quedó contra la pared. Seguía con los brazos rígidos y apuntaba al hombre con el espray, pero él ni siquiera lo miraba. No apartaba la vista de los ojos de ella.

—Dime dónde se mete tu amiguito y te dejo tranquila.

Alba notó cómo una vaharada de halitosis le golpeaba el rostro.

—¿Qué… qué amiguito?

—Tienes varios, claro. Es normal, estás en la edad. Me interesa el lingüista.

—¿Tirso?

Belmonte rodeaba el mostrador, arrinconándola cada vez más.

—¡Que no se acerque, joder!

—¿Dónde se ha metido?

—No lo sé, ¿cómo lo voy a saber?

—Haz memoria, anda.

—¡Que no lo…! —empezó a gritar, pero no pudo terminar la frase.

En pleno grito, con todo el cuerpo temblando de furia y de pánico, Belmonte agarró el espray y se lo arrebató de las manos. No tuvo tiempo de reaccionar porque, un instante después, o quizá al mismo tiempo, él la aferró del cuello con una fuerza descomunal. De pronto, los pies de Alba ya no tocaban el suelo.

Trató de resistirse, luchar, patalear, pero todos los músculos, desprovistos de oxígeno, desfallecieron de golpe. Pasaron segundos, minutos, horas.

Belmonte le agarró el culo con la mano libre y la atrajo hacia sí para que ella notase su pene flácido, que restregó contra su cuerpo en vilo. Mientras lo hacía, esponjó la nariz y la olfateó. Su sudor, su miedo. Se asfixiaba.

El bombeo de su corazón, cada vez más espaciado, reverberaba en su cabeza, en sus sienes, en sus labios y en su lengua. Notó unos pinchazos en los ojos, como si mil agujas se clavasen en sus globos oculares. Oía un pitido cada vez más agudo. Dejó de ver, dejó de sentir la mano en su cuello y, justo en ese momento, cuando lo creía todo perdido, Belmonte la soltó.

Cayó al suelo desmadejada e impotente. Hizo un esfuerzo para recuperar la respiración. No era fácil. Le ardía la tráquea.

Las lágrimas le impedían ver. Se atragantó, babeaba, tenía ganas de vomitar. Una arcada. Otra. Respiraba cristales rotos.

—¿A que ya te vas acordando?

Alba trató de hablar, pero la garganta no le respondía. Belmonte aguardó con paciencia sin moverse de donde estaba.

—No... lo sé. Lo... juro.

—Tranquila. No tengo prisa.

Alba miró la puerta. Demasiado lejos. Se volvió hacia el patio. Era su única posibilidad. Se impulsó con todas sus fuerzas, que eran pocas, y trató desesperadamente de llegar a gatas hasta allí. Logró colar medio cuerpo al interior, pero una mano le atrapó un tobillo y fue a parar de nuevo al suelo.

—¡¡¡Auxilio!!! ¡¡¡Por favor!!!

Gritó a pleno pulmón, confiando en que su petición llegase a algún vecino. Alguien la oiría. Alguien tenía que oírla.

Belmonte tiró de ella con brutalidad y la metió de nuevo en la tienda. Alba se asió al marco con ambas manos, pero él le dio una patada en el costado y ella se contrajo súbitamente.

Belmonte cerró la puerta que daba al patio y observó a Alba, que, abrazada a su propia tripa, luchaba por inhalar algo de aire.

—Te lo pregunto otra vez. ¿Dónde se mete tu amigo?

Alba boqueó hasta que, con dificultad, logró articular:

—No... es... mi amigo.

—Os escribisteis. Estuvo aquí. ¿Dónde está ahora?

Ella negó con la cabeza. Belmonte la cogió del cabello y la obligó a ponerse de rodillas.

—¡¿Dónde está?!

Alba lloraba, incapaz de hablar, de concentrarse, de rebelarse. Belmonte le metió cuatro dedos en la boca, con las yemas hacia el paladar, hasta rozarle la campanilla. La mandíbula casi se le desencaja. Intentó morder, pero no pudo. Tuvo otra arcada, notó el desayuno trepándole por el estómago. No llegó a vomitarlo porque los dedos se lo impedían.

—¡¿Dónde está?!

La mano penetró aún más, hasta los nudillos. Alba sintió que las mejillas se le desgarraban, que el cráneo se le partía en dos. Quería rendirse, suplicar piedad, rogarle que parase, pero ni eso podía. Levantó las manos; fue lo único que se le ocurrió.

Belmonte extrajo por fin los dedos y, con esa misma mano, húmeda y manchada de bilis, la abofeteó con fuerza. Alba cayó de lado y la boca se le llenó de sangre. Le costó una eternidad contener el llanto, lo justo para decir:

—Por... favor. No... lo sé.

Belmonte la contempló un momento, tirada en el suelo con un engrudo de saliva, moco, lágrimas y sangre derramándose por su pecho. Decía la verdad.

—¿Lo ves? Hablando al final se entiende la gente.

Se limpió la mano con un pañuelo, se abrochó la chaqueta y cogió una manzana.

—Cuando hables con él, le dices que me ha dejado mal. Y que a mí nadie me deja mal. ¿Te acordarás?

Alba movió la cabeza en un gesto afirmativo.

—Y le dices también que, desde ahora, es personal.

Después de eso dio un mordisco a la manzana y se marchó de allí masticando tranquilamente.

20

Tirso contempló las notas esparcidas sobre el colchón. Eran pedazos de papel recortados de las páginas de su libreta. Cada uno contenía unas pocas palabras: un nombre, una fecha, un suceso. Teselas geométricas conformando un mosaico que, visto desde la perspectiva adecuada, acabaría por trazar un dibujo coherente.

Solo que Tirso seguía sin encontrar coherencia en todo aquello. Y, cada cierto tiempo, cuando se agotaba de mirarlo sin llegar a nada, reordenaba los papeles de nuevo, quitando a veces alguno, añadiendo algún otro. Un solo elemento permanecía en todo caso inalterable. Justo en el centro del colchón, en el corazón del mosaico, estaba siempre el mismo papel con las mismas dos palabras:

Alba Orbe

Tres días antes, tras abandonar el piso de Fidel cargado con sus pertenencias en mitad de la noche, fue hasta la intermodal de Avenida de América y estudió el panel lumínico que anunciaba las próximas salidas. Un autobús para Talavera de la Reina partía en cinco minutos, cuatro ya. EMBARCANDO, decía la pantalla (erróneamente; no se embarca en un autobús). Compró un billete y corrió hasta el andén. Llegó por los pelos. En el autocar solo iban seis personas contando al conductor.

El trayecto duró poco más de hora y media, tiempo que Tirso invirtió en tratar de calmarse primero y en trazar un plan después.

Pensó en su hermana y en su sobrino, se preguntó si estarían bien, si esos cabrones los dejarían al margen o los usarían para castigarlo a él. Los creía perfectamente capaces. Decidió que la mejor manera de protegerlos, la única posible, era cortar toda comunicación con Pilar, desaparecer también para ella. Sufriría lo indecible, se torturaría, llamaría a todas partes, a todos los hoteles, a todos los hospitales, pero era lo más seguro. Tirso, estaba decidido, se desvanecería para el mundo entero.

Nada más llegar a Talavera de la Reina, y todavía en la estación de autobuses, se acercó a la oficina de Europcar. Acababa de abrir la persiana.

—Quiero alquilar una autocaravana.

El empleado era un tipo con mostacho que seguramente le daba un toque de modernísima distinción en sus horas libres pero que, acompañado de aquella chaqueta verde botella, le hacía parecer un señor antiguo y triste.

—Puedo ofrecerle un coche grande. Un familiar o un SUV, si quiere.

—No quiero un coche grande. —Agotado, asustado, exasperado—. Quiero una autocaravana.

—Para eso va a tener que ir a una empresa especializada.

Consiguió que el tipo le diera unas señas a regañadientes. El negocio en cuestión quedaba a las afueras. Tardó una hora en llegar hasta allí.

Tirso no sabía una palabra de autocaravanas. Le contó al comercial que tenía pensado viajar por España, él solo, y este le recomendó un vehículo de la marca Adria, modelo Matrix 670. Era de un gris casi blanco y le pareció que el interior presentaba comodidades más que de sobra. Dos pequeños asientos hacían las veces de sofá, tenía una mesita, un par de armarios, una cama que desaparecía cuando no se necesitaba, un minúsculo baño con ducha y retrete, y una cocina con dos fogones y micro-ondas.

Firmó el contrato por dos semanas, seguro a todo riesgo, y se sentó al volante. Los primeros minutos fueron tensos. Nunca había conducido nada de semejante envergadura, era casi un autobús, no tanto, un minibús. Estuvo un buen rato circulando por la autopista para hacerse con las dimensiones. Cuando empezó a sentirse relativamente confiado, se lanzó a la búsqueda de un centro comercial.

Compró provisiones para unos diez días. Luego condujo durante dos horas, dando vueltas concéntricas alrededor de Madrid, hasta que dio con un sitio que se ajustaba a lo que buscaba. Se trataba de un páramo abandonado de la mano de Dios donde solo había zarzas y una cabina olvidada por Telefónica y por el resto del mundo. El suelo estaba asfaltado solo a medias, como si la constructora se hubiese quedado sin dinero o sin ganas.

Lo vio desde la carretera, y si decidió desviarse, fue sobre todo porque divisó otra autocaravana. Era una vieja y destartalada Fiat Ducato presuntamente blanca bajo una gruesa capa de inmundicia que la mimetizaba con la porquería reinante.

Aunque, a decir verdad, aquello no parecía un aparcamiento de caravanas. No había contenedores, ni tampoco un lugar donde vaciar las aguas grises y negras. Lo que sí había era una boca de riego que emergía tristemente del suelo, pero no daba la impresión de que de allí manase algo potable. Visto en su conjunto era un paraje de lo más lúgubre y cualquiera en su sano juicio hubiese pasado de largo sin titubear.

No puso un pie en el exterior durante tres días, pero luego empezó a tener calambres y un intenso dolor cervical de tanto andar encorvado, esquivando los muebles y, aun así, pegándose con todas las esquinas.

Se estiró nada más abrir la puerta y dejó que el sol le templase el rostro. Era una sensación agradable. No llevaba allí cinco minutos cuando se abrió la puerta de sus vecinos de aparcamiento. Los había oído los días anteriores, un hombre y una mujer, voces jóvenes aunque cascadas, que no paraban de discutir en código lumpen: abundancia de jerga cheli y préstamos del caló (biruji, chanelar, lache, gachó). Tirso no quiso asomarse, intentó centrarse en sus cosas y lo consiguió. Esta vez, sin embargo, no tenía escapatoria.

Rondarían la treintena, aunque estaban recubiertos de una piel mucho más avejentada a base de droga, alcohol y malas calles. En aquel estercolero se mimetizaban con el paisaje.

—¡Tronco! —dijo el hombre en un intento de llamar su atención—. ¿Te vas a quedar mucho rato?

Vestía un chándal negro repleto de lamparones de Dios sabe qué insana procedencia. Unos pasos detrás de él, la chica exhibía una sonrisa equipada con unos dientes dignos de figurar en las cajetillas de tabaco a modo disuasorio. Llevaba unas mallas rosas y un top que dejaba a la vista sus marcadas costillas y un ombligo cavernoso. Se abrazaba a sí misma, muerta de frío, con todo el vello erizado.

—No lo sé —respondió Tirso—. Unos días, seguramente. ¿Sabéis si funciona?

Los dos se volvieron hacia la cabina telefónica que Tirso señalaba. La miraron como si fuese la primera vez en su vida que reparaban en ella.

—Sí —respondió el hombre—. ¿Por?

—Igual tengo que hacer alguna llamada.

—¿No tienes móvil o qué? —preguntó la chica, que seguía medio escondida tras su pareja.

—Lo que no tengo es saldo.

Lo dijo sonriendo y la chica le devolvió el gesto con expresión bobalicona. Al tipo no le gustó.

—No queremos movidas aquí.

—Tranquilo, yo tampoco. Lo último que quiero son movidas.

—Dabuti entonces.

Un ronroneo llegó a sus oídos. Era su móvil, vibrando sobre la mesa de plástico de la autocaravana. Lo había encendido un rato antes solo para comprobar si su hermana le había llamado y, por lo visto, olvidó apagarlo. No se fiaba de él. Tras lo del cementerio, se le ocurrió que tal vez lo hubiesen hackeado. No era descabellado. El cojo lo tuvo en sus manos, pudo hacer cualquier cosa, instalarle un virus, un programa de rastreo. Quién sabe si podría incluso leer sus mensajes o escuchar sus llamadas. ¿Demasiado sofisticado? Quizá. Pero mejor no arriesgarse.

—Bueno… —dijo Tirso como despedida mientras regresaba a la caravana.

La chica agitó una mano. Tampoco eso le gustó al yonqui de su novio.

Tirso cerró la puerta y se deshizo del plumífero. Aunque no hacía calor, prefería pasar frío que ocupar más espacio del estrictamente necesario.

Un mensaje. De Alba.

Llámame. Tenemos que hablar.

No le sorprendió. Sabía que intentaría contactar con él tarde o temprano. Daba por hecho que, en cuanto su madre le mencionase su violento encuentro en el parque, Alba le llamaría para exigirle explicaciones. Pero habían pasado cuatro días desde que Tirso se encontró con Claudia Subirós, cuatro días desde que preguntó a Alba si se fiaba de su madre, y aquel era el primer mensaje que le enviaba.

Vaciló un momento, pensó que quizá se tratase de otra cosa, pero acabó apagando el teléfono. Luego se giró hacia la cama. Ahí seguía su mosaico, aún indescifrado, quizá indescifrable. Llevaba tres días contemplándolo sin sacar nada en claro. Lo estaba enfocando mal, era evidente. Necesitaba cambiar de perspectiva, pero eso era más fácil de decir que de hacer.

Se sentó en el sofá de escay y se pinzó la nariz. Al abrir los ojos se topó con *Fundamentos de la física nuclear*, el libro de Pablo Alegría, apoyado en la superficie que hacía las veces de encimera. Lo abrió y vagabundeó por sus páginas. Fórmulas, esquemas y diagramas. Propiedades del núcleo, masa nuclear, energía de ligadura, modelos nucleares, desintegraciones radiactivas...

De pronto, algo hizo clac dentro de su cabeza. ¿Y si...?

Se aproximó a la cama, quitó el papel del centro del mosaico, «Alba Orbe», y lo sustituyó por otro.

la bomba

Ese sería el corazón del dibujo. Dejaría de lado el resto de información, todo ese ruido de fondo que solo servía para aturdirlo, incluido el secuestro, y se enfocaría exclusivamente en aquello. Seguiría la bomba.

Claro que, para eso, necesitaba un punto de partida. Un lugar y un momento donde pudiese ubicarla con un mínimo grado de certeza.

Deslizó la vista por la trama inconexa de papelitos.

9 de marzo de 1986. Tres hombres armados con subfusiles roban un camión escoltado por una pequeña dotación militar. El vehículo contiene material propiedad de la Junta de Energía Nuclear. Uno de los militares resulta herido —tal vez muerto—.

13 de marzo de 1986. El camión reaparece en un descampado, no muy lejos de donde fue asaltado. La JEN, por boca de su máximo responsable, el general Francisco Romera, asegura que no se han llevado absolutamente nada de su interior.

Tirso decidió suponer, en contra de lo que dictaba la lógica, en contra de lo que él mismo pensaba hasta entonces y en contra de lo que el propio Romera declaró en su momento, que aquel camión sí transportaba la bomba. La primera y última bomba atómica española, custodiada por un precario número de efectivos que la porteaban con nocturnidad por carreteras secundarias desde no se sabía dónde hacia no se sabía qué destino. Esa sería su hipótesis. Se agarraría a eso, porque era lo único que tenía.

Cogería ese hilo y tiraría de él hasta romperlo o deshacer la madeja.

Elena Márquez lo recibió desprovista de sus espantosos quevedos de intelectual nórdica. Era difícil no percatarse de ello.

—¿Lentillas? —dijo Tirso por decir algo, aunque le costaba fingir normalidad. Estaba tenso y aterido, y lo último que deseaba era mantener una conversación de cortesía o de cualquier otro tipo.

—Sí. He cedido por fin.

—¿Has cedido? ¿Ante quién?

—Mi hija. Odia mis gafas. Dice que parezco una señora del siglo XIX.

—Bueno, en el siglo XIX hubo grandes señoras.

—Maika tiene quince años. Ponte tú con matices históricos.

—Te entiendo. Yo vivo con mi sobrino de diecisiete.

—Uf.

El recepcionista alopécico no les quitaba ojo. Sobre su cabeza, el inmenso y tempestuoso cuadro que esta vez a Tirso le pareció una representación gráfica de malos augurios. El mar entero desaguándose en el interior de un rectángulo perfecto que, de pronto, se le asemejaba a una tumba.

No le gustaba aquel tipo, aunque no era capaz de precisar por qué. Quizá por su mirada torva, o por la calva puntiaguda, o por sus movimientos lentos y quejosos, o por la suma de todo ello.

Tirso se había presentado allí sin avisar. Durante el recorrido, solo apartó la vista de la carretera para clavarla en el retrovisor. Buscaba un SUV negro con las ventanillas tintadas. Aparte de las complicaciones de conducir aquel mamotreto por la ciudad, no se encontró el menor contratiempo. Tuvo la precaución, eso sí, de estacionar a una razonable distancia del CIEMAT y completar el camino a pie. No quería que lo vieran en la autocaravana.

El trance fue ese precisamente, aquellos metros a pie hasta la recepción, porque se le ocurrió que el cojo podría estar vigilando las instalaciones. Quizá no en persona, seguro que no en persona, pero ¿y si había dejado algún recadero? De haberlo hecho, el candidato idóneo era, por fuerza, aquel recepcionista malcarado.

—¿Te has enterado de lo de Romera?

Fue Elena quien se lo preguntó mientras cruzaban el pasillo camino del ascensor, fuera ya de la vista del alopécico.

—Eh... Sí. Sí, me encontré con su esquela en el periódico.

—Terrible. Parece que fue por la chimenea.

—¿Por la chimenea?

—Eso he oído. Se quedó dormido y se le prendió fuego la casa.

Tirso carraspeó.

—Qué horror.

—Sí. Parece que lo entrevistaste justo a tiempo.

La miró de reojo para intentar dilucidar si el comentario iba con segundas. No se lo pareció.

Entraron en el ascensor y ella acercó su tarjeta de seguridad al teclado. Luego pulsó el −2.

—¿Qué necesitas?

—Quería echar otro ojo a lo del otro día. Los registros de entrada. Pensaba apuntar los nombres de algunos trabajadores para ver si puedo contactar con ellos. No hay problema, ¿verdad?

—Mientras no saques nada, lo que necesites.

—Por cierto, ¿qué opinan tus jefes de... esto, del libro? ¿Les has comentado algo?

—Mi jefe, yo solo respondo al director general. Y no es que sea un apasionado de la comunicación precisamente. Es físico teórico, no le saques de sus muones. Hace poco le propuse cambiar el logotipo, que tiene treinta y tres años, no te lo pierdas, y me pidió que hiciese un documento justificándoselo.

El ascensor se detuvo y las puertas se abrieron en el lóbrego sótano. Elena encendió los fluorescentes, que parpadearon largamente antes de estabilizarse.

—¿Y? ¿Lo cambiasteis?

—¿Has visto el logo de la entrada? ¿A ti te parece que esa cosa es de este siglo?

—No sé mucho de logotipos.

—Ya, no, él tampoco. Me dijo que con lo que costaba un estudio de diseño se podía contratar a un *predoc* durante un año.

Se detuvieron delante del mismo armario metálico que habían inspeccionado unos días antes.

—Ya sabes dónde está todo. ¿Necesitas que te ayude o puedes solo?

Para cuando lo preguntó, Tirso ya había sacado su libreta de la mochila.

—Puedo solo. No creo que me lleve mucho.

—Pues aprovecho para responder unos mails, ¿vale?

—Claro, sí.

Ella sonrió y, móvil en mano, regresó hacia el ascensor en busca de cobertura.

Tirso identificó la caja que contenía los registros de entrada, la apoyó en el suelo y la abrió. Deslizó un dedo por los lomos hasta encontrar el correspondiente a ENERO-FEBRERO-MARZO 1986. Pasó las páginas en busca del 9 de marzo. El día que robaron el camión.

—O sea, que vives con tu sobrino.

Hablaba sin dejar de teclear, un clic por cada letra.

—Y con mi hermana, sí —respondió Tirso distraídamente—. En Menorca.

233

—¿Vives en Menorca? —Decepción. Los clics se interrumpieron.

—Sí... Viví unos años en Madrid, pero necesitaba un cambio de aires.

Estudió la columna que indicaba la hora de acceso a las instalaciones, 7.01, 7.04, 7.05, 7.08... Al llegar al final, se percató de algo. En aquellas hojas, las jornadas no se contabilizaban de manera natural, de doce a doce, sino de siete de la mañana a siete de la mañana siguiente.

Según el artículo de *ABC*, el asalto del camión tuvo lugar en torno a las dos y media de la madrugada del día 9 de marzo. De modo que si el vehículo había salido de la JEN, el registro debía reflejarlo en la página correspondiente al día 8.

—Ya, no, te entiendo. —Volvió a teclear—. Esta ciudad harta a cualquiera. Ayer, en el metro, dos tíos a puñetazo limpio, fuera, en el andén. Y todo el mundo grabándolo con el móvil, ¿te lo puedes creer? También te digo que...

Se desplazó hasta la última entrada del día 8. Unos garabatos a bolígrafo azul revelaban que alguien había accedido a las instalaciones a las 23.55.

NOMBRE: cabo 1.ª Manuel Zarrandicoechea

El apellido vasco había sido escrito por una mano distinta al resto de las palabras. Tirso supuso por qué. Al oírlo, el guarda de seguridad se habría sentido incapaz de transcribirlo y le habría alcanzado el bolígrafo al cabo, «ten, escríbelo tú».

Eso implicaba que la presencia del tal Manuel Zarrandicoechea no era habitual por allí. ¿Y por qué habría de serlo? Al fin y al cabo, aquella no era una instalación militar.

Deslizó el dedo hacia la derecha, misma fila, última casilla.

MOTIVO DE LA VISITA: traslado material Base de Rota

Tirso sintió un estremecimiento. No sabía gran cosa de infraestructuras militares, pero sí que la Base Naval de Rota, en Cádiz, estaba operada por el Ejército de Estados Unidos. Todo el mundo sabía eso.

Si lo que figuraba en aquel registro era correcto, el camión fue cargado a medianoche, en las instalaciones de la Junta de Energía Nuclear, antes de poner rumbo a la base americana. Eso encajaba con el lugar del asalto, la CM-4010. Iban en dirección a la A-4, la autovía del Sur, que los llevaría hasta Cádiz. Siete horas de trayecto, ocho si iban despacio. Habrían llegado a Rota a primera hora del día 9. Solo que nunca llegaron porque alguien conocía el plan. Alguien sabía cuándo saldría aquel camión y por dónde pasaría.

—¿Me has oído?

—¿Qué, perdona?

—Te preguntaba dónde te quedas. En Madrid, dónde duermes.

—En un hotel. Me quedo en un... hotel.

En una reacción en cadena, un neutrón díscolo impacta contra un átomo liberando más neutrones que impactan a su vez contra otros átomos. Y así, impacto tras impacto tras impacto, hasta que no queda un solo átomo ileso. Es un proceso desenfrenado, caótico y violento, como lo fue también el que se produjo en la cabeza de Tirso de la Fuente.

Se lo había dicho el general Romera: los estadounidenses no permitirían que España desarrollase su propia bomba atómica. De ahí que el proyecto se mantuviese en el más absoluto de los secretos. En los años sesenta, España empezaba a salir del aislamiento internacional que arrastraba desde la posguerra. Había costado un triunfo que las clases medias fuesen dignas de tal consideración, y Franco era muy consciente de que el país no soportaría verse de nuevo sumido en la autarquía. Sería moralmente devastador, un fracaso político en toda regla, una humillación nacional.

Romera le contó que fue la presión de Estados Unidos lo que puso fin al proyecto de la bomba atómica, lo cual era probablemente cierto, con el matiz de que, para entonces, *ya había* una bomba. Estaba en Madrid, escondida en las instalaciones de la JEN, a la espera de que alguien tomase alguna decisión sobre ella.

Y se tomó.

«El gobierno necesitaba que España siguiese en la OTAN. Era muy importante para nosotros desde un punto de vista geoestratégico y hasta económico, le diría. Los americanos estaban de acuerdo, a ellos también les convenía, pero pusieron una condición. El proyecto de la bomba tenía que ser enterrado. Y, para asegurarse de que así era, la Junta de Energía Nuclear tendría que ser desmantelada y yo mismo apartado de cualquier función ejecutiva».

Eso le dijo Romera en su primera visita, pero olvidó mencionar algo. Que no solo forzaron el desmantelamiento de la JEN. Los americanos sabían de la existencia de la bomba, y ellos... Ellos...

—Exigieron que se la entregaran —susurró Tirso.

—¿Qué?

—Nada. Nada, perdona. Hablaba para mí.

¿Y dónde mejor que en su base naval sobre suelo español? Lo único que España tenía que hacer era trasladar la bomba hasta Rota, donde los estadounidenses se harían cargo de ella. Podrían sacarla del país por barco o por avión, quizá incluso en un submarino, y llevársela a su país o a cualquier otro rincón del mundo.

El referéndum de la OTAN se celebró el 12 de marzo, tres días después de la fecha acordada para la entrega de la bomba. España apuró el plazo al máximo, solo que...

Solo que algo no encajaba.

España siguió en la OTAN. Eso quería decir que el gobierno cumplió su palabra. Que, de un modo u otro, la bomba llegó a manos americanas. Pero si robaron el camión, si la bomba se evaporó misteriosamente en mitad de la noche...

—... aquí cerca.

Tirso levantó la vista, aturdido y mareado por el caudal de pensamientos que a duras penas logró refrenar. Ante sí estaba Elena, un brazo en jarra y el móvil en la mano.

—¿Qué?

Ella sonrió.

—Estás muy concentrado.

—Sí, perdona.

—Me callo.

—No. No, por favor. ¿Qué me decías?

—Nada, que salgo en media hora. Si quieres, podemos tomar un café y me cuentas un poco más del libro.

—Ah. Es que...

Elena agitó las manos, disculpándole antes de tiempo.

—Vale —dijo.

—¿Otro día? Es que justo hoy...

—Que sí, que sí, no te preocupes. Otro día, ya está.

En su libro *Fundamentos de la física nuclear*, Pablo Alegría dedicaba el prólogo a un concepto desconocido para Tirso. Hablaba de la elegancia, pero no en el sentido que se suele dar a esa palabra, el de un cierto estilo en el vestir o en los modales. Él se refería a una clase de elegancia aún más abstracta y todavía menos objetiva: la de las hipótesis.

Aseguraba que, cuando los teóricos trabajaban en procesos deductivos, enmarañados en fórmulas colosales cuyo sentido último ni ellos mismos comprendían del todo, sentían a veces una especie de intuición. Una corazonada. En ocasiones, decía, el científico anotaba algo guiado por un instinto primario, más hechizado que racional, y, al contemplarlo, se maravillaba por la elegancia de esa idea. Al comprobarla después experimentalmente, resultaba ser correcta. Nadie tiene explicación a ese fenómeno. Es como si la naturaleza más profunda de las cosas, aquella que solo puede comprenderse a través de los números, vibrase en unas resonancias estéticas. Como si el universo mismo tendiese a la belleza.

Aunque Tirso no logró pasar del primer capítulo del libro de Pablo Alegría, aquella imagen lo cautivó. Y le pareció útil. También él, cuando había ejercido como asesor, cuando se enfrentaba a pruebas y a indicios, trataba de encontrar una cierta musicalidad en los hechos tras la cual, las más de las veces, se agazapaba la verdad.

Eso era lo que buscaba ahora, lo que trataba de experimentar al volante de la autocaravana. Si bien algunas sombras parecían iluminarse a la luz de su nuevo descubrimiento, quedaba todavía la incógnita principal: ¿quién se llevó la bomba? Y también, por supuesto: ¿qué papel desempeñó Óscar Orbe en todo aquello?

La hipótesis más probable, la que repiqueteaba sin cesar en su cabeza desde que salió del CIEMAT, lo implicaba directamente en el robo. Óscar debía saber cuándo cargarían la bomba en el camión, cuándo emprendería el viaje, por dónde pasaría en su camino a Rota. Informó a alguien, le vendió la información, pero ¿a quién? ¿Y cómo desembocó aquello en el secuestro de su hija?

Tirso se planteó ir a Rota, podría llegar a medianoche. ¿Y luego qué? Uno no puede presentarse en una base militar y ponerse a hacer preguntas sin ton ni son sobre algo que ocurrió hace más de treinta años. Menos aún si esa base está en manos de una potencia extranjera.

Al estacionar en el páramo que había adoptado como hogar provisional, tuvo otra idea. Se puso el plumífero y salió de la autocaravana. Sus poco recomendables vecinos se entretenían colgando unas prendas recién lavadas en un herrumbroso tendedero que habían desplegado junto al morro de su vehículo.

Tirso los saludó con un golpe de cabeza y fue hasta la cabina. Se llevó el auricular a la oreja y, para su satisfacción, comprobó que daba señal. Introdujo un euro en la ranura porque, a decir verdad, no tenía la menor idea de cuánto costaba una llamada local.

Cerró los ojos y se aseguró de que el número que estaba a punto de marcar era correcto. Luego pulsó las nueve teclas de memoria.

—¿Sí? —preguntó una voz de mujer al segundo timbrazo.

—Sí, eh... Quería hablar con el señor Islero.

—Se ha equivocado —replicó la mujer mecánicamente, tal y como se suponía que debía hacer.

Tirso se disculpó y colgó el teléfono, pero no se movió de donde estaba. El lord desubicado le aseguró que devolvería la llamada al mismo número. No precisó más que eso, de modo que podía ser cuestión de cinco minutos, de veinte o de dos horas.

Sus vecinos lo contemplaban con curiosidad. La chica le dijo algo a su pareja, que contrajo el gesto. ¿De dónde habrían sacado la autocaravana? No era nueva, pero aquellos trastos costaban un dineral incluso de segunda y tercera mano. Y, desde luego, esos dos no nadaban en la abundancia.

—¿Qué rollos te traes? —preguntó el tipo haciendo crujir los nudillos más por costumbre que por hostilidad.

Estaba muy flaco y cada pocos segundos se tiraba de la cintura del pantalón, en una vana, eterna lucha contra la gravedad.

—No me traigo ningún rollo. Estoy esperando una llamada.

El yonqui se volvió hacia su chica, que sonrió estúpidamente como si nada fuese con ella. Cruzaron unos susurros, unos aspavientos; él, enérgico; ella, desganada. Luego, el tipo se metió las manos en los bolsillos traseros para asegurarse de que no se quedaba en calzoncillos y se acercó a Tirso arrastrando los pies.

— Llevamos cinco meses aquí nosotros.

—Me parece muy bien.

—No queremos ningún rollo raro.

—Yo tampoco.

El flaco espécimen señaló la cabina.

—¿Andas pillando?

—¿Cómo?

—¿Andas pillando jaco? —Tirso exageró una mueca de asombro—. Si pillas, que aquí no te lo traigan, ¿eh? Te coges y te piras tú a por ella.

—No consumo droga.

A la muchacha la frase le hizo muchísima gracia y lo demostró con una carcajada aguda, similar al chillido de una rata herida.

—¡No *consume* droga!

Su novio la miró con hartazgo. Un gesto, «cállate», antes de volverse de nuevo a Tirso.

—¿Nos hemos entendido o qué?

—Nos hemos entendido. No tenéis que preocuparos de nada, de verdad.

El yonqui lanzó un escupitajo que fue a caer casi a sus propios pies en señal de inquebrantable acuerdo entre machos. Un grumoso, mucoso y amarillento pacto de honor. Luego agarró a su novia del brazo y la metió a empellones dentro de la autocaravana.

Pasaron cuarenta minutos antes de que sonase el teléfono de la cabina. Para entonces, Tirso se había sentado en el suelo y se había levantado, había entrado en su vehículo, se había preparado un café soluble y se lo había tomado en el exterior.

—¿En qué puedo ayudarle?

Era, sin lugar a dudas, la voz del hombre que se había sentado frente a él en aquella cafetería. Visualizó su pelo blanco escrupulosamente domado, sus ojos grises y profundos, el paraguas, la gabardina. Militar. Espía. De fondo, el rumor del tráfico, voces, ladridos. También él estaba en la calle.

—Necesito encontrar a una persona. Manuel Zarrandicoechea. Escrito en español, con c y con che.

—¿Me ha tomado por las páginas amarillas? ¿Por qué cree que puedo ayudarle con eso?

—Es militar. O lo fue. En 1986 era cabo primero.

Tirso escuchó atentamente, con el auricular apretado contra la oreja, por si era capaz de detectar alguna reacción. No oyó nada más que:

—Haré lo que pueda, pero no le prometo nada.

—¿Cuánto cree que puede tardar? —preguntó Tirso, pero el otro ya había colgado—. Estupendo —se dijo para sí.

El atardecer teñía el paisaje de óxido arrancando destellos a las botellas rotas del suelo y dándole a aquel sitio un aire absurdamente bello, algo así como un vertedero sacado de una película de Hollywood, dorado y ligeramente brumoso. Algo se movió entre los despojos. Quizá un roedor atraído por el espectáculo cromático.

En el horizonte, un nubarrón pardo, producto de los tubos de escape, dibujaba un muro tóxico entre Madrid y el cielo. Toda esa porquería no estaba ahí cuando él vivía en la ciudad. Se sorprendió de lo rápido que el ser humano puede destrozar las cosas cuando pone en ello todo su empeño o toda su desidia. En unos años, Madrid sería como Distrito Federal o esas ciudades de la India, otro lugar putrefacto diseñado para nada más que el trabajo y las afecciones respiratorias.

La caravana de sus vecinos se bamboleaba ligeramente. Tirso supuso que estarían follando si es que eran capaces de tal cosa. Quizá bailaban o se peleaban en silencio.

Lanzó una vaharada sobre sus manos, se las frotó, aplaudió, dio saltitos. Si el teléfono no sonaba pronto, cogería una pulmonía. Lo que le faltaba. Aguantó quince minutos más a la intemperie, dando vueltas concéntricas, antes de refugiarse en la autocaravana.

Se sentó al volante y aproximó el vehículo a la cabina. El timbre sonaba a un volumen suficiente como para oírlo desde el interior, o eso esperaba.

Encendió el móvil y vio que tenía varias llamadas perdidas. Cuatro de su hermana, dos de Alba... y dos más de Fidel. Todos le habían dejado mensajes de texto. Leyó primero los de su hermana, preocupadísima como sabía que estaría. Tirso se había prometido ignorarla hasta que pasase todo, pero no fue capaz. Estaba sufriendo y amenazaba con llamar a la policía, a los hospitales, a «ese poli amigo tuyo», en fin, a todo el mundo.

Respondió en clave tranquilizadora, restando importancia a su largo silencio y preguntando por Adrián. Todo estaba en orden o tan en orden como solía. Leyó luego los mensajes de Alba, que le urgía a llamarla o, por lo menos, a coger el teléfono. Los borró.

El de Fidel lo reservó para el final.

Dónde estás? Estoy preocupado. Deberías llamarme. Llámame.

Algún día lo haría, desde luego. Y le pediría explicaciones. Pero no hoy. No ahora.

Apagó el móvil y dejó que su mente fluctuase lejos de allí, por una España todavía en blanco y negro, entre científicos y militares, que vagara en el terreno de la especulación en busca de una hipótesis elegante.

Trató de enfocar el problema desde nuevos ángulos que no se hubiese planteado hasta el momento, sin refrenar su imaginación por improbables que sus digresiones resultasen *a priori*. Se planteó, por ejemplo, que los tres hombres que asaltaron el camión fuesen Óscar Orbe, Pablo Alegría y... ¿Quién más? ¿El general Romera?

Veamos.

Indignados por la entrega de la bomba al gran imperio americano, decidieron sabotear la operación. Era el trabajo de sus vidas, décadas de investigación que se veían ahora borradas por la cobardía de unos burócratas. No podían consentirlo. Y no lo harían. Compraron pasamontañas, se hicieron con subfusiles y diseñaron cuidadosamente un plan para interceptar el convoy.

Ridículo.

¿Y si lo hicieron por dinero? La gente, mucha gente por lo menos, hace cualquier cosa por dinero. Seguía siendo disparatado, pero le sonaba algo más verosímil. Claro que eso suponía la existencia de un comprador, y un arma de destrucción masiva no es algo que puedas colocar en una casa de empeños. No se puede revender algo así, ni siquiera en el mercado negro.

¿O sí?

Estaba tan imbuido en sus divagaciones que no se percató del teléfono hasta el tercer timbrazo. Salió de forma atropellada de la autocaravana, tanto que casi se despeña en el escalón. Mientras recuperaba el equilibrio vio cómo el yonqui, enfrente de la cabina, alargaba la mano hacia el auricular.

—¡Aparta! —gritó con una furia que a él mismo lo cogió por sorpresa.

El tipo retrocedió de un salto, convencido de que Tirso se le echaba encima, que nada podía hacer ya para evitar una pelea a puñetazos sobre la mierda y los cristales rotos. Pero el lingüista ni lo miró.

—¡¿Sí?! —exclamó al auricular. El rugido de tráfico al otro lado.

—Vive en un geriátrico, en Móstoles. Residencia Acacias.

Fue todo cuanto dijo antes de colgar.

21

Era un edificio encalado con tejado a dos aguas. Delante del frontispicio tenía un austero jardín con varios bancos de madera y tres acacias, de ahí el nombre de la residencia. En la recepción, que no era más que una mesa de IKEA empotrada en una esquina, un hombre con dientes de conejo le preguntó por su relación con el anciano.

—Mi padre y él eran amigos —improvisó Tirso con determinación.

Era evidente que el tipo lo preguntaba por pura rutina, porque no le pidió identificación alguna y ni siquiera pareció prestar atención a la respuesta. Se limitó a señalar con un dedo.

—Recto, a la izquierda. Suele estar por ahí a estas horas.

Siguió el camino indicado, que lo llevó a una estancia amplia y diáfana con ventanas en tres de las cuatro paredes y suelo ajedrezado. En una televisión colgada a dos metros de altura, un cocinero explicaba a todo volumen cómo hacer quesadillas mientras una reportera trataba infructuosamente de colar algún comentario ingenioso. Una docena de ancianos permanecía con el rostro hacia la pantalla, aunque solo unos pocos la miraban; la mayoría roncaba de forma estentórea y plácida. Los que se mantenían despiertos se volvieron de inmediato hacia Tirso, convertido de pronto en el principal entretenimiento de sus vidas. Había cuatro hombres. Zarrandicoechea podía ser cualquiera de ellos.

—¿De quién es hijo usted? —preguntó una anciana de gruesos anteojos que descansaba parapetada tras un andador.

—Busco al señor Zarrandicoechea.

—Ah, *ese* —soltó bruscamente contrayendo el labio superior y mostrando los colmillos postizos para dejar muy claro lo que opinaba de *ese*—. Por la terraza andará.

—¿Y dónde queda la terraza?

Otro de los ancianos respondió por la mujer. Lo hizo con un gesto: señaló con el bastón una puerta que daba acceso a una pequeña galería acristalada.

Tirso lo entrevió antes de cruzar el umbral, a través del estor blanco. Estaba sentado en una silla, encorvado sobre una mesa con un objeto en la mano.

—¿Señor Zarrandicoechea?

Rondaría los ochenta años. Calvo, nariz aguileña y barbilla prominente. Sujetaba una lupa —ese era el objeto— con la que se ayudaba a leer las pequeñas letras de un libro de bolsillo. Antes de llegar, Tirso se había puesto en lo peor; ese hombre podía estar senil, en cuyo caso de nada serviría la visita, pero aquella imagen le dio esperanzas.

—Servidor. —Zarrandicoechea lo recorrió con la mirada, de la cabeza a los pies y vuelta a la cabeza—. No le conozco. ¿Le conozco?

Llevaba un jersey negro demasiado holgado. Tirso pensó que se daba un aire a la muerte de Ingmar Bergman. El acento vasco, casi con certeza guipuzcoano, asomaba discretamente, sobre todo en el característico timbre de la «s» norteña apicoalveolar.

—No. Me llamo Tirso de la Fuente. ¿Le importa si le acompaño un rato?

—Será por tiempo…

El hombre apoyó la lupa entre las hojas a modo de marcapáginas y le indicó que se sentara.

—¿Es bueno? —preguntó Tirso refiriéndose al libro; no quería resultar demasiado brusco.

Zarrandicoechea le mostró la maltrecha portada. *Orgullo y prejuicio*, de Jane Austen.

—No se crea que me estoy enterando de mucho, pero más que eso ya me entretiene —señaló con la cabeza el cuarto de la televisión.

Hablaba con afectación, lo que, sumado a su amaneramiento, hizo suponer a Tirso por qué aquella mujer había arrugado el gesto ante la mención de su apellido.

—¿Es usted el nuevo cura? —Tirso parpadeó con desconcierto—. No, ya me parecía. Mejor. No soy yo muy de curas. ¿Qué es entonces? ¿Médico?

—Soy escritor.

—¡Anda! ¿De novelas?

—No. De ensayos. Escribo sobre historia.

El anciano asintió, quizá defraudado.

—¿Y tiene a alguien aquí?

—¿En la residencia? No, no. —El viejo enarcó las cejas. No entendía nada—. Verá, es que estoy ahora escribiendo un libro sobre el proyecto nuclear español.

—¿Y eso qué es?

—Los… intentos del gobierno por tener una bomba atómica.

—¿El de ahora?

—No. En la dictadura. Cuando Franco. Por eso he venido a verlo.

El hombre se apoyó en el respaldo, erigiendo entre ambos una barrera invisible.

—¿A mí?

—Usted es Manuel Zarrandicoechea, ¿no? Militar retirado.

—¿Qué tiene eso que ver conmigo?

—Estoy entrevistándome con personas que trabajaron en la Junta de Energía Nuclear.

—No, pues le han indicado mal, ¿eh? Yo ahí no trabajé.

—Sí, lo sé, pero tenía una sede en Madrid, no sé si lo recordará. Usted estuvo allí.

—¿El sitio aquel por Moncloa? —Tirso asintió—. Madre de Dios, hace una eternidad de eso. Estaría cinco o seis veces. ¿Y cómo lo sabe usted?

—Hay un registro con toda la gente que pasó por allí. Sale su nombre.

En la sala de la televisión alguien subió el volumen aún más; el cocinero berreaba ahora algo acerca de una bechamel. Zarrandicoechea alargó la mano hasta la puerta y la cerró de un portazo.

—Los viejos estos se pasan el día ahí enchufados. Se lo tengo dicho que les come la cabeza, así que están todos seniles... Yo solo veo concursos. Es lo único que me gusta.

—¿Para qué iba usted a la Junta de Energía Nuclear?

—¿Para qué? Pues para lo que me mandaran, qué sé yo. De vez en cuando tenían que *acarrear* algo de material y nos tocaba a nosotros llevarlo y custodiarlo. Nosotros, digo, el ejército. Yo tenía fama de buen conductor, sabe usted. Hace años que no conduzco ya, y vaya si lo echo de menos. Hasta sueño que llevo el camión por ahí, a donde iba entonces, a Valencia, a Galicia o a donde sea.

Zarrandicoechea sonrió y Tirso hizo lo propio. El anciano había rebajado sus defensas. Debía actuar con prudencia.

—Y dígame, ¿qué material *acarreaban*?

—Eso yo no lo sé. A mí me decían: Manuel, *pa* tal sitio, o Manuel, *pa* tal otro. Me supongo que serían cosas científicas. Digo yo, que no lo sé. Algunos compañeros ni querían acercarse allí, por eso de la radiación. Decían entonces que daba cáncer, pero mire, yo fui eso, lo que le digo, cinco o seis veces, y aquí me tiene. Toco madera, ¿eh?, que de esas cosas no se puede hablar muy alto.

—Allí trabajaban dos hombres, Óscar Orbe y Pablo Alegría, ¿se acuerda de ellos?

—¿Militares?

—Científicos.

248

—Ah, entonces ¿de qué los iba a conocer? Yo de allí solo me entendía con uno, Daniel Nosequé, ya no me acuerdo del apellido. Uno rubito al que llamaban «el Alemán» aunque era de Triana. Pero él no era científico, vamos, de científico no tenía nada aquel. Trabajaba haciéndoles chapuzas de mantenimiento y no sé si algo de jardinería.

—¿Recuerda lo que pasó en el 86? —El otro lo miró con expresión vacía—. Ese año asaltaron un camión de la Junta. Me parece que lo conducía usted.

—¡Madre de Dios! —Lo exclamó con las palmas abiertas hacia el cielo, como si acabase de experimentar una revelación—. En invierno fue, ¿verdad?

—El 9 de marzo.

—1986. ¡Tanto hace ya!

—¿Qué puede contarme de aquello?

—¡Bueno! ¡Que no he pasado más miedo en mi vida! —El anciano cogió la lupa con ambas manos y se puso a juguetear con ella—. Me mandaron al sitio aquel de Moncloa con un camión de abrigo ligero. Había que acarrear el cargamento a Rota, donde los americanos, fíjese si me acuerdo. Perfectamente me acuerdo. Me pusieron dos coches de escolta y me dieron el croquis, que había allí un lío de carreteras secundarias sin ningún sentido. Y encima no me dejaban parar. Tenía que llegar a Cádiz del tirón, imagínese qué paliza, toda la noche ahí al volante, sin mear siquiera.

—¿A qué cree que se debían tantas precauciones?

—Yo no sé si eran precauciones, a mí aquello me parecía un despropósito. Me dijeron que era una misión secreta, pero *na*, para mí que tan secreta no sería. El capricho de algún gerifalte, nada más.

—¿Por qué dice eso?

El anciano bajó el volumen adoptando un tono más de cotilleo que de confidencia.

—Unos días antes estuve con este amigo que le digo, el Alemán de Triana, que a veces nos veíamos… —Abanicó el aire con una mano, como queriendo borrar lo último que había dicho—. Pues, sin venir a cuento, me acuerdo de que me habló de un sitio para comer en Rota. Me dice: «Si te toca ir a Rota, tienes que pegarte una jamada en tal», ya no me acuerdo, ni existirá ya el sitio ese. Yo ni sabía de qué hablaba, ¿qué dices de Rota?, ¿qué pinto yo en Rota? ¡Nadie me había dicho nada todavía! Ya ve usted qué secreto.

—Pero… ¿cómo sabía ese amigo suyo que iban a pedírselo a usted?

—No lo sabía, qué iba a saber. Ese no sabía nada de nada. Lo que pasa es que a mí ya me había tocado ir allí varias veces, sobre todo cuando tenían que acarrear algo delicado. Ya le digo que era de los mejores conductores. Entonces pues no era raro que me cayese otra vez, ¿entiende?, por eso me lo decía. ¡Y acertó! Imagínese, dos días después o lo que fuera, cuando me dan el concepto y me dicen que chitón, que es secretísima la cosa. Y yo pensando: si lo sabe este mindundi, que es el último mono de ese sitio, lo tiene que saber medio Madrid.

—¿No le extrañó eso?

—¿Por qué? No. Eran otros tiempos. Para todo.

—Ya. ¿Y le dijeron cuál era el cargamento?

—¡A mí qué me iban a decir! ¡Si yo era cabo! Ya le digo que a mí solo me decían esto pa Valencia, esto pa Bilbao, y yo: sí, señor, ahora mismo, señor. A ver si no.

Tirso se inclinó sobre la silla, aproximando su rostro al del anciano.

—¿Y lo vio? ¿Vio lo que llevaba en el camión?

—No.

—¿Ni cuando lo cargó?

—Es que no lo cargué. Las cosas de la ciencia, yo ni tocar. Te decían estacione aquí y vaya a darse una vuelta. ¿De qué ha dicho que trata ese libro suyo?

Tirso se apoyó en el respaldo de la silla. Estaba presionándolo demasiado, lo que resultaba una pésima estrategia. Sonrió con fingida despreocupación.

—De aquellos años. De la Junta de Energía Nuclear, de lo que hacían allí. Por eso me interesa el robo del camión. Me parece una buena… anécdota.

—Hombre, anécdota no sé yo.

—¿Se acuerda de cómo fue? Fue en Seseña, ¿verdad?

—No, bueno, un poco más allá.

—He leído que usted lo hizo todo bien.

—¡Hombre, pues claro que lo hice bien! Yo iba despacio, porque eso me lo habían dicho también, que fuese despacio, que no se me *ocurriría* correr. Yo nunca corría, pero bueno.

—Y vio a tres personas.

—Sí. Los alumbré con los faros. Allá lejos, en la carretera. Aquello era un páramo, entonces no había ni casas ni nada allí. Ahora no sé lo que habrá.

—Y frenó, supongo.

—Qué remedio. O me los llevaba por delante.

—¿No vio que llevaban pasamontañas?

—Lo vi cuando ya había parado, si no de qué. Y, para cuando me quise dar cuenta, sacaron los subfusiles. Los llevaban bajo los abrigos, lo tengo aquí grabado. No serían muy grandes —separó las manos medio metro—, como así, más o menos.

—¿Y los coches que lo escoltaban? ¿Dónde estaban?

—Detrás *mío*. Los dos. Mal también por su parte, que se supone que uno tenía que haber ido de regulador, delante *mío*, pero en fin. El caso es que cuando vieron que yo me paraba, uno se me puso de flanqueo para ver qué pasaba. Iban dos por coche, militares buenos, con experiencia, eso se lo puedo decir, porque los conocía de sobra. A uno, Juanito se llamaba, se le ocurrió echar mano de la pipa y a por él que fueron.

—Sí, lo he leído. Le dispararon, ¿verdad?

Asintió con los labios apretados.

—Pensé que se quedaba seco allí mismo. Tengo grabados los gritos que pegaba el hombre. ¡Auxilio! ¡Auxilio! Mire, míreme los vellos.

—¿Qué hizo usted en ese momento?

—¡Nos ha jodido! Lo mismo que los demás: levantar las manos y punto en boca. Nos ataron y nos tiraron al apartadero. Nos pasamos allí no sé cuánto, hasta que un paisano se extrañó de ver los coches solos con las puertas abiertas. Juanito no se desangró… Ni sé. Porque Dios no lo quiso. De todas formas, ya no levantó cabeza. Se cogió una baja larga, y tengo oído que murió al poco. Dos chiquillos me parece que dejó. Ya ve. Por echar mano al cinto.

Los ojos se le humedecieron. Tirso decidió concederle un momento.

—Sabrá que el camión apareció unos días después.

—¡Sí, hombre, cómo no voy a saberlo! Que no se habían llevado nada, dijeron.

—¿Qué opina de eso?

El viejo se encogió de hombros.

—Misterios de la vida, qué sé yo.

—¿Recuerda algo de aquellos hombres, los que les tendieron la emboscada?

—*Na*. No les vi la cara.

—¿Diría que eran españoles?

—Pues, hombre, le diría que sí porque estábamos en España, pero la verdad es que no dijeron nada, así que…

—¿Nada? —preguntó Tirso con extrañeza—. ¿No dijeron ni una palabra?

—Nada. Me sacaron del camión a punta de metralleta, y lo mismo a los compañeros. En el Telediario dijeron que a lo mejor eran de la ETA por eso precisamente.

—No entiendo.

—Decían que igual no hablaron para que no les notásemos el acento vasco. Que yo se lo habría notado a la primera además, porque me crie al lado de San Sebastián.

—¿Y qué piensa usted? ¿Cree que podían ser etarras?

Al anciano pareció incomodarle la pregunta y se revolvió en el asiento. Contrajo los músculos de la nariz dando forma a un mohín desagradable.

—Ya le digo que ha pasado mucho tiempo y… no me acuerdo muy bien.

—Yo diría que se acuerda perfectamente.

—No sé, mire, no me haga caso. Mejor se busca a otro, ¿eh? Ya está.

Recuperó su libro y lo abrió, dando la conversación por terminada. Tirso supo que de nada serviría insistir. Se puso en pie y le dio las gracias. El anciano, fingiéndose concentrado en la lectura, asintió ligeramente.

Tirso había entrado ya en el cuarto de la televisión, reuniendo sobre sí media docena de miradas, cuando se detuvo, se dio la vuelta y se asomó otra vez a la terraza.

—Una última cosa. —Zarrandicoechea suspiró con hartazgo y puso los ojos en blanco teatralmente—. ¿En algún momento sospechó que su carga podía ser… una bomba atómica?

El anciano frunció el ceño con perplejidad. Miró a Tirso de hito en hito.

—¡¿Qué tonterías dice?! ¿Quién iba a cruzar media España con una bomba atómica pegada al culo?

Alba Alegría estaba recostada en el sofá con el móvil en las manos cuando su madre le habló desde el pasillo.

—Me voy un rato a la iglesia.

—Vale.

—¿Echas un ojo a tu hermanastra de vez en cuando?

—Claro.

Claudia Subirós asintió y se alejó por el pasillo. En cuanto Alba oyó la puerta, se levantó del sofá y descorrió las cortinas que daban al parque. Allí, sentada en el banco, las manos sobre el regazo y la mirada perdida, estaba su hermanastra.

Aguardó frente a la ventana para ver si su madre se acercaba a ella al salir del portal. No lo hizo. Aferrada a su bolso, como si temiese que se lo arrebataran, lanzó una fugaz mirada a su hija mayor y enfiló calle arriba sin girar la cabeza.

Alba corrió de nuevo las cortinas. Era el momento, debía hacerlo ahora. Pero antes fue al baño, se quitó el jersey de cuello vuelto y, en sujetador, se quedó mirándose al espejo. Unas marcas entre violáceas y amarillentas le trepaban desde las clavículas hasta la mandíbula. Aún se distinguían cada uno de los dedos de aquel matón formando un nuevo tatuaje sobre su piel.

No se lo había contado a nadie, ni siquiera a su madre. No quería preocuparla, se bastante angustiada estaba ya. Lo resolvería sola. Claro que, para eso, antes tenía que averiguar qué demonios estaba pasando y quién era el hijo de puta que por poco la asfixia. Pensaba denunciarlo, fuese o no policía. Ni de coña iba a dejar que le hiciese eso a otra mujer. Porque una cosa estaba clara: ella no había sido la primera ni sería la última.

Había llamado a Tirso media docena de veces y le había dejado varios mensajes, todos sin respuesta. El cabrón de la pistola le dio a entender que Tirso había desaparecido unos días antes. Probablemente se ocultaba de él. Eso quería decir que Tirso sabía que andaban tras sus pasos. Pero ¿por qué? ¿Qué había descubierto? ¿Con qué clase de gentuza se había cruzado? ¿Y qué tenía que ver esa gente con su hermanastra?

Había estado repasando su última conversación con él. Todo en ella fue rarísimo, como su interés por el piso de Velázquez. Él quería visitarlo, pero cuando Alba le dijo que tendría que pedirle las llaves a su madre, él rechazó la oferta de plano.

«¿Confías en tu madre?», le preguntó. ¿A qué vino eso? Por supuesto que confiaba en ella, ¿por qué no iba a hacerlo? Fuera lo que fuese que le pasó a su hermanastra hace treinta años, Alba estaba convencida de que su madre no tuvo nada que ver. No pondría la mano en el fuego por Óscar Orbe, ella ni siquiera lo conoció, no sabía nada de él, pero ¿por su madre? Sin dudarlo.

Tras su encontronazo con el cojo, pensó en pedirle la llave a su madre y pasarse por Velázquez para echar un vistazo, pero

¿cómo lo justificaría? No podía alegar nada, no había ninguna razón para que ella fuese allí. A su madre le extrañaría, haría preguntas y Alba no sabría qué responder.

Solo habían hablado una vez de Tirso, el mismo día que estuvo en casa, un poco después de que se marchara, y ni siquiera se mencionó su nombre:

—Hoy ha venido el tío que nos dijeron, el lingüista.

—¿Y?

Alba le contó lo de «amal». Que su hermanastra se señaló, que reaccionó a esa palabra y nada más que a esa. Su madre prestó atención al relato, pero no hizo ninguna pregunta ni, en rigor, pareció importarle gran cosa. Solo era una visita más, trajín policial, otro trámite inútil.

De modo que no, Alba no le diría lo que se traía entre manos y tampoco le pediría las llaves. Las cogería sin más. Solo había un problema: no tenía la menor idea de dónde estaban. Por suerte, sí sabía cómo era el llavero: un viejo y maltrecho Naranjito del tamaño de un mechero.

Salió del baño y se puso manos a la obra. Decidió empezar por la consola del recibidor, que le pareció el lugar más evidente. Había toda clase de objetos, pero ni rastro del llavero.

Fue hasta el despacho de su padre. Nada más cruzar la puerta, un estremecimiento le recorrió la espalda. De niña, aquel era un espacio vetado para ella, su guarida infranqueable, siempre repleto de papeles y libros apilados. Ahora estaba desangelado. Durante su enfermedad, quiso deshacerse de cuanto consideraba superfluo, que resultó ser casi todo. Tras pasar media vida allí encerrado, al final descubrió que nada de aquello importaba.

Rompió cuadernos, tiró algunos libros, y otros, que consideraba valiosos, trató de regalarlos a alguna biblioteca. Ninguna los quiso, de manera que también esos acabaron en el contenedor. Destruyó sus diplomas, se deshizo de sus recuerdos, se limpió de sí mismo.

Como suponía, tampoco allí estaban las llaves. Accedió al dormitorio de su madre. Hacía tiempo que Alba no entraba en esa estancia, y no pudo evitar fijarse en el crucifijo de madera que colgaba frente a la cama, algo inimaginable en aquella casa solo unos años antes. La fe del converso, impulsada en este caso por una sucesión de tragedias. Su madre, que hasta hacía nada se burlaba de las beatas. La misma mujer que, durante toda su vida, acusó a la Iglesia de contribuir, por inacción o complicidad, a buena parte de los males del mundo. «El dolor —pensó Alba— todo lo altera».

Fue a la antigua mesilla de su padre, abrió el cajón, estaba vacío. Rodeó la cama y se dirigió a la de su madre. Sobre ella, junto a la lámpara, un viejo despertador analógico y un manoseado ejemplar del *Fausto* de Goethe. Se centró en el cajón. Allí encontró un cuadernillo de crucigramas, dos bolígrafos, una caja de ansiolíticos, otra de pastillas para dormir y una vieja fotografía vuelta del revés.

Alba la sujetó con extremo cuidado entre el índice y el pulgar. Era antigua, habría sido tomada en los años setenta. Mostraba a su madre con el que entonces era su marido, Óscar Orbe, y con quien lo sería después, Pablo Alegría. Todos muy jóvenes. Claudia estaba entre los dos hombres, engarzada a ellos por los brazos.

Posaban los tres sonrientes en una piscina descubierta. Ellos, con el torso desnudo. Ella, con un bikini de tela arrugada, muy de moda en aquella época. Pletórica. Irreconocible.

La dejó en su sitio, cerró el cajón y fue al salón. Los armarios estaban repletos de libros, casi todos de su madre. Dos de ellos tenían cajoneras en la parte inferior. Se arrodilló, dispuesta a abrir uno de los cajones, cuando oyó la llave en la cerradura. Se puso en pie de un salto. Alguien entró en la casa. No podía ser su madre, no tan pronto.

—¿Hola?

No hubo respuesta, lo cual fue una respuesta en sí misma.

Unos pasos cortos y silenciosos avanzaron con parsimonia por el pasillo hasta detenerse en la puerta del salón, desde donde su hermanastra la miró con indiferencia primero y luego, de pronto, con súbita extrañeza.

En un primer momento, Alba no cayó en la cuenta de lo que había motivado aquella reacción. No lo hizo hasta que su hermanastra se le acercó y, tímidamente, le acarició los cardenales del cuello con las yemas de los dedos.

Alba le apartó las manos con delicadeza. La miró unos segundos por si quería decir algo, preguntarle algo, pero tampoco esta vez separó los labios. Fue al baño, cerró la puerta y volvió a ponerse el jersey que ocultaba sus heridas. Permaneció allí un momento, apoyada en el lavabo, por miedo a que su hermanastra la estuviese esperando aún con aquella mirada requisitoria.

Cuando regresó al salón, pasados varios minutos, la encontró acomodada en la silla que, desde su llegada, había hecho suya. Había descorrido las cortinas y miraba por la ventana. No se volvió cuando Alba retomó la búsqueda por los cajones. Mejor.

Halló diversos juegos de mantelería, cristalerías aún en sus cajas, barajas de cartas, recuerdos de viajes, cubiertos que jamás se habían usado y otro montón de objetos, la mayoría inútiles.

Luego, resignada, se desplomó en el sofá. ¿Dónde podían estar esas malditas llaves? ¿Era posible que su madre las guardase en el bolso? Pero ¿por qué habría de hacerlo? Hasta donde ella sabía, hacía años que no se pasaba por ese piso. Allí no había nada.

Dejó vagar la mirada por el salón en una última exploración desesperada cuando se topó con el piano de pared, hacía tiempo despojado de su función y convertido en una mesa auxiliar más. Allí, sobre la caja, descansaba el viejo costurero.

No perdía nada por comprobarlo. Fue hasta él y retiró la tapa. Alba zambulló la mano, aun a riesgo de clavarse alguna aguja, y revolvió en el interior. Sonó un tintineo metálico.

Fue depositando sobre el piano el contenido del costurero hasta que vislumbró, al fondo, un desvencijado Naranjito del tamaño de un mechero. Lo extrajo y lo liberó de los hilos que lo aprisionaban. Notó entonces que su hermanastra se giraba hacia ella. Miraba el llavero. Tampoco esta vez separó los labios, pero Alba habría jurado que en ellos se dibujó una tenue, nostálgica sonrisa.

22

En una cosa tenía razón Zarrandicoechea: a nadie sensato se le ocurriría trasladar una bomba atómica como si fuese un cachivache cualquiera, sin apenas protección y sin informar de ello a sus porteadores y custodios. Por otra parte, la sensatez no parecía haber sido la tónica dominante en aquel proyecto. Romera y sus hombres sustrajeron una de las bombas de Palomares, se la llevaron a escondidas a un hotel y la desmontaron encima de una cama. Estaba claro que la prudencia no iba con ellos. «Pudimos volar Almería entera», le dijo, y no parecía una exageración.

De modo que, por improbable, grotesco y estrafalario que sonase, Tirso no estaba dispuesto a descartar aquella idea por el momento. Sobre todo porque, si lo hacía, se vería nuevamente abocado al punto de partida, otra vez en vía muerta. *Necesitaba* creer que Zarrandicoechea recorrió cuarenta y cinco kilómetros con un arma de destrucción masiva en el remolque.

Encorvado en el interior de la autocaravana, Tirso estudió los trozos de papel diseminados sobre el colchón. Acababa de añadir uno nuevo que decía:

Ladrones del camión (3)
Profesionales

Lo colocó entre los nombres de Óscar Orbe y Pablo Alegría. Algo más separado, pero también próximo, puso el de Francisco Romera.

No se creía que los asaltantes perteneciesen a ETA. No tenía sentido. ¿Para qué iban a querer un camión de la JEN supiesen o no lo que albergaba en su interior? Además, las acciones de ETA, como las de cualquier grupo terrorista, siempre eran reivindicadas. De haber sido ellos los autores de la emboscada, lo habrían proclamado a los cuatro vientos. ¿Y por qué iban a limitarse a herir solo a uno de los militares, y de forma leve? En aquella época, unos etarras los habrían matado a todos, o lo habrían intentado por lo menos.

No, definitivamente, aquellos tipos no eran miembros de ETA. Pero quienesquiera que fuesen tendrían una buena razón, una poderosa, para no abrir la boca durante todo el asalto. No debió de ser fácil reprimir los gritos. Con tanta tensión, con tanto estrés, ¿cómo es posible que no dijesen absolutamente nada? Quizá, pensó, no tenía tanto que ver con el acento como con el idioma.

Cogió el rotulador y, en el papelito de «Ladrones del camión», debajo de «Profesionales», añadió:

¿Extranjeros?

De todo lo que Zarrandicoechea le había contado, lo más asombroso era, sin duda, el hecho de que aquella operación fuese un secreto a voces. Que lo supiera aquel amante suyo —¡un tipo de mantenimiento!— le resultaba descabellado. ¿Era posible que la España de entonces fuese tan extraordinariamente chapucera?

Si, como le dijo Zarrandicoechea, «un mindundi» estaba al corriente, necesariamente debían estarlo el responsable del proyecto y los miembros de su equipo. Al fin y al cabo, la bomba era su razón de ser, el objetivo y alma de su trabajo. Lo demás, el cálculo y diseño de reactores, las formulaciones teóricas y las asesorías a la administración en asuntos nucleares no eran más que una decorosa tapadera ante el escrutinio público.

La bomba iba en aquel camión, de acuerdo. Estaba terminada y era operativa, aunque no llevaba combustible, de modo que su manipulación no implicaba riesgo alguno. Fue robada por tres personas, hombres todos con formación militar, extranjeros tal vez. La cuestión era encontrar la manera de seguir su pista una vez estuvo en su poder.

En eso pensaba Tirso cuando unos nudillos llamaron a la puerta. Se volvió hacia ella y contuvo la respiración. Visualizó al cojo al otro lado y el corazón se le aceleró. Buscó a su alrededor algo que pudiese usar como arma. Ni siquiera tenía un cuchillo digno de ese nombre. Cogió el libro de Pablo Alegría y, blandiéndolo estúpidamente como si fuese rival para una pistola, se aproximó a la puerta.

—¿Hola? —preguntó una voz meliflua y cantarina desde el exterior. Su vecina de estercolero.

El pulso de Tirso aún no había recuperado su cadencia normal cuando abrió la puerta. La mujer, a los pies del vehículo, le dedicó una sonrisa que pretendía ser ingenua pero que resultaba justo lo contrario, un poco macabra, un poco funesta. Un par de dientes habían desertado de su boca y otro parecía a punto de hacerlo.

—Eh —dijo mirando brevemente el libro en manos de Tirso—. Nos hemos *quedao* sin tabaco. ¿No tendrás un piti por ahí?

—No fumo.

—Ay, qué mierda.

Dio una patada al suelo. Una nube de polvo salió volando. La muchacha se pasó la lengua por el interior de un carrillo. Hizo un gesto de dolor, como si tuviese una llaga.

—¿Y agua? ¿Tienes? La nuestra sale como marrón.

Tirso dejó el libro en la encimera. En cuanto dio la espalda a la mujer, esta subió a la autocaravana sin esperar a ser invitada —o dando por hecho que no lo sería—. Cotilleó a su alrededor, movió los ojos en todas las direcciones hasta posarlos en el mosaico de papelitos formado sobre la cama. Frunció el ceño.

—¿Qué eres, un pirado o algo así?

Tirso le alcanzó el vaso.

—Algo así.

Siguió mirando a su alrededor mientras bebía, como si explorara cada rincón del vehículo. Tirso empezó a recopilar los papeles, dejándolos vueltos y apilados sobre la almohada, cuando un golpe de corriente desperdigó unos cuantos por el suelo.

—Mierda.

Se arrodilló para recogerlos, momento que la muchacha aprovechó para salir de la autocaravana a toda prisa.

—¡Gracias *pol* agua! —le gritó ya desde el exterior.

Tirso vio el vaso junto al fregadero, casi lleno y con las marcas de sus labios. A saber qué le contaría a su novio.

Fue a cerrar la puerta porque ella ni se había molestado en hacerlo. Al regresar junto a la cama se encontró con dos papeles que el azar había querido que quedasen juntos en el suelo. En el primero ponía:

Ladrones del camión (3)
Profesionales
¿Extranjeros?

En el segundo solamente:

Matrioska

Tirso deslizó la mirada por ambas notas. Miró un papel y luego el otro. Uno y otro. Uno y otro. De pronto, algo se encendió en su cabeza, algo urgente e impreciso. Tuvo un presentimiento que empezó a materializarse primero burdamente y luego con sutileza en una hipótesis por fin digna de considerarse elegante.

Salió apresuradamente de la caravana, presa de la excitación, y se abalanzó sobre el teléfono. Insertó una moneda en la ranura y marcó el número a toda prisa.

—¿Sí?

Preguntó por el señor Islero, se había equivocado, lo siento. Al colgar estaba aún más agitado. Decidió pasear para matar los nervios. No quería alejarse del teléfono, así que se limitó a dar vueltas, caminando en círculos hasta que, pasados veinte minutos, algo más tranquilo ya, optó por ampliar el cerco e ir hasta la carretera.

Era una vía comarcal mal pavimentada y peor señalizada. El escaso tráfico se concentraba casi exclusivamente por el día, aunque era raro ver más de dos coches al mismo tiempo. Tirso se detuvo cerca del arcén y se quedó escuchando el ronroneo distante de los motores.

Si su intuición se confirmaba, estaría mucho más cerca de esclarecer aquel embrollo. Aún quedaría mucho, desde luego, quedaría lo fundamental, pero le serviría para confirmar que avanzaba en la dirección correcta.

Como suele ocurrir cuando se descubre algo, Tirso se extrañaba ahora de no haberlo visto antes. La matrioska era la clave. Una muñeca dentro de otra. Un secreto dentro de otro. Romera se lo dijo: diseñaron un laberinto para desvanecer cualquier rastro. «Así es como se borra la historia».

Estaba allí en pie, abstraído en sus conjeturas, cuando un murmullo le llegó desde su espalda. Supo lo que ocurría antes de girarse. La yonqui ocupaba la cabina con el auricular en la oreja. ¡¿Había sonado el teléfono?! ¡¿Había sonado y él no lo había oído?!

—¡Eh! ¡Cuelga!

La muchacha lo miró sin soltar el teléfono.

—¡Cuelga, joder!

Los gritos alertaron a su pareja, que salió de la autocaravana dando tumbos y, al ver la actitud de Tirso, se lanzó a interceptarlo sin pensárselo dos veces.

—¿De qué vas? —Tenía la boca pastosa, le costaba hablar. Estaba dormido o, más probablemente, drogado.

Los dos hombres se encontraron a pocos metros de la cabina. El yonqui trató de placar a Tirso lanzando contra él todo su peso, pero este, poseído como estaba por la adrenalina, se zafó sin dificultad.

—¡Aparta, joder!

El otro perdió el equilibrio y fue a dar al suelo aparatosamente.

La muchacha soltó el auricular y corrió al auxilio de su pareja.

—¡Hijo de puta! —le gritó a Tirso al pasar a su lado, casi rozándole.

Tirso se llevó el auricular a la oreja. No había nadie al otro lado. Colgó dando un golpe.

—¡¿Han llamado?! —bramó. Pero la mujer, arrodillada junto a su novio, solo tenía ojos para él—. ¡Responde! ¡¿Has hablado con alguien?!

Nada más decirlo, el teléfono sonó estruendosamente.

—Sí.

—¿En qué puedo ayudarle?

Era el lord desubicado.

El yonqui se puso en pie rechazando la ayuda de la muchacha con un torpe manotazo. No se había hecho ni un rasguño, salvo tal vez en su orgullo, pero eso no evitó que empezase a escupir amenazas a pleno pulmón.

—¡Te mato, hijoputa! ¡Te arranco la cabeza!

Tirso no podía permitirse distracciones. Les dio la espalda, consciente del riesgo que eso suponía, y trató de concentrarse en la conversación.

—¿Va todo bien? —preguntó el militar que, sin duda, percibía el griterío de fondo.

—Hay un colgado aquí cerca —respondió Tirso tratando de disimular su sofoco.

—Llamaré más tarde.

—¡No, espere! Es… Solo es una pregunta.

—Dígame.

—¿Cómo hace el ejército cuando quiere trasladar algo en secreto?

El yonqui fue hacia su autocaravana. Seguía lanzando juramentos. La chica arrastraba los pies detrás de él mientras le suplicaba que se calmase, que lo dejase estar, que no merecía la pena.

—Va a tener que precisar más —respondió, con exquisita formulación, el lord desubicado.

—¿Hay una forma estándar, algún protocolo?

—Yo no diría tanto, pero sí existen ciertas… Vamos a decir convenciones.

—¿Cuáles?

—Depende de varios factores. Si el destino está fuera de las fronteras nacionales, se lleva por vía aérea desde un aeródromo militar. En caso contrario, se hace por carretera.

—Centrémonos en ese supuesto. Por carretera.

—Sí. Centrémonos en ese.

Lo dijo en un tono que aumentó todavía más la excitación de Tirso. Estaba en lo cierto. Tenía que estarlo.

—¿Cómo se hace? ¿Cómo se decide el trayecto, la hora?

—Se hace siempre por la noche. Y se escogen itinerarios poco concurridos. Se busca un equilibrio entre la seguridad y la discreción, por lo que se emplea el menor número de efectivos posibles. Como es lógico, cuanta más gente participa de un secreto, menos secreto es.

Tirso escuchaba atentamente, asintiendo sin darse cuenta. Todo aquello encajaba con lo que sabía del traslado de la bomba.

—Pero usted me pregunta por los casos más delicados, ¿verdad?

—Sí. Supongo que sí.

—Para esos casos, por norma general, se recurre a la decepción.

—¿La decepción? ¿Qué es eso?

Tirso oyó cómo el yonqui, a su espalda, salía de la autocaravana perseguido por la chica. Ella seguía suplicándole que no, no, no.

—Es una técnica de desinformación. Consiste básicamente en desarrollar una operación falsa en paralelo. Un señuelo. Las dos operaciones, la auténtica y la decepción, se catalogan como secretas y se actúa como si lo fuesen en todos los sentidos. Con la diferencia de que la decepción se ejecuta un poco antes que la otra, un día o unas horas, y se filtra a unas cuantas personas, las necesarias para garantizar que la información circula. Es, por así decirlo…

Un cebo.

De modo que su hipótesis era correcta. Un secreto dentro de otro. ¡No hubo un camión sino dos!

En ese preciso instante, arrebatado como estaba por la emoción, apenas si notó un súbito escozor en la mano derecha, la misma con la que sostenía el auricular. Cuando se volvió hacia ella, la sangre le corría por la muñeca. Gritó, soltó el teléfono y se apartó de un brinco.

—¡Para, por favor, por lo que más quieras! —chillaba la muchacha presa del pánico. Tenía las pupilas dilatadas, trastabillaba, le costaba mantener la verticalidad.

También su novio presentaba síntomas parecidos, solo que él tenía una navaja en las manos. Era pequeña, de unos diez centímetros, con un mango negro veteado. El yonqui la blandía a la altura de la cara con el filo apuntando a Tirso.

—¡Te rajo, hijoputa!

Tirso se miró el corte. Era superficial, pero ardía como mil demonios. Sintió que la tensión se le desplomaba. Nunca había llevado bien la visión de la sangre. Apartó los ojos de la herida e intentó hacer una inhalación profunda para llenar los pulmones.

—Escucha —dijo—, esta llamada era muy importante. Si no respondía…

No terminó la frase porque no sabía cómo hacerlo, pero el yonqui interpretó el silencio por su cuenta y riesgo, llenándolo con sus propios fantasmas. Abrió mucho los ojos, miedo, nerviosismo.

—¿Qué? Si no respondías, ¿qué?

—Si no respondía, esto se hubiese llenado de pasma —improvisó a la desesperada.

La chica había agarrado la camiseta de su pareja y tiraba de ella, luchando por llevárselo de nuevo a la autocaravana.

—¡Te lo dije! —exclamó con la boca pastosa—. ¿Ves como anda metido en mierdas?

—¿Van a venir los *estupas*? —preguntó el yonqui empleando la jerga cheli para denominar a los miembros de la Brigada Central de Estupefacientes.

—Ya no, pero tengo que irme ahora mismo.

—¡Yo no puedo ir a la cárcel, Dani! —exclamó la chica remarcando la palabra «cárcel».

El yonqui boqueaba acuchillando el espacio vacío que quedaba entre los dos, a punto de perder el equilibrio por los tirones de su novia. Le costaba mantener los ojos abiertos. De pronto bajó la navaja y dejó el brazo inerte. Su mente, o lo que quedase de ella, flotaba muy lejos de allí. En una celda, tal vez.

Tirso aprovechó el interludio mental del colgado para recuperar el auricular. El militar, por supuesto, ya había colgado.

Con movimientos lentos, sin perder de vista a su atacante, fue hasta su autocaravana y cerró desde dentro con el seguro. No tenía botiquín, ni alcohol ni vendas, así que se lavó la herida con agua mineral y buscó una camiseta. Mientras se envolvía la mano con la primera que encontró, oyó un portazo en el otro vehículo. Se preguntó si seguirían allí a su regreso. Sospechaba que no. Esperaba que no.

Se sentó al volante y arrancó el motor. Seguía un poco mareado, pero no podía perder ni un minuto. Le bullía la cabeza.

El camión robado fue un señuelo, un secreto a voces, hasta el Alemán de Triana lo sabía y «si lo sabía él, lo sabía medio Madrid». Partió de la Junta de Energía Nuclear antes que el otro, el verdadero, que, este sí, transportaba la bomba. Los ladrones mordieron el anzuelo, asaltaron el convoy equivocado y descubrieron, para su sorpresa —para su decepción—, que no había ninguna bomba dentro. «En declaraciones a este diario, el general Francisco Romera, director del organismo, ha especulado que "quizá los ladrones esperaban encontrar algo de valor, pero no había más que cachivaches científicos, algunos muy antiguos, que no le interesarían más que a un museo"».

El muy hijo de puta lo sabía todo. ¿Cómo no iba a saberlo? Probablemente, él mismo lo organizó.

—¿Quiere una tirita para eso?

Tirso se miró la mano y vio que sangraba otra vez. No mucho, aunque sí lo suficiente para ponerlo todo perdido. Cuando aparcó a un par de manzanas del CIEMAT, el corte ya había cicatrizado, pero en algún momento la herida se había abierto de nuevo.

—Me parece que tengo también agua oxigenada.

Quien se lo ofrecía era el recepcionista alopécico de la mirada torva. Hoy parecía menos suspicaz que en sus encuentros anteriores. De hecho, se mostraba simpático. A Tirso le pareció un síntoma de lo más alarmante.

—Con una tirita vale, gracias —respondió, y apartó la mano del mostrador para no manchar nada.

El tipo abrió un armario de la mesa, uno que quedaba a la altura de sus rodillas, y plantó frente a sí un botiquín metálico con una cruz en la tapa.

—Le ha cogido afición a pasarse por aquí, ¿eh?

—Ya ve.

—Eso es que le tratan bien.

Le dedicó una sonrisa de origen inescrutable. Tirso asintió e hizo el esfuerzo por corresponder el gesto.

—Normal. Que le traten bien, digo. No vienen muchos periodistas.

Tirso tardó un par de segundos en comprender que lo decía por él. No quiso sacarlo de su error.

—La mitad de las cosas que pasan en este país son por su culpa. —Le alcanzó una tirita demasiado pequeña—. No por la suya en concreto, ya me entiende. Por su gremio.

—¿Y la otra mitad?

—Por los políticos.

Los recepcionistas, estaba claro, no tenían culpa de nada.

—Algo bueno haremos.

—Los horóscopos.

—Eso no lo hacemos nosotros.

—Pues eso, ¿ve? Nada bueno.

El tipo le guiñó un ojo y devolvió el botiquín a su sitio. Seguía agazapado cuando Elena Márquez surgió de un pasillo con un rictus tenso que Tirso no le había visto hasta entonces. Eso lo intranquilizó todavía más.

—¿Qué te ha pasado? —preguntó con la vista puesta en la tirita infantil que apenas daba para cubrir la herida.

—Nada, un accidente tonto.

Ella no dio indicios de haber escuchado la respuesta. Miró a su alrededor, como si estuviese planteándose varias opciones, y al final señaló unas butacas en el lado opuesto del inmenso vestíbulo.

—Hablemos ahí.

Definitivamente, algo iba mal. Hasta entonces había sido todo sonrisas. Ahora su tono no podía ser más frío. Incluso su actitud física parecía manifestar incomodidad y distancia. Quizá se debiera a la proximidad del recepcionista, pero, cuando se sentaron uno frente al otro en la otra punta del vestíbulo, ella aún lo miraba con aquella expresión glacial.

—¿Qué pasa? ¿Pasa algo?

Elena se volvió brevemente hacia el mostrador, para cerciorarse de que el recepcionista no los espiaba. Este, liliputiense bajo el cuadro de la tempestad, tecleaba en su móvil con gesto reconcentrado. Tirso se preguntó qué estaría escribiendo. Y a quién.

—¿Qué quieres? —le preguntó Elena en un susurro.

—Necesito echar otro vistazo a los registros.

La mujer negó con la cabeza.

—No. De verdad. ¿Qué quieres?

Sobrevino un silencio entre ambos. Lo sabía. De algún modo se había enterado de todo.

—No sé a qué te…

—Me han dado un toque —interrumpió ella—. De arriba.

Había cruzado las manos sobre el regazo y se manoseaba las uñas con nerviosismo. No quería tener aquella conversación, quizá ni siquiera podía tenerla.

—¿Qué clase de toque?

—Querían saber si alguien se había pasado por el centro haciendo preguntas.

—¿Y qué les has dicho?

—Te he buscado en Google.

—Ya.

—¿Es verdad lo del libro?

Había decepción en su rostro y en su voz. Se sentía engañada, probablemente también humillada.

—No. No hay ningún libro.

—¿De qué va esto?

—Es largo de explicar. No sé qué te han dicho, pero…

—Me han dicho que no me fíe de ti. Y me han contado lo que… te pasó.

—¿El qué?

—Lo de esa chica. La que mataron.

—¿Te han contado eso? ¿Por qué? No, es igual, ya sé por qué. Eso fue… un error.

—¿No la mataron?

—Sí. La mataron, pero… Me equivoqué. Cometí un error y créeme que lo lamento. Todos los días. Pero aquello no tiene nada que ver con esto.

—¿Y qué es esto, si puede saberse?

—Intento ayudar a una persona.

La mujer sonrió con un mohín de descreimiento.

—Ya.

—Es la verdad.

—Te parezco una tonta, ¿no?

—No —se apresuró a responder. En ese momento se detestaba—. Claro que no.

—Me han pedido que llame si vuelves por aquí.

—¿Quién te lo ha pedido?

—El presidente.

—¿Del CIEMAT? ¿Cómo se llama?

—Guillermo Abellán.

—¿Es militar?

—¿Por qué preguntas eso? —Tirso le aguantó la mirada. Ella suspiró—. No. Es un cargo político. Lo nombra el ministro. No trabaja aquí físicamente. Yo solo le he visto un par de veces, y es la primera vez que me llama. Ni siquiera se sabía mi nombre, pero sí se sabía el tuyo.

—Joder…

Tirso desvió la mirada al recepcionista. Los observaba con indisimulada fijeza, los ojos entornados.

—Solo te pido una cosa —dijo Tirso.

—No me pidas más.

—Solo una.

—No.

—Por favor. —Ella negaba con la cabeza, pero Tirso habló de todas formas—. Los registros de entrada del 10 de marzo de 1986. Es importante.

—Márchate, anda.

Lo dijo con tanta serenidad, con tanta tristeza, que Tirso no tuvo voluntad para insistir. Se puso en pie y ella le sostuvo la mirada.

—No me gusta que me engañen, Tirso de la Fuente.

—Lo siento —respondió él. Era la primera frase sincera que le decía.

Dani dormía el sueño de los justos sobre el mugriento colchón emborronado de lamparones. Un detallado análisis químico habría encontrado en aquel tejido toda clase de drogas, alcohol de diversa graduación, saliva, semen de al menos tres hombres y flujo vaginal de al menos cinco mujeres. Pero a él le parecía un colchón cómodo y por nada del mundo estaba dispuesto a gastarse el dinero que tanto le costaba afanar en uno nuevo.

Su novia, que se llamaba Yenifer aunque todos la llamaban Yeni, lo observaba desde la taza del váter. Le gustaba sentarse allí porque cuando se agobiaba, y se agobiaba muchas veces al día, podía cerrar la puerta y trancar por dentro. Era su refugio.

Esta vez, sin embargo, no estaba encerrada. De hecho, no apartaba los ojos de Dani. Esperó a que sus ronquidos se volviesen regulares, más pesados y uniformes, para salir sigilosamente de la autocaravana. Lo cierto es que el sigilo era innecesario; el sueño de su novio era tan pesado que haría falta una bomba atómica para despertarlo.

Una vez fuera, fijó la mirada en la cabina de teléfono. Lo que estaba a punto de hacer, lo que llevaba un buen rato barruntando, era una mala idea, lo sabía de sobra, pero no veía alternativa. Les había costado mucho encontrar aquel sitio. Allí podían estar tranquilos y a su aire. Si el váter era su refugio, el estercolero era su jardín. Iban a Madrid cuando lo necesitaban, daban unos palos en el DIA o en el Carrefour, compraban droga, cerveza y vino, y luego regresaban aquí, a su mugriento edén.

En este sitio, además, Dani no tenía forma de meterse en líos. No era moco de pavo. Cada vez que pasaban un par de noches en Madrid, él acababa con alguna cornada en alguna parte, hospitales, comisaría, llamada a casa, toda esa mierda.

Yeni no veía a su madre desde que se llevó prestada la autocaravana. Aunque ella nunca la denunciaría, sabía que tarde o temprano algún poli les pediría los papeles. Por mucho que no les constase un robo, querrían comprobar con el dueño, su padre, si tenía el vehículo bajo control. Sabía el efecto que su novio y ella causaban en los polis, no les dejaban en paz ni a sol ni a sombra.

Por eso aquello era una mala idea, porque podrían perder su nidito, su rinconcito, su pequeño trozo de paraíso. Pero no veía alternativa, de verdad que no. El pirado ese acabaría trayéndoles problemas, estaba segura de ello. Yeni tenía olfato para los líos porque llevaba rodeada de ellos desde su más tierna infancia. Nació rodeada de ellos. Los veía venir a la legua, los sentía en la tripa. Era un poco bruja para eso.

Así que repasó el plan de nuevo y asintió para sí misma, dándose fuerzas. Tenía que hacerlo. Iba a hacerlo.

Cogió el auricular y marcó el 112.

—Emergencias, ¿en qué puedo ayudarle?

Yeni se quedó muda al oír la voz. De pronto, aquello se había vuelto real. Ya no era una fantasía ni un propósito. Se lo jugaba todo a una carta y, por muy bruja que fuese, lo cierto es que las cartas se le daban de pena.

—¿Hola? ¿Me oye?

—Sí —dijo.

—¿En qué puedo ayudarla?

—Quería... Yo... —Trago saliva, tomó aire—. Quiero hablar con la policía.

Tirso abandonó el CIEMAT, entró en la autocaravana y se alejó de allí tan rápido como pudo. Estaba profundamente desanimado. El entusiasmo de hacía solo una hora había dado paso al sentimiento contrario: la impresión de que, estando ya tan cerca, sintiendo el final al alcance de las manos, había vuelto al principio. Otra vez en vía muerta.

Peor aún. Empezaba a sentir impotencia. Se enfrentaba a personas capaces de moverse como peces en el agua en un terreno que a él le resultaba desconocido y hostil. Quienquiera que estuviese velando por aquellos secretos se afanaba mucho por taponar cualquier resquicio a través del cual Tirso pudiera colarse. Era un minúsculo David contra un Goliat todopoderoso.

¿Quién coño era el tal Guillermo Abellán que había aireado sus trapos sucios ante Elena? Un hombre del ministerio, pero ¿de qué ministerio? ¿El de Ciencia, el de Interior? ¿Y cómo sabía él lo de Marise Pineda?

Aunque en los últimos años Tirso había sentido una cierta desafección por la actualidad política, no podía decirse que hubiese permanecido completamente desconectado. No había manera de estarlo hoy en día, con tanto ruido por todas partes. Sabía que existía una red ilegal de policías y expolicías que, durante todo el periodo democrático, habían estado haciendo trabajos sucios para el gobierno. Habían espiado, chantajeado y quién sabe si también asesinado. El brazo ejecutor en las sombras de la democracia.

Era consciente de que el cojo encajaba de lleno con ese perfil. Un expolicía reconvertido en… ¿qué? ¿Matón polivalente a las órdenes del gobierno? ¿De una parte del gobierno? ¿De alguna institución, de un alto cargo, de varios?

No era la primera vez que se lo planteaba, pero sí la primera que se sentía aplastado por la idea. ¿Qué podía hacer él, un simple lingüista, contra una maquinaria semejante?

Se percató de que el corazón le galopaba de nuevo. Le sudaban las manos, le hormigueaban las piernas, la vista se le empañó. Conocía las señales. Un ataque de ansiedad. Encendió las luces de emergencia y tomó la desviación hacia un área de descanso. Estacionó detrás de un tráiler, detuvo el motor y se quedó allí sentado, con la ventanilla abierta y la brisa fría acariciándole el rostro.

Cerró los ojos y se esforzó por concentrarse en su respiración. Inspiró y espiró. Inspiró y espiró. Pensó en el mar, en la cala y en el peñasco cuyo perfil admiraba cada día desde la ventana de su despacho. De pronto echaba de menos su rutina, su hogar, su familia. ¿Qué demonios hacía allí? Sintió el impulso de llamar a su hermana, lo controló en un principio, pero luego no quiso hacerlo.

Encendió el teléfono y esperó con la mirada borrosa a que el sistema operativo se pusiera en funcionamiento. Nada más hacerlo brotó una notificación. «ELENA CIEMAT». Un wasap, enviado doce minutos antes. No contenía texto, tan solo una fotografía. Era el registro de entradas y salidas del 10 de marzo de 1986.

Tirso soltó una risotada. Quiso tener delante a esa mujer para abrazarla, para darle las gracias, para prometerle que no se arrepentiría.

Amplió la imagen con dos dedos y fue bajando por la columna de las horas. Se detuvo en la última entrada. Ese día alguien accedió a las instalaciones de la JEN a las 23.04.

NOMBRE: cabo 1.° Enrique Armero

El motivo de la visita estaba en blanco.

23

—Esto, mire. Esto sí que es lo más.

Belmonte contempló lo que el chaval le mostraba. «Lo más» eran un par de audífonos inalámbricos cada uno de los cuales ocupaba como una moneda de diez céntimos.

Los había sacado del almacén después de cerrar con llave la puerta de la tienda. Sabía que a Belmonte no le gustaba ser interrumpido durante aquellas exhibiciones comerciales.

—¿Qué tengo que mirar?

El chico, que por poco pasaría de los treinta años pero aparentaba diez menos, señaló con un dedo el auricular izquierdo.

—Cámara... —desplazó el dedo hasta el derecho— y micrófono. Mandan la señal sincronizada a un grabador hasta diez metros de distancia.

—¿Y para qué cojones quiero yo esto?

Un tic en el párpado derecho del chico reveló un incipiente estado de nerviosismo. Belmonte era un buen cliente. El mejor con diferencia. Se gastaba mucho dinero en la tienda, incluso le había salvado meses enteros. Compraba cámaras, micrófonos, grabadoras, emisores y receptores, y siempre quería lo más nuevo, lo más moderno, lo más pequeño y discreto. El precio no solía ser un problema. Aunque ante su chica se refería a él como el Cojo Cabrón, lo cierto era que aquel tipo constituía su principal sustento económico.

Muchas veces se había preguntado para qué podía alguien necesitar un equipo de grabación semejante. Rentabilizar todo aquello requeriría de muchas y muy variadas grabaciones —de audio y de vídeo, nocturnas, a distancia, telefónicas, ocultas...—. Por supuesto, ni se le pasaba por la cabeza preguntarle al respecto. Tal vez el muchacho fuese un poco timorato, pero no era un imbécil.

—Puede... puede... —titubeó.

—¿Qué? ¿Qué puedo?

—Pues, por ejemplo, entrar a un bar con ellos puestos, y entonces pues se los quita, ¿no?, y... y... Pues los deja en la mesa, así, por ejemplo.

—Eso —señaló los auriculares sin tocarlos— es de maricas. ¿Te parezco marica? —El chico negó con la cabeza. No tenía la menor idea de adónde había ido a parar toda su saliva. En la boca no estaba—. ¿Entonces?

—Es que... funcionan, funcionan muy bien.

—¿Cómo lo sabes?

—Los he, o sea, los he probado —mintió el chico, que no sabía cómo demonios salir de aquel embrollo.

Belmonte apoyó las manos en el mostrador de cristal y aproximó su rostro al del pusilánime muchacho, que vio su propio gesto aterrorizado en el reflejo de las gafas verdes. Se divertía tanto con él...

—No se te habrá ocurrido grabarme.

—¡No! —gritó el muchacho escandalizado—. No, cla-claro que no, no. —Tartamudeaba, como siempre que se ponía nervioso. Se sentía como si volviese a tener diez años.

—¿No? ¿Seguro?

—No, no. Ni se me pa-pasaría por la ca-cabeza, de, de verdad.

La primera vez que Belmonte entró en la tienda, haría ya cuatro o cinco años, se gastó un auténtico dineral. En metálico. Dejó, además, una muy generosa propina y la promesa de que, si todo funcionaba correctamente, volvería con frecuencia. A cambio, acordó con el muchacho que los productos que se llevara no podían ser rastreables de ninguna manera, nada de números de serie, ni la menor posibilidad de trazabilidad en ninguno de los componentes. Para asegurarse de que lo entendía, le mostró la culata de la Colt enfundada en la pistolera. El muchacho le aseguró que jamás en toda su vida había entendido algo tan bien.

Desde entonces, su relación comercial había ido como la seda. Belmonte, sin embargo, era de la opinión de que, cada cierto tiempo, convenía recordar a la gente la posición que ocupa. De lo contrario, la rutina puede devenir en relajo y el relajo en malentendidos.

—Le ju-juro que nunca se me ha pasado por la ca-cabeza —tartamudeó el chico. El sudor le empapaba la camiseta en la zona de las axilas—. A ve-a veces pruebo el ma-material para… pues…

Belmonte se apoyó un dedo sobre los labios cerrados. Su móvil vibraba en el bolsillo. Lo sacó, miró la pantalla y luego clavó sus ojos en el tendero que, con un servil asentimiento, faltaría más, ningún problema, cogió los audífonos inalámbricos y marchó con ellos al almacén.

—Amancio, dime.

—Escucha, tengo una cosa aquí que igual te sirve —le dijo la voz ronca y apática del comisario jefe del distrito Centro.

Era un viejo compañero de armas y escarceos que, tras tener una hija con síndrome de Down, se ablandó y decidió apostar por la vía menos rentable. Claro que, de vez en cuando, todavía se permitía algún que otro ingreso extra libre de impuestos.

—Acabamos de recibir una llamada rara. Iban a mandar una patrulla, pero he pensado que igual es tu fulano y lo he parado de momento.

—Te escucho.

—Parece que hay un tío instalado en un descampado desde hace unos días. Duerme en una rulot de esas de vacaciones.

La que ha llamado supongo que será una vecina de por allí, ha dicho que el pollo se trae algo entre manos. Se ve que tiene muchos papeles y no sé qué. También te digo que no ha querido identificarse, así que vete a saber.

—Um. ¿Dónde está el descampado?

—Te vas a reír. —Y, con tono divertido, añadió—: Entre Pinto y Valdemoro.

El comisario esperó a oír la risa de Belmonte. Lo único que oyó fue cómo colgaba.

Tirso entró en la terraza de la residencia con la esperanza de encontrar a Zarrandicoechea aferrado a su lupa y con un libro entre las manos, pero solo halló una mesa vacía. Preguntó a un anciano que pasaba por allí, quien le respondió con una mirada temerosa y una especie de gorgorito. Volvió a la entrada y repitió la consulta al tipo de la recepción.

—¿No está en la terraza? ¡Ah, no, calla, es verdad! Esta mañana se encontraba mal y se ha quedado en la cama.

—¿Podría verle?

—No. Si no es familiar, no.

Tirso maldijo su suerte. Tenía que hablar con Zarrandicoechea y no podía perder ni un minuto. El cerco se estaba cerrando a su alrededor, pronto nadie lo recibiría.

—¿Puedo llamarlo?

El otro le contempló con indiferencia. Parpadeó dos veces.

—Por mí, sí.

—¿Podría hacerlo desde aquí? —preguntó señalando el teléfono fijo del mostrador.

El tipo dudó un momento y, por fin, le alcanzó el teléfono con un estentóreo suspiro.

—Se sabe su móvil, espero.

—¿No tienen teléfono en las habitaciones?

—Hombre, esto no es un hotel.

Tirso soltó el auricular con gesto de derrota y el de la recepción se compadeció de él.

—Bueno, venga, suba. Cinco minutos, ¿eh?

—Suficiente —dijo Tirso mirando hacia las escaleras—. ¿Es por ahí?

—Sí. Habitación 21, segunda planta. Cinco minutos. No me haga ir a buscarlo.

Tirso le dio las gracias con una mano y vio que la herida le sangraba del nuevo a pesar de la tirita. Se la quitó y se limpió como pudo con los bajos de la camisa mientras saltaba los peldaños de dos en dos.

—¡Y no corra!

La puerta de la habitación 21 estaba cerrada, pero se oía la televisión al otro lado. Un concurso.

«¿Cómo se apellidaban los dos exploradores que dieron la primera vuelta al mundo?».

Llamó con los nudillos. Nadie respondió y llamó de nuevo.

—Adelante —dijo con desgana el inconfundible acento guipuzcoano de Zarrandicoechea.

Tirso abrió la puerta.

«Magallanes y Elcano».

«¡Correcto!».

El anciano se volvió hacia la entrada y el rostro se le crispó de inmediato, acentuando sus ya de por sí pronunciados surcos.

—¿Otra vez usted?

Había dos camas. Zarrandicoechea ocupaba la más próxima a la ventana. Vestía un pijama de rayas azules y blancas y estaba recostado con el mando a distancia en una mano y un dedo sobre la tecla del volumen.

Tirso dio un paso al frente dejando la puerta abierta tras de sí.

—Necesito hacerle otra pregunta.

—Pero ¿por qué me persigue usted? ¡Déjeme en paz, oiga!

Lo pronunció mientras se ponía en pie trabajosamente, sin perderle de vista ni por un segundo.

«¿Qué periodo de la era paleozoica tuvo lugar entre el devónico y el pérmico?».

—Es importante.

—¡Me da igual! ¡Yo no sé nada de esas cosas que usted pregunta! ¡Váyase a buscar a otro!

Pegó la espalda al armario, como si temiera ser agredido. Tirso se percató de ello y despejó el camino hacia la puerta, dejando claro que no pretendía retenerlo contra su voluntad.

—Señor Zarrandicoechea, de verdad que... Solo una pregunta y no volverá a verme, de verdad. Una.

Al decirlo, extendió un dedo. El anciano se fijó en la sangre que le corría por la mano.

«¿El silúrico?».

«¡No es correcto! ¿María?».

—Enrique Armero —dijo Tirso—. En 1986 era cabo, como usted.

—¿Qué pasa con él?

—¿Lo recuerda?

«¿El... carbonífero?».

—¡Claro que lo recuerdo! Un valenciano flaco, muy serio. —Dudó antes de continuar—. Tenía fama de ser el único conductor mejor que yo de todo el ejército.

«¡Correcto!».

Aplausos.

Dani lo agarró el brazo izquierdo con fuerza y se lo retorció para poder verle la sangradura, pero no encontró ninguna perforación reciente. A decir verdad, tampoco es que le extrañase demasiado. No parecía ida, sino más bien lo contrario. Demasiado eufórica, demasiado excitada.

—¡¿Qué coño te has metido?!

—¡Que no me he metido nada! —Yeni lloraba e hipaba y se atragantaba con su propia saliva—. ¡Suéltame, hostia!

Estaba alterada, era verdad, pero lo único que se había metido era un nevadito, un porro de marihuana con un poquitín de coca impregnada en el pegamento. Sus nervios no se debían a eso.

—¡No me mientas!

—¡Suelta!

—¡¿*Pa* qué quieres que nos vayamos de repente?!

—¡Hazme caso por una puta vez!

Dani no podía con ella cuando se ponía así. Le recordaba a su hermana, otra histérica que se pasaba la vida gritando y llorando por todo. A su hermana no podía cruzarle la cara, pero nada le impedía hacérselo a su chica.

El bofetón le salió más fuerte de lo previsto, culpa de ella por moverse, y a Yeni se le llenó la boca de sangre. Lo que faltaba.

—¡Te estoy salvando la vida, puto fracasado de mierda!

Eso sí que no. A él ninguna tía lo llamaba fracasado por muy buena que estuviese, y esta ni siquiera lo estaba. Lo estuvo, de acuerdo, pero ahora no era más que otra yonqui con cara de yonqui y cuerpo de yonqui. La cogió del pelo oxigenado y la arrastró por el suelo de la autocaravana, pero no había mucho sitio y apenas se movieron un metro, ella pataleaba como una loca, golpeándolo todo, tirándolo todo. Se despellejó una espinilla, más sangre, cojonudo.

—¡Suéltame!

—¡¿Estás chiflada o qué?!

—¡Que me sueltes, hijo de puta! ¡Aaah!

—¡Me tienes hasta los cojones!

—¡Sal de mi caravana! —gritaba ella como podía entre el llanto, el hipo y los golpes.

El plan de Yeni, ya podía decirse, había sido un completo fracaso. Y eso que, en principio, no revestía demasiada complejidad. Tras denunciar la presencia de un tipo sospechoso en aquel mismo descampado, le diría a su chico que fuesen a la Cañada Real a pillar provisiones para los próximos días. Estaban a punto de quedarse sin nada, así que la coartada sonaría convincente.

Aquello les llevaría un par de horas, algo más si había tráfico. Luego, lo tenía todo pensado, le propondría visitar al Fiti para tomar un par de cañas en su garito, otra hora u hora y media. En total, cuatro horas más o menos, lo justo y necesario, pensaba Yeni, para que el pirado volviese con su autocaravana y la poli le pidiese explicaciones. En el mejor de los casos, se lo llevarían detenido. En el peor, se asustaría y no volvería por allí.

Lo tenía clarísimo dentro de su cabeza, pero cuando fue a contárselo a su novio, se puso nerviosa y las palabras no le salieron ni en ese orden ni en ningún otro. No debió meterse el puto nevadito, así podría haberse expresado mejor, habría podido ordenar las ideas, aclararse un poco, pero estaba nerviosa y mierda, joder, mierda, ¡tenían que largarse de allí!

—¡*Esperaqueteexplico*! —consiguió gritar desde el suelo, con la cara y la pechera y la pierna y el pie llenos de sangre.

—¡¿Que me explicas qué?! ¡¿Qué cojones me vas a explicar tú?!

Entre los gritos de ambos y las patadas de ella, no oyeron el motor del coche ni los pasos acercándose. De ahí que a Dani le diese un vuelco el corazón cuando la puerta de la autocaravana se abrió sin más y por ella entró un tipo con una fisonomía que recordaba a un botijo, el pelo teñido y unas gafas ahumadas de color verde botella.

—¡Eh! ¿Pero qué cojones haces tú? ¡¿Adónde coño te crees que vas?!

Belmonte no se inmutó. Husmeó el ambiente y arrugó la nariz.

Yeni seguía en el suelo, apretándose unos *leggings* contra el rostro en un vano esfuerzo por contener la hemorragia. Miraba al intruso con los ojos como platos. Se le daba bien percibir las vibraciones de la gente, era parte de sus dones de bruja, y aquel tipo emanaba unas vibraciones de lo más chungas. Vibraciones de muerte.

—No tengo nada en contra de voso... —empezó a decir Belmonte, pero el yonqui le interrumpió.

—¡Que te largues de aquí, *lilipendó*!

Belmonte arqueó las cejas con expresión cómica. No recordaba que nunca en toda su vida lo hubiesen llamado algo semejante.

—Ahora mismo. Pero antes me decís dónde está.

—¡Que te pires! ¡Que salgas de la caravana, cojones!

Lo gritó el chico, pero Belmonte no lo miraba a él sino a Yeni, despatarrada y cubierta de sangre. Aunque estaba esquelética y más bien mugrienta, la imagen en su conjunto le resultó excitante. Torció la cabeza, como los perros cuando presencian algo que no entienden del todo pero que tampoco les desagrada.

Dani se interpuso, tapándole el espectáculo. Se hacía el valiente pero estaba cagado de miedo. Belmonte exploró a su alrededor por si había algún arma por allí tirada. Reparó entonces en algo. Bajo una pestilente bandeja de comida precocinada dio con un objeto completamente fuera de contexto. Un libro. Solo pudo ver el lomo, pero eso le bastó: *Fundamentos de la física nuclear*, Pablo Alegría.

—Nunca pregunto las cosas dos veces —dijo soltándose el botón de la americana—. Pero me habéis caído simpáticos y, mira por dónde, voy a hacer una excepción. ¿Dónde está?

Yeni supo lo que pasaría a continuación, porque oyó la respiración de su novio, muy rápida y con estertores, como si tuviese agua dentro de los pulmones y el líquido se manifestase con un cierto ronroneo. Conocía ese soniquete y lo que presagiaba, así que empezó a buscar una manera de salir de allí. Entre ella y la puerta se interponían su novio y aquel tiparraco. No era una opción. Tendría que hacerlo de otra manera y solo quedaba una. Saltaría por el ventanuco que había sobre la cama. Soltó los *leggings* empapados y se sorbió los mocos, preparándose para lo que se avecinaba. Y lo que se avecinaba no se hizo esperar.

Dani hundió la mano en el bolsillo de los vaqueros y sacó la navaja, sonriendo como el macarra colgado que era desde los quince años.

—Te he *avisao*.

Belmonte mantuvo la vista fija en los ojos del muchacho. Era un drogadicto, eso lo hacía peligroso. Pero, a diferencia de ella, no parecía drogado en ese momento, y eso era una gran ventaja.

El expolicía se llevó la mano derecha al cinturón. Dani pensó que también él iba a sacar una navaja, pero entonces vio la culata negra de la Colt. Sin pensarlo, porque pensar lo mataría, se lanzó al combate.

Yeni profirió un grito de pánico, pegó un brinco sobre la cama y coló la cabeza y los hombros por el ventanuco. Oyó forcejeos a su espalda, objetos que caían al suelo y reventaban en pedazos. Justo cuando las caderas se le deslizaban por la abertura, escuchó un crujido, como si un manojo de espaguetis crudos se partiese de un golpe. Y se acabaron los forcejeos.

Ella cayó de bruces al suelo de tierra. Intentó amortiguar el impacto con las manos, pero la operación no le salió demasiado bien y acabó golpeándose la mandíbula. Un potente destello de dolor se le extendió por el rostro, pero no le hizo caso. Se sentó en el suelo con la espalda pegada a la matrícula cuando un ruido sordo restalló a pocos centímetros de su cabeza. Miró hacia allí y vio un agujero en la chapa de la autocaravana.

Tardó dos segundos en comprender lo que pasaba. Cuando lo hizo, soltó un grito agudo, se puso en pie aparatosamente y echó a correr hacia la carretera tan rápido como pudo. Que, para su desgracia, no fue lo suficiente.

Tirso se sentía tan eufórico que le costaba conducir. Por fin había logrado establecer una relación convincente entre el robo de la bomba atómica y la desaparición de Alba Orbe. *A priori*, todo encajaba, pero no podía dejar de repetírsela para sus adentros en busca de alguna incoherencia que no hubiese detectado hasta el momento.

Veamos. A finales del 85 o principios del 86, Óscar Orbe y Pablo Alegría fueron informados del inminente cierre de la Junta de Energía Nuclear. No solo eso. Se les comunicó también —o lo descubrieron— que la bomba atómica sería entregada a los estadounidenses.

Orbe y Alegría contactaron entonces con alguien. Alguien poderoso, casi seguro extranjero, interesado por algún motivo en hacerse con la bomba. Ellos podían ofrecerle los datos del traslado, el cuándo y el dónde, a cambio de... ¿qué? Dinero, probablemente, pero eso era lo de menos por ahora.

En febrero o marzo del 86, el plan concreto llegó a sus oídos —como llegó también a los del Alemán de Triana y de otros tantos—: la bomba sería trasladada a la Base Naval de Rota. Viajaría por carretera la noche del 9 de marzo. Se cargaría a medianoche, saldría de Madrid por carreteras secundarias y tomaría la autovía del Sur pasada Seseña.

Orbe y Alegría se lo comunicaron a su cliente, que movilizó sus recursos, tres hombres armados, profesionales y fiables. El día señalado, el camión pasó por el lugar previsto a la hora prevista, de manera que los asaltantes consiguieron llevárselo, un éxito aparente que no tardó en ser enmendado. En el camión no había ninguna bomba, solo chatarra inservible.

El cliente entró en cólera. ¡Había pagado por esa información, se había arriesgado lo indecible! Contactó con Orbe y Alegría, les exigió una explicación y, sobre todo, la información correcta. Es de suponer que ellos estarían tan desconcertados como él. Creían de verdad que la bomba iba en ese camión, es lo que habían oído o lo que les habían dicho.

El cliente se sentía estafado y decidió presionarlos. Mandó a sus hombres a una nueva misión. Esta vez tendrían que secuestrar a una niña. Pan comido. Siguieron al padre y aprovecharon un descuido, coser y cantar, nadie vio nada. Óscar Orbe comprendió de inmediato lo que había pasado.

El cliente les puso un plazo. Si la bomba no estaba en su poder en unos días, dos, cinco, diez, la niña moriría. Pero ellos no tenían manera de saber dónde se encontraba la bomba. Tal vez lo descubrieron demasiado tarde, pasado el 10 de marzo, cuando ya estaba en manos estadounidenses.

No podían acudir a la policía, no podían contar lo que había ocurrido. De hacerlo, pasarían el resto de sus vidas en la cárcel, y tampoco eso garantizaba que fuesen a recuperar a la niña. Probablemente solo sirviese para precipitar su ejecución. Estaban entre la espada y la pared. Era de suponer que suplicaron de todas las maneras posibles, pero no surtió ningún efecto.

El plazo expiró y Óscar Orbe se convenció de que su hija había muerto. Quizá fue eso lo que le dijeron, quizá le mintieron para torturarlo. Orbe no pudo soportarlo y el 20 de marzo, devastado por la culpa y la vergüenza, se lanzó en coche por un precipicio. Murió sin saber que la niña no fue ejecutada sino trasladada a alguna parte (¿vendida?), donde permaneció durante más de tres décadas pagando por los pecados de su padre.

Era, desde luego, una pura especulación repleta de cabos sueltos y suposiciones aventuradas. ¿Quién era ese supuesto cliente? ¿Cómo pudieron dos simples científicos llegar hasta él? ¿Por qué no mataron a la niña? Y, por supuesto, la cuestión original: ¿dónde había pasado Alba Orbe los últimos treinta y tres años… y por qué?

Sin duda, quedaba mucho por aclarar, pero era su hipótesis más sólida hasta la fecha, el esqueleto de una teoría a la que ahora debía dotar de un sistema nervioso, de vísceras, músculo y piel.

Tan imbuido estaba en su absorto regocijo que poco le faltó para provocar un accidente de tráfico. Y eso, con toda probabilidad, le salvó la vida.

La salida al descampado quedaba a menos de un kilómetro, y cuando fue a ocupar el carril izquierdo, un coche oculto en el ángulo muerto del retrovisor le lanzó un sonoro bocinazo. Casi se lo lleva por delante. Tirso reaccionó pegando un brusco volantazo en la dirección opuesta. La autocaravana culeó peligrosamente y, por un momento, tuvo la certeza de que se salía de la carretera. Si no lo hizo fue más por suerte que por pericia. Giró el volante en una dirección y luego en la opuesta. De milagro logró enderezar el vehículo y recuperar el control. El otro conductor, pálido del susto, seguía recriminándole la torpeza con golpes de claxon.

Tirso le pidió perdón sacando una temblorosa mano por la ventanilla, pero eso no apaciguó al otro, que lo adelantó en cuanto pudo alejándose a toda velocidad. Para cuando quiso darse cuenta, Tirso había dejado atrás la salida del descampado.

Se volvió hacia él por instinto y, aunque solo pudo verlo durante un par de segundos, descubrió que la autocaravana de sus tóxicos vecinos no estaba sola. A su lado había un coche grande. Un SUV gris con los cristales tintados.

Justo antes de perderlo de vista tuvo la sensación de que en el suelo, no muy lejos del arcén, había un bulto parecido a un cuerpo.

24

No pegó ojo en toda la noche. Cada poco creía oír un ruido que le resultaba sospechoso. Cuando eso ocurría, se erguía sobre el colchón convencido de que la puerta de la autocaravana se abriría de golpe y por ella entraría el cojo, decidido a acabar con él de una vez por todas.

Tras distinguir el siniestro coche en el descampado, tras comprender que se había librado por pura suerte, se pasó dos horas al volante con la ansiedad disparada, tratando de decidir qué hacer, adónde ir. ¿Cómo demonios había dado con él? ¿Qué había hecho mal?

Optó por alejarse aún más de Madrid, vio un cartel que indicaba Segovia y tomó esa dirección. Cuando estaba a punto de llegar, se topó con un área de servicio provista de cafetería, hotel y aparcamiento. Estacionó junto a un camión cuyo remolque impedía que la autocaravana fuese vista desde la autovía.

Registrarse en el hotel supondría dar su DNI para que la recepción pasase luego sus datos a la policía. No podía permitirlo, de modo que permaneció sentado al volante. Puso la radio y saltó de emisora en emisora en busca de alguna noticia sobre un par de yonquis muertos. No encontró nada. ¿Los habría matado el cojo? De ser así, nadie los echaría de menos en mucho tiempo si es que alguien lo hacía alguna vez. Se planteó dejarse caer por allí, echar un vistazo, pero ¿y si el cojo seguía rondando? No podía arriesgarse.

Acabó cediendo al sueño a las cinco de la mañana, y durmió profundamente hasta que un bocinazo de pasada lo despertó con el sol ya en lo alto. Se desperezó y comprobó la hora en el salpicadero. Eran las diez menos cuarto.

Estaba agotado, seguía con los nervios de punta y sentía calambres por la mala postura. Vio por la ventanilla que la cafetería estaba abierta y salió sin afeitarse ni lavarse.

Nada más pisar el cemento, el calor lo golpeó en el rostro. La primavera había llegado en el momento menos oportuno. Nubarrones, lluvia, oscuridad, eso era lo que él necesitaba. En su lugar, el cielo estaba radiante y los termómetros rozaban los treinta grados.

La cafetería resultó ser un local cochambroso con las paredes color crema y un revestimiento de azulejos verdes y blancos que levantaba metro y medio desde el suelo. Había dos máquinas tragaperras, las dos encendidas y atronando sus músicas aberrantes, la flauta de Hamelín para ludópatas como su sobrino.

Dos clientes, ambos hombres de mediana edad, apuraban en silencio sus tentempiés. Tras la barra, una camarera obesa con el pelo oxigenado apuntaba con el mando a distancia a la televisión, saltando de un canal a otro. Se detuvo en el más ruidoso, uno de videoclips antiguos y, para rematar la tragedia, subió el volumen media docena de puntos.

—Un café solo —pidió Tirso con *Corazón partío* de fondo—. Doble.

La camarera emitió un graznido de acuerdo.

Tirso exploró el local con discreción. Vio un viejo teléfono de monedas en una esquina de la barra.

—¿Funciona? —preguntó a la camarera.

Esta tuvo que mirar en la dirección que le señalaba, como si no recordase lo que había allí, y asintió luego con manifiesta falta de entusiasmo.

Tirso fue hasta él fingiendo que buscaba una moneda en el bolsillo y, tras asegurarse de que nadie lo miraba, marcó el 112 y se apartó de la barra cuanto el cable le permitió.

—Emergencias, ¿en qué puedo ayudarle?

—Creo que hay un cadáver a unos cuatro kilómetros al sur de Valdemoro —susurró—. Está al lado de una autocaravana blanca, en un descampado. Se puede acceder desde la comarcal que pasa por debajo de la A-4.

—¿Puede repetir?

—Es posible que sean dos cadáveres.

Colgó, pero luego levantó el auricular y lo dejó mal encajado para que no pudiesen devolver la llamada.

Se sentó ante su café, que ya lo esperaba en la barra. Acababa de dar el primer trago cuando un rugido atronó a su espalda. El camión cuyo remolque ocultaba la autocaravana se había puesto en marcha dejando su vehículo expuesto a cualquiera que circulase por la autovía.

No había ningún motivo para pensar que el cojo fuese a pasar precisamente por allí en ese momento. Por otra parte, ¿quién sabe cuánta gente andaría buscándolo? Quizá todo el cuerpo de la policía. Quizá las mismas personas que tan afanosamente se empeñaban en mantener sus secretos a la sombra habían conseguido hacerle parecer un peligro público. Quizá, sin él saberlo, se había convertido en el delincuente más buscado de España. Todo le parecía posible.

Ya no le quedaba nadie, ningún aliado, ni una sola persona a la que acudir. Estaba el lord desubicado, pero a él no podía pedirle auxilio ni consejo ni protección. Dejó las normas muy claras: solo preguntas concretas. Y lo cierto era que él no tenía ninguna.

No veía salida, ningún camino que recorrer, ninguna pista que seguir. Volvió a plantearse si tal vez había llegado el momento de desistir, de regresar a Menorca, de recuperar su vida si es que aún estaba a tiempo.

Encendió el teléfono solo para comprobar si su hermana había intentado contactar con él. Lo que encontró fue un mensaje de Alba, otro más. Había sido enviado a las 8.02. Solo que este no se parecía a los anteriores.

Tengo las llaves. A las 11.30 allí

Miró el reloj. Las diez y veinticinco. Tecleó:

OK

Lanzó dos euros sobre la barra y salió de la cafetería a toda prisa, preguntándose qué habría provocado semejante cambio de actitud. Daba igual, ya tendría tiempo de descubrirlo. Lo importante ahora era llegar a tiempo. No podía desaprovechar la que a todas luces parecía su última oportunidad.

Arrancó la autocaravana y puso rumbo a Madrid. Según el TomTom, tardaría una hora y veinte en llegar al 99 de la calle Velázquez. Eso significaba que se retrasaría, aunque no mucho. Quince minutos. Confiaba en que Alba le concediese ese margen.

A ciento treinta kilómetros por hora el plástico de la autocaravana trepidaba como si el vehículo estuviese a punto de descuajeringarse. Aun así mantuvo la velocidad de crucero en un afán por rascar algún minuto. El cansancio y la ansiedad se le habían desvanecido de golpe. Estaba frenético.

No llevaba medio camino cuando un embotellamiento lo obligó a pararse en seco. La hilera de coches se perdía tras una curva, de modo que no tenía manera de calcular la dimensión del contratiempo. Juró inútilmente, maldiciendo esa ciudad.

Tamborileó con nerviosismo los dedos en el volante y volvió a leer el mensaje. Era lo suficientemente ambiguo como para que, si alguien lo interceptaba, no fuese capaz de interpretarlo. Eso esperaba por lo menos. Aun así apagó el móvil. Levantó el freno de mano y, sin otra cosa que hacer, recuperó los pensamientos que había dejado en suspenso la tarde anterior. La venta de la bomba por parte de Óscar Orbe y Pablo Alegría, el misterioso cliente, la decepción. Sabía que estaba muy cerca, lo intuía.

La laguna principal era precisamente la identidad del comprador. ¿Quién podría estar interesado en hacerse con una bomba atómica? No podía ser un particular, eso era evidente. Terroristas, quizá. Pero no ETA, eso ya lo había descartado. Terroristas internacionales entonces. O tal vez un Estado. El gobierno de un país. Esa hipótesis lo convencía más. Explicaba la formación militar que tenían los asaltantes, la limpieza con que ejecutaron el robo, un solo disparo, limpio, que buscaba herir sin matar.

Eso tenía sentido, pero planteaba una nueva incógnita aún más peliaguda. ¿Cómo pudieron Óscar Orbe y Pablo Alegría trabar contacto con una nación extranjera? La gente normal, la gente como ellos, no tiene acceso a los servicios de inteligencia ni a nada parecido. No levantas el teléfono y pides que te pasen con un ministro o un presidente. La respuesta más convincente era también la más obvia: ellos no contactaron con nadie. Fue esa nación extranjera, a través de algún representante, la que estableció contacto. Después de todo, Orbe y Alegría eran los más destacados científicos de la Junta de Energía Nuclear, autores de numerosos artículos científicos publicados en medios especializados. Solo Francisco Romera los superaba en prestigio, pero era un militar y se le presuponía lealtad a la patria. Nadie en sus cabales contactaría con un general extranjero para ofrecerle dinero a cambio de secretos. Pero ¿por qué no hacerlo con un par de civiles desencantados con la política de su país y enojados por la manera en que su gobierno había frustrado y enterrado el trabajo de sus vidas? Dos jóvenes orgullosos, con hambre de reconocimiento y también de dinero.

Ahora bien, ¿qué país se arriesgaría a una operación semejante? El lance diplomático, en caso de ser descubierto, sería gravísimo. Incluso podría ser considerado un *casus belli*. A finales de los ochenta, Francia ya era una potencia nuclear, lo cual la descartaba de la lista de sospechosos. ¿Portugal entonces? ¿Italia tal vez? ¿Algún país latinoamericano? ¿Algún país africano?

Lo que le sobrevino entonces lo atribuiría más tarde al estado no completamente consciente en que se encontraba tras varias noches prácticamente en vela. Lo pensó como se piensan las cosas en sueños, sin rechazar lo imposible, sin cuestionarlo siquiera. Algunas veces es así como se llega a la verdad. Esta fue una de ellas, y se le presentó como una punzada de clarividencia, eso que los científicos llaman «momento eureka». A resultas de ello abrió tanto los ojos que, al verlo, un observador externo se habría figurado que estaba contemplando a la mismísima Virgen María flotando frente a su rostro, al otro lado del gran parabrisas.

Seguía bloqueado en pleno embotellamiento, así que aprovechó para encender de nuevo el móvil. Le pareció que tardaba una eternidad. Los nervios le entorpecían los dedos y erró dos veces su PIN, una más y estaba jodido. Lo tecleó correctamente y, cuando el móvil por fin arrancó, entró en la galería de imágenes en busca de una de las fotografías que Alba le había enviado.

Ahí estaba.

Ahí había estado todo el rato.

Ante sí tenía a Óscar Orbe y Pablo Alegría posando en pleno desierto con sonrisas jactanciosas. Según declaraba el reverso manuscrito, la instantánea había sido tomada en 1985. Sus abrigos revelaban que era invierno. Aquella foto se tomó, estaba seguro, a finales de año, tan solo unos meses antes del robo del camión. En Marruecos.

No fueron allí para probar la bomba. No buscaban un lugar donde hacer ensayos nucleares, nunca hubo intención de detonarla en el Sáhara. ¡Era 1985! Para entonces el proyecto atómico ya estaba más que enterrado. Franco llevaba muerto una década, España había firmado su adhesión a la Unión Europea, ¿cómo iba a ponerse a estallar bombas atómicas?

No, ese no fue el motivo del viaje. Óscar Orbe y Pablo Alegría fueron a Marruecos para sellar un pacto. Iban a entregar la bomba al país norteafricano. ¿Cómo no lo había visto antes? Se lo dijo Romera: fabricar una bomba atómica desde cero era una labor complejísima que requería décadas de trabajo. Pero si tienes un modelo, si puedes despedazar una bomba terminada y funcional y asomarte a sus entrañas, todo es mucho más fácil. Basta con replicarla. Fue lo que hizo el equipo de Romera con la bomba estadounidense de Palomares, y era lo que los marroquíes pensaban hacer con la española.

Querían copiar la bomba.

En ese preciso instante el embotellamiento se disolvió y Tirso pudo acelerar al máximo. Según el navegador, llegaría veinticinco minutos tarde.

Alba contempló el edificio y, tras apoyar la bicicleta en la fachada, se aseguró de que la llave abría el portal. Guardó otra vez el llavero y quedó a la espera, oteando nerviosamente en todas direcciones. Pasaron cinco minutos. Consultó la pantalla del móvil. Ningún mensaje tras el OK de las 10.25.

Diez minutos, ni rastro de Tirso.

A los quince empezó a inquietarse y recorrió la manzana de arriba abajo examinando todos los rostros, todos los coches.

A la media hora decidió entrar sola. Cuando se disponía a meter la bicicleta en el portal, un claxon sonó estridente a su espalda. Al girarse, vio una autocaravana blanca que se detenía en una zona de carga y descarga con las luces de emergencia encendidas. ¿Le había pitado a ella? Se puso en guardia, lista para poner pies en polvorosa si era necesario, pero entonces atisbó a Tirso por una de las ventanillas.

—¿Estás bien? —preguntó Alba cuando él fue a su encuentro, y con solo esa pregunta Tirso supo que la mujer estaba al corriente de lo que pasaba o al menos de una parte.

—Sí, pero hablamos dentro mejor.

La ayudó a meter la bicicleta y cerraron la puerta.

—¿Dónde estabas? Te he enviado como diez mensajes.

—Perdona, no podía responder. ¿Qué ha pasado?

—He tenido una visita.

Vaciló un momento, pero acabó desprendiéndose del fular que le envolvía el cuello. A la luz ambarina y fantasmagórica del único plafón, Tirso contempló los moretones.

—¿Quién te ha hecho esto? —preguntó, aunque adivinaba la respuesta.

—Un viejo. Se presentó en la tienda hace unos días.

—¿Cojo?

—Sí.

—¡Hijo de puta! Pero ¿por qué? ¿Qué quería?

—Saber dónde estabas.

—Mierda —susurró Tirso, consciente de que también de eso era responsable—. Lo siento.

—No es culpa tuya.

—Sí que lo es. ¿Te dijo algo?

—No. Bueno, sí. Que le habías dejado mal ante sus jefes y que... ahora era algo personal. Quería que te lo dijera si me llamabas. ¿Quién es ese tío? ¿Qué tiene que ver con lo que le pasó a mi hermana?

—Él creo que nada. No directamente. Me parece que lo han contratado para que... me pare. Para que deje de hacer preguntas.

—¿Quién? ¿Quién le ha contratado? ¿De qué va todo esto?

—Es largo. Y complicado. Te lo contaré todo, te lo prometo, pero primero vayamos arriba y hagamos esto cuanto antes.

No había ascensor, de modo que subieron por las escaleras, Alba primero, Tirso detrás.

—¿Qué esperas encontrar?

—No lo sé —respondió Tirso con sinceridad—. Pero creo que lo sabré si lo veo.

Al llegar al segundo piso, ella se detuvo frente a la puerta con la llave en las manos. La cerradura estaba agarrotada, supuso Alba que por falta de uso, y Tirso tuvo que echarle una mano.

Nada más abrir se vieron envueltos en el viciado ambiente del piso. Las persianas estaban cerradas y los interruptores no respondían. Alba sacó su móvil para iluminarse con la linterna. Tirso la imitó.

—Voy a abrir —dijo ella encaminándose a una ventana, pero él la detuvo.

—Mejor que no.

Alba comprendió.

—Vale, sí.

No tardaron en dar con el cuadro eléctrico, pero no sirvió de nada.

—Mi madre daría de baja la luz. Nadie viene nunca por aquí.

La casa, completamente amueblada, parecía congelada en el tiempo. Allí seguían las alfombras, los muebles, los viejos electrodomésticos... Todo cubierto por una gruesa capa de polvo como ceniza que se deshacía en espirales con la más leve corriente de aire. Alba se llevó el fular al rostro para taparse la nariz y la boca.

—¿Dónde estaba la habitación de tu hermanastra?

—Por aquí, ven.

Lo guio hasta una puerta entornada que empujó con una mano. Los goznes chirriaron y también la madera bajo los pies de Tirso cuando penetró en el dormitorio.

También aquella estancia parecía suspendida en el pasado. La cama, el armario, el escritorio, las baldas, todo permanecía tal y como debió de quedar el 10 de marzo de 1986, cuando la pequeña Alba Orbe, de cinco años, salió de aquel cuarto para no regresar jamás.

Sobre el escritorio, junto a una lamparita con tulipa de grecas rosas y blancas, había un estuche cerrado, una caja de rotuladores y otra de ceras, todo tamizado por el polvo, como un altar en memoria de la niña evaporada.

En los estantes, una docena de muñecos, juguetes de construcción, una torre Eiffel erigida con papiroflexia y la colección de libros de David el Gnomo con los lomos deshechos. Sobre la cama, cubierta con un edredón de corazones diminutos, una concentración de peluches: conejos, elefantes, osos pandas, pardos y polares, un tigre y un unicornio. Al iluminarlos, Tirso sintió que decenas de ojos se clavaban en él.

—Mi madre se empeñó en dejarlo así. Por si volvía.

—¿Cuándo se marchó de este piso?

—Hará unos treinta años —respondió ella pegada al quicio de la puerta. No se decidía a entrar en la habitación—. Un poco después de lo de Alba.

Tirso rebotó la luz contra el techo para iluminar la estancia de modo uniforme.

—¿Por qué no lo puso venta?

Ella se encogió de hombros.

—No necesitaría el dinero.

La madera crujió en alguna parte y los dos se pusieron en guardia, como si esperasen que alguien emergiese súbitamente de la oscuridad. Tirso se percató de que a Alba se le había acelerado la respiración.

—¿Podemos salir de aquí? Me da escalofríos.

Regresaron al pasillo. Él hizo un barrido con el haz. En las paredes, manchas rectangulares delataban que, en su día, de allí colgaron marcos, cuadros o fotografías.

—Has dicho que se mudó hace treinta años.

—Más o menos, sí. No lo sé exactamente, pero por ahí.

—Tú no habías nacido.

—No, se fueron justo antes.

—«Se fueron». Tu madre ya estaba con tu padre. —Ella asintió—. Él llegó a vivir aquí, entonces.

—Sí. Unos años, pocos. Serían... ni dos, igual.

Tirso se preguntó cómo reaccionaría Alba cuando le contase que su padre, el aburrido académico, se pasó la vida ocultándole que fueron sus acciones las que desencadenaron el secuestro de Alba Orbe. Las suyas y las de Óscar Orbe. La incógnita, lo que Tirso no era capaz de dilucidar, era si se lo ocultó solo a ella. Pensó en Claudia Subirós y le vino a la mente aquella anomalía que había detectado en su habla. Seguía sin dar con la causa. La única manera de identificarla pasaba por oírla durante más tiempo, algo que no estaba a su alcance.

Como si le leyera el pensamiento, Alba preguntó:

—¿En serio sospechas que tiene algo que ver con... esto, con lo que sea?

—¿Sinceramente? No lo sé.

—Pues ya te lo digo yo: no. Es imposible. Mi madre no ha hecho nada en su vida. No ha trabajado nunca. Es adicta a los ansiolíticos y a los antidepresivos ni sé desde cuándo. La recuerdo tomándose pastillas desde siempre, desde que era una niña. Es todo lo que hace. Eso y, ahora, rezar. Hay una iglesia al lado de casa, y está todo el día allí. Antes se pasaba el día leyendo, y ahora se lo pasa rezando. No sé qué idea te has hecho de ella, pero te equivocas, de verdad.

Quizá. Probablemente. Al fin y al cabo, ¿era factible que si Claudia Subirós lo hubiera sabido todo, habría permanecido en silencio durante tres décadas? Una mujer que pierde a su hija por la ambición de su marido, por su codicia y su torpeza. ¿Cómo sobrellevar eso? Quizá... con ansiolíticos y antidepresivos.

—Imagino que tampoco tienes respuesta a esto, pero... ¿sabes por qué se marcharon de aquí?

Alba alumbró el rostro de Tirso. La luz lo cegó momentáneamente y tuvo que desviarle la mano.

—Sé que a mi madre esta casa la deprimía bastante, te puedes hacer una idea. Mi padre le propuso buscar otro sitio, cambiar de aires. Por su bien, se supone.

—¿Pero? —preguntó Tirso intuyendo que se guardaba algo.

—Nada. Eso.

—Cualquier cosa puede ayudar. Lo que sea. ¿En qué piensas?

Alba meditó un momento antes de seguir hablando.

—Siempre he pensado que… No sé. Creo que mi padre tenía sus razones para querer marcharse de aquí.

—¿Cuáles? ¿Qué razones?

Ella dirigió la luz a una puerta ubicada en el extremo opuesto del pasillo.

—¿Qué hay ahí?

Alba le indicó que la siguiera. Era un habitáculo pequeño provisto de un balcón que estaba, como el resto, cerrado a cal y canto. Había dos librerías y un pesado escritorio de madera noble. Tras él, una silla señorial, forzosamente incómoda.

—Para mi padre, el despacho era lo más importante de una casa. Se pasaba horas en él, estudiando, trabajando. —Sonrió—. Sin cocina podría haber pasado, sin despacho ya te digo que no. Cuando se mudó aquí con mi madre, después de la muerte de Óscar Orbe, este piso solo tenía dos cuartos libres. La habitación de Alba no era una opción, así que no le quedó más remedio que instalarse aquí.

—El antiguo despacho de Óscar Orbe —dedujo Tirso—. ¿Qué quieres decir? ¿Que se mudaron por eso, porque no quería estar aquí?

Ella se encogió de hombros.

—No. No lo sé. No quiero decir nada, me has preguntado y… ¿qué importa por qué se mudaran?

—Seguramente nada.

¿Era posible que Pablo Alegría pudiese dormir con la viuda de su amigo muerto pero no fuese capaz de trabajar en su despacho? ¿Le parecía quizá un expolio excesivo? No estaba dispuesto a renunciar a la mujer y apaciguó sus remordimientos renunciando a la casa. Era extraño, ridículo y aberrante, pero el alma humana es todo eso y cosas peores. Pablo Alegría fue quien quiso llamar a su hija igual que la niña desaparecida. Una Alba por otra. Una casa por otra.

—Cuando pienso en mi padre, me lo imagino siempre en el despacho. No en este, claro. En el de casa, la nuestra. Igual íbamos al cine o a cenar por ahí, y él siempre quería volver pronto para encerrarse con sus papeles. Solo era feliz ahí.

Mientras Alba pasaba un dedo sobre el escritorio, trazando pensativa una filigrana en el polvo, Tirso se acercó a las librerías. Ojeó los lomos de los volúmenes, física, química, ingeniería nuclear, casi todos en inglés.

—Es raro que no se llevase estos libros.

—No le cabrían. Tenía cientos.

En una de las librerías vio una carpeta grande, como las que usan los arquitectos para sus planos y los artistas para sus dibujos. La señaló mirando a Alba.

—¿Puedo?

Ella meneó la cabeza, haz lo que te parezca. Tirso la depositó con cuidado sobre la mesa. Cuando fue a retirar las gomas, estas se deshicieron entre sus dedos en una sustancia viscosa.

—Mierda… —dijo limpiándose en los vaqueros—. Ilumíname aquí, por favor.

La carpeta contenía una sola hoja doblada varias veces sobre sí misma y amarilleada por el tiempo. Al desdoblarla, vio manchas de café y ceniza de tabaco prensada contra el papel. Aquel documento había tenido una vida agitada, de mucho trasiego y manoseo. Una vez desplegada, la hoja ocupaba el equivalente a ocho folios.

Era un complejo diagrama que representaba un objeto rectangular parecido a un ataúd con la parte superior, aquella donde el muerto apoyaría la cabeza, en forma ovalada. El interior de ese óvalo contenía una enrevesada maraña de líneas, figuras geométricas y números.

Alguien había anotado palabras en inglés aquí y allá. Las notas procedían de la misma mano que había fechado la fotografía del desierto.

—Es la letra de mi padre. ¿Qué es esto? —preguntó Alba examinando el esquema—. ¿Un reactor?

Tirso deslizó el dedo por los textos.

«Aluminum cones». «Core assembly». «Vacuum». «Arming control». «Fast explosive Lenses». «Electrical detonators».

—No. Creo que son... —empezó a decir y apartó la mano para tener una visión de conjunto—. Las instrucciones de una bomba atómica.

—¿Es por esto? ¿Lo de Alba tuvo algo que ver con... la bomba?

Tirso la miró sin decir nada, pero ella volvió a desentrañar sus pensamientos y se limitó a asentir sin la menor sorpresa, quizá porque lo había deducido o porque siempre lo había supuesto. Luego se volvió de nuevo hacia el diagrama y se quedó mirándolo en un silencio abstraído.

Tirso inspeccionó a su alrededor en busca de algo más, pero todo le pareció irrelevante. Salvo el escritorio. Tenía tres cajones, cerrados los tres.

—¿Te importa?

Alba volvió en sí, miró lo que Tirso señalaba y negó con la cabeza.

No había nada de interés en los dos primeros, clips, bolígrafos secos y un abrecartas, pero en el tercero halló una cajita metálica del tamaño de un libro de bolsillo. Tenía en el frontal una pequeña cerradura.

Se incorporó con ella en las manos y algo metálico resonó en su interior.

—El abrecartas —propuso Alba.

Tirso encajó la punta en la fina ranura e hizo palanca, pero la caja resultó más resistente de lo previsto y le llevó un rato romper los engranajes. Cuando por fin cedieron, la caja volcó y algo salió volando.

Alba enfocó con la linterna los pies de la silla. Era una vieja llave de seguridad engarzada a un llavero similar al de los coches de alquiler. En él, bajo el antiguo logotipo del Banco Bilbao Vizcaya, había un número escrito a bolígrafo.

—Dos mil ciento ochenta y uno —leyó Alba.

—Una caja de seguridad. ¿Sabes algo de esto?

—No. Ni idea.

Tirso contempló la llave unos segundos.

—¿Quién es el beneficiario del testamento de tu padre?

—Yo —respondió Alba. Bajo la luz de la linterna, Tirso pudo ver sus ojos empañados—. Me lo dejó todo a mí.

25

El director de la sucursal, un chupatintas presuntuoso en mangas de camisa y con la corbata firmemente estrangulada a la manera Windsor, invirtió sus buenos quince minutos en leer toda la documentación. Tenía entre las manos el certificado de defunción de Pablo Alegría, el Registro de Actos de Última Voluntad y una copia del último testamento. Cuando terminaba de ojear uno de los papeles, pasaba al siguiente, y, cuando parecía que ya no había más que leer, volvía a empezar de nuevo.

—¿Han traído la llave? —preguntó sin mirarlos.

Estaban en su despacho. Alba, sentada al lado de Tirso, depositó la llave de seguridad en la mesa del chupatintas, quien la ojeó brevemente sin darle importancia.

Se había presentado con un «siento mucho su pérdida» dirigido a Tirso, quien tuvo que enmendarle la plana diciendo que él solo estaba en calidad de acompañante.

—Según veo aquí —el de la corbata señaló uno de los documentos—, su padre falleció hace casi cinco meses.

—Sí.

—Han tardado en venir.

Tirso se contuvo para no soltarle una grosería.

—No sabía que tenía una caja de seguridad —se defendió Alba con inocencia—. Hemos encontrado la llave esta mañana, mientras recogíamos sus cosas.

Tirso estaba admirado por la fortaleza de aquella mujer. No le había pedido explicaciones a pesar de que sin duda la cabeza le bullía de presentimientos terribles. Ni siquiera el encontronazo con el cojo, que, a juzgar por las marcas del cuello, debió de ser terrible, la había hecho flaquear. Al contrario: el miedo la había impulsado. En eso, se dijo, eran muy parecidos.

Al verla allí sentada, tomando el control de la situación, Tirso tuvo claro que ya no podía dejarla al margen. Ella estaba tan implicada como él. Más, dado que era la historia de su familia lo que intentaba dilucidarse. De la forma más inesperada, la joven Alba se había convertido en la aliada que Tirso llevaba buscando desde el principio.

El chupatintas se golpeó el mentón con una pluma Mont-Blanc. Cuando por fin apoyó los documentos en la mesa, se volvió hacia su ordenador y tecleó algo con la pericia de quien lleva toda una vida entregado a la burocracia. Se quedó mirando la pantalla con los ojos entornados, como si estuviese a kilómetros de distancia y apenas la atisbase. La Mont-Blanc, otra vez contra el mentón.

—Su padre contrató la caja en julio de 1986. Desde entonces, solo la abrió una vez.

A Tirso el año no le pasó desapercibido. Cruzó una mirada con Alba y preguntó:

—¿Cuándo?

—Hace… —deslizó el ratón, clic— año y medio.

—Cuando le diagnosticaron el cáncer —reveló ella.

El director de la oficina lanzó un último vistazo a su pantalla mientras se abotonaba las mangas de la camisa.

—Bien —dijo—. Parece que está todo en orden. Si son tan amables de acompañarme…

Dejaron atrás la sucursal, penetrando en una zona más allá del normal acceso de los clientes, bajaron unas escaleras y atravesaron un pasillo hasta un pequeño vestíbulo tristemente equipado con solo un par de sillas.

—Esperen aquí.

El chupatintas franqueó una puerta dejándola entornada a su espalda. Advirtieron cómo se tecleaba un código, diez pitidos en total. Un golpetazo restalló de golpe, bulones deslizándose en perfecta sincronía.

El chupatintas se personó de nuevo en el vestíbulo.

—Ya pueden pasar.

Accedieron a otro pequeño habitáculo de apenas cuatro metros cuadrados. Había allí una imponente puerta acorazada abierta ahora de par en par que cruzaron precedidos por el encorbatado. En la bóveda, tres de las cuatro paredes estaban cubiertas por cajoneras metálicas provistas de gavetas numeradas. En el centro, una mesa plateada que a Tirso le recordó a las que se usan para las autopsias. La luz era dura y fría y hasta el más mínimo sonido reverberaba sutilmente.

El chupatintas no tardó en encontrar la dos mil ciento ochenta y uno. Deslizó una plaquita de plástico que dejó a la vista dos cerraduras, una junto a la otra. Extrajo del bolsillo un manojo de llaves, seleccionó una de ellas y la introdujo en la cerradura izquierda. Clac.

—La suya es la de la derecha. Si me necesitan, estoy ahí mismo.

Abandonó la bóveda quedándose a la espera en la estancia contigua. Tirso y Alba contemplaron la gaveta.

—Adelante —dijo él.

Alba introdujo la llave en la cerradura y la giró. Otro clac seco, idéntico al anterior. La caja de seguridad se abrió revelando en su interior un cofre también metálico. Tenía el mismo número, dos mil ciento ochenta y uno, escrito a rotulador.

Una caja dentro de otra, pensó Tirso. Como una matrioska.

Alba extrajo el cofre y lo depositó sobre la mesa. Luego se lo quedó mirando sin decidirse a tocarlo.

—¿Por qué no lo sacó de aquí? Sea lo que sea, ¿por qué no se lo llevó? Tuvo tiempo de sobra.

La respuesta era evidente: Pablo Alegría quería que su hija o tal vez su esposa dieran con ello. Eso pensó Tirso, pero no lo dijo. No hacía falta.

Alba tomó una bocanada de aire y retiró la tapa. Lo primero que vieron fue un texto.

V e L a Z Q e Z
99
2
M a D R i D
e S P a Ñ a

Había sido escrito por una mano inexperta, dubitativa. La mano de un niño. La mano de una niña.

Era un sobre arrugado y amarilleado por los rigores del tiempo. El matasellos había desaparecido y en su lugar quedaba un levísimo rastro de tinta azulada. Los sellos, sin embargo, seguían en su sitio. Eran tres y compartían un mismo motivo: un balón de fútbol rojo y blanco con el lema MÉXICO 86. Sobre el dibujo, unos caracteres árabes y, en la parte inferior, las palabras: ROYAUME DU MAROC. Reino de Marruecos.

Alba contenía la respiración. Miraba el sobre, pero no se atrevía a sacarlo del cofre. Tirso la invitó a hacerlo.

—Hazlo tú —replicó ella con la voz encogida por los nervios.

Tirso obedeció y le dio la vuelta. Había un remite en alfabeto árabe que, a diferencia del sobrescrito, había sido cuidadosamente caligrafiado por una mano adulta.

—Ábrelo —le pidió ella, arrebatada por una súbita urgencia.

—Deberías hacerlo tú.

Ella dudó un momento. Luego asintió. Tomó el sobre de las manos de Tirso y extrajo su contenido, una cuartilla moteada de manchurrones de grasa que volvían el papel translúcido en algunas zonas. El texto, media decena de párrafos en árabe, había subsistido relativamente indemne.

—No entiendo. ¿Qué es esto?

Apoyó la carta en la mesa tratando de sobrellevar la zozobra que su intuición le provocaba. La misma intuición que Tirso había experimentado unas horas antes, en cuanto vio la llave de la caja de seguridad, y que ahora confirmaba sin lugar a dudas. La miró y dijo:

—Tu padre sabía que Alba estaba viva.

26

Tirso sacó una fotografía de la carta y se la envió a una amiga, intérprete de árabe. Una hora más tarde ya disponía de una traducción.

A quien reciba estas palabras:
Soy pastor. Hace dos meses encontré en el desierto a una niña pequeña. Estaba al borde de la muerte. No era de por aquí (*o tal vez «era extranjera»; sea como sea, el significado no cambia*).

Intenté hablar con ella. Le pregunté cómo se llamaba y de dónde venía. No me respondió.

La llevé a mi casa, con mi esposa. Desde entonces, [la niña, se supone] ha estado luchando por su vida. Al principio, creímos que no lo conseguiría, pero, gracias a Alá y a los desvelos de mi esposa, ha sobrevivido.

Hace unos días, consiguió ponerse en pie y [¿alimentarse?] por su propia mano.

Hoy por fin ha dicho unas pocas palabras. Habla en español. [Hemos entendido] «Madrid». Mi esposa ha deducido [que se trataba de] una dirección.

Escribo esta carta sin saber si alguien la leerá. El corazón me dice que debo hacerlo de todas formas (*creo que dice esto o algo parecido, más por el contexto que por las palabras que emplea*).

[La niña] estará bien en nuestra casa. Mi esposa y yo mismo nos ocuparemos de cuidarla y alimentarla. Lo haremos durante todo el tiempo que sea necesario (*o bien, «lo haremos para siempre»; creo que la primera opción se acerca más a lo que quiere decir*).

Para nosotros es una bendición del cielo.

As-salaam alaikum.

La misiva no estaba firmada ni fechada, aunque el sello del Mundial de fútbol delataba que fue franqueada entre mayo y junio de 1986.

Lo que sí había era un remite. El autor de las palabras se llamaba Adib Mukhtar y la carta había salido de la ciudad de Guelmim, al sur de Marruecos, una región limítrofe con el Sáhara Occidental. No muy lejos de donde Alba fue encontrada por el grupo de turistas.

Tirso y Alba partieron al amanecer. Pusieron rumbo a Algeciras, donde cogerían un ferry que los dejaría en el puerto de Tánger. Yendo en dirección sur por la costa de Marruecos, pasarían por Rabat y Casablanca, penetrarían luego en el interior y, tras dejar atrás Marrakech, llegarían a Guelmim.

Habían calculado que el viaje les llevaría unas veinticinco horas si paraban solo para comer, repostar, estirar las piernas y orearse. Se relevarían en la conducción, así quien no estuviera al volante descansaría un poco.

Alba hizo el primer turno. Lo habían acordado así para que Tirso se encargase del segundo tramo, en el que cruzarían la frontera.

Ella nunca había conducido una autocaravana, pero no tardó en cogerle el tranquillo. Por la autopista la conducción era sencilla; bastaba con mantenerse en el carril derecho y adelantar solo cuando fuese estrictamente necesario.

Durante aquellas cuatro horas de monótona conducción, Alba permaneció en un silencio profundo y reconcentrado. La noche anterior le había dicho a su madre que no pasaría por casa en un par de días. Adujo asuntos pendientes, gestiones personales que no podía postergar más. Si adivinó que mentía, no dio la menor muestra de ello. Después de eso y por consejo de Tirso, apagó el móvil y ya no volvió a tocarlo.

Tampoco Tirso abrió la boca durante aquel primer tramo. Solo una vez, al poco de ponerse en marcha, intentó entablar conversación.

—Deberíamos hablar.

Ella asintió sin apartar la vista de la carretera.

—Sí, pero no ahora.

Hicieron el primer descanso a las cuatro horas exactas, en una estación de servicio a diez kilómetros de Granada. Y allí, con sendos cafés a la mesa y un par de bocadillos de un jamón más bien acartonado, Alba dijo:

—Vale. Empieza. Quiero saberlo todo.

Tirso dio un trago a su café, se limpió los labios con la servilleta y apoyó los codos en el tablero. Se esforzó por estructurar el relato, ordenándolo para darle la forma menos confusa, más hilada posible.

—Lo primero... Bueno, lo primero ya lo sabes. Tu padre y Óscar Orbe estaban a las órdenes del general Francisco Romera.

—Sí.

—Eran de los pocos que sabían lo que pasaba en la Junta de Energía Nuclear. Lo que pasaba de verdad. Participaron en el proyecto de la bomba atómica hasta que el gobierno lo paró después de la muerte de Franco. Todo eso es público, está documentado. Lo que no está documentado en ninguna parte es... —Se interrumpió y miró a su alrededor. Nadie les prestaba atención—. Que la construyeron. Llegaron a construirla. —Extendió un dedo—. Una.

Alba no movió un solo músculo. Luego, de pronto, inclinó la cabeza y entornó los ojos.

—¿Qué?

—La terminaron. Antes del cierre de la JEN. Bastante antes, unos diez años.

—Eso no... —Alba negó ostentosamente con la cabeza—. No.

—Sí. La tenían en Madrid, en las instalaciones de la JEN. Quiero pensar que estaba sin combustible, así que, en teoría, no era peligrosa.

—¿Cómo lo sabes?, ¿de dónde has sacado eso?

—Me lo confesó el propio Romera. Y murió poco después. Días después. Se supone que fue un accidente, pero... no es verdad.

—¿Cómo que no es verdad?

Un niño de dos años jugaba con un coche metálico en la otra punta del restaurante, rodándolo por el suelo entre las patas de las mesas. Piii, piii.

—Lo mataron. El cojo, seguramente. Prendió fuego a su casa.

—¿Qué dices? ¿Tienes alguna prueba de eso?

—No. Pruebas no, pero alguien me lo ha confirmado.

—¿Quién?

—No puedo decírtelo.

—¿Por qué?

—Me está ayudando bajo cuerda. Para él también es peligroso.

—¿Y por qué no va a la policía en vez de decírtelo a ti?

—Sabe que no serviría de nada.

Alba se apoyó en el respaldo y luego volvió a enderezarse.

—No me lo creo.

—¿El qué?

—A ver, por partes. Lo de la bomba. Si fuese verdad, se sabría. Alguien se habría ido de la lengua en todos estos años —argumentó Alba y arrugó el ceño al ver que Tirso sonreía—. ¿Te hace gracia?

—Yo dije lo mismo cuando Romera me lo contó.

—¿Y eso lo convierte en verdad?

—Es verdad.

—¿Por qué? ¿Porque hemos visto un plano? ¿Porque te lo dijo un viejo fascista?

—Escucha, vas a tener que confiar en mí. —Alba suspiró y se retrepó de nuevo en la silla con los brazos cruzados—. Deja que siga, lo oyes todo y después juzgas.

Alba se lo pensó unos segundos. Luego asintió sin mucho convencimiento.

—Los americanos sabían que España tenía esa bomba, que la había construido. Me refiero al gobierno, a Estados Unidos. Y eso provocó un conflicto. España necesitaba seguir en la OTAN, se supone que era importante para el país, para reforzar nuestra posición en el mundo. En marzo del 86 se iba a hacer un referéndum que se daba más o menos por ganado, pero Estados Unidos puso una condición. Si España quería seguir en la OTAN, tenía que entregarle la bomba. Si no, la vetarían. El gobierno español aceptó. Les daba igual, esa bomba llevaba diez años cogiendo polvo, no la querían para nada, era una patata caliente heredada del franquismo. Seguro que hasta se alegraron de poder librarse de ella.

»Así que trazaron un plan. La noche del 10 al 11 de marzo unos militares la llevarían por carretera —deslizó un dedo por la mesa, dibujando un camino imaginario— desde Madrid hasta la base de Rota. Lógicamente era una operación secreta, muy sensible. Por mucho que no llevase combustible y no pudiese explotar, no dejaba de ser una bomba atómica. Una que, además, no existía oficialmente. Así que se optó por algo que suele hacerse en este tipo de operaciones. Se organizó otro desplazamiento. Lo harían la noche anterior, la del 9. Mismo horario, mismo recorrido. Todo igual salvo una cosa: en ese camión no había ninguna bomba.

Tirso hizo una pausa. Alba apretaba tanto el ceño que apenas podía ver entre los párpados.

—¿Eso pasó?, ¿lo sabes?

—Pasó. Tengo documentos y testimonios.

—Sigue.

—Es de suponer que Romera conocía el plan completo. Es posible, es probable que lo diseñara él mismo. No lo sé, no hablé con él de eso, no... me dio tiempo. Pero los miembros de su grupo, tu padre, Óscar Orbe, ellos no lo sabían. A ellos solo se les filtró lo del día 9.

Alba levantó una mano, indicándole que parase.

—Espera, para, ¿qué tiene que ver...? ¿Adónde va esto? Si va a donde creo, me gustaría que...

—Tu padre y Óscar Orbe intentaron robar la bomba —soltó Tirso abruptamente.

Los labios de la mujer se entreabrieron, dejando escapar un sonido informe, desarticulado. Pudo ser el principio de una pregunta o de una imprecación, pudo ser cualquier cosa, pero no fue nada.

—¿Qué dices? —preguntó luego con gesto incrédulo, defensivo—. Es imposible que...

No llegó a terminar la frase. Tirso se percató de que le brotaban dos manchas violáceas bajo los ojos. Le concedió unos segundos antes de seguir.

—Creo que tenían un comprador. Y creo, estoy bastante seguro de que era el gobierno de Marruecos. No sé si ellos contactaron con los marroquíes o fue al revés. Lo más probable es que fuera al revés. Tiene más sentido. Les llamarían de una universidad o de algún centro científico. Les propondrían dar unas conferencias en Rabat o en Casablanca, algo más o menos corriente, nada raro *a priori*. Tu padre y Óscar Orbe no sospecharían nada, no tenían por qué. Sea como sea, hubo un encuentro a finales del 85.

—La foto —aventuró Alba—. La del desierto.

—El traslado era el único momento en que la bomba sería vulnerable. Y en esa reunión, en el invierno del 85 al 86, llegaron a un acuerdo. Tu padre y Óscar Orbe les filtrarían todo lo que pudiesen descubrir sobre el traslado.

—¿Por qué?

—Por dinero, supongo, aunque la verdad es que no lo sé.

Alba se agitó incómoda en la silla. Aquello no encajaba con la imagen que tenía de su padre, Tirso lo sabía bien, pero sabía también que esa imagen había empezado a agrietarse en el mismo momento en que hallaron la carta. La mujer cogió una servilleta de papel y empezó a pagar con ella su nerviosismo.

—Así que llegan a ese acuerdo y vuelven a Madrid. Pasan los meses, y entonces, un día, se enteran de que la bomba por fin se va a entregar a los americanos. Se enteran del día, la hora, el trayecto... Todo. Se lo dice Romera o a lo mejor oyen campanas, da igual. Ellos se lo creen, por supuesto, ni se imaginan que es una filtración interesada. Llaman a Marruecos, a su contacto, y le cuentan lo que han oído.

»Unos días antes de la entrega, tres marroquíes entran en España. Militares, seguramente. El plan consiste en llevarse el camión de la forma más limpia posible, sin llamar la atención y sin pegar un tiro. No quieren que parezca una operación militar, se supone que no deben levantar sospechas. Pero todo sale mal. Acaban hiriendo a un militar español, uno de los cuatro que custodiaba el desplazamiento, y todo para nada, porque, cuando ya se lo han llevado, descubren que el camión está vacío.

»Es de suponer que presionan a Óscar Orbe y a tu padre, pero ellos no pueden hacer nada. Ellos creían *de verdad* que la bomba iba en ese camión, es lo que han oído o lo que les han dicho. También a ellos los han engañado. Pero los de Marruecos aprietan. Si la bomba llega a manos americanas, ya no hay nada que hacer.

»Entonces, la tarde del 10 de marzo, solo unas horas después de que los marroquíes robasen el camión equivocado...

—La secuestran —se anticipó Alba.

Tirso asintió.

—Lo que no acababa de encajarme era por qué lo hicieron en la JEN. Si lo piensas, parece la peor opción posible. ¿Por qué meterse en la boca del lobo?

Ella lo miró sin traslucir la menor emoción. Estaba sobrepasada.

—¿Y bien?

—Creo que no lo tenían planificado. O no así. Creo que no les quedó otro remedio. Me dijiste que Óscar Orbe fue a recoger a Alba al colegio para llevarla a casa y que, de camino, paró en la JEN.

—Fue lo que me dijo mi madre.

—¿Y si no tenía intención de ir a casa? —preguntó Tirso, y forzó una pausa para apreciar la reacción de Alba. No hubo ninguna—. Creo que intentaba escapar. Fue a por la niña, pasó por la JEN por algún motivo, a recoger algo seguramente, y supongo que tendría intención de pasar después a por tu madre. Intentaba huir. Y los marroquíes se dieron cuenta.

»En las instalaciones de la JEN nadie vio nada sospechoso, lo cual no puede decirse que sea sorprendente. Solo había un guarda para todo el complejo, y, he visto fotos, la reja que rodeaba el perímetro era un coladero. Lo único seguro allí era el sitio donde tuviesen la bomba, que no sé dónde sería, bajo tierra, imagino, en alguna cámara acorazada o algo así. Escondida y a salvo. Lo demás, los edificios administrativos, los laboratorios, eran vulnerables. No digamos ya el aparcamiento. Pan comido para unos militares entrenados.

Alba fijó la vista en los ojos de Tirso, aunque no era ahí donde miraba, sino mucho más allá. Miraba a su padre y a su madre, a su hermanastra, todavía una niña, y a aquel hombre llamado Óscar Orbe a quien nunca conoció pero al que quizá empezaba a culpar de todos los males de su vida.

—¿Y luego qué? ¿Se la llevaron a África?

—No. No en un primer momento, no creo. Era una herramienta negociadora. La usarían para presionarlos. La niña a cambio de la bomba. —Alba cerró los ojos, apretó con fuerza los párpados y se frotó la frente neuróticamente con la palma de una mano—. Lo siento.

—Sigue, por favor. Acaba.

Tirso asintió.

—Ellos, Óscar Orbe y tu padre, no podían hacer nada. No sabían dónde estaba la bomba ni tenían forma de descubrirlo. Tampoco podían ir a la policía y contar lo que había pasado. Habría sido un escándalo, los habrían metido en la cárcel. —El coche del niño chocó contra la pata de una silla. Alba lo miró inconscientemente—. No sé qué pasó luego, no sé qué hicieron o intentaron hacer. Pero diez días después del secuestro, once después del robo del camión, Óscar Orbe condujo hasta la sierra y, como sabes, se mató.

Tirso extendió las manos sobre la mesa, como un prestidigitador que quiere demostrar que no esconde ninguna carta. La baraja entera estaba ya al descubierto.

—Ese general —musitó Alba—. Romera, el jefe de mi padre.

—Sí.

—¿De verdad lo asesinaron?

—La persona que me lo ha dicho es militar. Uno de alto rango. Hay gente que sabe lo que pasó, Alba. Saben lo de la bomba, lo de Estados Unidos, ¡todo! Y no quieren que lo sepa nadie más. Por eso me han estado haciendo la vida imposible. Y por eso fueron a por ti.

Alba se volvió hacia la ventana que daba al aparcamiento y, más allá, a la autopista. Contempló el nublado horizonte con la mirada borrosa. Se intuían, a lo lejos, varias cimas nevadas.

—Vale —dijo—. Gracias por contármelo. Necesito...

—Claro.

—... procesarlo.

—Sí. Lo entiendo.

El niño, aburrido de su coche, huía ahora de los brazos de su madre entre risas y chillidos.

Tirso aguardó unos minutos sentado y en silencio, sin decidirse a perturbar los pensamientos de Alba. Ella no lo miró cuando él se puso en pie y fue hasta la barra a reclamar la cuenta. Tras abonarla en metálico, regresó a la mesa con las llaves de la autocaravana en la mano. Alba siguió sin decir una palabra hasta que se hubieron acomodado en el vehículo.

—Hay una cosa que no me encaja —adujo entonces con gravedad.

—¿Cuál?

Tirso introdujo la llave en el contacto sin llegar a girarla.

—¿Por qué no la mataron?

—Creo que lo intentaron, aunque no les salió bien. Es verdad que no le pegaron un tiro, pero ¿quién sería capaz de disparar a una niña? Si tengo razón y esos hombres eran militares… No creo que fuesen capaces. Aunque se lo hubiesen ordenado. Creo que la llevaron al desierto y la abandonaron allí. ¿Qué posibilidades tenía de sobrevivir en el Sáhara una niña de cinco años?

—Ninguna, supongo —dijo Alba en un susurro. Trataba de pensar en esa criatura desvalida, pero lo que le venía a la mente era la imagen de una mujer adulta sentada frente a una ventana, muda e impasible.

—A no ser que un pastor se la encontrase de pura casualidad.

—Pero entonces —dijo ella con la voz rota—, si todo eso es verdad… Mi padre fue culpable de todo y… Y, aun así, ¿abandonó a Alba? ¿Se olvidó de ella?

—Eso es lo que vamos a descubrir —respondió Tirso.

Luego arrancó el motor y pusieron rumbo a la frontera.

Cada vez que Samuel Belmonte se confesaba le venía a la mente el libro de los Salmos, capítulo 95, versículo 6.

«Venid, adoremos y postrémonos. Arrodillémonos ante el Señor nuestro Hacedor».

Los judíos que escribieron eso no tenían la rodilla derecha como Belmonte. Para él, la voluntad de contrición conllevaba un dolor muy real, plenamente físico, que le irradiaba del menisco, le subía a la ingle y le bajaba hasta el tobillo.

Tenía que morderse la lengua para no cagarse en el Creador, algo que resultaría escasamente decoroso en un templo. Y cuando por fin soltaba aquello de «Ave María Purísima», lo hacía empapado en sudor y con la respiración entrecortada.

—Sin pecado concebida —respondió el cura a media voz a pesar de que en la iglesia no había más que una anciana de mucha edad devotamente entregada a su rosario—. Confiesa con humildad tus pecados.

Belmonte se secó la frente perlada de gotas con un pañuelo amarillento. Llevaba más de un mes sin confesarse y la lista era larga, así que decidió sintetizar. Empezó, como siempre, por los asuntos veniales.

—He pecado de lujuria. He yacido con mujeres. Prostitutas. Humillé a algunas, pero les pagué a todas religiosamente. A alguna, más de lo que se merecía.

El cura, con la cabeza gacha, farfulló algo incomprensible al otro lado de la celosía.

—¿Cómo dices?

—Nada. Sigue. ¿Algo más? —preguntó en un tono que parecía presagiar la respuesta.

—Sí. He tenido problemas con el quinto mandamiento.

Los ojos del cura brillaron en la oscuridad del confesionario. El quinto mandamiento ordena «no matarás».

—Lo he violado tres veces en dos semanas, pero...

El cura levantó la mano para que parase.

—No me cuentes más —dijo con una fiereza impropia de un religioso.

—Quiero confesarme.

—¡Samuel!

—Venga, padre, deja que...

—¡Basta! Ya hemos hablado de esto. No quiero oír más.

Belmonte y José Luis, que así se llamaba el sacerdote, se conocían desde la juventud. Habían compartido correrías, muchas de ellas pecaminosas, hasta que uno se inclinó por las pistolas y el otro por los crucifijos. Era la única persona ante quien Belmonte se confesaba, su pastor particular, su cura de guardia. El único que, llegado el caso, podría dar testimonio de lo que había hecho a lo largo de su vida. Pero Belmonte sabía bien que nunca se atrevería a hacer tal cosa porque, Dios mediante, le tenía cogido por las pelotas gracias a una grabación tomada bastantes años atrás. En ella salía el padre José Luis. Y también un niño de doce años.

—Dame la absolución —exigió Belmonte.

—No. Tú no tienes propósito de enmienda.

—No me toques los cojones, ¿eh, José Luis?

El cura lo miró con el gesto arrugado y una furia apenas contenida. Permaneció así durante varios segundos hasta que por fin levantó la mano derecha y dibujó en el aire la señal de la cruz.

—Yo te absuelvo en el nombre del Padre, del Hijo y del Espíritu Santo. Ahora sal de mi iglesia.

Para cuando Belmonte logró incorporarse, el cura atravesaba ya la puerta de la sacristía. La beata contemplaba la escena con gesto extrañado, preguntándose tal vez qué habría dicho aquel pecador que tanto había alterado al buen padre.

—Con Dios —le soltó Belmonte a la anciana, y se encaminó hacia la salida.

El descarnado sol de la mañana le cegó por un momento. Una mendiga gitana, arrodillada frente al pórtico, le rogó un euro para comer. Belmonte escarbó en el bolsillo y lanzó dos al vuelo. «El Señor se lo pague».

Y vaya si lo hizo. Tras calzarse las gafas verdes, consultó la pantalla del móvil. Una llamada de un número protegido. Sin duda, el ministerio. No tenía manera de devolverla, así que se limitó a desactivar el modo silencioso. Sabía por experiencia que no tardarían en llamarlo de nuevo.

Se sentó en el coche, sacó un Ducados del paquete y se lo encendió. La primera calada lo transportó a los cielos, y allí, rodeado de santos y de ángeles, se preguntó cuánto tardarían los cabrones del Vaticano en añadir el tabaco a la lista de pecados.

No había pasado un minuto cuando el móvil empezó a sonar. Número protegido.

—Qué.

—Lo tenemos —dijo la voz del subsecretario, aquel imbécil redicho que, de pura docilidad, seguramente llegase a presidente del Gobierno.

—¿Dónde?

—Acaba de cruzar la frontera con Marruecos. Va en la caravana. Y parece que se ha llevado a la hermana.

Belmonte abrió la guantera y extrajo de allí una servilleta arrugada. Bajo el «Gracias por su visita» había anotado el modelo y la matrícula de la autocaravana, datos amablemente facilitados por el tipo de Talavera de la Reina. Fue fácil dar con la pista. No hay tantas empresas que alquilen ese tipo de vehículos.

—Es hermanastra. ¿Se sabe adónde va o tengo que inspeccionar África entera?

—Los marroquíes lo están siguiendo. Todavía nos deben un favor por lo de octubre. Ahora mismo van hacia Rabat. Nos irán informando sobre la marcha. Ten el móvil a mano.

—Bien.

—Escucha… Me han pedido que acabes con esto de una vez.

—¿Por cualquier medio? —inquirió Belmonte.

Una pausa al otro lado. Belmonte creyó oír cómo el subsecretario luchaba contra sí mismo.

—Sí.

—Dilo. Para que no haya confusiones.

—Ya sabes lo que…

—Yo no sé nada si no me lo dices.

El subsecretario rezongó un momento.

—Elimínalo. Pero sé discreto. Que los marroquíes sigan una matrícula para nosotros no quiere decir que vayan a hacer la vista gorda con otras cosas.

Belmonte sonrió de oreja a oreja. Al colgar comprobó que la llamada se había grabado. Ojalá llegase a presidente.

27

10 de marzo de 1986

—Y le he dicho que yo también puedo ser David el Gnomo aunque sea una chica, y él me ha dicho que no y que tenía que ser Lisa o, si no, Noelia, que es la niña y es rubia como yo, pero yo quiero ser David el Gnomo y nos hemos enfadado.

Óscar Orbe mira la carretera fijamente. Sabe que su hija está hablando, lleva hablando desde que montó, pero él no la escucha, lo intenta pero no puede hacerlo. Asiente, sonríe cuando cree que debe hacerlo, dice bien, cariño, vaya, jo, pero la niña no es idiota.

—No me estás escuchando —protesta.

Tiene buenas razones para ello. No ha dormido, se ha tomado doce cafés desde ayer, y por eso mismo no hay un ayer ni un hoy, solo un día muy largo, inmensamente largo y complicado y mierda.

—Sí te escucho, cariño. Coge un Sugus, anda.

Señala los caramelos junto al freno de mano, piensa «estoy en un problema, la he jodido, tengo que escapar». Señala la bolsita y disimula y sonríe. Piensa en cómo se lo dirá a la niña, cuándo, qué cara pondrá ella, pero deja de hacerlo porque ese es el menor de sus problemas, ni siquiera es uno en realidad, solo un contratiempo, un revés, el problema es lo otro.

Le sudan las manos y tiene mala cara, necesita más café, otro más, y dormir, y alejarse. Nunca en toda su vida se ha arrepentido tanto de nada. Lo sabe porque desconocía que arrepentirse fuese eso, lo que está sintiendo ahora, ese vacío, esa arcada, esa conciencia de haberlo puesto todo en peligro por una mala decisión, por una idea estúpida y suicida y mierda.

Pablo sostiene que no los matarán, está muy seguro de eso, pero Óscar no lo ve igual. Si pudiese estar seguro de algo, sería justo de lo contrario, de que los matarán o lo intentarán, de que harán lo que sea necesario para no dejar cabos sueltos, para vengarse, para mierda, mierda, ¡mierda!

—¿No vamos a casa?

La niña lo pregunta dos veces porque Óscar no lo oye a la primera, no puede escuchar, no puede pensar, su voz interior grita demasiado.

Y una tercera:

—Papá, ¿no vamos a casa?

Tiene que mentirle, decirle lo que sea, cualquier cosa, una excursión, un viaje, vacaciones. La niña preguntará por qué vacaciones en marzo, por qué una excursión un lunes. Tiene que mentirle, lo sabe, pero no ahora, ahora no puede hacerlo.

—Tengo que pasar un momento por el trabajo.

—¿Para qué?

La niña se lanza un Sugus a la boca, tira el papel al suelo, no importa, es lo de menos, pero Óscar la reprende.

—Alba, por favor.

La niña lo entiende, sonríe y recoge el papel, lo ha hecho para eso precisamente, para provocarlo, para ver si está con ella, si la mira, si la escucha. Óscar la quiere más que a nada en este mundo.

—¿Para qué tenemos que ir a tu trabajo? No quiero.

—Va a ser un minuto nada más. Tengo que coger una cosa.

—No quiero. No quiero. No quiero. No quiero.

Óscar no entra en su juego y ella acaba por desistir. Se vuelve hacia la ventanilla, se fija en algo que le gusta, un cartel, otra niña, a saber, y a punto está de ponerse de rodillas en el asiento.

—Siéntate bien —le dice su padre y ella obedece.

Si le pasara algo a su hija, Óscar Orbe no podría soportarlo.

En la garita de la Junta está Eusebio uniformado.

Alba lo mira con una ceja enhiesta, un gesto de su madre, horrible, espantoso en una niña, pura altanería heredada del sector burgués de su familia que a Óscar le violenta y le avergüenza. La quiere más que a nada en el mundo, sí, pero eso no le ciega ante sus defectos, la rebelión, la indisciplina, todo, en definitiva, lo que ha visto en casa, de hijos gatos, piensa Óscar, y el vigilante, BIC en mano, le hace un gesto.

—Tira.

Óscar Orbe está sudando, tiene ojeras y no puede pensar con claridad. Saca un pañuelo del bolsillo y se enjuga el rostro, el cuello y la nuca, ya ha aparcado y tiene las dos manos libres para peinarse y adecentarse un poco antes de subir.

—¿Puedo ir contigo?

Su padre le dice que no, y la niña pone un gesto mohíno, porque también es chantajista, y vuelve a pedirlo.

—He dicho que no. Espérame aquí, no tardo.

—¡¿Aquí?! —grita la niña como si fuese el peor de los castigos, como si estar cinco minutos en un Volkswagen Golf fuese igual que una vida en la cárcel, que es precisamente la vida que le espera a su padre si...

Sacude la cabeza, no quiere pensar eso, no puede permitírselo.

—Bueno —concede—, espera fuera, pero no te alejes del coche, ¿eh?

Salen los dos al mismo tiempo, Óscar ni siquiera cierra con llave, tampoco se despide de su hija, ¿para qué?, son cinco minutos.

Entra en el edificio B, el que llaman «el cubo» por su forma, que es donde él trabaja, el de su grupo, con la cartera de piel en la mano, regalo de Elena por su trigésimo cumpleaños, una buena cartera, un buen regalo. Sube a la primera planta, directo hacia su mesa. Pasa entre las Olivetti y los IBM, dejando a su derecha las pizarras repletas de fórmulas, constantes de desintegración, vidas medias, periodos de semidesintegración, asuntos todos que entiende mejor que a las personas.

Saluda como si nada a la gente que se cruza, Matías, Juanito, Ana, Daniel. Daniel frena, le hace un gesto, que quiere hablar con él, le dice, y Óscar, que luego, en un rato, te aviso yo, pero no lo mira mucho para que no se percate del sudor, de las ojeras.

Una impresora taladra el silencio como una ametralladora, ratatatatá; cada línea, una ráfaga de munición. Eso le recuerda al militar herido, lo ha oído en la radio por la mañana, parece que saldrá de esta, ojalá no se muera, por favor, por favor que no se muera.

Óscar Orbe llega a su mesa y se sienta en la silla, es un hombre ordenado, neurótico dirían algunos, los papeles en su sitio, por proyectos, por fechas. Lo revisa a toda velocidad, cualquier cosa que pueda incriminarle, cualquier pista, cualquier indicio que un policía avezado, si es que tal cosa existe, seguro que sí, pueda emplear para llegar hasta los moros, los malditos moros de mierda.

Deja los papeles donde están, porque no hay más que fórmulas y cuestiones de trabajo, pero se lleva su cuaderno de notas, de esbozos e ideas. Ahí puede poner cualquier cosa, ahí puede estar todo sin que él lo sepa, llamar a Tal, viaje a Marruecos, 9 de julio, autovía del Sur, cualquier cosa que al policía avezado le sirva para joderle la vida. Alguien se acerca, es Miguel, le mira, qué querrá.

Sigue la impresora, ratatatatá. Por Dios, que no se muera.

—Óscar, escúchame un momento, ¿no sabrás dónde anda Pablo?

Claro que lo sabe, lo sabe perfectamente, está debajo de una piedra o de la cama o de una mesa, bebiendo seguramente, en algún bar de mala muerte, tan acojonado como él o un poco más porque Pablo, además de un cabrón, además de liante, es un cobarde.

—¿No ha venido?

—Qué va. Teníamos una reunión hace una hora.

—¿Lo has llamado?

—Sí. En su casa no está. O no coge, por lo menos.

—Pues no sé.

Va a tener que mover el culo, se lo dejó claro el otro, el árabe mandamás, nervioso por primera vez cuando lo llamó anoche, de madrugada ya, para preguntar qué había pasado. Y luego, media hora más tarde o ni eso, otra llamada, solo gritos y ni una palabra en español, ¿para qué me llamas?, pensó Óscar, ¿si no te entiendo una mierda ni tú me entiendes a mí?

Para asustarlo, para eso lo llamó.

Miguel se aparta, ratatatatá, y Óscar Orbe cierra la cartera de piel con el cuaderno dentro, lo quemará hoy mismo, igual no tiene nada, pero igual sí, mejor no darle coartadas al azar, toda precaución es poca, él no está hecho para la cárcel, es un hombre de ciencias, por el amor de Dios, un ilustrado en este país de mentecatos, ¿cómo va a acabar él, precisamente él, entre rejas?

Se encasqueta la cartera debajo del brazo, como si temiese que se la robasen, como esas señoras de boda que no saben qué hacer con el bolso y se lo encajan en el sobaco, y así, con esa pinta de sospechoso, se lanza hacia la salida que, de pronto, queda lejísimos. No deja de sudar, tiene la boca seca desde hace más de veinte horas, y piensa entonces que no puede más, que necesita hidratarse o caerá redondo, perderá el control del coche, matará a su hija y se matará a sí mismo.

Entra en el baño de la primera planta, evita a conciencia mirar al espejo aunque no puede pasar por alto un borrón reflejado de pasada y, con él, la intuición de que está hecho una auténtica mierda, peor aún de lo que se temía. Se encorva sobre el lavabo y bebe a morro tres tragos largos de agua helada, los ojos fijos en la loza. En ese momento la puerta se abre a su espalda y por ella asoma Francisco Romera, su jefe, con las manos en la bragueta.

—¡Orbe! Le andaba buscando. ¿Dónde se ha metido toda la mañana?

Óscar piensa que Romera lo sabe todo o se lo figura, no hace falta ser un hacha, no hace falta haber estudiado en el extranjero como él y haber regresado con no sé cuántas matrículas de honor. Basta con saber sumar dos más dos en base diez: anoche roban el camión, hoy estos dos cabrones no vienen al trabajo, no cogen el teléfono, qué casualidad, qué extraña coincidencia.

—He estado con fiebre —dice la boca de Óscar Orbe y, aunque a su cerebro no le suena del todo convincente, ya no puede hacer nada para remediarlo.

—¿Y qué hace aquí, hombre? ¿Quiere contagiarnos a todos?

—Solo he venido para llevarme unas notas, a ver si puedo trabajar un rato en casa. Siento no haber llamado, estaba… como ido.

—Nada, nada —le disculpa Romera mientras orina contra la porcelana del urinario—. No es el único que anda con el cuerpo revuelto. Se ve que hay andancio. ¿Se ha pasado por la mutua?

Le habla con bronco afecto, como se trataría a un hijo al que se quiere pero de quien se espera mucho.

—Son solo unas décimas. Mañana ya estaré bien.

—Pues no sé qué decirle. Tiene mala cara.

Romera se sacude el miembro, se sube la bragueta y encara el lavabo. Óscar lo sigue con la mirada, no sabe qué hacer, ¿por qué no se va?, ¿por qué no se mueve? El espejo le arroja su propia imagen, la que ha intentado evitar y que ahí sigue, obcecadamente reflejada. Le parece el rostro de un hombre atormentado, el de un embustero, el de un traidor. Dos bolsas de color té negro le enmarcan dos ojos ensangrentados, artificialmente despiertos, piensa: ratatatatá.

—A partir de ciertas edades, hay que empezar a cuidarse. ¿Sigue jugando pachangas con aquellos de Torrejón?

Romera tiene ganas de hablar, va a tener que pararlo, cada segundo es valioso, cada minuto que pasa es un minuto menos en su menguante esperanza de vida. Tiene que salir de aquí, dar la espalda a todo eso, a las Olivetti, a los IBM y al propio Romera, y no volver jamás. Cuanto antes acepte que ha arruinado su vida entera y la de su familia, antes podrá empezar a planificar un nuevo comienzo. Una tiendita, productos de astronomía, telescopios, planetarios de juguete, globos celestes, eso le gustaría.

—La verdad es que últimamente no saco mucho tiempo.

Romera va a decir otra cosa, llena los pulmones, abre la boca, curva la lengua, pero Óscar Orbe se le adelanta a la desesperada.

—Tengo a la niña abajo, en el coche.

—¿Alba está aquí? —Romera sonríe con expresión paternal, más bien de abuelo, un brillo de ilusión en la mirada que ni el mejor actor del mundo, ni Marlon Brando, ni Michael Caine podrían emular por más que se propusieran—. Venga, le acompaño, que hace mucho que no la veo. —Agita las manos para secárselas al aire—. Estará enorme. A esas edades crecen a ojos vista. Usted no se da cuenta porque la ve todos los...

Parlotea, pero Óscar Orbe no lo escucha. Maldice su suerte mientras baja por las escaleras junto a su jefe y mentor, el hombre al que debe su carrera, la misma que acaba de destruir, cuando cae en la cuenta de algo que le afloja las piernas y a punto está de desplomarlo. Romera no le ha mencionado el robo del camión. Ni una palabra al respecto. ¿Qué quiere decir eso? ¿Por qué no lo ha hecho?

Ha salido en el parte, lo ha oído en la radio, está en la edición vespertina del *ABC*, con foto de la JEN y todo, un titular pequeño pero bien negro, de esos que manchan los dedos y lo ponen todo perdido.

Fue Romera quien les dijo, a él, a Pablo y al resto del grupo, que la bomba abandonaría las instalaciones, esa fue la expresión que usó, la medianoche del 9 al 10. «Islero abandona las instalaciones», les dijo, porque así llama él a la bomba en la intimidad, como el miura que mató a Manolete. A Romera no le gusta la lidia, más bien al contrario, pero Islero sí que le gusta, o le gustaba, porque, dice, aquello no fue un toro sino un monstruo, y los monstruos, por atípicos, por excepcionales dentro del orden natural de las cosas, merecen respeto y aprecio, sobre todo por parte de las mentes científicas.

¿Cómo es posible que no lo haya mencionado? Ni siquiera con indirectas, ni un «ya habrá oído usted lo que ha pasado», ni un «¿ha escuchado la radio esta mañana?». Óscar suda cada vez más, se le desarbolan las extremidades.

Quizá, piensa, el baño no le parece lugar para hablar de secretos de Estado, eso tiene sentido, Romera es un hombre cuidadoso, siempre lo ha sido y por eso ha llegado adonde ha llegado.

Pero luego, dos peldaños después, se le ocurre que se lo iba a mencionar, que a punto ha estado de hacerlo cuando él le ha interrumpido con el asunto de la niña, y Romera ha pensado que mejor dejarlo estar, hablarlo mañana fuera del baño y ya sin fiebre simulada.

Óscar Orbe vuelve a tener la boca seca, de nada le han servido los tres sorbos de agua que ya ha sudado en este rato.

Están a punto de salir del edificio cuando Óscar Orbe, histérico, desesperado, decide jugárselo todo a una sola carta.

—He leído una cosa en el *ABC* de la tarde.

Romera se vuelve hacia él y lo mira con un gesto serio, inexpresivo, la cara normal de Romera en estado laxo.

—Ya —dice cambiando sutilmente de expresión, como si perdiera algo de la gravedad tal vez imaginaria y la sustituyera por un asomo de sonrisa—. Nada, no se preocupe por eso. Ya lo hablaremos.

Óscar Orbe respira aliviado, hasta ha dejado de sudar cuando salen del edificio, y ahí está el Volkswagen Golf, exactamente donde lo aparcó. Con las puertas abiertas, como él las dejó.

20 de marzo de 1986

Ha sido idea de Pablo. Lo de alejarse tanto, lo de salir de la ciudad y conducir, cada uno en su coche, hasta un lugar donde no haya absolutamente nada ni nadie. Solo así, ha dicho, podrían asegurarse de que no los siguen ni los espían.

Les ha llevado un buen rato, resulta que no es tan fácil dejar atrás la civilización. De tanto serpentear por carreteras de mala muerte, han acabado en la sierra, con los dos coches parados en pleno descampado, las puertas abiertas, los faros apagados a pesar de que ha anochecido hace ya más de dos horas. Solo la luz interior de los vehículos y la luna menguante iluminan sus rostros, pero ni con esas se percata Óscar Orbe de que su amigo le está ofreciendo la botella de The Famous Grouse. Es un whisky, uno barato y malo que ha comprado un rato antes en una gasolinera donde no había nada mejor.

—Toma, anda. Mira a ver si templas un poco los nervios —le dice, como si fuese él un matón de novela negra, ridículo, fantoche.

Óscar rechaza la botella de un manotazo.

—¡Aparta! —exclama enardecido.

Desde el secuestro, Óscar no aguanta a su amigo. Pablo no para de beber, como si eso fuera a arreglar algo, como si fuese a devolverles a Alba.

—Ya han pasado diez días —desliza Óscar Orbe mientras se mesa el pelo que ha empezado a caérsele a manos llenas desde la desaparición de su hija—. ¡Diez días!

—No van a hacerle nada.

Pablo se ha bebido un cuarto del contenido de la botella y eso le confiere una calma sobrenatural, fantasmagórica, que desafía la lógica del momento.

—No lo sabes.

—Esa gente no… Escúchame. Esa gente no hace esas cosas.

—¡Bien que le pegaron un tiro al militar! ¿Qué coño sabes tú de lo que puede o no puede hacer esa gente?

—No digo que… No te estoy diciendo que no puedan. Ya sé que pueden. Digo que no lo van a hacer. No es lo mismo un militar que una niña de cinco años, joder. ¡Escúchame lo que te digo!

Óscar mete las manos en los bolsillos y las saca de nuevo, se frota el mentón, mira a su alrededor.

—No nos queda otra que esperar —dice Pablo.

A Óscar esa laxitud empieza a sacarlo de quicio. Lleva diez días sin dormir apenas y hace tres que los sueños empezaron a contaminarle la vigilia. En las últimas veinticuatro horas ha visto a su hija en una docena de sitios, solo para contemplar impotente cómo se desvanecía en mitad de un parpadeo. No es dueño de sus nervios y la actitud de Pablo no ayuda.

—Algo tenemos que hacer —tartamudea Óscar, la mirada clavada en la negrura que los rodea.

—¿Qué quieres que hagamos? No tenemos ni repajolera idea de lo que han hecho con la bomba. A lo mejor ya está en Estados Unidos. Por lo que sabemos, puede estarlo perfectamente. O de camino, en el océano. ¿Qué quieres que hagamos? No podemos hacer nada.

—¡Pablo, cojones! —grita Óscar—. ¡Tienen a Alba!

—Cálmate.

—¡¿Cómo quieres que me calme?! ¿Pero cómo quieres que…? A saber qué le están haciendo. A saber qué…

Óscar rompe a llorar. El gesto se le deforma monstruosamente, tanto que Pablo no lo reconoce. Es otra persona, todo esto lo ha transfigurado en otro hombre, piensa Pablo, y le pone una mano en la nuca y lo atrae hacia sí hasta que sus frentes se tocan. Óscar se revuelve un poco, pero se deja porque lo necesita, necesita ese gesto.

—No podemos darles nada —susurra, los mocos mezclados con las lágrimas en el rostro desfigurado—. No tenemos nada que ofrecerles, Pablo. La van a matar.

—Te digo que no. Escúchame. No son unos psicópatas. Tenemos que ser pacientes, no nos queda otra. Verás cómo la acaban soltando.

—¡No puedo! ¡No puedo esperar sin hacer nada!

Lo exclama mientras se aparta de él, y examina el rostro de su amigo apenas iluminado por la exánime luz interior de los coches. Es un bosquejo de rostro, un esbozo.

Pablo le devuelve la mirada, trata de comprender las palabras de Óscar, su sentido y sus implicaciones. A pesar del alcohol, atisba un posible significado, pero prefiere ignorarlo. Dice:

—No saquemos las cosas de quicio. Es un negocio y nos ha salido mal.

—¡¿Qué dices?! ¡Cállate, joder!

—¿Qué? ¿Me equivoco? ¿Qué pasa, no tengo razón?

—¡Para ya de beber y cállate de una puta vez!

—No, eh, bueno, por ahí no. No me digas lo que tengo que hacer.

Se hace el silencio, Óscar se aleja unos pasos, contempla de nuevo al abismo que los rodea. Murmura:

—Voy a ir a la policía.

Esta vez ni la media botella de The Famous Grouse le impide a Pablo entender las palabras. Tampoco le sorprenden. Conoce a Óscar tan bien como puede conocerse a una persona, sabía que tarde o temprano acabaría soltándole algo así.

Pablo Alegría esperaba oír estas palabras, «voy a ir a la policía», desde el día que secuestraron a la pequeña. Se agacha para dejar la botella en el suelo. Por poco pierde el equilibrio.

—Escucha —le dice a su amigo—, no puedes ir a la policía.

—¿Por qué?

—¡Ya sabes por qué! Ya sabes por qué. ¿Qué les vas a decir? —Hipa, se le escapa un esputo, se limpia con la mano—. ¿Que has vendido una bomba atómica?

—No.

—¿Entonces qué coño piensas decirles?

—No lo sé.

—Hemos cometido un delito muy grave, Óscar.

—Me da igual.

—Te da igual. Muy bien, joder, claro que sí.

—Si nos meten en la cárcel… —empieza a decir Óscar Orbe, pero Pablo lo interrumpe.

—¡La cárcel es lo de menos! ¡No van a dejar que nadie se entere! ¡Harán lo que sea, lo que haga falta! ¿Crees que se van a quedar de brazos cruzados mientras tú vas a la policía, que si bomba atómica, que si…? ¡Joder, Óscar, espabila!

Los dos hombres se miran en silencio. A Pablo le cuesta mantener los ojos abiertos. Óscar:

—Esto es un sálvese quien pueda.

—¿Desde cuándo? —Óscar aparta la mirada con vergüenza—. Eh. Mírame. ¡Mírame, joder! Quedamos en estar juntos. En esto y en todo, hasta el final.

—Pues este es el final. Alba… —empieza a decir, pero Pablo vuelve a interrumpirlo:

—¡¿Crees que a mí no me afecta, cojones?! —Óscar repara en las lágrimas que, de pronto, surcan el rostro de su amigo. Le consuela ver que por fin cede, por fin se derrumba—. ¿Crees que yo no me torturo pensando en ella, en dónde estará, en lo que estará pasando? ¿Que no me culpo? —El llanto lo ahoga, no puede seguir, y aun así farfulla—: Mierda.

—Ven conmigo. Vamos a la policía. Juntos.

Pablo alza la vista y se topa con un cielo negro, enteramente cubierto de estrellas. Él nunca ha concebido esos minúsculos puntos de luz como hace la mayoría, con lirismo, con espíritu romántico. Para él revelan lo más salvaje y terrible de la naturaleza, lo más incontrolable. El manto bajo el que suspiran los enamorados no es sino un conjunto de condensaciones de plasma, radiantes por los procesos de fusión termonuclear que se producen en sus núcleos. Si de verdad existe el infierno, debe de ser muy parecido a una estrella.

—Vamos —insiste Óscar tendiéndole una mano que Pablo mira con los ojos llenos de lágrimas.

—Oh, Dios —dice con la voz rota por el alcohol y el llanto—. ¿Qué hemos hecho, Óscar? ¿Qué hemos hecho?

Óscar Orbe no responde. Da la espalda a su amigo y se encamina hacia su coche. Está a solo cinco pasos, pero nunca llegará a él. No por su propio pie.

Óscar oye los pasos de Pablo a su espalda. Quizá oye también un grito, si es que Pablo grita. Es probable que lo haga, un grito animal, amorfo, terrible.

La piedra estalla contra su cráneo antes de que pueda girarse del todo, entre el ojo derecho y la oreja. En el silencio resuena un crac seco y terrible. La boca de Óscar no emite sonido alguno al recibir la pedrada. El cuerpo se desploma sobre el suelo como si algo le hubiese arrebatado el alma y quedase un mero cascarón vacío. Huesos, músculos y vísceras sin nada que los coordine, sin una voluntad capaz de sostenerlo de pie y dar a cada órgano su función.

Pablo tarda un momento en comprender lo que ha ocurrido, lo que acaba de hacer. Mira la piedra ensangrentada en su mano y se pregunta cómo ha llegado ahí. La lanza tan lejos como puede antes de arrodillarse junto a su amigo.

—Óscar...

Algo húmedo y cliente le mancha las manos. De los oídos de Óscar mana un líquido cuya textura y consistencia no se parece a la de la sangre. Pablo, arrebatado por el pánico y el asco, repta de espaldas, alejándose febrilmente de su amigo. Se gira y vomita un tercio de botella de The Famous Grouse y más cosas.

Piensa en Claudia. ¿Qué diría ella si lo viese ahora, si presenciase esta escena, él con las manos manchadas de sangre y líquido cefalorraquídeo, Óscar postrado sin vida en el suelo? Perdería el juicio. Enloquecería como él mismo ha enloquecido. No. Claudia no puede saberlo, de ninguna manera, nunca.

Tarda quince minutos en controlar los nervios y otros quince en ordenar sus pensamientos. No, él no puede ir a la cárcel, de ninguna manera. No lo resistiría, acabaría suicidándose. Eso le da una idea. Al cabo de un rato ya no es una idea, sino un plan.

Se levanta despacio, los ojos puestos en su amigo muerto. Lo agarra por las axilas. Aunque Óscar no debe de pesar más de ochenta kilos, Pablo siente que arrastra una tonelada. Lo introduce con torpeza en su coche, el de Óscar, tumbándolo como puede en el asiento trasero.

A continuación se sienta al volante. Arranca el motor, pero algo nuevo se le ocurre —el plan todavía se está conformando— y vuelve a salir a por la botella de The Famous Grouse. Regresa al coche y la deja en el asiento del copiloto, da igual que se derrame, pero lo piensa mejor y la pone atrás, sobre el cadáver.

Enciende los faros y vira en redondo. El vehículo traquetea sobre la tierra y los pedruscos. Sabe bien adónde va, aunque no tiene tan claro cómo llegar.

Cuando llega a la carretera, sin apenas tráfico a esas horas, se percata de un ruido extraño. En un primer momento lo atribuye a Óscar, macabramente resucitado como en un cuento de Poe, y pega un respingo que casi lo saca de la carretera. Pero no es el cadáver, sino sus propios pulmones, que resuenan con un estertor fragoso.

La carretera le baila ante los ojos y, cuando se empeña en fijar la vista para que deje de hacerlo, esta se fracciona en un ramillete de carreteras idénticas y resulta aún peor. Se pinza el puente nasal, se aprieta hasta que le duele. Eso le permite enfocar durante unos segundos, no muchos. Algo colorido, junto al freno de mano, llama su atención. Sugus. Una bolsita de Sugus. Alba le vuelve a la mente y Pablo agita la cabeza, ahora no.

En unos minutos debería llegar a la salida si es que la memoria y la orientación no le fallan. Lucha por tranquilizarse, por convencerse de que todo va a salir bien. Al fin y al cabo es un tipo listo. Su cociente intelectual es muy superior a la media, ciento veintidós nada menos. Es un superdotado, no un genio, pero casi. Lo que le está pasando no es más que un problema complejo, igual que los de física, solo que con un menor número de variables y, por tanto, más sencillo.

Da con la salida, gracias a Dios, y asciende en segunda el altozano. Detiene el coche frente al barranco, no muy cerca, tampoco muy lejos. Los faros no tienen nada que hacer frente a esa negrura. Pablo sabe que la caída es ahí de veinte metros.

Conoce este lugar y conoce su caída porque Matías, un antiguo compañero de la facultad, lo eligió para suicidarse. Se precipitó por ese mismo barranco un año antes de licenciarse, un shock para todos.

Sale del Golf, se remanga y, tras abrir la puerta trasera, coge a su amigo por los tobillos. Tira de él hasta que el cascarón del que fue Óscar Orbe se desploma contra el suelo como un pelele, primero el culo, luego la espalda y por fin la cabeza.

Abraza por última vez a Óscar para meterlo en el asiento del conductor, no se le ocurre otra manera. Es una maniobra compleja, incomodísima, casi atlética. Ahora su amigo apesta a whisky tanto como él. La cabeza inerte se bambolea caprichosamente, y cuando sus mejillas se tocan, un estremecimiento recorre la espalda de Pablo Alegría, que a punto está de dejarlo caer. Se contiene y sigue luchando contra el peso muerto, trata de coordinar sus extremidades, como si fuese una marioneta y él un marionetista, hasta que logra encajarlo delante del volante. Está agotado pero no puede permitirse descansar. Recupera la botella del asiento de atrás y la deposita, abierta, en el regazo del cadáver. Luego se inclina sobre él para soltar el freno de mano, cierra las puertas y rodea el vehículo hasta el maletero.

La ropa, empapada de sudor, se le pega a la espalda y al pecho. Llena de aire los pulmones y empieza a empujar.

El desnivel del terreno juega a su favor y, al poco, el pequeño Golf empieza a avanzar solo hacia el abismo, cada vez más deprisa, y sin ayuda, se precipita por él. Pablo oye el impacto, un golpe seco y majestuoso que revienta todos los cristales al unísono. Se habrá oído en kilómetros a la redonda.

Vacila un momento antes de asomarse. Cuando lo hace, solo ve oscuridad. Espera unos segundos hasta que sus ojos se acostumbran, y entonces vislumbra el Golf que yace inmóvil boca abajo.

Se aparta, se da la vuelta. Tiene que alejarse cuanto antes, su coche está lejos, le espera un largo camino. Transita entre tinieblas, escoltado por sus fantasmas. El más consistente de todos no es Óscar, sino Alba, la pequeña Alba, la preciosa Alba. Ahora sí. Ahora puede importunarle.

Le dijo a Óscar que no le harían nada, que no se atreverían, pero no lo cree realmente. Sabe que esos hombres son capaces de cualquier cosa. La matarán. La matarán sin dudarlo si no lo han hecho ya.

Eso se dice Pablo Alegría mientras camina, y los ojos se le vuelven a llenar de lágrimas. Él es —era— su padrino. Ella es —era— una hija para él. Pablo siempre estuvo ahí, desde su nacimiento, antes, desde su concepción. Presenció sus cólicos, sus primeros dientes, el día que se puso en pie por primera vez, cuando dio su primer paso, cuando dijo su primera palabra, cuando llamaba *cate* al chocolate y *toz* al arroz, cuando ya no paraba de hablar y preguntaba: «Tío Pablo, ¿qué es esto?, tío Pablo, ¿qué es aquello?».

Un dolor que nace del corazón se le expande por el pecho y le atenaza la garganta. En un parpadeo, su vida se ha llenado de horror y de espanto. Es un asesino y hasta esta noche ni siquiera lo imaginaba.

Camina durante media hora, exhausto y aterido por el inclemente frío de la sierra, cuando atisba el resplandor distante de una gasolinera. Su primer impulso es esquivarla, dar un rodeo, pero luego lo piensa mejor y se encamina hacia una cabina telefónica que hay cerca de los surtidores. Se registra los bolsillos, comprueba que lleva dinero.

Entra en la cabina y saca una pequeña agenda forrada. Busca la «R», introduce cien pesetas en la ranura y marca el número con dedos temblorosos.

Mientras espera, golpea el suelo con los talones. No hará más de cinco grados. Alguien descuelga y lo saluda con un carraspeo ronco, mucoso.

—Dígame —ordena luego la voz somnolienta e, incluso así, marcial de Francisco Romera.

—General —dice él con voz queda—. Soy Pablo Alegría.

Se produce un silencio contaminado por los chisporroteos de la electricidad estática.

—¿Qué hora es? ¿Qué pasa?

Hay alarma en su voz, y la respuesta de Pablo, lejos de disiparla, la acentúa.

—Perdone que le llame tan tarde, pero… Es que…

—¿Está en la JEN? ¿Ha pasado algo?

—No, no. No estoy en la JEN. Estoy en… Verá, es que… Se me hace difícil contarlo, y la verdad es que ni sé por dónde empezar, pero he pensado… He pensado que igual, no sé, igual…

—¿Está borracho?

Pablo colapsa, no sabe qué decir, balbucea. Luego se calla un momento y prosigue como si la pregunta nunca hubiese sido formulada.

—Lo he estropeado todo. —Espera una réplica, unas palabras de consuelo o de desconcierto, una pregunta, algo. Lo único que obtiene es silencio y chisporroteos—. He cometido un error. Uno muy grave. El más grave que un hombre puede cometer. No sé cómo…

—Alegría… —interrumpe Romera con brusquedad.

—Escúcheme, por favor. Es importante.

—No quiero escucharle. No quiero oírlo, ¿entiende?

No, Pablo no lo entiende. Ese hombre siempre los ha tratado con cariño, a Óscar y a él, a todo el grupo. Para Romera, la vida no es más que una extensión imperfecta del ejército, y, en el ejército, uno hace lo que sea necesario por sus hombres. Ellos, los miembros del grupo de teoría y cálculo de reactores, son sus hombres, su escuadra, lo más parecido que Romera tiene a una familia.

—He hecho algo terrible —balbucea Pablo, que a duras penas logra contener las lágrimas.

—Razón de más para que no siga. No diga ni una palabra más, ¿me oye? No quiero ser su cómplice ni quiero verme obligado a delatarlo llegado el caso.

—Pero tiene que saberlo. No sé ni por dónde empezar. El... El camión que...

—¡Cállese!

Pablo siente cómo ruge la furia en su interior. Quiere insultarlo, maldecirlo, ese estúpido egoísta, ese maldito fascista. Pero solo dice:

—Necesito contarlo. Por favor. No tengo a nadie más.

—Escúcheme bien. —Es la voz del buen hombre, el racional, el comprensivo. Ahí está por fin—. Ha cometido un error, de acuerdo. Lo entiendo. Pero no necesito los detalles. No los quiero. Todo el mundo puede tomar una decisión equivocada en un momento dado y...

—No como esta —interrumpe Pablo.

—Déjeme hablar.

—Si no se lo cuento, voy a volverme loco.

—No se va a volver loco.

—Le digo que sí, de verdad que sí.

—¡Compórtese como un hombre! —grita Romera.

Pablo no sabe en qué momento ha pegado la frente contra el cristal de la cabina. Llora y contempla el vacío. Está en el espacio. No. Es el infierno. Pablo es un hombre condenado y como tal se comporta.

—Por favor… —farfulla, ya no puede reprimir el llanto—. Ayúdeme.

—Óigame, yo no soy un cura. Le aprecio, usted lo sabe, pero no puedo ayudarle. ¿Qué espera que haga?

—Me mataré.

—Pablo, por el amor de Dios.

Lo llama por su nombre. Es la primera vez que lo hace, la primera en tantos años.

—Lo digo en serio. Voy a matarme.

—Ya no es usted un niño. Ni tampoco es un loco, que yo sepa. Deje de comportarse como si lo fuera.

—Soy un cobarde. Lo que he hecho… solo lo haría un cobarde.

—¿Y matarse cambiará algo? —Pablo titubea, sabe la respuesta, pero no quiere darla—. Matarse no cambiará nada. Matarse nunca cambia nada.

—Pero… Yo… No puedo. No creo que pueda vivir con esto.

—Entonces cumpla penitencia. Así es como se vive con lo invivible.

Pablo repite esas palabras dentro de su cabeza. «Vivir con lo invivible». Sí, eso es lo que él necesita.

—¿Cómo?

—Eso va a tener que decidirlo usted. —Romera aguarda unos segundos y luego inspira con fuerza—. Mire, tómese unos días libres —dice en un tono que nada tiene que ver con el anterior. Vuelve a ser el hombre recto y marcial, el buen soldado. El general que ordena y manda, a quien jamás se cuestiona—. Pero no haga esto nunca más. No me llame por este tipo de asuntos, ¿lo ha entendido?

—Sí, señor.

—No vuelva a hacerme esto —concluye.

Acto seguido, la señal se interrumpe abruptamente.

Pablo cuelga el auricular y, sin darse siquiera un segundo, empuja la puerta de la cabina. Necesita aire. Con la primera bocanada descubre que algo ha cambiado en su interior, pero todavía no sabe qué. Ya no llora. Tampoco quiere morir, no hoy, no ahora.

Romera, como siempre, ha sabido reducir un problema complejo a su mínima expresión. Eso hacen las mentes brillantes, transforman el caos ingobernable en una sola idea esencial capaz de ordenarlo todo.

«Cumpla penitencia».

Sí, eso hará. Pablo Alegría dedicará los años que le queden, sean muchos o pocos, a la expiación. Da igual si lo atrapan o no, si acaba entre rejas o consigue escapar, eso no cambiará lo que ha hecho y, por tanto, tampoco alterará sus planes. Desde este mismo momento y hasta el día de su muerte, todos sus actos estarán encaminados a la búsqueda de redención. Será el único propósito de su vida, su condena perpetua. Porque solo así, piensa el asesino, será capaz de vivir con su conciencia.

28

Alteraron el plan sobre la marcha. Después de veinticinco agotadoras horas de viaje casi ininterrumpido y a falta de solo cuatro para llegar a Guelmim, decidieron hacer una parada. Necesitaban descansar y acicalarse un poco antes de enfrentarse a lo que fuese que su destino les deparase.

Un cartel en la carretera anunciaba HOTEL KERDOUS tomando un desvío de solo cinco kilómetros. Alba buscó la valoración en internet, tres puntos sobre cinco; les pareció más que suficiente dadas las circunstancias.

El alojamiento, ubicado en la falda de una montaña, resultó ser un palacete venido a menos. A las tres de la madrugada, cuando pararon el motor de la autocaravana, el sitio ofrecía un aspecto lúgubre y poco recomendable.

El aparcamiento, por llamarlo de algún modo, estaba iluminado por una sola farola con una tulipa marrón medio rota. La luz era cálida y pegajosa, y la bombilla zumbaba y parpadeaba a punto de agotar su vida útil. A su alrededor revoloteaba una caterva de insectos minúsculos conformando una ondulante sombra gris.

En la recepción, pequeña y tórrida, una mujer de unos sesenta años roncaba como un osezno frente a la televisión. Tirso tuvo que carraspear dos veces y hasta golpear con los nudillos en el mostrador para despertar la célebre hospitalidad marroquí.

La mujer tardó unos segundos en ubicarse, como si fuese la primera vez en su vida que veía unos clientes en aquel sitio, y desempolvó una sonrisa todavía adormilada.

Los saludó en un árabe cantarín y hermoso — أهلاً بك —, y Tirso respondió con la misma fórmula a ojo. Alba, viendo que él se encargaba de la gestión, regresó al exterior huyendo de aquel calor sofocante.

Tirso se las apañó como pudo. La mujer no hablaba una palabra de inglés, así que no les quedó otra que usar la mímica como lengua franca. Él extendió dos dedos indicando dos habitaciones. Ella asintió y repitió el gesto.

—اثنين.

Cuando Tirso salió con las llaves en la mano, encontró a Alba abrazada a sí misma, de espaldas al hotel. Contemplaba las estrellas sobre su cabeza.

—¿Estás bien?

—Sí. Me estaba acordando de una cosa de mi padre.

—¿Me la quieres contar?

—No es nada. Es que él… solía decir que no entendía qué veían los poetas en las estrellas —confesó ensimismada con una sonrisa tenue en los labios—. Decía: «Si tanto les gustan las reacciones nucleares, ¿por qué no le dedican un poema a la bomba atómica?».

Tirso sonrió.

—Seguro que hay alguno.

—Sí. Y seguro que es malo.

Se giró hacia él y vio las dos llaves en su mano. Fue a decir algo, pero se limitó a reclamar la suya.

—Te la pago mañana.

—No te preocupes por eso.

—¿Estamos en la misma planta?

—Las he pedido juntas, pero a saber qué me ha entendido.

Volvieron a la recepción, donde la mujer apartó la somnolienta mirada de la pantalla para dedicarles una fugaz sonrisa que se detuvo, sobre todo, en los tatuajes de Alba.

Subieron por unas escaleras angostas iluminadas lo justo para distinguir un escalón del siguiente. Las habitaciones, en efecto, eran contiguas. Acordaron encontrarse en ese mismo pasillo a las ocho en punto de la mañana; eso les daría unas cuatro horas de descanso. Ya verían entonces si era posible desayunar allí y si les interesaba hacerlo.

Tirso ni siquiera se molestó en examinar su habitación. Prendió la luz, se tumbó boca arriba en la cama y, con los brazos en cruz, se despojó de las zapatillas. Contra todo pronóstico, el colchón era cómodo y el habitáculo estaba relativamente fresco.

Le hubiese gustado cerrar los ojos en ese mismo momento, pero aún tenía que enchufar el móvil y poner el despertador. En esas andaba, en plena lucha contra la pereza, cuando oyó movimiento en el pasillo. Una puerta, unos pasos por la moqueta, aproximándose. Esperó inmóvil unos segundos, pero nadie llamó. Se incorporó, fue hasta la puerta y la abrió sin más.

Alba seguía con la ropa del viaje, solo que ahora estaba descalza.

—Hola —dijo ella simplemente.

—¿Todo bien? ¿Pasa algo?

—No. No pasa nada. Todo bien, sí.

Quedó sumida en el silencio y Tirso no vio otra alternativa que invitarla a entrar.

—Hay piscina —dijo ella acercándose a la ventana y señalando al exterior.

—¿Qué?

—¿No te has asomado?

Tirso la observó con gravedad. Ella evitó su mirada y se sentó al borde de la cama. Nada más hacerlo, cambió de semblante, adoptando ahora uno triste, extenuado.

—¿Por qué haces todo esto?

Tirso se apoyó en la pared. Dudó un momento, pero decidió que Alba merecía la verdad.

—Le fallé a alguien. Hace tiempo. No estuve a la altura y…
provoqué algo… malo.

—¿Y crees que esto lo va a arreglar?

—No. Sé que no. Para esa persona ya es tarde.

—Pero no para ti.

—No lo sé. Quizá sí lo sea, pero…

Ella asintió. Se miró la punta de los pies.

—¿Te importa si me quedo un rato?

—Claro que no.

Alba relajó los hombros, libre del peso de aquel planteamiento que no sabía cómo abordar.

—Vale. Gracias.

Se desplomó de espaldas sobre la cama y se quedó mirando al techo. Tirso encendió el móvil, programó el despertador y lo apagó de nuevo. Mientras lo hacía, notó cómo, a su espalda, ella se arrinconaba en el colchón y se cubría con la liviana sábana de franela.

Tirso fue a refrescarse al baño. Cuando regresó a la habitación, Alba ya se había dormido.

Belmonte conocía bien las limitaciones del cuerpo humano. Era importante conocerlas para no traspasarlas, para saber hasta dónde se puede llegar sin arriesgarse a cometer errores fruto del cansancio, la sed o el hambre. Sabía, por ejemplo, que una persona podía pasar entre tres y cinco días sin beber una sola gota de agua. Sabía que se podía aguantar mucho más, unas cinco semanas, sin podía bocado. Y sabía también que uno podía tirarse siete días sin dormir antes de tener problemas serios. Justo ahí, al séptimo, empezaban las alucinaciones. Hasta el noveno no había un riesgo real de colapso físico. Más allá, el cerebro se hacía pedazos.

El récord personal de Belmonte estaba fijado en seis días. Fue hacía ya muchos años y por causa mayor. Un asunto jodido que salió mal, pero que, visto con perspectiva, pudo salir peor. Había mucho que hacer, y era imprescindible actuar deprisa. Dormir era un lujo que no podía permitirse. Forzó la máquina. Supo que había cruzado el límite cuando se vio a sí mismo desde fuera. Experiencia extracorpórea lo llaman. Lo mismo que cuentan muchos que se mueren en la cama de un hospital y luego, reanimación mediante, regresan de entre los muertos.

Belmonte se vio a sí mismo desde el exterior de su cuerpo y sintió el primer y único ataque de pánico de su vida, no por la experiencia en sí, sino por el hecho de ser incapaz de volver adentro. Ahí estaba él, *a su lado*, ajustando una mirilla telescópica. ¿Cómo era posible que lo hiciese con tal precisión si su conciencia había sido despojada del cuerpo? Por un momento, Belmonte se creyó condenado para siempre a esa doble vida: el cuerpo por un lado, moviéndose como si tal cosa, y el alma, arrancada de él, sobrevolando su cogote.

No hay manera de saber cuánto duró el episodio, aunque Belmonte tuvo la sensación de que pasó años allí atrapado, desgajado de su consistencia física, deambulando vaporoso e invisible incluso para su propia entidad corpórea.

Cuando por fin volvió a ser uno, soltó el rifle, descolgó el teléfono y durmió once horas seguidas. Aquello complicó un poco más una situación ya de por sí difícil y le hizo perder unos cuantos millones de pesetas. Pero, eh, salió con vida.

Desde entonces, Belmonte era precavido con el sueño y con su cabeza. Se permitía empalmar tres días como mucho, en ningún caso más. Trasnochar ya no le resultaba tan sencillo, sobre todo cuando iba al volante, como ahora.

La monotonía del paisaje no ayudaba. Batallaba contra sus párpados, ponía todo su empeño en mantenerlos abiertos, y ni con esas. Necesitaba parar, echar una cabezada, pero no podía permitírselo. Claro que tampoco podía seguir así. No había llegado tan lejos para matarse ahora en un ridículo accidente vial como si fuese un dominguero cualquiera. Siempre había temido una muerte indigna, ridícula. Para él, un accidente de tráfico estaba en la misma categoría que un resbalón o un atragantamiento. Muertes ridículas para seres ridículos.

Él merecía —y tendría— la muerte de un guerrero: atravesado por una bala, desgarrado por una explosión, machacado, reventado, asfixiado, vapuleado. En ningún caso aplastado entre los hierros de un coche.

De ahí que se hubiese agenciado ese SUV dotado de todo el equipamiento de seguridad que el ser humano había sido capaz de comprimir dentro de un utilitario. Hasta tenía airbags para las rodillas. Y de ahí también que nunca viajase sin sus pastillas de modafinilo, un estimulante indicado para el tratamiento de la narcolepsia. Él lo tomaba disuelto en una bebida energética, tres pastillas en una lata de Red Bull, suficiente para mantenerlo en una agitada alerta durante horas.

Claro que todo tiene un precio. El de este combinado, al que Belmonte llamaba «el vino de Caná» por su naturaleza prodigiosa, era un estado de conciencia muy superior al ordinario. La mente se le iluminaba con una lucidez rayana en la locura y los sentidos se le excitaban hasta la náusea. Oía más, veía más y, sobre todo, olía más. Todo le apestaba: sus manos, el volante, las axilas y las entrepiernas, las propias y las ajenas. Pero lo peor eran los procesos mentales, tan rápidos e incontenibles que los pensamientos se le amontonaban unos encima de otros y, de tanto pensar en todo, no podía pensar en nada.

Un médico le dijo una vez que se mataría si seguía tomando eso. Qué sabría él. Si por los médicos fuese, nos pasaríamos el día comiendo coliflor y bebiendo agua de manantial. ¿Quién quiere vivir más a ese precio?

Se tomó uno bien cargado, cuatro pastillas en vez de tres. Notó los efectos al segundo trago.

Acababa de rebasar la salida a Casablanca cuando Belmonte, con los ojos fijos en la carretera al mismo tiempo que en el cielo, en el cuentakilómetros y en el espejo retrovisor, oyó una plegaria repitiéndose dentro de su cabeza. Sonaba con una intensidad atronadora, un millar de sopranos cantaban sus solos respectivos, discordantes y desafinados, en el interior de su cráneo. Los mil, eso sí, decían lo mismo:

«Número desconocido. Número desconocido. Número desconocido...».

Descolgó con un dedo en el ordenador de a bordo.

—Qué —soltó. Le desagradaba tener que hablar en ese estado porque su voz le sonaba aguda y también ajena, como si le llegase por detrás, a través de un agujero trepanado en el hueso occipital.

El subsecretario habló por el equipo estéreo del coche.

—Han salido del hotel. Dirección sur. Parece que van a un sitio que se llama... Espera. —Ruido de papeles—. Guelmim. Ge, u, e, ele, eme, i, ene. No, espera, eme. La última es eme. ¿Lo tienes?

Belmonte asintió aunque nadie podía verlo.

—Quema ese papel.

—No te preocupes —replicó el subsecretario a la defensiva y colgó acto seguido.

Para entonces, Belmonte ya estaba introduciendo en el GPS el nombre de ese sitio. Sus dedos eran demasiado gruesos para aquellas minúsculas teclas, pero lo consiguió al cuarto intento.

Seis horas y cincuenta y siete minutos.

Pisó el acelerador.

Unas inmensas puertas de cemento recibían a los visitantes a la entrada de Guelmim. Era una urbe color arena repleta de construcciones de tres y cuatro alturas, mucho más grande de lo que ellos esperaban. Desde todas partes podían verse las montañas que rodeaban la ciudad.

Una carretera de cuatro carriles escoltada por palmeras los guio hasta una glorieta. Acababan de dar las nueve de la mañana y la gente se apelotonaba en las aceras. Vieron una gasolinera de la marca Petrom donde aprovecharon para repostar y para mostrar al empleado, un joven enteramente vestido de negro, el remite de la carta. No hablaba una palabra de inglés, pero sí algo de francés, idioma en el que Alba se manejaba con relativa soltura.

—Dice que nos queda un rato todavía. Tenemos que atravesar la ciudad y seguir como media hora hacia el sur. Que veremos un asentamiento o algo así, no lo he entendido muy bien. Que preguntemos al llegar.

Compraron seis botellas de agua y retomaron la marcha. Guelmim les pareció destartalada, ruidosa y animada en el sentido en que suelen serlo las ciudades africanas. Cruzarla resultó sencillo. Les bastó con seguir recto durante diez minutos sin trazar ni una sola curva, parando solo para dejar pasar a los transeúntes que se lanzaban a la calzada sin mayores contemplaciones. Al sur, unas puertas idénticas a las del extremo norte los dejaron en manos del desierto.

El termómetro de la autocaravana marcaba treinta y tres grados y amenazaba con seguir subiendo durante las próximas horas.

Los cables eléctricos, pendidos de humildes postes de madera, corrían en paralelo a la carretera marcándoles el camino. Más allá, la cordillera parecía siempre próxima y, al mismo tiempo, siempre distante. Era la ausencia de perspectiva, que no hubiese nada entre ellos mismos y aquellas montañas, lo que confundía sus sentidos.

Circulaban por un asfalto que, en algunos tramos, se desvanecía bajo la arena arrastrada por el viento. Cuando pasaba eso, reducían la velocidad y extremaban las precauciones.

Vieron dos camellos sentados y a dos tipos que, a su lado, quemaban unos rastrojos. Ambos miraron la autocaravana con curiosidad.

Veinte minutos después se toparon con un conjunto de casas de piedra edificadas al pie de la carretera. Todas parecían al borde del derrumbe. Un hombre pastoreaba unas cabras ante la mirada de un adolescente.

—¿Será aquí? —preguntó Tirso.

—No lo sé. Igual sí.

Tirso detuvo el vehículo. No había riesgo de accidente; con la excepción de los dueños de los camellos y de una motocicleta cargada de canastos, no se habían cruzado con una sola alma.

Salieron y se acercaron a los marroquíes, que los contemplaron con sonrisas entre amables y desconfiadas. Alba había cogido la carta del salpicadero y la llevaba en las manos. Se dirigió en francés al pastor.

Este negó con la cabeza, dejando claro que ni sabía ni quería saber nada, y señaló al chico, que permanecía con las manos apoyadas en una vara.

—*Tu vis ici?* —preguntó Alba al muchacho.

—¿Españoles? —fue su inesperada respuesta.

Alba asintió.

—¿Hablas español?

—Un poco. —Y lo ilustró juntando, hasta casi tocarse, el índice y el pulgar.

—Estamos intentado llegar aquí —dijo Alba entregándole la carta.

El chico leyó la dirección del remite y se la mostró luego al pastor, que otra vez negó con la cabeza. Quizá no sabía leer. Se cruzaron unas palabras que acabaron cuando el pastor señaló al sur, hacia las montañas.

—Es casa de Adib Mukhtar —dijo el chico mirando alternativamente a los dos forasteros.

—Sí, eso ya lo sabemos —replicó Alba.

—¿Quieres ver Adib?

Tirso dio un paso al frente.

—Sí, queremos ver a Adib. ¿Puedes llevarnos?

El chico desplegó una sonrisa sincera y luminosa. Bajo la roña que le cubría hasta la coronilla había un joven guapo y vigoroso. Tendría catorce o quince años.

—No *gratuit*. Tú entiendes, ¿sí?

Tirso le correspondió con una sonrisa y la mano en la cartera.

—Yo entiendo, sí. ¿Adib habla francés?

El chico meneó la cabeza.

—Adib solo *ad-dāriŷa*.

—Vale, mira… Te doy veinte euros por llevarnos y otros veinte si nos haces de traductor. Cuarenta en total.

—¡Cien!

—No te lo crees ni tú.

—¡Setenta!

Alba sonrió ante el alegre descaro del chico.

—Trato hecho —accedió Tirso en compensación por haber conseguido alegrar a Alba, aunque solo fuese durante unos segundos. Le pagó la mitad y lo invitó a subir a la autocaravana.

Se llamaba Hasan, nombre que, como se encargó de dejar claro a la primera de cambio, significa «bueno».

—¿Por qué quieres ver Adib?

Iban los tres en los asientos delanteros, con el chico repantingado en el medio.

—Tenemos una amiga común —se apresuró a responder Alba—. Queremos que nos cuente cosas de ella.

—¿Está muerta? —preguntó con espontaneidad el chico, como si fuese la conclusión más lógica del mundo.

—No. ¿Por qué iba a estarlo?

Se encogió de hombros.

—Gente muere —dijo sencillamente.

La carretera dio paso a un camino pedestre, apenas discernible sobre la arena, que, unos kilómetros más allá, se bifurcaba en dos ramales. No había señal alguna que indicase adónde llevaba cada cual. Tras una pequeña duda el chico señaló el de la izquierda.

—¿Seguro? —preguntó Tirso.

—*Oui*. Sí. Por ahí.

Al poco de dejar atrás el desvío, divisaron un jeep verde militar que circulaba por la otra pista en dirección opuesta a ellos. A Tirso le pareció que frenaba un poco, como si sus ocupantes quisieran verlos mejor. Después aceleró otra vez y prosiguió su camino. El chico no lo pasó por alto y Tirso sintió que se encogía un poco en el asiento.

Circularon durante quince minutos por la inmensidad arenosa, sin nada a la vista que no fuesen dunas, montañas y los precarios postes del tendido eléctrico hasta que, de pronto, Hasan exclamó:

—*Le voilà!*

Tirso y Alba tuvieron que aguzar la vista para distinguirlo. A un lado del camino había una pequeña pero robusta casa que bien podría haber pasado por una ruina arqueológica. La piedra de las paredes, pulida por décadas o siglos de cruento roce contra la arena, arrancaba destellos al sol. A su lado había una construcción algo mayor pero más endeble que Tirso supuso el establo, porque a su sombra holgazaneaban media docena de cabras escuálidas.

Cuando detuvieron la autocaravana, el termómetro oscilaba entre los treinta y cuatro y los treinta y cinco grados. Para entonces, el hombre que sin duda respondía al nombre de Adib Mukhtar salía de la casa alertado por el ruido del motor, un sonido poco frecuente en aquellos parajes que raramente anticipaba buenas noticias.

Contaría unos setenta años, era muy flaco y tenía la piel apergaminada. Vestía una chilaba color marfil que dejaba a la vista un vello hirsuto y ya encanecido. Con el ceño fruncido, se hizo visera sin apartar la vista del vehículo.

—*As-salaam alaikum* —saludó cortésmente en cuanto los viajeros plantaron los pies en el suelo.

Hasan fue el último en bajar pero el primero en hablar. Algo le dijo, en árabe, que provocó un rictus contrariado. Miró a Tirso de arriba abajo. A continuación examinó a Alba con mayor detalle.

—¿Qué le has dicho? —preguntó Tirso al muchacho.

—Que quieres hablar de amiga.

La expresión de Adib adquirió un matiz acerado durante un momento. Luego, la dureza pareció desvanecerse sin más y solo quedó una mirada triste y derrotada.

Dejó caer los brazos, se giró hacia la puerta de su casa y farfulló algo que dejó al chico desconcertado, sin saber bien qué hacer ni qué decir.

—¿Qué pasa? —preguntó Tirso.

—Dice que… Yo no seguro si entiende bien.

—¿Por qué? —intervino Alba—. ¿Qué te ha dicho?

—Que él treinta y tres años esperando.

29

Insistió en servirles un té y, ante el rechazo general, se conformó con ofrecerles agua. La casa era austera pero acogedora. Estaba enteramente alfombrada de acuerdo con el gusto árabe. El salón, donde se acomodaron, tenía dos grandes sofás llamativamente estampados que en modo alguno parecían encajar con aquel hombre parco y circunspecto.

En cuanto Adib colocó la botella de agua y los cuatro vasos en la mesa octogonal, él mismo tomó asiento y empezó un relato que Hasan, diligente, fue traduciendo sobre la marcha.

—Dice que en *mai* de… Eh… *mil neuf cent quatre-vingt-six* —«mayo del ochenta y seis», apostilló Alba para Tirso— Adib encuentra niña. Cerca, en montañas. No agua. No comida. Niña muy mal. Enferma. Adib cree que niña muerta, pero niña… *respirer*.

»Adib trae niña a casa. Adib dice niña pequeña y flaca como *chiot* —«cachorro»—. Mujer de Adib cuida de niña. Da comida y agua. Mujer de Adib buena mujer, muy religiosa. Buena mujer, buena esposa.

El hombre vagaba la mirada por el suelo como si buscase, sin encontrarlo, algún sitio donde asirla. Era, junto con sus labios, lo único que en su cuerpo se movía. El resto permanecía inerte: las manos sobre las rodillas, las rodillas juntas, el espinazo arqueado por décadas de duro trabajo. Era la viva imagen de un hombre entregado a la resignación y a la humildad.

—Mujer piensa que niña regalo de Alá —siguió traduciendo Hasan—. Alá no dar hijos a Adib y mujer, pero dar niña *en retour*. Ellos llaman Amal.

Tirso dio un respingo. ¡¿Cómo había podido ser tan torpe?! ¡Ni siquiera se planteó que «amal» pudiese ser también un nombre propio!

Se volvió hacia Alba, sentada a su lado, pero ella no reaccionó. Tenía los ojos clavados en aquel hombre enjuto y en él los mantuvo.

—Adib y mujer creen que niña es *muet* —«muda»—. Pero tiempo pasa y niña habla. Niña dice *adresse* —«dirección»— de España. Mujer de Adib dice Amal regalo de Alá, y regalos de Alá no *refusés*. Pero Adib escribe carta a pesar de mujer. Ley de hombres no ley de Alá. Para Adib, primero ley de hombres. Después, ley de Alá.

—Pregúntale si hubo respuesta a esa carta —intervino Tirso.

El chico lo hizo y Adib asintió.

—Dice que respuesta viene dos meses después. Dinero.

La espalda de Alba se tensó súbitamente.

—¿Dinero?

—Adib dice dinero y carta. *Petit*, pocas palabras. En árabe.

—¿Quién la firmaba?

—Adib dice *sans* nombre.

—¿Qué decía? —inquirió Tirso.

—Carta dice Adib y mujer cuidan niña —tradujo Hasan mientras Adib hablaba con la mirada aún extraviada—. Si cuidan, dinero viene todos los meses. *En retour*, Adib no escribir más. Nunca.

Alba restregaba las palmas de las manos por los cojines del sofá con creciente nerviosismo.

—Carta pide que no falta nada a niña. Pero Adib cuida bien de Amal, con dinero o sin dinero. Mujer de Adib, feliz. Amal es respuesta a oraciones.

—¿Dónde está esa carta? —inquirió Alba en un tono innecesariamente agresivo que incomodó a todos—. ¿La conserva? ¿Podríamos verla?

Adib miró al chico, escuchó la traducción y negó con la cabeza.

—Adib dice que carta perdida *ça fait longtemps*.

Les contó que criaron a la pequeña como si fuese su propia hija. Así la consideraban. Rachida, la esposa de Adib, se empeñó en enseñarle el idioma árabe. Alba lo aprendió, entendía lo que le decían, pero se negaba a hablarlo. No hablaba, de hecho, en ningún idioma. Todo lo que la oyeron decir en más de treinta años fue aquella dirección balbuceada.

Igual que Adib y su esposa la aceptaron como hija, con el tiempo Alba acabó aceptando su nueva identidad. Dejó de ser Alba, se convirtió en Amal.

Adib y Rachida estaban seguros de que recordaba cómo llegó allí. Sabían que su silencio escondía algo oscuro, violento. Muchas noches, incluso en la adolescencia, sufría turbulentos sueños de los que despertaba bañada en sudor y con la almohada empapada de lágrimas. Nunca supieron lo que ocurría en aquellas pesadillas pero, cuando las tenía, ya no volvía a conciliar el sueño. Solo quería que la dejasen sola y en paz.

Ni Adib ni Rachida, que había fallecido una década antes, supieron jamás las circunstancias que llevaron a la pequeña hasta aquellas montañas. Por allí no pasaba nadie, ni siquiera los turistas. Solo muy de vez en cuando se divisaban jeeps con voluntarios de alguna ONG, yendo o viniendo de los campamentos saharauis, pero ellos no viajaban con niños.

La única explicación era que alguien hubiese intentado librarse de Amal. Abandonada a su suerte, no habría tardado en perecer. El desierto devora almas cada día.

Tirso apuró el agua de su vaso y se sirvió otro. Buscaba la manera de hacer una pregunta. Requería de un cierto tacto en su formulación, y temía que la traducción lo traicionase. Se lo pensó mucho antes de dirigirse a Hasan:

—Pregúntale dónde vivía Amal. ¿Dormía aquí, en esta casa? ¿Podía...? ¿Podía salir libremente?

Cuando el muchacho lo tradujo, Adib contempló a Tirso con un matiz de desprecio. Negó con la cabeza, decepcionado por lo que aquella duda comportaba, y le respondió en tono firme pero compasivo, mirándolo a los ojos con tal intensidad, con tal tristeza que a Tirso le costó mantenerle la mirada.

—Adib dice que Amal no *kidnappéi*. Amal, hija. Amal, luz de sus días.

Asistió a la escuela durante varios años, aunque pronto la abandonó o la obligaron a abandonarla por culpa de su mutismo. Aunque Adib no fue claro al respecto, quizá porque no quería serlo, Tirso creyó entender que la chica solo cursó la educación básica o quizá ni eso.

Colaboraba con la economía familiar cuidando y ordeñando las cabras, aunque lo cierto es que Adib no necesitaba ayuda por entonces. Esa, además, era faena de hombres. Más tarde Amal se mudó a Guelmim, donde pasó algo más de un año saltando de trabajo en trabajo. Tampoco eso le gustó a Adib. ¿Qué hacía una mujer joven sola en la ciudad? En cualquier caso, Amal no tardó en regresar al nido.

¿Sufrió algún incidente desagradable durante su estancia en la ciudad, algo que la empujó a marcharse? No había manera de saberlo, pero lo cierto es que no quiso volver. Ella solo quería permanecer en aquella casa perdida en mitad de la nada, con su padre y su madre y las cabras, lo más lejos posible del resto del mundo.

Ayudaba a Rachida en las tareas del hogar, limpiaba y cocinaba; el resto del día se lo pasaba sentada fuera contemplando el desierto con gesto abstraído. Ni Adib ni su mujer supieron jamás dónde estaba su mente en aquellos momentos que a veces se prolongaban durante horas.

Una vez, solo una en toda su vida, su padre le planteó la posibilidad de viajar a España. Fue tras la muerte de Rachida. Amal tenía por entonces treinta años. Estaba envejeciendo, y la vejez en el desierto es áspera y despiadada. Adib le dijo que algún día también él moriría y Amal se quedaría entonces sola en aquella casa, sin nada que hacer más que atender partos de cabras si tenía suerte o enterrar sus huesos si no la tenía.

Adib lo había pensado todo. Pagaría aquel viaje con el dinero que, a lo largo de más de dos décadas, había ido apartando de cada uno de los sobres. Amal lo rechazó con un gesto tajante y, según Adib, ya no se volvió a hablar del asunto.

Alba llevaba rato mordisqueándose el labio inferior. Tirso temía una reacción explosiva y se preguntaba si había sido buena idea someterla a esto.

En ese preciso instante, Alba liberó el labio, se inclinó un poco hacia delante y, con inesperada serenidad, preguntó:

—¿Y no cree que Alba…? —Agitó la cabeza, hizo el esfuerzo por corregirse—. ¿No cree que Amal se preguntaba de dónde salía ese dinero?

Adib escuchó la traducción y, sin mediar palabra, se puso en pie ceremoniosamente. Fue hasta una cómoda donde reposaba una caja de madera oscura con filigranas labradas en la tapa. La depositó en la mesa, entre los vasos, y todos la miraron.

—*Parfois* —«a veces»— Amal abre sobres primero que Adib. Amal ve dinero. Amal ve sobres vienen de España.

Nunca preguntó nada porque nunca habló, pero ellos le mintieron para disipar cualquier posible sospecha. Le contaron que el dinero lo enviaba un pariente emigrado a Andalucía, un tío de su madre que había montado allí una frutería. La historia no era del todo inverosímil, situaciones parecidas se vivían en muchas familias de Marruecos. Si Amal se la creyó o no es algo que ni Adib ni Rachida supieron nunca. Hasta ese punto ciega el amor.

Adib alargó una mano temblorosa hacia la mesa. Todos creyeron que se disponía a abrir la caja, pero lo que hizo fue coger el vaso de agua. Estaba a punto de beber, el cristal rozaba ya sus labios, cuando un gemido lo desarmó. Hasan, a su lado, se apresuró a quitarle el vaso justo antes de que fuese a parar al suelo. Y Adib, que hasta ese momento había mantenido una pasmosa sobriedad, ya no pudo más y se quebró con un llanto incontenible.

Masculló entre lágrimas una pregunta que el chico se apresuró a traducir:

—¿Amal está bien?

—Está bien —confirmó Alba—. Está en casa. En Madrid. Soy... Soy su hermana.

Al escuchar la traducción, su semblante se vio alterado por completo. Dejó de gimotear, dejó de esconderse. Se enjugó las lágrimas con el dorso de la mano y fijó su mirada en Alba. Más bien la examinó, como si buscara en su cuerpo —en su rostro, en su mirada— algo que le evocase a Amal, que le llevase hasta ella.

—Adib pregunta cómo llega Amal a España.

Alba le contó que unos turistas la encontraron no muy lejos de ahí y acudieron con ella a la policía. Que les dijo su antigua dirección española, la misma que había escrito tres décadas antes en un sobre.

Adib escuchó sus palabras, asintió pensativo y se volvió hacia la ventana. Un cencerro rompía el silencio uniforme del desierto que, allí enmarcado, partía el mundo en dos mitades, una marrón y otra azul, como en un cuadro infantil. Nada se movía. Nada cambiaba nunca y nada cambiaría a través de aquella ventana.

—Hasan —intervino Tirso—. Pregúntale cuándo la vio por última vez.

El chico lo hizo y, a continuación, tradujo la respuesta.

—Adib dice Amal *disparaître* hace cinco semanas. Cuando Adib vuelve de montañas, Amal no es en casa. Cosas de Amal sí, pero Amal no. Adib busca *de toute part*, pero... Adib ya nunca ve Amal.

Alba frunció el ceño.

—¿Sin más? ¿Se pasó aquí toda la vida y un día se marchó sin más? ¿Sin llevarse nada? ¿Sin dar ninguna explicación? ¿Por qué?

Adib señaló la caja de madera. Todos la miraron.

—Abid dice abrir —tradujo Hasan con la mirada puesta en Alba.

Ella llenó de aire los pulmones y retiró la tapa con delicadeza. En su interior había un sobre abierto y arrugado. Otro más. Solo que este no mostraba los indicios del tiempo. El papel estaba blanco, incólume.

—Adib dice *trouva* esto en cama de Amal.

La carta, que carecía de remite, estaba franqueada en España. Los sellos eran actuales. Alba extrajo una cuartilla de su interior. La caligrafía era temblorosa y tenue, producto de una mano ya muy débil. Un trazo a las puertas de la muerte. La letra de Pablo Alegría.

Alba.

Mi querida Alba. Mi olvidada, traicionada, sustituida Alba.

Cargo con dos pecados sobre los hombros, ambos terribles. El primero, haber matado a tu padre. El segundo, haber accedido a abandonarte.

Llevo más de la mitad de mi vida arrastrando eso. Luchando contra eso y perdiendo. He dedicado más de treinta años a expiar mis pecados. Lo he hecho tan bien como he podido, aunque sé que no ha sido suficiente, que nunca lo será.

Me muero. Hace poco que lo sé y la idea cada vez me angustia menos. No busco tu compasión, jamás me atrevería. Pero no puedo ni quiero morir sin decirte que lo siento. Lo siento más de lo que soy capaz de expresar con palabras. Tú pagaste por nuestros errores. Por los míos.

Lo daría todo por volver atrás. Por vivir de nuevo y hacer las cosas de otra manera. Esta vez sabría hacerlo. Te cuidaría y te protegería. Esta vez nadie te haría daño. No lo permitiría.

Quizá no me creas. Quizá ni siquiera me recuerdes. Pero debes saber que nunca he querido a nadie como te quise a ti.

Con amor,

TU TÍO PABLO

Tirso tuvo el tiempo justo para leerla antes de que Alba, colérica, la destrozase y arrojase los pedazos al aire. Adib contempló su lenta caída, retazos de una vida pasada que ya nunca volvería. Los miró con expresión serena y derrotada, como si viese, en su lugar, a la mujer que durante tres décadas consideró hija suya marchándose para siempre.

Tirso quiso consolar a Alba, pero ella no se dejó. En cuanto sintió el tacto cálido de su mano en el hombro, se puso en pie airadamente y salió de la casa a toda prisa.

Tirso recogió de la alfombra los pedazos de la carta y se los entregó a Adib, que asintió en agradecimiento con los labios apretados. Era el cuerpo de su hija. Su cadáver.

Hasan había presenciado la escena con expresión confusa y violentada, deseando estar en cualquier parte menos allí. Se había ganado cada céntimo. Tirso le hizo un gesto, «espera».

Fuera, Alba contemplaba el desierto con los brazos cruzados. Las cabras, inquietas y asustadas por tanto alboroto, se habían refugiado en el establo. El calor era sofocante.

Tirso se detuvo a su espalda sin atreverse a tocarla ni a hablar. Le bastaba con que supiese que estaba ahí.

Cuando por fin se giró, pasados unos minutos, él pudo ver su rostro congestionado por la rabia, la tristeza y la decepción. Por la certeza de que su vida entera hundía sus pilares en un montón de mentiras.

—Era un asesino —declaró entre lágrimas—. Mi padre era un asesino.

A decenas de kilómetros a la redonda no se escuchó otra cosa que las palabras de Alba Alegría.

30

Extenuada por tantas emociones, Alba se durmió al poco de tumbarse en la autocaravana. Habían dejado a Hasan en el mismo sitio donde lo recogieron, con los setenta euros prometidos más veinte de propina por el mal rato que el muchacho había pasado y que lo sumió en un incómodo silencio durante el viaje de regreso.

Tirso conducía despacio para no despertar a Alba, si bien no había manera de evitar los socavones en aquel camino agreste y medio desvanecido bajo la arena. Lo hacía mecánicamente, con la cabeza en otra parte. Trataba de encajar los últimos descubrimientos en la versión mental de su mosaico de manera que revelase por fin una panorámica comprensible de aquel endiablado asunto.

En su carta de despedida, Pablo Alegría confesaba haber matado a su amigo Óscar Orbe. Podía tratarse de una concesión literaria, matar como sinónimo de otra cosa, de arrebatar la esperanza, de aniquilar las aspiraciones, pero, al igual que Alba, Tirso estaba convencido de que aquello debía interpretarse de manera literal. Diez días después de la desaparición de la pequeña Alba, Pablo Alegría asesinó a Óscar Orbe y lo hizo pasar por un suicidio.

La carta dejaba claro que, con el tiempo, Pablo Alegría se arrepintió de sus actos. Buscó la expiación, pero ¿cómo se expía un asesinato? Decidió hacerlo cuidando de la viuda. Poniéndose a su servicio. Ocupó el hueco de Óscar Orbe, asumió sus deberes y sus responsabilidades. Lo sustituyó. Un marido por otro.

Pero entonces llegó la carta de Adib: «Hace dos meses encontré en el desierto a una niña pequeña...».

Así descubrió que Alba seguía con vida. Los marroquíes se la llevaron consigo, Dios sabe con qué intenciones, y la niña había acabado allí, a mil setecientos kilómetros de su casa, en pleno desierto del Sáhara, en la casa de un pastor y de su esposa.

¿Qué podía hacer él?

Sin duda barajó todas las opciones. Es de suponer que la conciencia le dictó partir de inmediato en su busca, recuperar a la hija de su amigo y llevarla de vuelta a casa, con su madre.

Pero no lo hizo.

¿Por qué?

—Por miedo —susurró Tirso para sí.

¿Cómo podría evitar que la niña lo contase todo? Si la traía de vuelta, la policía la interrogaría; querrían saber qué había ocurrido, quién se la llevó, adónde, para qué.

¿Y si Alba describía unos subfusiles idénticos a los que se emplearon en el robo del camión? En ese caso, la policía no tardaría en asociar su desaparición con aquel suceso, y la maquinaria especulativa se pondría en marcha. No tardarían en establecer la conexión con el suicidio de su padre. ¿Suicidio?, se preguntaría alguien tarde o temprano. ¿Y si fue un asesinato?

Pablo Alegría debía ir a buscar a la niña, era lo único que un hombre íntegro podía hacer, pero no lo hizo. En su lugar decidió ocultar la existencia de la carta al mundo entero. Fue su segundo pecado.

Escribió aquella respuesta en la que pedía al pastor que se ocupase de Alba. Él financiaría su manutención desde la distancia a cambio de una sola cosa: que nunca más le escribiese. Así sobornaba su conciencia.

Por algún motivo no quiso deshacerse de la carta de Adib. Quizá temía que, con el paso de los años, la pereza le venciese, o la sensación de irrealidad que va tiñendo los recuerdos más remotos hasta el punto de ser contemplados como vivencias de otra persona que poco o nada tienen que ver con uno mismo. Aquella carta, guardada bajo llave en la caja de seguridad de un banco, le serviría de recordatorio físico y tangible. Todo aquello había ocurrido. Sus pecados fueron reales, lo seguían siendo, y las consecuencias de sus actos crecían y envejecían en alguna parte de África.

Tirso miraba fijamente la carretera, arrastrado por aquel caudal de pensamientos cuando, a lo lejos, un destello le reveló la presencia de otro vehículo. No le dio importancia. Se volvió hacia el espejo interior y vio cómo Alba se revolvía incómoda en la cama luchando entre el sueño y la vigilia.

Le vino a la mente la primera vez que se encontraron en casa de su madre, y en cómo, una vida después, ella le rogaba que salieran de una habitación repleta de polvo y de peluches.

La carta de Adib, pensó Tirso, podía explicar también el motivo de la mudanza. El auténtico motivo. Aquella casa estaba impregnada de las ausencias de Óscar y Alba Orbe, y esa sería razón más que suficiente para marcharse de allí, pero había otra más concreta y tal vez más poderosa.

Adib conocía esa dirección. Pablo Alegría le pidió que no volviese a escribir, pero ¿y si lo hacía de todos modos? ¿Y si enviaba una segunda carta pasado un mes, o un año, o cinco, y esta vez Claudia la encontraba primero?

No podía arriesgarse. Habló con ella, la convenció de que debían mudarse. Era lo mejor, lo más sano para ambos, alejarse de los fantasmas, empezar de nuevo. Y así, en su vida reinaugurada, Pablo Alegría culminaría su ejercicio de contrición casándose con Claudia Subirós, fingiendo amarla, o amándola quizá sinceramente a fuerza de costumbre, y dándole otra hija. Un marido por otro. Una hija por otra.

«Mi olvidada, traicionada, sustituida Alba».

El vehículo se acercaba deprisa, levantando a su paso una nube de polvo que se desvanecía contra el azul claro, casi irreal del firmamento. Tirso redujo la velocidad y se pegó al borde derecho de la carretera.

El mosaico ya estaba casi conformado y, como las buenas intuiciones científicas, las que acaban siendo correctas, el relato de los hechos le parecía dotado de una elegante belleza. Algo, sin embargo, no terminaba de encajar del todo. Aún faltaba una pieza. Había decidido pasarlo por alto hasta entonces, esconderlo en un paréntesis, porque sabía que si se detenía en ello, acabaría bloqueado.

En la carta que Pablo Alegría había escrito al borde de la muerte hablaba de los dos pecados que habían condicionado su vida desde aquel aciago 1986.

El primero, el asesinato, estaba fuera de toda duda. El otro, por el contrario, le resultaba menos evidente. Había algo en su redacción que disparó las alarmas de Tirso. Recordaba las palabras con claridad: «... haber accedido a abandonarte».

«Haber accedido».

Tirso sabía que la elección léxica nunca es caprichosa y que, las más de las veces, ilumina parcelas del subconsciente que el autor pretende mantener a oscuras.

Un Pablo Alegría sin fuerzas, consumido por el cáncer y extenuado por la quimioterapia, cometió un desliz. Pero... ¿y si no lo hizo? Era un hombre inteligente y aquel error resultaba ciertamente burdo. ¿Y si lo que pretendía era confesarle a Alba/Amal que la idea de abandonarla allí no fue suya, sino de otra persona? Pero ¿de quién? ¿De Claudia Subirós? ¿Era concebible que una madre abandonase a su hija de esa manera, entregándosela a unos desconocidos sin más prueba de su buena fe que una escueta carta pobremente redactada?

Tirso volvió a pensar en aquella anomalía que había detectado en su habla y, de pronto, cayó en la cuenta de que acababa de escucharla hacía solo unos minutos. Exactamente la misma peculiaridad en la pronunciación de las consonantes labiodentales sordas. Se lo había oído a Adib y también a Hasan. Maldita sea, ¿cómo no se había percatado hasta ahora? ¡No era un defecto sino un vestigio de acento árabe!

El coche pasó a su izquierda, casi rozándole, en dirección contraria. Tan ensimismado estaba Tirso en su descubrimiento que no lo reconoció hasta que dio un violento giro justo detrás de la autocaravana, formando a su alrededor un torbellino de arena. Era un SUV Volvo con las ventanillas tintadas.

—No me lo puedo creer...

Alba se despertó sobresaltada, más por el acelerón que por la voz de Tirso.

—¿Qué pasa? —preguntó somnolienta.

—¡Agárrate!

Alba se incorporó y avanzó por la autocaravana, asiéndose a los muebles con ambas manos, mientras trataba de llegar al asiento del copiloto. La carretera seguía siendo irregular, plagada de socavones, y a punto estuvo de irse al suelo un par de veces.

—Pero ¡¿qué pasa?! —preguntó de nuevo, ahora visiblemente alarmada.

—¡El cojo!

La autocaravana no era rival para el otro vehículo. Aunque Tirso hundió el pie en el acelerador, el Volvo no tardó en pegarse al parachoques trasero. Iban a ciento cuarenta kilómetros por hora, pero la sensación allí dentro era la de un cohete en el mismo momento del despegue. Un bache hizo que Alba, sentada ya junto a Tirso, se golpease contra el techo.

—¡Ponte el cinturón!

—¡¿Qué vas a hacer?! —Había espanto en su voz.

—¡Tenemos que llegar a Guelmim!

No sería fácil. La ciudad quedaba lejos, ni se atisbaba todavía.

Aceleró más, ciento cincuenta kilómetros por hora. A su espalda, los armarios se abrieron y todo fue a parar al suelo. Las latas de comida y las botellas de agua rodaban de aquí para allá, los papeles con las pistas, los indicios y las suposiciones se deslizaban caprichosamente. El traqueteo era ensordecedor. La autocaravana parecía a punto de dislocarse dejando un reguero de piezas derramadas por la carretera.

Belmonte pegó un acelerón en un intento de ponerse en paralelo, pero Tirso se percató de ello, giró un poco el volante y le cortó el camino. Aunque el movimiento fue muy leve, a punto estuvo de perder el control y volcar. El sudor le irritaba los ojos, emborronando la carretera, pero le angustiaba la idea de soltar el volante un solo segundo.

—¡Sécame la cara! —gritó; era la única forma de oírse.

Ella miró a su alrededor y vio un paquete de clínex en el suelo. Para alcanzarlo tuvo que soltarse el cinturón de seguridad. Uno de los neumáticos de la autocaravana se metió entonces en un socavón, lo que provocó un bote de medio metro de altura. Alba salió volando y se hizo un corte en un brazo, que empezó a sangrar abundantemente. Chilló de dolor, pero Tirso no se atrevió a mirarla. Lo último que necesitaba era marearse.

—¡¿Estás bien?!

Alba no respondió. Se deslizó hasta Tirso y le pasó un pañuelo de papel por la frente, con cuidado de no cegarlo en ningún momento. El clínex se empapó de inmediato y tuvo que usar varios más.

Belmonte repitió la jugada y, con un tremendo acelerón, esta vez logró colocar su vehículo a la izquierda de la autocaravana.

—¡Mierda! ¡Joder!

Tirso vio cómo el coche se acercaba mucho, hasta casi arañar la carrocería. No tenía margen de maniobra. Si se apartaba, acabaría hundiendo los neumáticos en la arena, volcaría sin duda.

—¡Agárrate! —le gritó a Alba, que se aferró al salpicadero.

Estaba convencido de que el SUV les golpearía, pero no lo hizo. En vez de eso, se apartó de nuevo, y Tirso pudo ver, con perfecta nitidez, el rostro del cojo al volante. Le pareció que sonreía.

—¡¿Qué hace?! —exclamó Alba.

—¡Juega con nosotros! ¡No sé qué hacer! ¡¡No sé qué hacer!!

En ese preciso instante, la silueta de Guelmim emergió a lo lejos. Y aunque estaba a una más que considerable distancia, su sola visión resucitó las esperanzas de ambos.

Tirso aceleró al máximo. Ciento sesenta kilómetros por hora. La aguja que indicaba la temperatura del motor entró en la zona encarnada, peligro de sobrecalentamiento. La autocaravana trepidaba impetuosamente, a punto de descoyuntarse. No lo conseguirían.

—¡Una moto! —gritó Alba de pronto. Señalaba al frente.

En efecto, una pequeña motocicleta con dos ocupantes se acercaba en su dirección. Tirso tocó el claxon como si le fuese la vida en ello.

Entre la autocaravana y el Volvo copaban todo el ancho de la carretera. La moto no tuvo más remedio que apartarse para abrirles camino. Al hacerlo, la rueda delantera se clavó en la arena y tanto el piloto como el acompañante se vieron arrojados al suelo, pero Tirso siguió golpeando el claxon en un intento de hacerles entender que algo pasaba, que no era un juego, que necesitaban ayuda.

Vio en el espejo cómo los dos hombres se levantaban y les increpaban. Justo entonces, un ruido sordo resonó en alguna parte de la autocaravana. Fue un zumbido hueco, muy breve, que destacó sobre el frenético trepidar del plástico.

—¡¿Qué ha sido eso?! —preguntó Tirso, angustiado por si el vehículo empezaba a descomponerse.

Alba se desplazó con dificultad hacia la parte trasera, sujetándose a los armarios. Avanzaba palmo a palmo con las piernas flexionadas para bajar su punto de gravedad todo lo posible. El suelo se había llenado de objetos que rodaban de un lado a otro a merced de la inercia. Exploró a su alrededor y vio algo en la puerta de un armario que no estaba ahí un momento antes. Un pequeño agujero.

Restalló un nuevo zumbido, solo que esta vez Alba pudo ver qué lo provocaba. La bala atravesó la autocaravana reventando, en su camino, el pequeño televisor que colgaba sobre la cama.

—¡¡Nos está disparando!!

Tirso, demudado, miró el retrovisor. Vio al cojo, su brazo derecho extendido y algo negro en la mano cuyo extremo asomaba por la ventanilla del copiloto.

—¡¡Tírate al suelo!! —gritó Tirso, pero fue demasiado tarde.

La bala atravesó la chapa de la caravana, pasando a pocos centímetros de la cabeza de la mujer.

—¡¡Alba!!

—¡¡Estoy bien!! —chilló ella con la voz afilada por los nervios—. ¡Estoy bien!

—¡Hijo de puta!

Tirso pisó el freno, provocando una sacudida brusca que cogió a todos por sorpresa. Alba cayó con violencia y Belmonte se descubrió solo en la calzada, con la autocaravana de pronto a su espalda.

Tirso ni lo pensó. Aceleró al máximo, revolucionando el motor hasta el límite de sus capacidades. El empuje fue suficiente para golpear el culo del SUV, cuyas ruedas traseras resbalaron sobre la arena lanzando el vehículo hacia un lateral y sacándolo de la carretera.

Tirso soltó un aullido de júbilo.

—¡¿Qué ha sido eso?! —preguntó Alba mientras se levantaba con gesto dolorido y una mano a la altura del coxis.

Tirso fue a responder, pero, cuando miró por el retrovisor, descubrió, para su desesperación, que el SUV volvía a la carretera como si nada.

—¡No, no, no!

Tirso alternaba la mirada entre Guelmim y el Volvo, que se acercaba a toda potencia. Pisó el acelerador hasta el fondo, y obtuvo como respuesta un bronco quejido metálico.

—No, por favor —rogó a media voz en cuanto vio el humo negro escapando por las juntas del capó.

Iban demasiado deprisa y un ligero culebreo fue cuanto necesitaron. Ante la luna, moteada de insectos muertos, ya no estaba la carretera sino el desierto. En ese momento llevaban una velocidad de ciento cincuenta y un kilómetros por hora. Los neumáticos del lado izquierdo dejaron de tocar el suelo y la autocaravana cayó pesadamente sobre su costado derecho, deslizándose sobre él con enorme virulencia.

Tirso llevaba puesto el cinturón de seguridad, pero Alba ni siquiera estaba sentada. Sintió que la golpeaban por todas partes, desde todos los ángulos. Tirso cerró los párpados una fracción de segundo antes de que el cristal reventase ante sus ojos. El estruendo fue ensordecedor, y, durante unos instantes que ellos vivieron como días, ambos tuvieron la certeza de que así terminaba todo.

Poco después, todos los ruidos se detuvieron al unísono. Al abrir los ojos, lo primero que Tirso pensó es que olía a plástico quemado y a gasolina. Tardó unos segundos en comprender lo que tenía delante. Era la línea del horizonte cruzando de arriba abajo, separando un azul muy claro a la izquierda de un brillante dorado a la derecha. Lo veía fragmentado a través de la luna hecha añicos, pequeñas astillas de cristal que habían permanecido en su sitio milagrosamente en una formación similar a una tela de araña. O un mosaico.

Le llegó un quejido de alguna parte. Tirso se libró como pudo del cinturón de seguridad. Cayó de golpe contra la puerta del copiloto, lastimándose un hombro. Era lo de menos. Se aseguró de que todos sus miembros seguían en su sitio. Estaba muy magullado, pero solo tenía unos pocos cortes en la cara y en las manos. Para su sorpresa, no se mareó.

Otro quejido.

—Voy. Ya voy, aguanta.

Logró colarse entre los asientos y accedió a gatas a la parte trasera. El paisaje recordaba a una casa arrasada por un tornado.

Todo estaba tirado y roto, las puertas del baño y de los armarios abiertas, algunas desencajadas de sus goznes, el suelo lleno de ropa, papeles, comida, agua, basura. El depósito de aguas marrones se había roto y el olor a orín era casi insoportable. La autocaravana carecía de ventana en la parte trasera, por lo que la única luz que entraba procedía de los ventanucos del lateral izquierdo que, en aquel mundo torcido, quedaban ahora sobre sus cabezas.

Alba estaba encogida sobre la nevera con el rostro cubierto de sangre. También ella parecía conservar todos sus miembros.

—¿Qué ha pasado? —preguntó.

Tirso se arrastró como pudo hasta ella y examinó sus heridas. Tenía una pequeña brecha en la cabeza que le apelmazaba el cabello, dándole una consistencia rígida.

—¿Qué ha pasado? —repitió.

Pero Tirso se limitó a pedirle silencio con un gesto. Había oído algo fuera. Era un motor. Y se acercaba.

Belmonte salió de su coche, ocultó la mano armada tras el cuerpo y fijó la vista en la furgoneta que se aproximaba. El conductor, un marroquí de pelo muy blanco, había sacado la cabeza por la ventana y miraba patidifuso la autocaravana que yacía volcada sobre la arena. Mencionó algo relacionado con Alá y deceleró con intención de prestar auxilio, pero, cuando Belmonte descubrió la Colt M1911, el tipo perdió de golpe su ánimo de socorro y pisó de nuevo el acelerador.

Aunque sabía que era imposible, Belmonte pudo oler al árabe mientras se alejaba: una mezcla de sudor, azafrán y vino tinto. El expolicía llevaba muchas horas en vela. Todavía no demasiadas, pero casi. Al bote de modafinilo, que estaba por la mitad cuando emprendió el viaje, ya solo le quedaban dos pastillas.

Se volvió hacia Guelmim y se esforzó por enfocar el perfil de la ciudad. Estaba cerca, lo suficiente como para que algún idiota metomentodo diese la voz de alarma. No debía montar un escándalo, pero tampoco había tiempo para sutilezas.

El lingüista y su putita seguían en racha; la autocaravana había quedado de la peor manera posible, la mejor para ellos. La puerta de entrada estaba en el lado derecho, que era justo sobre el que yacía el vehículo, de manera que resultaba imposible entrar por ahí. Si quería acceder al interior, Belmonte solo tenía dos opciones. Podía trepar hasta lo alto y colarse por la puerta del conductor, descolgándose luego por la cabina, o podía reventar la luna y penetrar por el hueco a cuatro patas. Las dos opciones resultaban demasiado exigentes para su rodilla, inviables de todo punto. Por suerte, no había ninguna necesidad de entrar en la autocaravana.

Se guardó el arma en la pistolera y rodeó el SUV hasta el asiento del copiloto. En la parte baja de la junta de la puerta había un discreto compartimento cuidadosamente diseñado y oculto tras la goma negra para que ni los mejores agentes de fronteras pudiesen dar con él. No era una gran innovación; en los años setenta se hacían trampillas como esa en los coches de importación para llevar la droga de un país a otro. Durante años, los narcotraficantes se la colaron así a la policía. Movieron miles de toneladas con ese método, hasta que algún camello, reventado a caricias en los sótanos de una comisaría, se vino abajo y aquella técnica dio paso a la mucho menos elegante fórmula de las mulas humanas.

Si algo sabía Belmonte es que la policía carece de memoria histórica. Hoy en día a nadie se le ocurriría inspeccionar aquella parte de los coches. Apartó la goma con cuidado y, ayudado por una pequeña navaja, abrió el compartimento, que cedió con un clac. Inspeccionó a su alrededor para asegurarse de que estaba solo. Luego hundió el antebrazo en las entrañas del fuselaje y extrajo su MAT-49. El mejor invento de los franceses desde la guillotina.

Seguían los dos en silencio, aunque el motor se había alejado un rato antes y ya no se oía nada.

—Se ha ido —aventuró ella incorporándose un poco.

Pero Tirso siguió sin mover un músculo, sentado sobre un armario y con un pie dentro del fregadero. Entonces volvió a oír algo, un sonido metálico y seco, como dos piezas que se encajan entre sí. No supo identificarlo, pero hizo caso a su intuición, y su intuición lo llevó a empujar con violencia a Alba, que cayó de espaldas al suelo.

Antes de que ella pudiese protestar, la ráfaga atravesó los bajos de la autocaravana. Las balas silbaron con furia sobre sus cabezas, reventándolo todo a su paso. Alba gritó poseída por el pánico y, cuando Tirso tuvo el coraje de moverse, se lanzó sobre ella para taparle la boca.

—Chisss.

Quedaron tumbados, inmóviles los dos salvo por el temblor de la mujer y la respiración agitada de ambos. La luz penetraba por las diminutas perforaciones que las balas habían dejado en la carrocería, dibujando haces que se apoyaban en sus cuerpos. El viento cálido del desierto se colaba por aquellos agujeros.

La segunda ráfaga fue más corta, de solo siete disparos, y también más baja. Los silbidos atronaron en los oídos de Tirso, convencido de que las balas pasaban a solo un palmo de su cabeza. Alba, que en algún momento había rodeado el cuerpo de Tirso con sus brazos, le clavó las uñas en los omóplatos. Estaban tan pegados como era posible, en un intento de ocupar el mínimo espacio, de protegerse ella y protegerse él.

Sobrevino un silencio. Cegado por la desesperación, Tirso quiso convencerse de que el peligro había pasado, que el cojo se había marchado, hasta que un crujido le reveló que ahí seguía. Muy cerca. Sintió el impulso suicida de gritarle, de insultarle, de maldecirlo. Lo contuvo.

La ponzoña vertida por el depósito de aguas marrones los cubría ya casi por completo. El hedor rozaba lo insoportable.

Con todo, el miedo vencía al asco, y ellos permanecieron en el suelo, a la espera de la siguiente tanda de disparos, preguntándose si esta vez alguno los alcanzaría.

¿Es que nadie oía aquel escándalo? ¿Es que nadie iba a pasar por ahí?

La tercera ráfaga penetró inesperadamente por la parte trasera de la autocaravana. Las balas cruzaron el largo del vehículo con silbidos fugaces, atravesándolo todo a su paso, destrozándolo todo, haciéndolo añicos. El espejo del baño reventó en pedazos, también el microondas, que soltó un chispazo a modo de último aliento; una almohada fue perforada dos veces y llenó el ambiente de unas hebras blanquecinas que, tras mecerse en el aire, quedaron flotando en el agua estancada como renacuajos muertos.

Alba hipaba de pánico e impotencia mientras el cerebro de Tirso se esforzaba en imaginar una circunstancia que les salvase la vida, una coartada para conservar la esperanza, aunque fuese un anhelo inútil, aunque no sirviese de nada.

Justo entonces oyeron cómo se abría un maletero.

Belmonte lanzó dentro el subfusil y revolvió en la bolsa de herramientas hasta dar con la cincha. Medía diez metros de largo y soportaba mil quinientos kilos, más que suficiente para lo que se proponía. Hacía años que no la utilizaba, pero parecía conservarse en buen estado. Pronto lo comprobaría. Amarró uno de los extremos a la bola de remolque del Volvo. Luego examinó los bajos de la autocaravana, erguidos ante sí como una pared, en busca del lugar más adecuado. Optó por el eje delantero en el punto donde se unía con la rueda izquierda. Tuvo que ponerse de puntillas para llegar hasta allí. La rodilla protestó, pero él ignoró el dolor. Se aseguró de que la cincha estaba firmemente amarrada por los dos extremos y, tras cerrar el maletero, se sentó al volante del SUV.

Deslizó la vista hasta el salpicadero, donde san Julián el Hospitalario lo observaba sin juzgarlo, y puso el motor en marcha. Avanzó lentamente, en primera, hasta que vio la cincha tensa en el espejo retrovisor. Entonces se secó el sudor de la frente con el dorso de la mano, apretó los dientes y pisó el acelerador hasta el fondo. El coche se movió unos pocos centímetros antes de que los neumáticos empezasen a resbalar sobre el asfalto, quemando la goma de la cubierta y levantando a su alrededor una tóxica nube negra. La autocaravana era demasiado pesada, pero la cincha resistía. También el Volvo.

Belmonte siguió acelerando. Dios ama a los perseverantes.

Tirso y Alba comprendieron lo que pasaba en cuanto sufrieron la primera sacudida.

—¡Intenta enderezarnos!

Si lo conseguía, estaban perdidos. Tirso inspeccionó a su alrededor con desesperación. Tenían que hacer algo y debían hacerlo deprisa, pero ¿el qué?

Un segundo zarandeo, más violento, agitó el agua turbia y todo lo que flotaba en la superficie. Necesitaban un arma, pero no había ninguna allí; nada, desde luego, que pudiese plantar cara a una metralleta.

Urgido por la angustia, Tirso empezó a buscar a su alrededor por si encontraba algo útil. No sirvió de nada porque, en ese preciso momento, la autocaravana cedió a otra sacudida que, esta vez, resultó definitiva.

El vehículo recuperó la verticalidad con un tremendo golpetazo. Tirso salió volando y chocó contra la puerta del baño. Cuando la visión se le aclaró, vio que Alba yacía inconsciente con el rostro sumergido en aquel líquido hediondo.

—¡¡Alba!! —gritó.

Ella no podía oírlo. Pero alguien sí lo hizo.

De modo que el lingüista impertinente seguía con vida. Por supuesto que sí. Belmonte esponjó la nariz y lo olió con perfecta nitidez. Su sudor, su sangre, sus toxinas rezumando por cada poro de su cuerpo. Estaba herido, tenía que estarlo. Solo esperaba que no demasiado. Lo quería consciente.

Salió del coche y arrastró su cojera hasta la autocaravana. Al rodearla, descubrió el agua sucia empapando la arena, restos de comida, astillas de plástico, mierda. La puerta estaba abierta de par en par. Sacó la pistola y se asomó al interior. Lo encontró todo destrozado y embadurnado en aquel líquido pestilente, pero ni rastro de ellos… salvo que estuviesen en el baño, cuya puerta seguía milagrosamente cerrada.

Belmonte fue a entrar, pero algo lo interrumpió. Unos pasos fuera, al otro lado de la caravana. Por supuesto. Querían jugar al gato y al ratón, hacerle correr, aprovecharse de su cojera. El lingüista ya lo había intentado en la ciudad, solo que ahora no estaban en la ciudad. Estaban en el desierto, y en el desierto no hay donde esconderse. Por mucho que corriesen, la bala siempre sería más rápida. Es el miedo, se dijo Belmonte. El miedo hace que se cometan errores así.

Pero entonces oyó el motor de un coche. Su coche. Y supo que el error lo había cometido él.

Era un plan desesperado, pero fue lo único que se le ocurrió. Metió a Alba en el baño, inconsciente como estaba, y, tras cerrar la puerta, salió sigilosamente de la autocaravana. Percibió los pasos del cojo rodeando el vehículo por delante, así que él lo rodeó por detrás. El corazón le bombeaba como una locomotora. No podía permitir que Belmonte llegase al baño. Debía atraer su atención. No lo tenía pensado, no tenía pensado nada, pero entonces vio el Volvo.

Dejó de preocuparse por ser sigiloso y se lanzó hacia el coche haciendo todo el ruido posible. Las llaves, gracias al cielo, estaban en el contacto. Consciente de que el cojo no tardaría en aparecer en el espejo retrovisor, metió primera y aceleró al máximo. El coche apenas avanzó un metro antes de quedarse clavado.

Un momento de desconcierto antes de caer en la cuenta: el Volvo seguía amarrado a la autocaravana. Salió a toda prisa y vio la cincha, ahora tensa, atada a los vehículos. Soltarla solo le llevaría dos segundos, que resultaron ser dos más de los que disponía, porque Belmonte asomó entonces tras la autocaravana, un brazo extendido, la boca negra de la pistola encañonándole.

—Hasta aquí —dijo el expolicía.

Tirso se congeló y, obedeciendo a su instinto, levantó las manos.

—Hasta aquí —repitió.

De modo que así acababa todo. Ya no quedaba nada por hacer, ninguna alternativa. Había fracasado y los dos morirían, Alba y él.

Belmonte cojeó con la mandíbula encajada. Entornaba los ojos a cada paso en respuesta al dolor que obviamente le atenazaba, pero siguió caminando y no se detuvo hasta que el cañón del arma estuvo a apenas diez centímetros del rostro de Tirso. Comprobó que no había nadie más en el coche.

—Bueno. Empiezo por ti y ahora voy a por ella.

—No tienes por qué hacer esto.

Belmonte ensanchó su sonrisa verdosa y Tirso supo que no había más que decir. Cerró los ojos, como un condenado. Esperó que su vida desfilara ante él, pero lo único que vio fue el contraluz encarnado de sus párpados.

Le llegó primero como un rumor, un ruido de fondo mezclado con su propia respiración y el bullir trepidante de su pulso que creyó puramente imaginario. Cuando comprendió que no lo era, que algo se acercaba y lo hacía deprisa, abrió los ojos y vio, tras el cañón desenfocado de la pistola, a Belmonte vuelto hacia su derecha. Tenía el ceño fruncido. Ya no sonreía.

Por la carretera, desde Guelmim, dos coches patrulla se acercaban a toda velocidad levantando a su paso dos turbulentos remolinos de polvo y arena.

Los habrían llamado los tipos de la moto o el de la furgoneta. O quizá habían oído los disparos del subfusil, cuyas ondas sonoras habrían recorrido kilómetros en aquella vastedad inhóspita sin encontrar obstáculo alguno. Tanto daba, en realidad.

Belmonte miró al lingüista, pálido y ojeroso, pestilente y cubierto de heridas. Podía matarlo. Sería tan fácil… Le bastaba con apretar el gatillo, con tensar un músculo, uno solamente. Pum. Seco.

Los coches encendieron las sirenas para hacerse notar aún más, como si la polvareda no bastase. Estaban ya muy cerca, tanto que Belmonte podía oler el aceite de sus motores y el pelo grasiento de los conductores. Veía mucho, oía mucho, pensaba mucho, y todo al mismo tiempo.

Estaba confundido, pero no tanto como para obviar que se enfrentaba a un dilema. Una disyuntiva que había de ser resuelta en cuestión de segundos.

Le vino a la cabeza lo que el subsecretario le había dicho por teléfono: que Marruecos no pasaría por alto sus desmanes. Aquello no era España, él no tenía poder ahí.

Ahora bien, si lo detenían, ¿podría él presionar a España para que actuase a su favor? ¿Sería capaz de lograr la intervención del cuerpo diplomático? Le bastaría con hacer una llamada, dejar caer que, si no estaba en la calle *ipso facto*, su archivo se haría público.

Sus grabaciones, ellos lo sabían perfectamente, acabarían con ministros y exministros, con expresidentes, con generales y comisarios. Llenaría el país de porquería, un lodazal de filtraciones que duraría lo que él se propusiera, un año, cinco, diez. Tiraría de la manta muy despacio, poco a poco, dejando a la vista cadáveres de todos los gustos y colores. Caerían empresarios, magnates y sindicalistas, podía hacer que la mierda llegase hasta el felpudo de la Casa Real si se lo proponía, que entrase dentro, que cubriese el trono. Le bastaba con una llamada.

Por mucho que se encontrase en un país extranjero, por mucho que lo acusaran de volarle la cara a un compatriota desarmado, el gobierno haría los deberes, convocaría reuniones, pediría favores, pagaría deudas hasta que, un día, alguien abriría la puerta de su celda y le diría «puedes marcharte».

Claro que también debía considerar al gobierno de Marruecos. Esa variable no podía controlarla ni preverla. ¿Y si, a pesar de todos los esfuerzos diplomáticos, legales y alegales, los marroquíes se negaban a dejarlo en libertad? ¿Y si, precisamente porque Belmonte podía dañar los intereses de España, porque lo haría sin duda, decidían dejarlo en prisión? ¿Y si lo usaban como herramienta de chantaje, dejando que se pudriese en una cárcel de mala muerte hasta el fin de sus días?

Era un dilema endiablado. Y el tiempo para decidirse se había agotado.

Tirso lo vivió como un sueño o, más precisamente, como una pesadilla. El mundo comparecía ante sus ojos filtrado por una pátina irreal que volvía los movimientos más lentos y daba a las formas una textura acuosa, un color deslavado. Y por más que experimentaba nerviosismo, miedo y angustia, ninguno de esos sentimientos le afectaba de manera profunda. Todo pasaría como pasan las pesadillas, y él, despierto de nuevo, podría seguir con su vida.

Fue con esa sensación de irrealidad líquida como asistió a la huida de Belmonte, que bajó el arma, se apresuró a soltar la cincha del Volvo y se sentó al volante a toda prisa. Aunque lo rozó al pasar a su lado, no le dedicó una sola mirada en todo el proceso. Como si Tirso fuese un viandante cualquiera detenido allí por algún motivo.

Eran dos Dacia Logan, coches malos, baratos. Belmonte sabía que podría dejarlos atrás en cuestión de minutos. Esa era una manera sencilla y eficaz de detectar a un país con alma corrupta: comprobar la calidad de los vehículos que el Estado pone al servicio de su policía. Marruecos, estaba claro, no quería que sus agentes fuesen muy rápidos.

Pisó el acelerador hasta el fondo. El motor del Volvo bramó con prepotencia mientras el coche salía disparado, pero un par de metros más allá se detuvo tan seca y violentamente que Belmonte, impulsado por la inercia, se clavó el volante en el mentón. No tenía tiempo para dolerse y no lo malgastó en ello. ¿Qué demonios pasaba? Miró el espejo y vio la cincha otra vez tensa y a Tirso, más allá, huyendo a la carrera.

Tuvo un momento de pasmo, casi rayano en la admiración, que no tardó en convertirse en pura ira.

—¡¡Hijo de la gran puta!! —rugió.

Y el dilema se disipó de golpe. Lo mataría.

¿De dónde sacó Tirso el valor para hacer tal cosa? El universo había decidido concederle una segunda oportunidad, la vida en lugar de la muerte, y él la rechazó a la primera de cambio.

Tirso sabía que no podía dejar que ese hombre huyese porque hacerlo solo serviría para aplazar su condena de muerte. Tarde o temprano, Belmonte acabaría yendo a por él. El día menos pensado, al doblar una esquina, se lo encontraría de frente y culminaría lo que hoy abortaba por pura necesidad.

Fuera como fuese, el hecho es que, en cuanto comprendió que el expolicía se proponía huir, volvió a enganchar la cincha en la bola del Volvo y echó a correr como alma que lleva el diablo.

En un primer momento enfiló hacia la caravana con la idea de refugiarse en ella, pero cayó en la cuenta de que eso pondría en peligro a Alba —una bala perdida podría atravesar el baño—, de modo que giró bruscamente y se lanzó al desierto desprovisto de toda cobertura.

Oyó cómo Belmonte salía del coche y se preguntó si sería capaz de acertarle. Dio por hecho que sí, porque, para entonces, Tirso lo tenía en una consideración casi sobrenatural. Aquel tipo no era humano; era algo más, algo superior, maléfico e infalible. Si había llegado hasta allí, si había logrado darle caza en mitad de la nada, sería capaz de cualquier cosa. También de acertar a un blanco en movimiento a una veintena de metros, ¿por qué no?

Y, sin embargo, Tirso no se dio por vencido. No se detuvo cuando oyó la bala silbando a su derecha o quizá a su izquierda. Eso, por lo menos, sirvió para demostrarle que el expolicía era falible. Quizá aún tenía alguna oportunidad. Silbaron tres balas más, todas muy próximas, antes del golpe, un golpe terrible que puso fin a los disparos y no le dejó más remedio que volverse a su espalda con los pulmones en llamas y el corazón desbocado.

La calidad de los coches no era la única diferencia entre la policía marroquí y la española. Había otra, menos tangible, que Belmonte descubrió de la manera más cruda.

Consciente de que ya no había manera de salir de allí indemne, tensó el brazo y, sin apuntar, porque eso le habría robado unos valiosos segundos, disparó contra Tirso, que zigzagueaba a unos treinta metros del cañón.

Estaba dispuesto a vaciar el cargador, alguna bala le daría, pero tuvo que conformarse con cuatro tiros; en ese momento, cuando el cuarto casquillo salía volando ante sus ojos, comprendió lo que estaba a punto de ocurrir. Uno de los coches patrulla fue decelerando a medida que llegaba a su altura, pero el otro mantuvo la velocidad y el rumbo de colisión. Belmonte olió la excitación de su conductor, conocía bien ese aroma, pero reaccionó demasiado tarde. Sintió un dolor atroz en la rodilla derecha cuando saltó de costado, a la desesperada, si bien eso le salvó de daños mayores. El coche patrulla embistió el culo del Volvo, lanzándolo contra Belmonte, quien se libró en parte del impacto, aunque no del todo.

La rodilla dejó de ser un problema porque el dolor se volvió entonces general e indeterminado, tan limpio, tan puro y cristalino que casi le resultó placentero. No gritó porque hace falta voluntad para gritar y, en ese momento, Belmonte no tenía ninguna en absoluto. Era solo una masa de carne fofa y envejecida lanzada al aire como un pelele giratorio que, tres metros más allá, caía rodando al suelo. El instinto lo llevó a amortiguar el golpe con las manos. A cambio, perdió la pistola, que fue a parar Dios sabe dónde. Las gafas de sol ya no estaban en su rostro y el pantalón se hizo jirones, desgarrado por el roce contra el pavimento.

Cuando el mundo volvió a enfocarse, vio el asfalto contra su rostro, pegado a la mejilla. Una constelación de virutas de cristal resplandecía como estrellas derramadas. Husmeó el ambiente y supo que estaba rodeado. Intentó levantarse, pero su cuerpo se negó y tuvo que resignarse a quedar a cuatro patas. Un hilo de sangre oscura manaba de su nariz, que se había roto de alguna manera, en algún momento.

Levantó la cabeza y vio a cuatro tipos vestidos de azul marino. Marroquíes. Los cuatro le apuntaban con armas baratas, le gritaban, le hacían gestos nerviosos. No. Solo tres lo hacían. Había uno que no gritaba y tampoco parecía alterado. Era muy moreno, casi negro, y se limitaba a apuntarle con gesto sereno y concentrado. Sonreía. Disfrutaba. Aquello lo divertía. Belmonte supo que era él quien había embestido su coche. Y supo también que aguardaba un gesto suyo, por pequeño que fuese, con el que justificar ante sus superiores por qué se había visto obligado a encajar una bala entre las cejas de aquel español de mierda.

Sin separar los ojos de ese agente en concreto, el único que le preocupaba, Belmonte maniobró hasta ponerse de rodillas. Fue un proceso lento y doloroso, rodeado de furia y de amenazas que no entendía. El dolor empezó a concentrarse poco a poco en zonas concretas, especialmente en dos: la nariz y la rodilla. Sintió que el mismo demonio le clavaba los colmillos en el menisco derecho arrancándole la pierna entera, pero no les dio el placer de quejarse. Escupió sangre y, al hacerlo, un par de dientes le bailaron en el maxilar superior.

Belmonte llevaba cincuenta y cuatro horas sin dormir cuando, por primera vez en su vida, levantó las manos en señal de rendición.

Justo en ese momento, Tirso cruzaba la puerta de la autocaravana con una certeza casi física de que su corazón ya no podía latir más deprisa. La realidad había empezado a ganar algo de densidad, las cosas volvían a suceder a la velocidad normal, los contornos de los objetos estaban de nuevo definidos, y él solo podía pensar en Alba, Alba, Alba.

Que esté viva. Que esté bien.

Chapoteó a duras penas por aquella mezcla de agua, orín, aceite y gasolina. Cuando abrió la puerta del baño, ella chilló con todas sus fuerzas y se protegió de él lanzando patadas al aire.

—¡¡Soy yo!! ¡Soy yo, para, tranquila!

Alba tardó un momento en comprender las palabras, en identificar el rostro y la voz. Dejó de patalear y lo miró con expresión aturdida. Tirso pensó que la suya no sería muy distinta.

Le ofreció una mano para ayudarla a salir de allí, pero ella no la aceptó. En vez de eso, contrajo las piernas y se las rodeó con los brazos, formando un escudo entre su cuerpo y el resto del mundo.

Fuera, los policías se acercaban dando gritos en árabe.

—Ya está —dijo Tirso—. Se acabó.

Pero lo cierto es que no lo sabía.

31

Los frieron a preguntas. Qué hacían en Marruecos, adónde iban, de dónde venían, a qué se dedicaban, desde cuándo.

Lo que respondieron, a grandes rasgos, fue que la hermanastra de Alba había vivido al sur del país durante buena parte de su vida y ellos habían decidido aprovechar las vacaciones para visitar su antigua casa.

Aquello, por supuesto, dio lugar a una nueva ronda de preguntas, más precisas y comprometedoras. Quién era esa hermanastra, dónde estaba, ¿podría confirmar ella todo eso?, ¿podría confirmarlo la gente con la que había vivido en Marruecos?

Y lo más importante de todo: ¿por qué intentaba matarles aquel expolicía español en cuyo coche habían encontrado una vieja placa y un pequeño arsenal?

Los dos se encogieron de hombros.

—Pregúntele a él —respondió Tirso—. Nosotros no lo conocemos.

Las preguntas, formuladas en árabe, pasaban por una presunta intérprete con un muy deficiente dominio del español, lo que eternizaba y emborronaba la comunicación, pero, a cambio, les daba tiempo para pensar y repensar sus respuestas.

Desde el principio, Tirso tuvo la sensación de que aquello era más un paripé que un auténtico interrogatorio, y su certeza fue aumentando a medida que pasaba el tiempo. Por su experiencia en procesos policiales, sabía que no era así como se hacían las cosas, al menos en España. Para empezar, deberían haberlos separado desde el primer momento. No lo hicieron porque no buscaban incoherencias, no buscaban la verdad. No buscaban nada, en realidad. No les ofrecieron un abogado ni les enumeraron sus derechos. Tampoco los trataron mal. Les dejaron claro que no estaban detenidos, les ofrecieron agua y comida; aceptaron lo primero, rechazaron lo segundo.

Era como si los policías tuviesen órdenes de perder el tiempo. O de ganarlo.

Tirso lo confirmó cuando, cuarenta minutos después de meterles en aquel cuarto sin ventanas, un tercer agente llamó a la puerta para llevarse a los otros dos. La intérprete se fue con ellos. Tan pronto como se quedaron solos, Tirso señaló con la cabeza la cámara que había en una de las esquinas.

A Alba le dio igual, no pensaba decir nada de todas formas. Aún le temblaban las manos. En las últimas horas, el miedo había dado paso a una irritación que proyectaba contra todo el mundo, también contra Tirso.

Ninguno de los dos presentaba nada grave, eso les dijo el médico que los atendió en cuanto llegaron a Guelmim, aunque ambos estaban cubiertos de moretones y pequeños cortes. Los cubrió de gasas y vendajes y les recomendó un examen más detallado a su vuelta a casa.

La puerta de la sala se abrió de nuevo y por ella asomó uno de los agentes encargados del interrogatorio. Les pidió que le siguieran y esta vez no hizo falta traducción.

Caminaron acompañados por ese agente y por la intérprete. A su paso, todos los policías de la comisaría los miraron de arriba abajo, la mayoría con expresión ceñuda. Uno se tapó la nariz cómicamente. Sus ropas seguían húmedas y desprendían un olor fétido al que no había manera de acostumbrarse. Nadie les ofreció recambio.

Mientras atravesaban un pequeño aparcamiento descubierto, el agente les dijo que las autoridades españolas se habían puesto en contacto con ellos, que todo había sido aclarado y que los acompañarían hasta el otro lado de la frontera. No dijo a qué autoridades se refería, y ni Tirso ni Alba le cuestionaron al respecto. Tan solo querían salir de allí lo antes posible.

Tirso sí preguntó qué pasaba con la autocaravana y con todas las cosas, el DNI, el dinero, el móvil, las llaves que les habían requisado.

—Agente dice que *caravan* en taller —le informó la intérprete traduciendo a su manera las palabras del policía—. Demás cosas, dará en España.

Los introdujeron en la parte trasera de un Toyota blanco con diagonales pintadas en rojo y verde, los colores de Marruecos. En su interior les aguardaban un hombre y una mujer, ambos uniformados. No les saludaron ni se giraron para mirarlos.

—Agentes no habla español —dijo la intérprete a modo de despedida.

El viaje duró trece eternas horas, casi todas de noche. Cada cuatro horas paraban para orinar, estirar las piernas y relevar al conductor. Apenas se hablaron entre sí durante el trayecto y solo se dirigieron a ellos, en francés, para indicarles que las paradas serían de quince minutos, ni uno más. Daba la sensación de que aquel trabajo, incómodo y aburrido, les había caído de mala manera, quizá como castigo.

Aunque no estaban detenidos, los policías no permitían que ninguno de los dos se quedase solo, ni siquiera para mear. Alba protestó por ello, y la policía le replicó:

—*Ceci est pour votre propre sécurité.*

Llegaron al puerto de Tánger a las nueve de la mañana. Ya a esa hora bullía de actividad. La multitud se hizo a un lado y el Toyota alcanzó sin problemas la zona de embarque, donde una docena de uniformes se volvieron hacia el vehículo.

Los policías salieron del coche y le mostraron a un agente fronterizo un documento que acompañó de los carnés de sus pasajeros. El agente examinó los rostros del asiento trasero, los cotejó brevemente con las fotografías y asintió sin darle más importancia.

Poco después estaban en la cubierta del ferry, navegando entre el Mediterráneo y el Atlántico.

—¿Cómo estás?

Alba, que llevaba rato contemplando el agua con gesto distraído, lo miró como si acabase de reparar en su presencia. Primero negó con la cabeza, luego se encogió de hombros.

—No sé. Necesito… pensar.

—Sí. Lo entiendo.

—No estaba preparada para una cosa así. Me había hecho mis suposiciones, pero… No algo así. Todavía no lo asimilo. No me lo creo.

Los dos fijaron la vista en la senda de espuma que el barco dejaba a su paso. África, cada vez más distante, se desvanecía tras una bruma blanquecina.

—Me llamó como a ella —dijo de pronto, las manos aferradas a la barandilla, los nudillos blancos por la presión—. El muy cabrón me puso su nombre.

Tirso buscó algo que decir, pero no se le ocurrió nada. Alba se enjugó las lágrimas y señaló la costa africana con un golpe de cabeza.

—¿Qué crees que harán con él?

—Espero que se pudra en la cárcel.

—Yo no. Yo espero que lo maten.

En Algeciras los esperaba un Santana Aníbal verde oliva con dos militares treintañeros, varones los dos, apoyados en el capó. Estrecharon las manos de los policías marroquíes sin ningún entusiasmo y recogieron la bolsa con las pertenencias de Tirso y de Alba. Se cruzaron unas miradas cómplices al detectar el olor de su carga, pero no dijeron nada.

—Los llevaremos a Madrid —les informó uno de ellos—. Pónganse cómodos.

Solo pararon una vez, a la altura de Valdepeñas, y Alba no encontró objeción cuando se encaminó sola al baño de la estación de servicio.

A diferencia de los agentes marroquíes, los militares españoles no callaron ni un momento. Hablaron de fútbol, de un tal Ricky, que era un bocazas, y de cómo eso le acabaría pasando factura, de algún asunto relacionado con lo que llamaban «el sindicato» que, sin embargo, no daba la sensación de ser un auténtico sindicato y de los planes que cada uno de ellos tenía para el fin de semana. Y cuando pareció que los temas de conversación por fin se les habían agotado, volvieron de nuevo al fútbol.

Afortunadamente, lo hacían a media voz, y Alba, arrullada por el traqueteo, cayó dormida de puro agotamiento. También Tirso procuró echar una cabezada, pero no era capaz de relajarse. Al cerrar los ojos se desplegaba bajo sus párpados la imagen de Belmonte apuntándole con la pistola, la mirada fría, impasible, la muerte, el fin.

Apoyó el cogote en el reposacabezas y contempló el paisaje, sin verlo, durante el resto del viaje.

A la entrada de Madrid, el militar que en ese momento ocupaba el asiento del copiloto miró el reloj, consultó un papel y se volvió hacia Alba.

—¿Le viene muy mal si la dejamos en plaza España?

Alba se estiró y el militar tuvo que conformarse con esa respuesta.

Tirso esperó una pregunta parecida, pero no se la formularon y eso lo inquietó. Empezó a preguntarse quiénes eran aquellos hombres, de dónde salían, quién los enviaba. Una serie de ideas siniestras le pasaron por la mente. Se esforzó por mantener la calma, pero solo lo consiguió a medias.

Al detenerse en la plaza de España, Tirso prometió a Alba que la llamaría más tarde. Ella meneó la cabeza con gélida indiferencia. No añadió nada más. De haberlo hecho, seguramente habría dicho: «¿Para qué?». En su particular reparto de culpa, a Tirso le había tocado una parte pequeña pero decididamente intensa. Sin él, sin sus pesquisas, ella seguiría creyendo que Pablo Alegría fue un aburrido catedrático, un padre mejorable o directamente malo, pero no un impostor perverso y amoral, no un asesino. Si Tirso hubiese dejado las cosas como estaban, Alba seguiría sin saber que buena parte de su vida era una farsa. En estos momentos lo habría preferido.

—¿Me dan mis cosas? —preguntó con un pie ya en la acera.

—Antes tenemos que registrar su llegada, por si quiere hacer alguna reclamación luego. Se las haremos llegar de inmediato. Hoy mismo. ¿Puede facilitarnos una dirección?

Alba le dio las señas de su casa. Luego se despidió de Tirso con un leve movimiento de cabeza y, tras salir del coche, se desvaneció entre la multitud.

—¿Adónde vamos? —preguntó Tirso en cuanto el vehículo se puso en marcha de nuevo.

—¿No se lo han dicho?

—¿El qué?

—Tenemos órdenes de escoltarlo al paseo de la Castellana.

—¿Por qué al paseo de la Castellana? ¿Qué hay ahí?

El militar lo miró a través del espejo interior.

—El Ministerio del Interior —respondió como si fuese la mayor de las obviedades.

No tardaron ni quince minutos, a pesar de que, como era habitual a esas horas, por todas partes había embotellamientos. El Santana redujo la velocidad para rodear un edificio de ladrillo rojo vigilado por decenas de cámaras de seguridad y protegido por vallas de contención amarillas. Estacionó en batería en un espacio reservado para vehículos oficiales, a los pies del ministerio.

Junto al edificio había un palacete de cuatro plantas rodeado por una verja metálica embellecida o disimulada por un espeso muro de vegetación. La mansión, de austeras líneas clasicistas, lucía en su fachada varias pilastras adosadas, blancas en origen, ahora ennegrecidas por el hollín de los tubos de escape. En lo alto, una bandera española languidecía falta de viento.

—Acompáñeme —ordenó el más parlanchín de los soldados.

Se acercaron al complejo donde otro militar, parapetado tras una metralleta, les abrió una puerta pequeña y enrejada. No parecía la entrada principal.

Intramuros, la seguridad era muy visible, con hombres y mujeres armados en todas las esquinas. Había tres coches aparcados, tres BMW, los tres negros. Los chóferes charlaban en voz baja al lado de los vehículos. Uno pasaba una gamuza por los tiradores y el otro le daba la réplica con un cigarrillo apagado entre los dedos.

En mitad de la explanada se erguía una inesperada concesión a la naturaleza: un roble frondoso y robusto, centenario sin duda, brotaba entre el palacete y el edificio de ladrillo rojo que, supuso Tirso, cobijaría a los funcionarios de escala más baja.

Tirso se percató de que había un hombre apostado junto al árbol. Le pareció que lo observaba. Era mayor, setenta años, tal vez más. Probablemente más. Vestía un traje negro con corbata y sujetaba un viejo maletín de piel. Por su actitud corporal, por la forma en que estiró el cuello cuando sus miradas se encontraron, Tirso tuvo la sensación de que lo estaba esperando, que llevaba tiempo haciéndolo, a la sombra de aquel roble.

No se movió de allí, no trató de ocultarse ni le hizo gesto alguno. Se limitó a seguirlo con la mirada, impertérrito, hasta que el militar se detuvo en la puerta del palacete y dijo:

—Pase.

En el vestíbulo, una mujer le indicó que se vaciase los bolsillos y cruzase un arco detector. No tenía de qué desprenderse, así que lo cruzó tal y como estaba.

—Por aquí —dijo su guía señalando unas señoriales escaleras de piedra bruñida y aspecto resbaladizo.

Había bastante actividad en el edificio. En su recorrido se cruzaron con una docena de personas, la mayoría vestidas de civiles. Todas examinaron a Tirso con curiosidad, preguntándose quizá quién sería aquel individuo apestoso, lleno de gasas, vendas, moretones y heridas, y qué demonios pintaba allí.

—¿Quién quiere verme?

—No se lo puedo decir —respondió seca y ambiguamente el militar.

Llegaron a un elegante distribuidor pintado de color marfil. Había tres puertas, todas cerradas. Una secretaria de unos treinta años, parapetada tras su mesa, lo miró brevemente y, sin revelar el menor indicio de sus pensamientos, levantó un auricular, pulsó una tecla, se cubrió la boca con la mano libre y susurró unas palabras que Tirso no logró desentrañar. Acto seguido miró al militar y asintió discretamente.

Este se aproximó a una de las puertas y golpeó dos veces con los nudillos. No había nombre ni distintivo a la vista. Algo se dijo al otro lado, supuso Tirso que un «adelante» porque el militar giró el pomo y, retrocediendo un poco, le cedió el paso.

Era un despacho amplio y luminoso con dos ventanas que, si la orientación no le fallaba, debían de asomarse a la Castellana. El suelo de madera estaba alfombrado con elegancia y discreción, formas geométricas grises y marrones que no significaban nada. Además de una mesa de cristal para reuniones de cinco o seis personas, había otra de madera maciza tras la cual se incorporó una mujer.

—Gracias —susurró al militar, que cerró la puerta dejándolos a solas.

Tendría cuarenta y tantos años y unos rasgos angulosos. Vestía una blusa blanca, una falda granate y unos zapatos planos del mismo color. Tirso confió en oír, de su boca, un acento neutro y la sutil huella del rotacismo infantil.

—Tirso de la Fuente —dijo mientras rodeaba la mesa y ofrecía una mano que él aceptó a regañadientes—. ¿Cómo se encuentra? ¿Ha ido bien el viaje? Sé que ha sido largo.

Catalana, casi con seguridad del sur. Y había pronunciado la erre de su nombre con una vibrante entereza, nada que ver con la mujer que lo amenazó en el cementerio. Definitivamente, no era la misma persona.

—¿Quién es usted?

—Discúlpeme. Soy Sonia Llobet, secretaria de Estado de Seguridad.

Lo invitó a sentarse mientras ella regresaba a su silla. Sobre la mesa que los separaba, además de un portátil abierto y varias pilas de material impreso convenientemente protegido de miradas indiscretas, descansaba una fotografía enmarcada. Una sonriente niña de unos diez años, una versión más ingenua y menos dura de su madre.

—Me gustaría saber qué hago aquí —solicitó Tirso con aspereza—. Nadie me ha explicado nada.

La mujer asintió con una sonrisa, como si aprobase el tono de su petición. Como si no se lo fuese a tener en cuenta.

—Nos ha dado usted muchos quebraderos de cabeza.

—¿A quiénes?

La mujer ensanchó su sonrisa, lo que, extrañamente, dotó su rostro de una inusitada fiereza. Era un depredador analizando a su presa, esforzándose por no desvelar todo su potencial amenazador antes de tiempo.

—A varias personas preocupadas por este país. Por su seguridad.

—¡Vamos, por favor! Yo no he hecho nada que ponga en peligro la seguridad del país, es ridículo. Solo he… Me he limitado a hacer preguntas, es lo único que he hecho.

—Las preguntas no nos preocupan, señor De la Fuente. Nos preocupan las respuestas.

Hablaba con un tono jactancioso que remarcaba alzando la barbilla.

—No tengo intención de meterme en asuntos de Estado —dijo Tirso. Empezaba a sentirse muy cansado—. Mire, escuche… Todo esto se ha liado muchísimo.

—Sí. Me consta.

—Entonces también le constará que todo esto es por… una persona. Alba Orbe. Es lo único que me interesa.

—Desde luego —dijo la mujer revolviendo entre los papeles de su escritorio—. Pero muchos se preguntan el porqué de ese interés. —Dejó de fingir que buscaba algo y clavó en él su mirada. Daba la impresión de que no necesitaba parpadear—. Me parece una pregunta legítima. Dígame, ¿por qué ese interés?

—Me comprometí a descubrir qué le había pasado.

—¿Nada más?

—Nada más.

—Ya… Eso está muy bien. El compromiso. Pero también es importante saber cuándo parar. Cuándo… darlo por concluido. Ha formulado usted sus preguntas, ha obtenido sus respuestas, y ya se ha hecho una composición de lugar, me supongo. ¿Estoy en lo cierto?

—Sí. Más o menos.

—Y todo ¿para qué? —preguntó apoyándose en la silla, cuyo respaldo cedió unos grados sin hacer el menor ruido—. Lo que cree haber descubierto no puede demostrarse. No va a demostrarse. No hay nada que lo avale, ni un documento, nada.

—¿Cómo sabe lo que he descubierto?

—Se encuentra usted en el Ministerio del Interior, señor De la Fuente. Si alguien sabe algo en este país, trabaja en este edificio. Y, tarde o temprano, acaba reportando en este despacho.

—La gente tiene derecho a saber.

—La gente tiene muchos derechos, están recogidos en la Constitución, pero me temo que *saber* no es uno de ellos. Aunque entiendo a qué se refiere. Y, a grandes rasgos, estoy de acuerdo. Lo que pasa es que hay una cierta clase de información que, de revelarse, haría más mal que bien. Entenderá que nosotros no podemos fomentar eso. Aquí todos queremos el orden, esa es la finalidad de este ministerio. Otros se ocupan de los transportes, de la agricultura, de la ciencia... Nuestra materia prima, con lo que trabajamos nosotros, es el orden. Y el orden, como bien sabe usted que se dedica a las palabras, es lo opuesto al caos. Si la revelación de una determinada información aumenta el orden o, por lo menos, lo mantiene estable, no tenemos nada que objetar. Pero si esa información es susceptible de generar o fomentar el caos social, nuestro trabajo consiste en frenarla.

—Eso se llama censura.

—Eso, nos guste o no, se llama gobernar.

«Me pidió que le contase lo que había pasado y luego me dijo que me olvidase de todo». Eso le dijo la chica que encontró a Alba Orbe en el desierto. Se lo exigió una voz al teléfono, una que no se identificó, desde un número protegido. Una mujer «ni joven ni vieja» que, según la chica, no hablaba como una policía. «Solo me dijo eso, que me olvidase del asunto».

—No veo cómo podría generar caos social lo que he descubierto. Sinceramente, ni siquiera sé qué es el caos social. ¿Gente quemando contenedores? ¿Rompiendo escaparates? ¿Cree que la gente va a... no sé, sacar todos sus ahorros del banco por esto?

La mujer sonrió divertida, dejando ver unos dientes perfectamente alineados.

—Señor De la Fuente...

—¡Han pasado treinta y tres años!

—¿Y qué son treinta y tres años? Usted tiene... ¿Cuántos? ¿Cincuenta? Yo tengo cuarenta y seis. ¡Mírenos! ¡Somos más viejos que la democracia de este país!

Tirso no estaba dispuesto a dejarse enredar en las trampas dialécticas que aquella mujer lanzaba a su paso, pero el cansancio acumulado le hacía sentirse torpe y lento.

—Oiga, mire, está siendo un día muy largo y… ¿Qué hago aquí?

—¿Usted qué cree?

—Basta, por favor —espetó Tirso, harto ya de aquel baile de adivinanzas y subterfugios—. Dígame por qué ha querido verme.

—Porque las cosas hay que hablarlas y hay que cerrarlas. Hay que asegurarse de que se cierran, ¿no está de acuerdo?

—¿Ordenó usted que me siguieran?

La mujer agitó una mano, como si se despidiese a cámara rápida.

—No haga preguntas que sabe de sobra que no puedo responder.

—¿No puede o no quiere?

La mujer le dedicó una sonrisa burlona.

—Aunque sea su campo, le ruego que no nos perdamos en cuestiones semánticas.

Tirso miró con fijeza a la mujer, que seguía sin parpadear.

—Bien, entonces hablemos claro. ¿Me está pidiendo que olvide lo que he descubierto?

—No puedo pedirle eso. Ni tampoco creo que haga falta. A pesar de algunos excesos, ha demostrado ser un hombre sensato. No ha corrido a un periódico ni se ha plantado en un plató de televisión. Muchos lo habrían hecho. Lo único que le pido, y por eso le he hecho venir, es que siga sin hacerlo. Nada más. Cuénteselo a sus nietos si quiere dentro de veinte años, a mí ya me dará igual.

—¿Qué les asusta tanto? La mayoría de la gente que tomó parte en todo aquello ya está muerta.

—La mayoría —confirmó la mujer y tamborileó con los dedos sobre el tablero de la mesa.

—¿Me está diciendo que esa gente todavía tiene poder sobre lo que se hace y no se hace en este país?

—No le tengo por una persona ingenua, señor De la Fuente.

—Vivimos en una democracia.

—Que, lamentablemente, conserva… Cómo decirlo. Ciertas herencias. No solo personas. También conceptos, estructuras… Formas de hacer. No pretendo darle lecciones de nada, pero la organización de un Estado tiene muchas capas y cada una de ellas es un pequeño mundo, con sus propias reglas y jerarquías. —Sonrió con malicia—. Hasta con sus propios dioses, le diría.

—¿Y la solución pasa por silenciar el pasado? ¿Por negar lo que pasó, por borrarlo?

—Como imaginará, yo no decido lo que se silencia.

—Pero se encarga de hacerlo, ¿no?

La mujer suspiró ostentosamente, dejando patente lo mucho que le aburría la deriva de la conversación, y se levantó de la silla. Abrió una de las ventanas, la más próxima a la mesa. El rumor del tráfico rompió el silencio del despacho.

—¿Por qué cree que se eligió este palacete como sede del Ministerio del Interior?

—Oiga, mire…

—Le doy una pista: no fue por las vistas. —Sonia Llobet se volvió hacia Tirso y se apoyó en el alféizar—. Lo erigieron en el siglo XIX los condes de Casa de Valencia, grandes de España. Todavía andan por ahí, aunque ya no son lo que eran. Se lo encargaron a Agustín Ortiz de Villajos, el arquitecto de moda en aquella época. Tiene su nombre en la fachada. Había hecho la sede española de la Expo de París de 1878, que fue todo un éxito, según parece. El Estado se lo compró a los condes en 1941. Durante un tiempo, aquí estuvo la Dirección General de Marruecos y Colonias y, cuando desapareció por razones obvias, se convirtió en la sede de Interior. Se lo pregunto otra vez: ¿por qué cree que se eligió precisamente este edificio?

—¿Es relevante para lo que nos ocupa?

—Digamos que… sí.

Tirso miró a su alrededor en busca de algún indicio. En un armario había media docena de fotografías enmarcadas, todas de carácter público: Sonia Llobet con el ministro, con el presidente, con el rey. Vio también muchos libros, la mayoría voluminosos, repartidos en dos armarios sin orden aparente o con un orden privado, solo accesible a su propietaria. El desgaste de los lomos evidenciaba que no eran meros objetos decorativos.

Nada de todo aquello le daba la menor pista sobre la elección del edificio, pero entonces reparó en algo. No había carpetas ni archivos ni clasificadores de ningún tipo. Los únicos papeles en aquel despacho eran los que descansaban sobre la mesa, documentos sin duda recientes, el trabajo de la semana o del día. ¿Dónde estaba todo lo demás? ¿Dónde se guardaban las toneladas de papel que un ministerio como ese, que gobernaba los destinos y los secretos de cuarenta y seis millones de personas, debía de generar cada día?

La respuesta le llegó por boca del general Romera.

—Por los sótanos —respondió Tirso—. Lo eligieron por los sótanos.

La mujer arqueó las cejas. Parecía sinceramente impresionada.

—Sigue sorprendiéndome, señor De la Fuente. Solo que no son sótanos. Son galerías. Aquí las llamamos «las catacumbas». Suena más dramático. Cinco kilómetros llenos de cajas, desde el suelo hasta el techo. Dicen que es impresionante.

—¿Dicen?

Sonia Llobet se apartó de la ventana y se acomodó de nuevo en su silla ergonómica.

—Ni siquiera yo puedo entrar ahí. Si necesito ver algo, con suerte, me acercan una fotocopia. Generalmente, con tachones.

—¿Quién?

—Es usted muy curioso.

—Ya debería saberlo. ¿Quién le acerca las fotocopias? ¿Quién las tacha?

—Alguien que lleva aquí mucho más que yo y que conoce bien las catacumbas.

—¿El guardián de la cripta?

Una sonrisa contenida.

—Podría decirse así.

—¿Intenta decirme que usted es una especie de… víctima del sistema?

—Intento decirle que algún día las viejas estructuras y las viejas formas de hacer desaparecerán, como acaba desapareciendo todo. Ese día podrán abrirse esas cajas.

—Y hasta entonces ¿qué? ¿Silencio?

La mujer entrelazó los dedos sobre la mesa y se lo quedó mirando con una sonrisa condescendiente. Fue su única respuesta.

Tirso pensó en toda la sangre que se había derramado a su paso, primero Romera, luego los yonquis, el chico y la chica, y se preguntó si aquella mujer lo sabría, si habría dado el visto bueno a esas ejecuciones, si las habría ordenado o tolerado, si habría mirado para otra parte. Volvió a contemplar a la niña que sonreía desde el escritorio y sintió un escalofrío. ¿Era así como se dirigía un Estado? ¿Era eso lo que ocurría detrás del escenario, en la tramoya de una democracia?

—¿Qué va a pasar con el expolicía?

—Perdone —dijo la mujer borrando la sonrisa de su rostro—, ahora no sé de qué me habla. ¿Qué expolicía?

La rabia le trepaba por la garganta. Se esforzó por aplacarla.

—¿Cómo pueden permitir que alguien como él campe a sus anchas?

—Le repito que no sé de qué me habla.

—Claro que lo sabe. Cojo, unos setenta años.

La mujer se puso en pie y fue hasta la puerta.

—Créame, no conozco a nadie así. Ahora va a tener que disculparme. Tengo mucho trabajo, y creo que nuestra pequeña cuestión común ya ha quedado aclarada. —Se detuvo con el tirador en la mano—. ¿No?

Tirso no se movió de la silla. Tuvo la sensación de que la mujer se tensaba por primera vez.

—¿No?

—Sí —concedió Tirso por fin, y también él se puso en pie.

—Bien. Asunto cerrado, entonces. Mi secretaria lo acompañará hasta la calle.

Apenas puso los pies en el distribuidor, la puerta del despacho se cerró a su espalda.

La secretaria le dedicó una sonrisa protocolaria y echó a andar escaleras abajo. Marcaba el paso con urgencia. Tenía prisa por librarse de aquel encargo y, quizá, de aquel olor. Era alta, refinada y llevaba unos elegantes zapatos de tacón que restallaban contra los peldaños de piedra.

Fue, de hecho, por culpa de esos zapatos. No debió ponérselos ese día. Si hubiese llevado unas zapatillas o unos zapatos sin tacón, a Tirso ni se le hubiese pasado por la cabeza. Pero, en cuanto oyó el repiqueteo de los tacones, su cerebro unió los puntos y, de pronto, todo estuvo claro. «Secretaria», al fin y al cabo, viene de «secreto».

—Perdone —dijo Tirso. La mujer se volvió hacia él con visible incomodidad—. ¿Sabe dónde puedo tomarme un café por aquí cerca?

Ella parpadeó dos veces. No se esperaba eso y titubeó un momento.

—Saliendo… Eh… Saliendo a la derecha tiene un Starbucks.

Acento neutro, eso seguro. Pero necesitaba oír más.

—¿Está cerca? No quiero alejarme mucho.

—Sí. Está a tres manzanas, me parece. Tres o cuatro, justo en la esquina.

La clave estuvo en el «tres», que le permitió a Tirso detectar las sutiles huellas de un rotacismo mal tratado. Solo un cinco por ciento de los niños padece ese trastorno, y, de ellos, la inmensa mayoría lo supera sin que quede el menor rastro en su habla. Los demás muestran una gran variedad de secuelas, problemas de dislalia o de disfemia de distinta clase e intensidad. El preciso error en la posición de la lengua que denotaba aquel «tres» era un caso entre un millón. Y se daba la circunstancia de que Tirso ya lo había oído en el pasado.

La escena se iluminó ante sus ojos: aquella mujer resguardada bajo un paraguas en un cementerio, repitiendo las palabras que su jefa, Sonia Llobet, había preparado para ella. Dubitativa, insegura, empequeñecida por la responsabilidad. Sabiéndose observada por Llobet, que esperaba a su espalda, en el coche, un BMW negro con los tiradores impolutos, posiblemente acompañada por alguien más, quizá un superior, el guardián de la cripta.

Llobet, por tanto, conocía al cojo. Quizá no había hablado con él, no estaba manchada directamente, pero lo había visto. Sabía que existía, que trabajaba para ellos.

Todo salía de allí. Todo por lo que había pasado, su calvario de las últimas semanas emanaba de aquel palacete.

Y lo que vio entonces acabó por confirmárselo. Por las escaleras, recto hacia él, subía un hombre. Lo primero que vio fue el traje: gris e impoluto. Luego se fijó en el rostro y en aquel cabello encanecido, pulcramente peinado hacia atrás.

El lord desubicado tardó algo más en verlo y, cuando lo hizo, dio un respingo. Fue muy sutil y se sobrepuso de inmediato, tanto que un observador externo ni habría reparado en su sorpresa.

Apartó la vista y Tirso se apresuró a hacer lo propio. No le resultó fácil, porque sintió que debía hacer algo, decir algo. Sin la ayuda de ese hombre, jamás habría llegado hasta el final. Se la jugó por él. ¿Y todo para qué? Lo que había descubierto jamás saldría a la luz. Sonia Llobet tenía razón. Y también Romera. Habían erigido un laberinto perfecto sin escapatoria posible.

No podía hablarle, ni siquiera se atrevía a mirarlo por miedo a que su gesto revelase demasiado. En ese mundo, lo recordaba perfectamente, la infidencia nunca se perdona.

Y, sin embargo, cuando ya solo los separaban un par de escalones, Tirso dijo:

—Gracias.

El lord desubicado lo observó de soslayo. Había tensión en su rostro, pero se desvaneció al descubrir que Tirso no lo miraba a él sino a la secretaria.

—¿Qué? —preguntó ella igualmente desconcertada.

—Por la información. Necesito de verdad un café.

La secretaria lo acompañó hasta el arco detector, donde un militar le entregó una bolsa con sus objetos personales y le pidió que firmase una hoja de conformidad.

Al salir del palacete se volvió hacia el roble centenario. No había rastro del anciano del maletín. Se preguntó quién sería, si realmente estaría esperándolo, si tendría algo que ver con todo aquello. Si también él se encontraba en el cementerio, dentro del coche, observándolo bajo la lluvia.

Sacó su móvil de la bolsa y lo encendió. Seis llamadas de su hermana, quince mensajes. Luego se ocuparía de eso. Antes encajaría la última pieza del mosaico.

32

Todos los bancos estaban vacíos cuando Claudia Subirós entró en la iglesia. Se deslizó en silencio hasta la mitad de la nave, hizo una genuflexión, se persignó y tomó asiento. Depositó el bolso a su lado y quedó con la cabeza humillada, las manos entrelazadas sobre el regazo.

Vestía de luto de los pies a la cabeza, el pelo enteramente cano y recogido en un moño, como un personaje lorquiano arrancado de su tiempo. Al verla de espaldas, acurrucada ante su Dios, cualquiera hubiese dicho que tenía ochenta años, noventa o cien. Pero lo cierto es que Claudia Subirós tenía solo sesenta y siete.

No se volvió cuando oyó un ruido en la capilla penitencial, detrás y a su derecha, alguien que se movía, que se levantaba y caminaba, tampoco cuando los pasos se le acercaron, ni siquiera cuando, con toda la iglesia libre, esa persona fue a sentarse justo a su espalda.

Pero entonces le llegó el hedor y no pudo contenerse. Se giró lentamente, esperando quizá encontrarse a un mendigo en busca de cristiana limosna. Separó los labios con sorpresa, aunque no podría decirse si fue por la presencia de Tirso o por el sórdido espectáculo que ofrecía.

—Basta —suplicó tras el impacto inicial—. Basta, por favor. Se lo ruego.

—Señora Subirós…

—Déjeme en paz.

—Escúcheme, por favor.

—No quiero escucharlo, no quiero saber *na*…

—Para pronunciar algunas letras —interrumpió Tirso— hay que acercar el labio inferior a los dientes superiores.

Ella lo miró de hito en hito con expresión desconcertada.

—¿Qué…?

—En el idioma árabe no se hace exactamente igual que en español, la posición del labio cambia un poco. Eso hace que algunos sonidos sean ligeramente diferentes. —Ella trató de intervenir; Tirso no se lo permitió—. No es algo que pueda imitarse. Nadie que haya aprendido árabe en la edad adulta consigue hacerlo bien del todo. Para hacerlo así, como lo hace usted, hay que aprenderlo de niña o muy joven. Y hay que aprenderlo allí, en África. Hay que criarse allí.

La mujer parpadeó dos veces. A Tirso le pareció que buscaba algo coherente que decir. No lo encontró y se limitó a farfullar:

—¿Qué dice, a qué viene…?

—Fue usted, ¿verdad? Usted organizó la venta de la bomba.

Claudia lo miró con ojos centelleantes de pura rabia. Aquel semblante nada tenía que ver con la mueca abotargada de sus encuentros anteriores. Contraía los labios con desprecio, y por un instante Tirso dudó de sí mismo, recelando de sus propias deducciones. Fue una sensación breve porque, de pronto y sin mediar palabra, el rostro de Claudia Subirós se transfiguró de nuevo. El gesto entero se le vino abajo, súbitamente reblandecido. A Tirso le pareció que envejecía cien años.

—¿Por qué hace esto?

—Me comprometí a ayudar a su hija.

—Llega tres décadas tarde —le escupió con desprecio. Luego se giró hacia el altar dándole la espalda—. Usted… no lo entiende. No sabe lo que pasó.

—Entonces cuéntemelo.

La mujer tomó aire y lo expulsó de forma teatral.

—Durante estos años he deseado muchas veces que todo saliese a la luz. Luego cambiaba de opinión, y pensaba que no, mejor seguir así, ¿para qué escarbar en el pasado? Lo que pasó pasó. Pero ahora que llega el momento... No sé. —Agitó la cabeza con fatiga e indecisión—. No lo sé.

Quedó sumida en sus pensamientos, tan inescrutables como la voluntad de su Dios. Quizá rezaba. Quizá pedía perdón o reunía fuerzas. Quizá se preguntaba las consecuencias de lo que estaba a punto de hacer, a quién perjudicaría, de qué manera, cuánto y cómo. O quizá simplemente improvisaba una coartada.

Fuera como fuese, permaneció mucho rato en silencio, hasta que, de pronto, emitió un largo suspiro de resignación y, sin moverse de donde estaba, sin volverse hacia Tirso, musitó:

—¿Qué quiere saber?

—La verdad.

—La verdad... —Negó con la cabeza, se miró la punta de los pies y dijo—: La verdad es que éramos una familia. Los tres: Óscar, Pablo y yo. Éramos felices. La gente no nos entendía. Ahora no suena tan... exótico, pero entonces... Este país ha cambiado mucho en cuarenta años. Mucho. Usted no se hace una idea de cómo nos miraban por ser... —se interrumpió, buscó la palabra pero no la encontró o no quiso encontrarla—. Por ser como éramos. Nuestra única falta era querernos. Querernos a nuestra manera. Rilke escribió que «son puros todos los sentimientos que te abarquen y te eleven». Y es verdad. Es verdad.

—Se tomó unos segundos para recuperar el aliento, como si contar todo aquello, el mero hecho de sacarlo de su cabeza y dotarlo de sonidos articulados, le arrebatase las fuerzas—. Nos lo contábamos todo. Todo. No había secretos entre nosotros, era parte de nuestro acuerdo. Solo queríamos ser libres, nada más. Que nos dejasen vivir nuestra vida como habíamos elegido. Y habíamos elegido vivirla juntos, los tres, a nuestro aire.

Escogía las palabras con precisión, cuidando el ritmo de las frases, la cadencia del discurso. ¿Lo había ensayado? ¿Recitaba?

—Pero me quedé encinta y eso lo arruinó todo. No sabía quién era el padre, no tenía forma de saberlo. A Óscar y a Pablo les daba igual. Los dos dijeron que querrían al bebé con independencia de su... hoy diríamos «carga genética». El nombre que figurase en el registro no era más que un trámite administrativo. Era una cuestión de burocracia, y nosotros detestábamos la burocracia, nos burlábamos de ella. Nos creíamos tan libres... No éramos más que unos ingenuos. Pablo llegó a proponer echarlo a suertes, una moneda al aire. Cara, su hija. Cruz, de Óscar. Les hacía gracia, pero yo sabía que aquello sería el final de todo. Lo sentía.

Quiso abortar. Llegó a sacarse un pasaje de tren a París. Conocía una clínica, una amiga había acudido allí y le habló bien de ella, un lugar serio y limpio y totalmente confidencial. Óscar no lo permitió, se puso hecho una fiera. «¡Por encima de mi cadáver!».

—Era la primera vez en la vida que me gritaba. La primera vez que me daba una orden.

Acudió a Pablo. Le rogó que convenciese a Óscar. «Habla con él, a mí no me escucha, no quiere entenderme». Le advirtió de que aquella niña lo estropearía todo, ella lo sabía, lo notaba dentro, y se lo dijo, pero Pablo se puso del lado de Óscar.

—Me quedé sola. Pude haberme rebelado, marcharme por mi cuenta y abortar, pero... no tuve valor. Era joven, estaba asustada. No me atreví. Y la tuve. Tuve a la niña.

Alba nació rubísima y con los ojos azules, lo cual fulminó cualquier posible duda sobre la identidad del padre. Óscar —rubio, ojos azules— lloró cuando la vio por primera vez en el hospital.

—Yo también, pero por otro motivo.

Tirso se preguntaba adónde iba aquello, qué tenía que ver con el robo de la bomba, por qué retrotraerse tanto, por qué desnudar sus intimidades de aquella manera. ¿Era un truco? ¿Intentaba distraerlo, conmoverlo presentándose como una víctima? ¿Lo fue realmente? ¿Lo seguía siendo todavía hoy?

Una monja menuda, armada con un manojo de cirios, emergió de la sacristía y cruzó el presbiterio con silenciosos pasos de esparto. Subirós esperó a que se alejase antes de continuar.

—Pasó exactamente lo que predije. Aquella niña lo arruinó todo. Lo que había entre nosotros tres, aquello tan especial, tan único, empezó a degradarse en cuanto ella llegó al mundo.

Por aquella época cada uno vivía en su propio piso, aunque casi siempre se juntaban en casa de Claudia. Pasaban allí la mayor parte de las noches; su cama era grande, suficiente para dar cobijo a tres cuerpos que se amaban y deseaban.

Eso cambió con la llegada de Alba. Óscar empezó a quedarse cada vez con más frecuencia. Trasladó su ropa y sus libros. Se apropió de una de las habitaciones, la más pequeña de la casa, y la convirtió en su despacho. Antes de que Claudia pudiese protestar, él ya se había instalado.

Eso enturbió el ambiente y provocó que, poco a poco, Pablo se fuese distanciando. Empezaba a sentirse como un invitado en aquella casa, uno no siempre bienvenido.

—Odié a esa niña, que Dios me perdone, desde que la sacaron de mi vientre. Cuando le daba el pecho, cuando se despertaba llorando en mitad de la noche, y lo hacía constantemente, yo la maldecía. Nunca se colmaba. Sentía que intentaba secarme, destrozar mi cuerpo por dentro y por fuera. Me magullaba los pezones hasta dejármelos en carne viva. Yo lloraba de dolor mientras la amamantaba, y eso hacía que la odiase todavía más.

Claudia empezó a transformarse. Con los años se convirtió en aquello que siempre había detestado: la madre esclava, la mujer resentida y amargada. La señora de Óscar Orbe, ama de su casa, con algo parecido a un amante furtivo y ocasional al que cada vez veía con menos frecuencia. Se compadecía de sí misma, sufría accesos de llanto y de cólera. Dejó de salir, dejó de leer y de tocar el piano. Se quedaba en la cama toda la mañana, todo el día. Perdió peso y perdió pelo.

Odiaba a Óscar, y ese odio se convirtió en una obsesión. Buscó cómo castigarlo, cómo hacerlo sufrir, y encontró una manera.

—Empecé a verme con otros hombres. Me acostaba con ellos. A veces, incluso con desconocidos, gente que me cruzaba por la calle. No se lo decía a Óscar, pero él lo sabía. Yo me encargaba de que lo supiera. Llamé a antiguos amantes, me citaba con ellos en sus casas o en hoteles. Lo hice durante meses. Hasta que un día... llamé al hombre equivocado.

Claudia Subirós alzó la vista y contempló el Jesús crucificado que presidía el retablo. Lo rodeaban, en éxtasis, ángeles infantes y regordetes. A los pies de la cruz, María presenciaba con desgarro la agonía de su único hijo.

—Me crie en África, es verdad. Mi padre era funcionario del Ministerio del Interior. Trabajó como agregado cultural en varias ciudades, Rabat entre ellas. Yo estudié allí, en un colegio español. Pasé desde los cinco hasta los diecisiete. —Hizo una pausa, se frotó las manos, vaciló—. Justo antes de irnos... tuve una aventura con un hombre. Un amigo de mi padre. Fue breve, solo unos meses. Él trabajaba para el gobierno marroquí, en Interior. Era un hombre sofisticado, cosmopolita. Muy guapo. Me sacaba muchos años, muchos, pero a mí eso me daba igual. Yo diría que estaba enamorado de mí. En fin, eso da igual. El caso es que me acordé de él, lo busqué y... lo llamé.

Él, ya retirado, vivía con su familia en Casablanca. Le dejó caer que estaba viejo para ese tipo de aventuras, acababa de tener un nieto y se pasaba el día leyendo y mirando al mar.

Se limitaron a charlar amistosamente, rememorando los viejos tiempos, poniendo palabras a lo que en su día, por la edad de ella y las circunstancias de él, dejaron en suspenso, cuando...

—Cometí un error. Fue un arrebato estúpido. Pensé: si no puedo castigar a Óscar acostándome con este hombre, lo castigaré de otra manera. Le conté quién era mi marido y lo que hacía. Le hablé de la bomba. Él se quedó de piedra. Sobre todo cuando le dije que podía enviarle los planos si los quería.

—¿Los planos de la bomba?

—Sí. Los tenía allí, en casa. No podía ser más fácil.

El contacto de Claudia Subirós, por supuesto, no se esperaba algo así y receló en un primer momento. ¿Era posible que aquella mujer de la que llevaba décadas sin saber nada intentara tenderle una trampa? Pero ¿por qué habría de hacer algo así? Él no aceptó la oferta, pero tampoco la rechazó. Ni siquiera se comprometió a continuar la conversación.

—Me arrepentí nada más colgar. Fue como si... me diese cuenta de las dimensiones de lo que acababa de hacer. Recé por que no me llamase, por que se olvidase del asunto, pero el caso es que... unos días después me llamó. Alguien, no me dijo quién, quería reunirse con mi marido. Tenían otra propuesta, una contraoferta creo que me dijo, pero era imprescindible que Óscar la escuchase personalmente, sin intermediarios.

—¿Qué le dijo usted?

—Que no podía ser, que... ese no era el plan. A mí eso no me servía de nada, ¿entiende? Yo quería castigar a Óscar. Me metí yo sola en una trampa. Yo sola.

—Pero accedió.

—El muy bastardo no me dio opción. Si no cedía, filtrarían al gobierno, al español, lo que había intentado hacer. A lo mejor era un farol, pero ¿cómo iba a arriesgarme? Acepté hablar con Óscar con una condición: que él nunca se enterase de que aquello había salido de mí, que yo lo había provocado. Fingiríamos que fue cosa de mi antiguo amante. Él me buscó y me llamó para proponérmelo. La cuestión es que... no me quedó otro remedio. Se lo conté a Óscar. Y él, por supuesto, se lo contó a Pablo.

No dieron crédito. Se plantearon denunciarlo a la policía, avisar a Romera, hacerlo público, pero Claudia los disuadió. Temía que, si aquello escalaba, la verdad acabase saliendo a la luz.

Ellos, por supuesto, no entendieron la postura de Claudia. Lo achacaron a los nervios, depresión, histeria. Era evidente que había perdido la cabeza.

Conocían a Claudia, la conocían mejor que nadie, pero nunca pensaron que pudiese empujarlos a algo así, que llegase tan lejos en su alocada temeridad. ¿Es que había perdido el juicio? ¿Era consciente de la cantidad de leyes que había violado *solo* con mantener esa conversación? ¿Por qué no había colgado inmediatamente?

Era culpa de la niña, eso la había trastornado. La maternidad la había convertido en una mujer impredecible y peligrosa. Pero seguía siendo Claudia. Su Claudia. Y ella logró engatusarlos para que al menos aceptasen la reunión. Nadie se moría por cruzar unas palabras. Ni siquiera *esas* palabras.

—Hablé con mi antiguo amante y le dije que mi marido tenía un socio. No le gustó, pero ¿qué podía hacer? Él lo organizó todo: los vuelos, el hotel… Viajamos los cuatro a Rabat.

—¿Los cuatro?

—No tenía dónde dejar a Alba, así que la llevé con nosotros. A pesar de eso, fueron unos días bonitos. Casi como en los viejos tiempos. Nos agasajaron, nos emborracharon de… lujo. Permitirá que sea vaga en esta parte, seguro que comprende los motivos. Lo que importa es que… lo que parecía una idea disparatada, inverosímil, de pronto se convirtió en una posibilidad muy real.

—¿Por qué?

Claudia se giró ligeramente a su espalda, aunque Tirso no llegó a verle el rostro.

—¿Usted por qué cree?

—Dinero.

—Mucho, muchísimo dinero. Y a cambio de muy poco. El gobierno marroquí sabía que España tenía una bomba atómica. Pero es que, además, sabían algo que nosotros desconocíamos. Habían oído que la bomba iba a trasladarse a una instalación de

Estados Unidos y que ese desplazamiento debía correr a cargo de España. De esa manera, si pasaba algo durante el trayecto, los americanos no estarían implicados.

Óscar y Pablo estaban en una posición idónea. Ellos se enterarían de cuándo iba a producirse esa operación. Solo debían facilitarles una fecha, una hora y una ruta. Nada más.

—A Pablo le gustaron aquellos hombres. Estaba acostumbrado a tratar con militares, se fiaba de ellos. Decía: «Solo es una llamada. Los llamamos, les contamos lo que hayamos oído y seremos ricos el resto de nuestra vida». Así de fácil parecía. Con Óscar, como siempre, fue harina de otro costal. Él era más inseguro, más... no sé si decir sensible. Al volver a Madrid, ni dormía por las noches, y eso que todavía no habíamos hecho nada. Ni siquiera habíamos decidido si lo haríamos o no. Al final, las cosas pasaron más o menos solas. Vinieron un día a casa y me dijeron: «Lo sabemos». Estuvimos debatiendo durante toda la tarde y toda la noche y a eso de las seis de la mañana... hicimos la llamada. Y bueno... Supongo que no hace falta que le diga que todo salió terriblemente mal.

Óscar y Pablo no eran hombres de acción ni estrategas. Solo eran un par de físicos atómicos; su mundo se centraba en lo muy pequeño y aquello les quedó muy muy grande.

Los marroquíes se llevaron un camión vacío y eso los sacó de quicio. Dejó de ser una cuestión de dinero. Se habían arriesgado mucho y no estaban dispuestos a regresar a su país con las manos vacías.

—Óscar se asustó. Intentó que huyéramos, que nos marchásemos de la noche a la mañana y... ya sabe lo que pasó entonces.

—Alba —susurró Tirso. Ella asintió.

—Llamé a mi contacto, pero se hizo el loco, como si no supiera de qué le hablaba. Fingió que no se acordaba de mí: «¿La hija del agregado cultural? ¿Qué agregado cultural?». Yo no podía creerlo. Fueron los peores días de mi vida. Óscar se pasaba las noches en vela sentado en el salón, con la mirada fija en el vacío. Sabía que me culpaba de todo y... me daba miedo. Procuraba no cruzarme con él por la casa. Estaba convencida de que si Alba aparecía muerta, yo sería la siguiente. Me mataría, estaba segura. Pero me equivoqué. Al final... fue él quien se mató.

Al oírlo, Tirso no pudo evitar un gesto de sorpresa. Se apoyó en el respaldo del banco que tenía delante en un intento de aproximarse a Claudia, de ver su rostro. No lo consiguió. ¿Estaba siendo sincera? ¿De verdad creía lo que acababa de decir? ¿Era posible que no supiese que Pablo Alegría asesinó a Óscar Orbe?

—¿Está... segura de que fue un suicidio?

Ella asintió despacio, sin alterarse lo más mínimo.

—Al principio, yo también sospeché de los marroquíes —dijo, asumiendo que era eso lo que Tirso sugería—. Pero ¿por qué iban a matarlo? ¿Por qué solo a él? No tenía sentido. La policía lo consideró un suicidio, y Pablo me dijo que se lo había dejado caer varias veces. Que se mataría si no nos devolvían a Alba. Solo que... —empezó a decir, pero no terminó la frase.

—¿Qué?

Vaciló antes de continuar.

—La policía dijo que Óscar había bebido. Encontraron una botella de whisky dentro del coche. Pero él no bebía. Ni siquiera con la presión de aquellos días lo vi probar una gota de alcohol.

Tirso creyó atisbar una sombra de sospecha, una chispa de duda que Claudia Subirós se apresuró a extinguir con un golpe de cabeza, una negación reconcentrada y tajante. Tirso tuvo la sensación de que, en lo más profundo de su alma, en el rincón más oscuro de su ser, donde se almacena lo terrible y lo inconfesable, Claudia Subirós sabía que algo no encajaba del todo. Llevaba treinta y tres años siendo vagamente consciente de ello y rechazándolo con el mismo tesón, dos fuerzas idénticas enfrentadas, el ansia de verdad y la necesidad de dejarla correr. Era, supuso Tirso, una cuestión de supervivencia.

—El suicidio de Óscar asustó a los marroquíes. Creo que los convenció de que… Bueno, que ya estaba. Presionar más no iba a servir de nada. En el peor de los casos, harían que la policía empezase a atar cabos, y eso no le convenía a nadie.

No volvieron a tener noticias de los secuestradores. Pablo y ella dieron por hecho que, tarde o temprano, el cadáver de la pequeña Alba aparecería en alguna parte: flotando en un río, enterrada en un parque, en un contenedor, en una bolsa de basura.

Durante semanas, Claudia Subirós intentó hablar con su antiguo amante. Lo telefoneaba varias veces al día, todos los días, hasta que una noche recibió una llamada. Un desconocido de voz áspera la amenazó en idioma árabe. Si llamaba una sola vez más, la matarían. Claudia supo que lo decía en serio.

—¿Por qué no liberaron a la niña? —intervino Tirso. Tenía su propia idea al respecto, pero quería escuchar la versión de Claudia Subirós—. Una vez se frustró la operación, ¿qué más les daba a ellos?

La mujer se giró y lo miró a los ojos, más bien a través de ellos, como si buscara algo en lo más profundo de ellos. Tirso se revolvió incómodo sin saber por qué.

—¿Ha leído a Goethe? —Él negó con la cabeza—. «La maldad no necesita razones. Le basta con un pretexto».

—Eso no es una respuesta.

—Sí lo es, aunque, estoy de acuerdo, muy poco satisfactoria.

Claudia encaró el retablo, dándole la espalda de nuevo.

—Nos pasamos meses esperando alguna noticia. Comprábamos todos los periódicos, los revisábamos de cabo a rabo por si el cuerpo de una niña aparecía en alguna parte. He visto por televisión a madres en la misma situación que dicen estar convencidas de que sus hijos siguen con vida. Dicen que lo notan dentro, aquí. Yo no notaba nada. Nada. Alba lo mismo podía estar viva que muerta. Eso era lo peor de todo, esa… incerteza.

En su voz brotaron hendiduras profundas, décadas de dolor cinceladas en cada palabra, en cada silencio. Parecía a punto de llorar. Pero no lloraba.

—Romera se enteró de lo que habíamos hecho. Supo que fuimos nosotros, no sé cómo. El resto, lo de Alba, lo de Óscar... se lo figuró. Supongo que no era difícil. Vino a vernos. Él quería mucho a esa niña, la conocía desde que nació. Estaba muy afectado. Nos dijo que no nos preocupásemos, él se encargaría de enterrar el asunto. Nadie nos molestaría. Y cumplió. Cumplió... —Se tomó un instante privado, ella sola con sus pensamientos—. Intentamos salir a flote. Pablo y yo, cada uno a su manera. Él trabajaba sin parar, todo el día y toda la noche. Eso le servía. Para mí no fue tan fácil. No paraba de repetirme que había sido culpa mía. Que todo aquello pasó por mi arrebato, por aquella estúpida, ridícula llamada. Nunca se lo dije a Pablo. —Alzó la vista hacia la cúpula y la contempló unos segundos—. Y entonces, de la manera más inesperada, llegó por fin algo de luz.

—Se quedó embarazada.

—No nos lo esperábamos. Tomábamos precauciones. Fue un... accidente. O una señal. Esta vez fui yo quien se empeñó en seguir adelante. Pablo no lo veía claro. Recordaba, cómo no iba a recordarlo, que yo había sido una pésima madre. Tenía razón, pero esta vez iba a ser diferente. No le di opción. Iba a tenerla. *Necesitaba* tenerla.

Un marido por otro. Una Alba por otra.

Las campanas de la iglesia rompieron a tañer ensordecedoramente. Los dos aguardaron inmóviles y en silencio hasta que el estruendo se extinguió, dando paso a un silencio que parecía ahora más hondo, más hostil.

Claudia Subirós se puso en pie y se encaró con Tirso.

—Bueno... Ya tiene lo que quería. Más de lo que quería. Me ha pedido la verdad, y esa es la verdad. Ahora márchese y déjenos tranquilas.

Tirso asintió y también él se levantó.

—Le agradezco que me haya contado todo esto. Y me disculpo por haberle causado tantos trastornos. Créame que no lo pretendía. Solo quería ayudar. Pero, antes de irme, quiero que sepa que he leído la carta del pastor.

Era un ardid burdo pero eficaz basado en los test de asociación de palabras de Carl Gustav Jung. La técnica era sencilla: el interrogador genera un discurso monótono y coherente y, de pronto, sin alterar la cadencia, sin cambiar de tono, introduce un elemento inesperado y discordante. Si el sujeto se ve emocionalmente concernido por él, es muy difícil que no se produzca una respuesta fisiológica involuntaria: un sutil movimiento de cejas, de la nuez, de los labios. Claudia movió todo eso al mismo tiempo.

—¿Qué... carta? ¿Cómo? No sé de qué me habla. ¿Qué... pastor?

—Supongo que no sabe que su marido la conservó todos estos años en una caja de seguridad de un banco.

Se quedó de una pieza. Aunque se esforzó por disimular, aunque mantuvo las uñas clavadas en las palmas de las manos y la mirada incandescente, algo en su interior se resquebrajó. Fue una brecha pequeña y apenas visible, pero así es como empiezan a caer hasta los muros más compactos.

—¿De qué habla?

—Él quiso ir a por la niña, ¿verdad? Pero usted se negó.

«Cargo con dos pecados sobre mis hombros. El primero es haber matado a tu padre. El segundo, *haber accedido* a abandonarte».

La carta llegó al 99 de Velázquez y ambos la leyeron, Pablo y ella. Estaba en árabe, pero eso no supuso una dificultad para Claudia. Él quiso partir de inmediato, traer a Alba de vuelta. Ya no le importaba lo que hubiese visto, lo que pudiese contar, que supiese todo, que lo incriminase, que acabase con los huesos en la cárcel por su culpa. Era parte de su condena y estaba dispuesto a aceptarla.

Pero Claudia se opuso. Aborrecía a esa niña, la culpabilizaba de todo lo que había pasado, de todo el dolor, de todo el mal.

Ella era el germen. Suplicó a Pablo que se olvidasen de ella. El autor de la carta, ese pastor medio analfabeto, se comprometía a cuidarla. No le faltaría de nada, incluso amor tendría, un amor que en casa, en España, Alba nunca encontraría, no de su madre. Eso le dijo a Pablo, eso o algo parecido. Aquella situación era un regalo para todos, ¿por qué rechazarlo? Bastaba con no hacer nada, con tirar esa carta y olvidarla para siempre. El universo les brindaba una nueva oportunidad.

Y Pablo Alegría, luchando contra sí mismo y contra lo que sabía que era justo, ético y razonable, silenciando su propia humanidad o lo que por entonces quedase de ella, acató los deseos de su mujer. Lo hizo tal vez porque había matado a Óscar Orbe, porque sus pecados eran aún peores, más oscuros, más secretos. Lo asumió como parte de su penitencia. Solo que él no olvidó la carta ni tampoco a la niña.

—No sé nada de esa… De esa… carta —Le temblaba todo el cuerpo—. Márchese. No…

—Por eso mandaba dinero cada mes —masculló Tirso con toda intención.

Los párpados de Claudia Subirós se desplegaron de tal modo que sus ojos parecieron a punto de desorbitarse, como planetas súbitamente atraídos por la gravedad de un cuerpo extraño.

—No se lo dijo —dijo Tirso fingiendo aventurarse, aunque sabía de sobra que acertaba—. No sabía que su marido pagaba su manutención. Que lo hizo hasta su muerte.

Claudia Subirós, confusa, desorientada, buscó una escapatoria a su alrededor. Empezó a retroceder trastabillando por entre los bancos. Se giró, le dio la espalda, no podía permitir que viese su rostro.

—¡Déjeme! ¡No sé, no sé de qué me habla!

Huía golpeándose los tobillos con los pies reclinatorios, tropezó, se fue al suelo, volvió a levantarse. De la sacristía emergió sobresaltado un sacerdote.

—¿Qué pasa ahí? ¿Claudia?

—La abandonó y ahora, treinta y tres años después, ella ha vuelto a usted. Como una maldición.

—¡Es usted un carroñero! —escupió Subirós a Tirso—. ¡Igual que todos los demás, todos en este país! No entiende nada, ¡no puede entender nada!

—¿Qué hay que entender? Creí que el mal no necesita razones.

—¡¡Váyase al infierno!!

El cura se aproximaba con los brazos extendidos, como alguien que camina a tientas en la oscuridad.

—Claudia, ¿qué pasa? ¿Quién es este hombre?

—No se preocupe —terció Tirso—. Ya me voy.

—¡Usted mató a Francisco! —le gritó la mujer por la espalda—. ¡¡Usted lo mató!! ¿Qué sabe de mí? ¡No sabe nada! ¡No soy un monstruo! ¿Me oye? ¡Yo no soy un monstruo!

Sus palabras chocaron contra aquellos muros centenarios y quedaron reverberando en el templo, repitiéndose una y otra vez, sin que ello las hiciese más verdaderas ni tampoco menos.

33

Aquella tarde los termómetros alcanzaron los treinta y cinco grados, aunque, tras la puesta de sol, la temperatura se volvió algo más soportable. A las once de la noche, cuando Fidel bajó a tirar la basura y a pasear al perro, ya se podía caminar sin la sensación de estar respirando en el interior de un baño turco.

El *cocker spaniel* pelirrojo recibió la calle como si llevase una década a la sombra, brincando y correteando en todas direcciones. O intentándolo, porque Fidel lo mantenía firmemente sujeto con la correa.

—Ya vamos, tranquilo, calma. Eso es. Buen chico.

Cruzaron la calle a las bravas, el animal tiraba de su dueño. Fidel, ensimismado y con el cigarrillo electrónico en la mano libre, no se percató de la presencia a su espalda hasta que la tuvo a dos metros de la nuca y su sombra la delató. Al girarse, el rostro se le expandió en todas direcciones en un gesto de sincera sorpresa.

—¡Tirso! ¿Dónde...? ¡Qué susto me has dado, joder! ¿Dónde te habías metido, tío? Me tenías preocupadísimo.

Fue a palmear su hombro, como tanto le gustaba hacer, pero Tirso retrocedió un paso con semblante gélido. Al hacerlo, Fidel pudo ver su rostro iluminado por la luz de una farola: los cortes, los rasponazos, los moretones.

—¿Qué te ha pasado?

—¿Por qué me llamaste?

Fidel enarcó las cejas con teatralidad. Quería dejar muy claro que no entendía la pregunta, pero, sobre todo, que no aceptaba aquel tono hostil, casi agresivo.

—¿Cuándo? Te he llamado como doscientas veces.

—Me pediste que viniese, que te ayudase. ¿Por qué?

El *cocker* se pegó a los pies de Tirso y se entretuvo olfateándole las zapatillas. Se había duchado en el hotel y se había comprado ropa nueva, pero alguna pestilencia residual debía de quedarle en el cuerpo, porque el animal dio un respingo y se apartó.

—Oye, ¿qué te pasa? Si estás de mala hostia porque…

—Me dejaste tirado —interrumpió Tirso—. Me metiste en este follón y desapareciste.

Fidel oteó a su alrededor. Como siempre a esas horas, la calle estaba tranquila, nada más que los habituales paseantes de perros y algún que otro corredor.

—¿Estamos hablando de…? ¿De qué, del caso?

—Sabes perfectamente de qué estamos hablando.

—Te juro que…

—Te pidieron que me echaras del piso, ¿no?

Fidel lo miró con la mandíbula prieta, el cuello tenso, los brazos arqueados. Por un momento, Tirso se vio esquivando un empujón, quizá incluso un puñetazo, pero justo entonces, el policía sufrió una sacudida que pareció conmoverle el cuerpo entero. Dejó escapar el aire, relajó los músculos y se volvió al horizonte, incapaz de aguantarle la mirada a su amigo.

—Cuando te llamé no sabía de qué iba la cosa. Te lo juro. Sigo sin saberlo, pero… Joder. No sé qué decir.

—Me han amenazado. Me han seguido, me han pegado… Hay tres muertos por lo menos.

Fidel inclinó la cabeza, clavó los ojos en Tirso.

—¿Tres muertos? —susurró—. ¿Qué dices? ¿Quiénes?

—¡¿Cómo te atreves a desentenderte?!

—No grites —susurró Fidel atisbando nervioso a su alrededor—. No grites, ¿vale?

—¡¿Me estás escuchando?!

—Mierda, tío, ¿qué quieres que te diga? No podía hacer nada. La investigación se paró en seco, no sabía que... Te avisé. Te pedí que lo dejaras.

—¿Por qué?

—¿No lo ves? ¿No te enteras, joder? Es... uno de esos casos.

—¿Qué quiere decir eso?

—Que hay que dejarlo correr. Que hay mierda debajo y no se puede remover. A veces pasa. ¿Qué voy a hacerle yo? No podía saberlo, ¿cómo lo iba a saber? ¡Ni siquiera tendría que estar hablando contigo!

Fidel volvió a mirar alrededor, esta vez giró el cuerpo entero, ya sin disimulo. El perro se ilusionó creyendo que la marcha se retomaba y empezó a menear el rabo.

—Al principio no le importaba a nadie. Pero, en cuanto se supo que estabas metiendo las narices... la cosa se tensó. Me llamaron de arriba y me dijeron que las órdenes venían de más arriba todavía. ¿Qué esperabas que hiciera? ¡No soy un kamikaze!

—¿Así te justificas? ¿Te quedas más tranquilo con eso?

—¡Te avisé, joder! ¡En cuanto lo supe, te...! ¿Por qué crees que te pedí que dejaras el piso? ¡Pensé que te largarías a tu puta isla de los cojones! —Se pasó el dorso de la mano por la boca para limpiarse la saliva—. ¿Quién ha muerto? ¿Por qué has dicho eso?

—Da igual, no he venido a hablarte de eso.

—¿Y a qué has venido?

—A pedirte un favor. —Fidel lo miró con recelo unos segundos. Luego asintió, invitándole a decir lo que tuviese que decirle—. Quiero que cuides de Alba Orbe. Que estés pendiente de ella.

—Ya, bueno... No creo que les guste a mis jefes.

—No te estoy pidiendo que investigues. No quiero que vayas como policía, sino que pases tiempo con ella, que la visites de vez en cuando.

—Quieres que me haga amigo de Alba Orbe.

—Quiero que estés a su lado. No tengo ni idea de lo que ha pasado esa mujer, no creo que nadie lo sepa, pero sé que necesita a… alguien. No te pido tanto. Y creo que me lo debes.

Fidel deslizó la vista por la acera con gesto pensativo.

—Vale —respondió por fin—. Vale. Iré a verla de vez en cuando.

Tirso asintió y, sin nada más que decir, empezó a alejarse por la acera. Fidel lo interrumpió.

—Tirso, espera. Yo… Yo no… Joder. Lo siento.

—Ya. Yo también.

34

Mayo fue relativamente frío. Tirso lo agradeció porque eso le daba un tiempo extra para disfrutar en soledad de su cala. Empezó a hacerlo inmediatamente, en cuanto regresó de Madrid. Fue, de hecho, lo primero que hizo, antes incluso de deshacer la maleta y enfrentarse al justificado cabreo de su hermana. Había pasado un mes desde entonces y, en este intervalo, no había perdonado ni un solo baño.

Durante las dos primeras semanas estuvo mucho más pendiente del móvil de lo habitual. Cada vez que le vibraba, se preguntaba si tendría algo que ver con el caso, pero lo cierto es que nadie volvió a molestarlo. ¿Por qué iban a hacerlo? Después de todo, se habían salido con la suya: nada de lo que había descubierto saldría a la luz. No, al menos, por su boca.

Todos los días examinaba minuciosamente la prensa en busca de cualquier noticia vinculada con todo aquello. Escudriñaba las webs a la caza de palabras como «bomba atómica» o «JEN» o «Guelmim». No se publicó nada al respecto, ni tampoco sobre el misterioso regreso de aquella mujer, treinta y tres años después de su desaparición.

Una tarde, tras buscar en Google por segunda vez ese día, decidió que ya no volvería a hacerlo. Cerró el navegador y, en voz alta, dijo:

—Se acabó.

Era jueves y el sol declinaba con rapidez. Aunque había hecho una temperatura más o menos agradable durante toda la jornada, a eso de las siete y media empezó a soplar un aire fresco. Desde la ventana de su despacho, vio cómo los pocos que resistían en la cala se iban marchando uno a uno.

Para cuando él llegó a la arena, ya no había ni un alma. No quedarían más de quince minutos de luz, sabía que no era prudente nadar a esas horas, pero qué demonios. Era su único vicio, si es que podía considerarse como tal, y no estaba dispuesto a renunciar a él. Ya se lo arrebatarían las hordas de turistas dentro de unas semanas.

Había braceado en una dirección y en la contraria, y ahora se limitaba a flotar verticalmente, dejándose llevar por la corriente, con el agua por la barbilla. Escrutaba el distante perfil del peñasco, imponente en mitad de la ensenada. Más allá, un ferry atravesaba el horizonte.

Tirso empujó el agua con las palmas hacia arriba para sumergirse por completo. Permaneció unos segundos bajo la superficie, con los ojos abiertos y los miembros inertes, despidiéndose del mar hasta mañana.

Al emerger de nuevo se apartó el pelo de la frente y encaró la costa, pero no llegó a dar una sola brazada. Se quedó congelado, basculando como un tentetieso e igual de exánime. En un primer momento, su mente se negó a creer lo que sus ojos veían. Sencillamente no le pareció posible.

Por el arenal se desplazaba un hombre enteramente vestido de marrón. No era muy alto, más bien lo contrario. Fuerte, gordo tal vez, con piernas cortas y una oscura mata de pelo. Un hombre cojo.

Tirso se mantuvo a flote, sin moverse de donde estaba, con los ojos clavados en aquella figura. Los separaban unos treinta metros. Se preguntó si lo habría visto. Qué estupidez. Incluso a la ofuscada luz del crepúsculo, una cabeza flotando en mitad del mar destaca como un cuervo en una salina.

El cojo llegó hasta la ropa de Tirso, amontonada sobre la arena, y la examinó sin agacharse. Luego se volvió hacia el agua.

Tirso sintió que el corazón se le salía del pecho. ¡¿Cómo, maldita sea, cómo había burlado a la justicia marroquí?! ¡¿Cómo había conseguido salir libre?! ¡La policía encontró un arsenal en su coche! Rememoró las palabras de Sonia Llobet cuando lo mencionó en su despacho: «Perdone, pero no sé de qué me habla».

Ellos. Ellos lo habían sacado de allí.

Tirso miró a su alrededor. Tenía que hacer algo. Podía adentrarse en el mar, bordear el saliente y nadar hasta la siguiente cala, pero lo desestimó por inviable. Esa maniobra solo estaba al alcance de los nadadores más jóvenes y atléticos, y él no cumplía ninguno de los dos requisitos. Además, no había manera de hacerlo a oscuras. Nadie lo hacía a oscuras.

¿Entonces qué?

No podía regresar a la playa, eso por descontado. El cojo estaría armado, no tenía ninguna duda al respecto. Antes de que pudiese poner un pie en la arena, ese hijo de puta le volaría la cabeza.

Su única opción pasaba por permanecer lejos de la costa, confiando en que el otro perdiese la paciencia en algún momento y eso le brindase una oportunidad. Claro que si aquel bastardo se había tomado la molestia de ir hasta allí, de coger un barco o un avión, de buscar su casa, de vigilarlo a la espera del momento perfecto, a solas ellos dos, si había hecho todo eso, no se daría por vencido solo por un ligero contratiempo. Esperaría. Esperaría toda la noche si hacía falta.

Estaba en manos de la suerte. La policía local se asomaba de vez en cuando a la cala porque durante una temporada a los adolescentes de la zona les dio por hacer botellones nocturnos. Si veían a un hombre de pie en la arena, quieto como un pasmarote, con suerte bajarían a echar un vistazo. O tal vez no. Tal vez se diesen la vuelta y siguiesen su camino. Al fin y al cabo, mirar al mar no es un delito.

Notó un amago de calambrazo en la pierna izquierda. Fue culpa de los nervios, estaba pataleando con más brío del necesario y sus músculos se resentían. Minimizó los movimientos, lo justo para no hundirse. Empezaba a acusar el cansancio, no aguantaría mucho tiempo.

El último rayo de sol se extinguió con un resplandor verdoso. En cuestión de minutos, el mar se veía reducido a un líquido negro, infinito, amenazante.

Belmonte empezó a dar muestras de inquietud. Se acercó a la orilla dejando que el agua le lamiese la suela de los zapatos. Hundió la mano derecha en el interior de la chaqueta y sacó algo que Tirso no pudo distinguir hasta que le apuntó con ello.

Oyó el impacto con perfecta nitidez, a su izquierda, no muy lejos. Sonó como un guijarro lanzado con fuerza. Zup.

—¡Joder!

Empezó a bracear de espaldas para alejarse del cojo sin perderlo de vista. La corriente se oponía.

Otro impacto a su derecha, más cerca. Entró en pánico. Se dio la vuelta y empezó a dar frenéticas brazadas a crol, para alejarse mar adentro. No sabía si el cojo seguía disparando, porque no oía nada más que el agua contra sus oídos y su propio corazón, que ahora palpitaba como una máquina al borde del colapso.

Nadó y nadó y nadó hasta que un intenso dolor le restalló de pronto en el brazo izquierdo. Primero pensó que una bala le había alcanzado, luego lo atribuyó a una taquicardia; dicen que es así como empieza.

Cuando el agua se desprendió de sus pestañas, comprendió lo que había ocurrido. El peñasco. Se había golpeado contra el peñasco que, en la oscuridad, parecía esculpido en un material precioso, negro y refulgente.

Era ancho, como de metro y medio, y sobresalía lo suficiente para escudarle por completo. Lo rodeó sin dudarlo, interponiéndolo entre su cuerpo y el arenal. Descubrió que podía apoyar un pie en un recoveco, lo que le permitía relajar un poco los músculos. Allí estaría a salvo, al menos durante un rato, mientras aguantase, que no sería mucho.

Los disparos habían cesado, no querría desperdiciar munición. Tirso recuperó el aliento, su pulso se fue moderando. Y entonces, en mitad de un jadeo, una idea perturbadora le cruzó la mente como un relámpago.

¡Pilar!

Su hermana no tardaría en preguntarse por qué tardaba tanto. Se asomaría a la ventana, miraría al mar, a la cala; no lo vería —el peñasco lo ocultaba—, pero sí vería al cojo —para ella, solo un tipo, un turista, otro más—. Lo llamaría al móvil, que sonaría en su despacho, y pasado un rato, bajaría a buscarlo.

Intentó acallar esos pensamientos convenciéndose de que no había pasado el tiempo suficiente, que su hermana no habría empezado a preocuparse todavía. Antes de eso, antes de bajar, pensaría que Tirso se había encontrado con alguien, que había pasado por el supermercado, que se había entretenido por cualquier motivo. Era un consuelo minúsculo y, en cualquier caso, provisional.

Asomó la cabeza lo justo para atisbar las ventanas del piso. La luz de la cocina estaba encendida, pero no había rastro de Pilar.

Bajó la vista hasta el arenal, sumido en una oscuridad ya casi absoluta. Allí seguía el cojo. Estaba encogido, hurgándose en la cintura. Tirso tardó un momento en comprender lo que se traía entre manos. Lo hizo cuando el pantalón se deslizó por sus piernas.

No era, desde luego, la idea más apetecible. Belmonte sabía que aquello le pasaría factura. La rodilla lo martirizaría durante días. Esa misma noche el dolor sería tan intenso que ni dormir podría. No le quedaría otra que recurrir a alguno de los remedios caseros que tan bien conocía y que, con seguridad, podría agenciarse en algún garito de Ciudadela. Era lo de menos. Bien estaría todo, el dolor y el desvelo, si cumplía con su cometido, y no pensaba marcharse sin haberlo cumplido.

Se quedó en calzoncillos, unos Abanderado grises de pata, y ocultó la pistola entre los pliegues de su ropa, hecha un revoltijo sobre la arena. Confiaba en que a nadie se le ocurriese ponerse a husmear a esas horas.

Al meterse en el agua, un escalofrío le recorrió el cuerpo. Estaría a quince grados. Eso era bueno: el frío anestesiaría ligeramente la pierna. Oteó el peñasco tras el cual aquel pusilánime se escondía, un manchurrón negro que, a pesar de la oscuridad, se distinguía sin problemas recortado contra el gris del cielo. Esponjó la nariz. Podía olerlo.

Echó a nadar con los músculos crispados. El aguijonazo en el menisco fue inmediato, pero se esforzó por ignorarlo. Empujaba pesadamente el agua con brazos y piernas. Cada palmo que ganaba al mar traía consigo un martirio, pero la adrenalina matizaba el dolor, lo compensaba.

Hacía años que no se enfrentaba a nadie de esa manera, sin armas, con las manos desnudas, cuerpo a cuerpo. Eso lo excitaba y lo impulsaba a dar la siguiente brazada.

Ese hijo de puta lo había humillado. Nunca en toda su vida se había visto obligado a agachar las orejas de esa manera delante de sus clientes, ¡nunca hasta entonces! Por si fuera poco, había tenido que inaugurarse con *esos* clientes precisamente.

Aquella humillación pesaría para siempre sobre su reputación. Lo seguirían llamando, desde luego, porque no había nadie como él, ni tan bueno ni tan razonable ni tan discreto. Había un extranjero, un judío israelí, pero no se acababan de fiar de él y con razón. ¿Qué sabía ese tío del país? Nada. Belmonte, sin embargo, lo sabía todo. Si alguien conocía España, era él. De ahí su valor. De ahí su tarifa.

La próxima vez que necesitasen unas manos que se manchasen por las suyas recibiría una llamada, tenemos que vernos, urgente, hoy mismo, en una hora. ¿Entre el judío y él? Ni lo dudarían. Pero Belmonte sabía también que nunca olvidarían aquella ocasión en que un mierdecilla se burló de él, un perito que lo puso contra las cuerdas, que consiguió que lo detuviesen y provocó «arriesgadas y desagradables peticiones diplomáticas», según le había expresado el subsecretario con su jeta picada de viruela.

Se detuvo frente al peñasco con los pulmones escaldados, la lengua amarga y la pierna derecha rígida por los calambres. Se tomó un momento para recuperar el resuello, apenas unos segundos. Luego dio unas brazadas rodeando la roca, listo para lanzarse con furia sobre su presa. Solo que no encontró a nadie allí.

El mierdecilla se había evaporado.

Tirso lo vio aproximarse farragosa pero velozmente, salpicando en su avance litros y litros de agua. Consideró sus opciones, que se limitaban a dos: o se quedaba allí esperando o trataba de huir. La segunda parecía más sensata, pero tampoco la veía clara. Tendría que nadar hacia el arenal, era la única salida. Si hacía eso, no le quedaría más remedio que trazar una parábola para esquivar al cojo. Tirso era más rápido, pero perdería mucho tiempo en el rodeo. ¿Cuánta ventaja podría sacarle? ¿Quince segundos? Ni eso.

Suficiente, sin embargo, para hacerse con la pistola. Pero ¿y luego qué? En su día se escabulló del servicio militar, no sabía nada de armas, jamás había sostenido una en las manos. ¿Y si tenía el seguro? ¿Y si estaba descargada? Y aunque no lo estuviera, ¿de verdad iba a ser capaz de disparar a un ser humano a sangre fría?

Sin sopesar del todo lo que hacía, se vio trepando el peñasco por la cara oculta. Le llevó más de lo previsto, en tiempo y en energía, porque la superficie, cubierta de algas, era sumamente resbaladiza y apenas había aristas en las que aferrarse. Lo coronó justo cuando el expolicía se detenía para recuperar el aliento. Silencio. Ni un movimiento.

Tirso entrevió cómo el cojo pataleaba bajo la superficie, igual que una rana mutilada, y cómo descubría perplejo que tras la roca solo había negrura y espuma turbia.

Encaramado al peñasco en mitad de la noche, como un demente o un ser mitológico cuyas gestas estuviesen aún por narrar, Tirso oyó los bramidos de Belmonte, mitad agotamiento mitad frustración. No planeaba lanzarse sobre él, no planeaba nada, pero el expolicía miró hacia arriba y no le dejó alternativa.

No lo pensó bien —no lo pensó en absoluto—, y saltó de cabeza, como si estuviese en un trampolín. Afortunadamente, Belmonte dio una aparatosa brazada a su espalda, puro espasmo reflejo. Fue lo peor que pudo haber hecho, porque eso lo puso en la trayectoria de Tirso, que cayó de lleno sobre él.

La ilusión de superioridad física de Tirso duró exactamente cinco segundos, los que tardó Belmonte en recobrarse, colocarse a su espalda y apresarle el cuello con el antebrazo. Era una maniobra de inmovilización prohibida en los cuerpos de policía de medio mundo, también en los españoles, por el alto riesgo de asfixia y rotura de la laringe. En el agua, sin un punto de apoyo, aquella llave era mortal de necesidad.

Tirso luchaba con todas sus fuerzas, pero sus empeños resultaban fútiles. Belmonte exhibía un vigor descomunal. ¿Cómo podía ser tan fuerte a su edad? ¿Estaba drogado? Lo parecía, desde luego.

A Tirso los brazos no le servían de nada en aquella situación y se esforzó por cocear a su espalda, pero el agua mermaba su ímpetu hasta casi extinguirlo.

¿Era posible que fuese a morir así? La marea seguiría subiendo durante unos minutos más y luego empezaría a retirarse. Si sucumbía allí, tan lejos de la costa, su cuerpo sería arrastrado mar adentro. Salvo que alguno de sus miembros se enredase con algo, nadie lo encontraría jamás. Su hermana nunca sabría qué le pasó, qué fue de él. «Bajó a darse un baño y ya nunca regresó». Oficialmente desaparecido. Uno más en la lista de la UDEV.

Esa imagen, la de su cadáver a merced de las corrientes, le brindó un súbito impulso. Cabeceó de espaldas, a la desesperada. Tuvo suerte. Al tercer amago de testarazo, Belmonte soltó un grito desgarrador y aflojó su presa lo suficiente para que Tirso pudiese escabullirse sin saber muy bien qué había pasado.

La luz de la luna le permitió ver de refilón a Belmonte con las manos en el rostro. Una sangre negra le brotaba de la nariz diluyéndose luego en el agua salada. Era imposible que su cabezazo hubiese provocado eso. Ya debía de tener la nariz rota. Esa, pensó, era una ventaja. Quizá su única ventaja.

Tirso empezó a nadar hacia la playa con todo el brío que sus músculos exánimes podían proporcionarle a esas alturas. Sacaba la cabeza solo para respirar y cerciorarse de que no se desviaba. El resto del tiempo, brazada, brazada, brazada, se mantenía tieso como una flecha, consciente de que cada segundo era vital, de que nunca en toda su vida su habilidad física había sido tan determinante como ahora. Se maldijo por no estar más en forma, por limitar sus baños diarios al mero chapoteo.

La cala permanecía en una plácida quietud, arrullada tan solo por la ruptura de unas olas que apenas levantaban unos centímetros. Para Tirso, sin embargo, el estruendo era ensordecedor. A la fricción del agua se sumaba el tamtam de la circulación sanguínea golpeando contra sus tímpanos, el rugido del miedo gritándole que no aflojase, que muriese de extenuación si era preciso, sigue, sigue, sigue.

No le quedaba mucho para hacer pie, dos, tres brazadas a lo sumo, cuando una garra se cerró en torno a su tobillo izquierdo. No lo oyó acercarse y ni siquiera le vio el rostro cuando Belmonte trepó a su espalda y, apresándole la cabeza, lo hundió bajo el agua.

Tirso soltó un grito, un error crítico porque lo hizo ya sumergido y no pudo recuperar el aire. Una confusión de burbujas se desplegó ante sus ojos. Los dedos de sus pies rozaban el fondo. Belmonte lo aprisionaba con ambas manos, clavándole las uñas en la mandíbula y el cuero cabelludo, depositando todo su peso en él.

Tirso agitaba su cuerpo en sacudidas violentamente desesperadas, pero no tardó en desfallecer. El fragor de unos segundos antes dio paso a la calma más absoluta. Intuyó el cieno tenebroso, las algas, las conchas marinas acunadas con suavidad por la corriente. Un banco de pececillos se alejó de la batalla propulsándose con las aletas pectorales. Luego, todo empezó a evaporarse: los peces, las algas, las conchas, el cieno.

No le quedaban fuerzas, no había nada que pudiese hacer más que confiar en un golpe de suerte: que alguien se asomase a una ventana o a la barandilla, que reparase en ellos, que comprendiese lo que ocurría, que diese la voz de alarma.

Se iba. Su conciencia se perdía a la deriva. Empezó a cerrar los ojos, pero, justo entonces, le pareció que algo se acercaba. Se esforzó por enfocarlo. Era una figura. Una mujer.

Se desplazaba bajo la superficie como lo haría un fantasma: sin esfuerzo ni fricción. El cabello, muy negro, le ondeaba libremente alrededor de la cabeza. De su nariz no brotaban burbujas, tampoco de su boca. Tirso pensó que era una sirena. Pensó que era la muerte.

No la reconoció hasta que se detuvo frente a él, a un palmo de su rostro. Se llamaba Marise Pineda. Tenía toda la vida por delante cuando alguien la destrozó a cuchilladas. Solo que no había ninguna cicatriz en su cuerpo, ninguna herida.

Tirso notó que se hundía un poco más y, al hacerlo, de pronto, sus pies tocaron el cieno. La mujer alargó un brazo y apoyó una mano en su nuca. Tirso creyó que iba a besarlo, pero no se acercó a sus labios sino a su oreja. Y, con una voz sin ningún acento, sin timbre ni tono, le susurró:

—Lucha.

Cuando Belmonte advirtió que el cuerpo, inmóvil desde hacía rato, tocaba el fondo, aflojó ligeramente su presa. Se confió. Pensó, como Tirso, que el lingüista ya estaba muerto. Ambos se equivocaron.

En un gesto inesperado, Tirso flexionó las rodillas, se impulsó hacia arriba y alzó los brazos en busca de algo a lo que asirse. Le pareció que palpaba un rostro atenazado por la sorpresa, un mentón esquivo, una nariz. Apuñaló el aire a ciegas. Lo hizo con todas sus fuerzas, sus últimas fuerzas. Un segundo después moriría. Pero un segundo después, de alguna manera, se vio otra vez en la superficie, respirando, resollando, vivo.

Vivo.

Belmonte aullaba como un animal herido. Una sustancia densa y oscura le manaba a borbotones por los orificios nasales. Tirso necesitaba un momento para reponerse, para resucitar del todo, pero el expolicía no se lo concedería. Se lanzó de nuevo contra él, sus ojos brillaban con febril demencia. Estaba fuera de sí. Nada lo detendría.

Lo agarró por el cuello dispuesto a asfixiarlo. Tirso apoyó una mano en su tabique nasal y apretó. Un alarido estremecedor le trepanó los tímpanos. Belmonte trató de zafarse con un movimiento de cabeza, pero Tirso se lo impidió. Lo agarró del cogote con la mano libre y siguió apretándole la nariz o lo que para entonces quedaba de ella. El agua negra se volvió más negra, flotaban coágulos y grumos mezclados con la espuma.

—Suel… ta —balbució Tirso con los dientes apretados y la mano del otro estrangulando su tráquea.

Sonó un crac. Tirso no supo si era la nariz o su propia mano. Le dio igual. Belmonte convulsionaba, atormentado por el dolor, pero ni así le soltaba el cuello.

Tirso siguió castigándolo inmisericorde hasta que el otro dio muestras de desmayo, los ojos en blanco, la mandíbula floja. Farfullaba, y Tirso creyó distinguir un «basta».

—Su... el... ta —repitió.

Lo hizo. Belmonte le soltó por fin el cuello. Y Tirso cedió a la compasión. Él no era un sádico ni un asesino. Lo liberó y, tras apartarse un poco, contempló su rostro desfigurado. Esquirlas de hueso atravesaban la carne. Tirso sintió una punzada de lástima por aquel viejo que, de pronto, le pareció vulnerable y desvalido. Un error.

La bestia volvió en sí súbitamente y, sonriendo, clavó en él sus ojos. Había demencia en su expresión. El expolicía estaba más allá del rencor, más allá de la ira.

Al contemplar aquella sonrisa perturbada, empapada en sangre y jaspeada de astillas óseas, Tirso comprendió que no pensaba dejarlo con vida. Aquello solo podía acabar con uno de los dos muerto.

Belmonte cogió impulso para un nuevo ataque, pero esta vez no tuvo la menor oportunidad. Tirso fue más rápido. Le aprisionó la cabeza contra sus pectorales y depositó en ella todo su peso. Belmonte desapareció bajo la superficie con un graznido de pasmo. Se sacudió ferozmente tratando de liberarse. Golpeó, arañó, mordió. Todo inútil.

Tirso procuró no pensar en lo que hacía, obviar lo que significaban aquellas burbujas a su alrededor, aquel ímpetu brutal que, en cada embestida, se iba haciendo menos vehemente.

Sin soltar a Belmonte, sujetándolo con todas sus fuerzas, Tirso de la Fuente se volvió hacia el firmamento. Estaba copado de estrellas. En su libro, Pablo Alegría contaba que algunas de ellas emitieron su luz antes incluso de la formación de nuestro planeta, hace miles de millones de años. Cuando se produjo el fulgor que embellece nuestras noches, el hueco que ocupamos en el espacio, el territorio de los humanos, no era más que silencio y oscuridad. La nada.

Belmonte no se movía. Ya no brotaban burbujas de su boca y su nariz. Tirso supo que había muerto, pero no lo soltó. Pasó un minuto, dos, cinco. Estaba exhausto, le dolían todos los músculos y le ardían los pulmones, pero aún podía aguantar un poco más. Un poco más.

Un poco más.

Cuando su hermana llegó a la playa, Tirso seguía en el mar, abrazado al cadáver, contemplando las estrellas.

35

El principal diario de Menorca tituló:

Muere ahogado un turista de 67 años

No estaba en la portada. Para encontrarlo había que hacer clic en «Local» y luego en «Sucesos». Y allí, al fondo de la página, una discreta nota sin firma presentaba a la víctima, mencionada únicamente por las iniciales S. B., como «un ciudadano de Madrid». El papel de Tirso en el «trágico accidente» se limitaba al del «vecino de la zona» que «encontró el cuerpo», sin nombre ni dato alguno que pudiese revelar su identidad. En ninguna parte se hacía referencia a la pistola ni a los cinco casquillos que se hallaron en la arena.

Al leer aquella patraña, le vino a la mente lo que Fidel le dijo en su último encuentro. Imaginó las órdenes que, de manera más o menos implícita, habrían recibido los policías que le tomaron declaración, los mismos que, en su presencia, recogieron los casquillos y la pistola.

Tras redactar su informe en el sistema informático, los agentes habrían recibido una llamada de algún superior, que habría recibido otra de más arriba, quien, a su vez, habría recibido otra, cada peldaño más neblinoso que el anterior, hasta llegar a una zona ignota, un espacio de pura bruma donde los teléfonos llaman solos, sin nadie al otro lado, y las órdenes se dictan sin siquiera ser pronunciadas.

Que olvidasen lo que habían visto, que no hiciesen preguntas. Un turista se había ahogado por nadar de noche en la cala, esa sería la versión oficial y la única. Se trataba, les habrían dicho, de uno de esos casos.

Tirso no se movió de casa en cuatro días. No encontraba fuerzas ni motivos para salir. Se quedaba sentado en su despacho durante toda la mañana y toda la tarde. Intentaba trabajar, pero resultaba inútil, no era capaz de concentrarse.

Había matado a un hombre. Lo había ahogado con sus manos. Sabía que jamás en toda su vida olvidaría aquella sensación, aquel... vacío. Era él o yo, se repetía sin que eso le aliviase lo más mínimo. Él o yo.

Al quinto día de reclusión voluntaria, empujado por su hermana, que no soportaba verlo así, aceptó salir a despejar la cabeza. Dio un corto paseo y terminó en la cala. Eran las doce de la mañana. A esa hora siempre había unos cuantos jubilados con los pies a remojo.

Se sentó en la arena y contempló el horizonte.

Intentó dejar la mente en blanco, puso todo su empeño en ello, pero esta regresó a Madrid. Revisitó contra su voluntad lo que había descubierto, los misterios intuidos a los que, en realidad, apenas si se había asomado. Pensó en aquella bomba, en las intrigas de unos y de otros, en los secretos de todos ellos.

Miró a su alrededor, a quienes paseaban y remoloneaban y se decían buenos días en la orilla sin conocerse más que de vista o ni eso. Todos en aquella playa eran más viejos que la democracia española. Unos cuantos la doblaban en edad. Aún habrían de pasar varias décadas para que la dictadura se convirtiese en historia ajena. Se preguntó si, llegado ese momento, la verdad sería por fin exhumada. Si a alguien le importaría.

Tirso comprendió que, aunque así fuese, sus ojos no estarían allí para verlo. Para entonces, él mismo reposaría bajo tierra.

Existía, sin embargo, otra posibilidad.

Era arriesgada. Más que eso: era una temeridad, prácticamente un suicidio. Y por esa razón luchó consigo mismo por relegarla a lo más profundo de sus pensamientos, por enterrarla en su memoria y fingir que nunca se le había ocurrido. Lo logró a duras penas durante casi tres meses. Pero entonces, una noche de agosto, se despertó en la cama desorientado y empapado en sudor.

Había vuelto a soñar con Belmonte, el peñasco, la asfixia. Bebió un vaso de agua y atravesó el pasillo hasta su despacho. Eran las cinco y veinte de la madrugada. Ya no volvería a conciliar el sueño. Abrió la ventana con cuidado para no despertar a nadie. Una brisa suave lo envolvió. Iba a ser un día caluroso.

Llenó los pulmones y se dejó caer en la silla. Permaneció así un tiempo indeterminado, mirando al cielo negro, conteniendo el impulso. Era una estupidez, un riesgo innecesario. ¿Qué ganaba él? ¿Qué ganaba nadie?

Abrió un cajón del escritorio y contempló la medalla en su cajita de metacrilato. «Al Mérito Civil». Justo debajo había un cuaderno nuevo, sin estrenar. ¿Cuánto llevaba ahí? Años, seguramente. Eso fue definitivo, porque se le antojó que lo guardaba, sin saberlo, para este momento.

Oía el rumor de las olas cuando abrió el cuaderno por la primera página y, asumiendo la más que probable fatalidad que le acarrearía, escribió:

> Bajo cierta calle de Madrid existe un lugar donde yace nuestro pasado oculto. Kilómetros de galerías subterráneas cuyo acceso es custodiado todos los minutos del día, todos los días del año.
>
> Unos metros más arriba, la ciudad despliega su bullicio cotidiano. Hay un largo paseo ajardinado. Una oficina de Correos. Una sucursal bancaria. Un ministerio.

Quienes pasan por ahí desconocen lo que se oculta bajo tierra. No se menciona en los medios de comunicación, no se graban reportajes sobre este lugar ni se organizan visitas guiadas.

En esos misteriosos corredores se amontonan cajas de cartón repletas de legajos. Toneladas de informes, memorias y dosieres. Papeles amarilleados por el tiempo y tinta enmudecida por la ley. Décadas de documentos confidenciales a los que muy pocos ojos tienen acceso.

Es el cementerio de secretos oficiales de nuestro país.

Esta es la historia de uno de esos secretos.